Ceux d'ici

Du même auteur

Les Privilèges, Plon, « Feux croisés », 2011 ; 10/18, 2012.
La Fabrique des illusions, Plon, « Feux croisés », 2012 ; 10/18, 2013.
Mille excuses, Plon, « Feux croisés », 2014 ; 10/18, 2015.

Jonathan Dee

Ceux d'ici

Traduit de l'anglais (États-Unis)
par Élisabeth Peellaert

FEUX CROISÉS
PLON

Titre original
The Locals

Collection Feux Croisés

Ceux d'ici est une œuvre de fiction. Les noms, personnages, endroits et actions sont le fruit de l'imagination de l'auteur et sont purement fictionnels. Toute ressemblance avec des personnes réelles, vivantes ou décédées, des événements ou des lieux serait pure coïncidence.

Publié pour la première fois aux États-Unis par Random House, une filiale de Penguin Random House LLC, New York.

Édition française publiée par :
© Éditions Plon, un département d'Édi8, 2018
12, avenue d'Italie
75013 Paris
Tél. : 01 44 16 09 00
Fax : 01 44 16 09 01

Mise en pages : Nord Compo

Dépôt légal : janvier 2018

ISBN Plon : 978-2-259-26334-4

Pour Claire

« Ce qui m'obsède, c'est à quel point j'ai envie de tout bazarder. »

The New York Times,
10 octobre 2015

0

Ils disaient que tous les rendez-vous étaient annulés, renvoyés aux calendes grecques, que c'était la fin, mais d'où leur venait cette idée ? Par exemple, le métro remarchait, sur certains tronçons. Et donc les gens devaient bien aller quelque part, en retrouver d'autres. Donc ils avaient des rendez-vous. Et mon rendez-vous tenait peut-être toujours. J'ai sorti la carte de mon avocat et tenté d'appeler son bureau, mais les réseaux étaient toujours HS, un jour après. Je ne savais pas quoi faire. Je ne pouvais même pas demander à Yuri ce qu'il en pensait, à cause du téléphone. Et si ce rendez-vous tenait toujours et que je n'y allais pas ? Et si tout le monde venait sauf moi ? L'avocat avait beaucoup insisté, il ne fallait pas que je le rate. Personne ne m'avait dit qu'il était annulé, techniquement parlant, juridiquement parlant ou ce qu'on voudra. Alors j'ai mis mes chaussures. J'avais encore quelques heures devant moi, mais je n'avais rien à faire et en tout cas ce jour-là il y avait que dalle à la télé.

Broadway était figé, comme une capture d'écran. Personne dans la rue. C'était plutôt génial au début, de l'avoir entièrement pour soi, comme dans un de ces films de fin du monde. Mais ensuite j'ai aperçu un autobus vide, portes ouvertes, à l'arrêt au milieu d'un carrefour, j'ai commencé à flipper un peu, et j'ai coupé vers l'ouest en direction du parc. Là, on voyait des gens au moins, quelques personnes avec leurs chiens, debout comme des malades mentaux bourrés de médicaments, pendant que les chiens se pourchassaient sur la pelouse. Et puis un peu plus loin j'ai entendu des voix, des voix tonitruantes. Il y a une aire de jeux dans cette partie de Riverside au pied d'une pente raide, entourée d'une clôture. Et c'est là que tout le monde se trouvait, on aurait dit que tout le West Side était là, dans cette aire de jeux fermée. Il y avait foule, les gens étaient appuyés contre la clôture, on aurait dit un centre de détention pour ados, un truc comme ça. Les parents aussi étaient là, en marge, en pleine conversation pendant que les mômes couraient en hurlant comme d'habitude. Enfin, pas vraiment comme d'habitude : on était mercredi à onze heures du matin, mais personne n'avait classe. C'est probablement pourquoi ils s'amusaient autant. Techniquement parlant, je ne suis plus censé aller dans des aires de jeux, mais il y avait une telle foule, je me suis dit personne ne fera attention à moi et je me suis faufilé à l'intérieur.

Moi aussi j'avais ma journée de libre. Je ne voyais aucune logique là-dedans, mais je ne me plaignais pas. Pour honorer mon rendez-vous avec mon avocat, j'avais hésité entre prendre un jour de congé sans solde ou me faire porter pâle ; de toute évidence, un congé maladie payé, c'était la démarche intelligente, mais mon problème c'est que je suis un très mauvais menteur. Même au téléphone, me dit Yuri, ma tête de joueur de poker me trahit. Je me suis arrêté près d'un groupe de parents qui discutaient les bras croisés, avec ces visages qu'ils avaient tous à la télé, je dirais un peu gris.

— Quelqu'un dans mon immeuble, disait un père, sortait avec un broker de chez Marsh & McClennan.

Le volume sonore était si élevé, un vrai chaos. Les mômes devenaient cinglés. Je crois que ça leur plaisait d'avoir tous ces adultes alignés en train de les observer.

— J'étais dans la cuisine, disait cette mère.

Elle était super sexy en fait, avec sa queue-de-cheval passée dans le trou de sa casquette de base-ball, ce genre de collants pour le running, et cet air de MILF bien tonique. Cheveux noirs.

— Josh était resté à la maison, il était malade. Il regarde *Sesame Street* et je suis dans la cuisine et ils interrompent *Sesame Street* avec des infos en direct, nom de Dieu. Et il se met à hurler.

— Incroyable, j'ai dit, rien que pour attirer son regard.

— Pas vrai ?

Sa queue-de-cheval s'est balancée dans la lumière du soleil.

— Oui, aucune sensibilité. Au fait, je m'appelle Julie. Il me semble vous avoir déjà vu. Vous êtes le père de Teresa ?

Ma bouche s'est ouverte, elle est restée comme ça, et la femme a froncé un peu les sourcils, alors je me suis faufilé dans la foule et je suis ressorti par la grille. J'ai remonté le sentier en direction de West End et de Broadway et j'ai continué à marcher vers le bas de la ville. Il devait être dans les midi, j'avais faim, mais rien n'était ouvert. Pourquoi ?

Même si la journée de congé m'arrangeait bien, je me sentais un peu partagé. Je le savais, nous serions tous payés et ce jusqu'à la réouverture du labo. Pas question de prétexter une tragédie nationale, l'état d'urgence ou ce qu'on voudra pour faire une retenue sur salaire, enfin considérant que c'est l'Université Columbia, donc des connards, mais ils ne sont pas fous. Ils se soucient de leur image. Alors, génial, un congé payé. « Raisons de sécurité », ils ont dit, ce qui m'a fait marrer. Vous croyez vraiment que quelqu'un quelque part a envie de traverser le monde entier pour faire sauter un laboratoire de recherche pris au hasard ? Pour, quoi, détruire le mal représenté par l'empire des cosmétiques ? On a les militants de PETA, c'est sûr, mais là c'est un tout autre ordre de grandeur. Ils se baladent avec des banderoles, ils entonnent de joyeux slogans qui sont plutôt marrants. S'ils avaient vraiment l'intention de nous arrêter, ils l'auraient fait depuis des années, ces abrutis paumés. Avec leurs photos de lapins sans yeux ou je ne sais quoi.

Mais là toute la ville avait perdu la tête, point barre. Chacun était sûr que quelqu'un qu'il ne connaissait pas allait brusquement s'attaquer à lui, et qu'il s'y préparait depuis des années.

Plutôt arrogant, quand on y pense. Qui en a à foutre de votre personne, vraiment ? Pas tant de gens que ça.

Ce qui m'avait énervé à l'idée de ne pas aller au travail, c'est que c'est au travail que je voyais Yuri. Il avait commencé comme technicien de labo un an après moi, mais son fric, il ne le gagnait pas au labo. Il me fournissait toujours des numéros de cartes de crédit volées. J'ignore comment il se les procurait. Ces putains de Russes, ils se connaissent tous. Parfois, il me faisait payer si l'envie lui prenait de se la jouer et parfois il m'en refilait une pour pas un rond, parce qu'il me trouvait drôle. Il m'en fallait au moins une, la dernière qu'il m'avait donnée était refusée quand je voulais m'en servir. Je m'étais dit qu'avec cette ambiance patriotique et tout, c'était le moment idéal pour le surprendre dans une humeur non mercenaire qui lui donnerait envie de m'en fourguer une gratuitement, mais tant que le labo serait fermé je ne le verrais pas et le mec changeait de numéro de portable genre tous les quinze jours.

Le cabinet de l'avocat se situait tout en bas, 48e Rue Ouest. Il s'appelait Greg Towles. Je prononçais son nom comme dans « taule », sans trop savoir si c'était juste, mais chaque fois qu'il m'appelait maintenant il se contentait de dire : « C'est Greg. » Il y a de ça quelques mois, il m'avait proposé de déjeuner près du labo ; il avait expliqué ce qu'était un recours collectif et il m'avait demandé si je voulais y participer. J'ai voulu savoir si j'allais récupérer mon argent ou si cela signifiait que je devrais partager avec un tas d'autres gens. Il a répondu que je récupérerais mon argent et peut-être plus. J'ai demandé quels sont vos honoraires, il a répondu zéro, mes honoraires proviennent de l'argent que vous gagnez, alors j'ai pensé qu'est-ce que j'ai à perdre en dehors d'une journée de travail pour descendre en ville et faire, comment dit-on, ma déposition et maintenant, grâce à cet Événement Tragique on ne me retiendrait même pas une journée de salaire.

Tout à coup, la petite alerte de ma messagerie se déclenche sur mon téléphone dans la poche de mon pantalon – je devais être dans une zone où le réseau était rétabli – et je me suis arrêté sur le terre-plein de Broadway pour voir si c'était Yuri, ou M. Towels, mais non, c'était ma mère, hystérique comme d'habitude. Paniquée au même titre que tout le monde. Elle aurait dû le savoir pourtant – elle habitait Bayside depuis toujours, nom d'une pipe, à sa place vous vous seriez rappelé que Manhattan est une grande ville. Je lui avais envoyé un mail pour lui dire que j'allais bien mais elle ne lit jamais ses putains de mails, c'est trop compliqué, autant lui demander d'entretenir sa voiture. Elle ne pouvait pas comprendre que j'habitais tout là-haut sur la 131e Rue, à des kilomètres de tout, que rien ne s'était écroulé sur moi et que je n'étais donc pas mort. Il est vrai que quand le vent soufflait dans la bonne direction, comme c'était le cas hier soir, même sur la 131e Rue on sentait cette odeur de brûlé, à tel point que j'avais dû me lever pour fermer la fenêtre. Il aurait presque valu la peine de raconter cette histoire à ma mère, rien que pour qu'elle ait une attaque, qu'elle reste paralysée et qu'elle ne puisse plus se servir de son putain de téléphone.

J'étais occupé à effacer le message, tête baissée, et je suis rentré dans un énorme type sur le trottoir devant La Caridad. Entièrement ma faute, j'ai rebondi contre lui. Et pour moi, c'était ce qu'il y avait de plus bizarre, en fait, ces moments terrifiants, parce que personne n'agissait plus de façon normale, tout le monde était là : ça va ? Tout le temps. À propos de rien. Ça va ? Et donc là où ce type, en temps normal – il portait un marcel, il avait le cou tatoué, il avait l'air du mec qui aurait sauté sur l'occasion de se faire un malappris –, aurait au moins eu une remarque agressive pour me mettre à l'épreuve, il pose la main sur mon épaule, très doucement, et dit, comme si c'était lui qui avait eu les yeux fixés sur son téléphone en traversant la rue : « Désolé, frère, ça va ? » Ça ne m'a pas plu, mec. Je n'aimais pas la façon dont les gens se conduisaient. On était à New York. Les gens cherchaient toujours l'occasion de vous gueuler dessus. Ils l'attendaient. À présent, on aurait dit qu'on appartenait à une secte. Ça me foutait les boules. Mais je n'ai pas osé faire autre chose que rendre son sourire à ce type, parce qu'il était plutôt déchiré et, comme on dit, faut savoir ce qu'on veut.

Un temps splendide, l'une des plus belles dix journées de l'année, comme disent les chroniqueurs météo. Mais c'était une ville fantôme. Dans les vitrines des magasins fermés, et surtout aux étages supérieurs où se trouvaient les appartements, on commençait à voir ce truc où les gens plaçaient des drapeaux, ou bien ils collaient des drapeaux derrière la vitre, certains découpés dans le journal, certains juste noir et blanc.

Le hall d'accueil de l'immeuble sur la 48e Rue Ouest était immense. Les plafonds, hauts d'au moins quatre étages. Entièrement vide, hormis quelques vigiles, et deux d'entre eux se sont jetés sur moi. Ils ont littéralement couru, du moins le plus jeune. Le gros a essayé. Pour être honnête, je n'avais pas l'air de quelqu'un qui entrait dans l'immeuble pour une affaire légale, surtout après avoir parcouru à pied plus de quatre-vingts pâtés de maisons. Ce que je veux dire, c'est que je comprenais leur réaction. Ils se sont postés devant moi.

— Monsieur, quel est votre nom ? a dit le premier, le plus jeune, le plus rapide et avec l'air le plus débile.

Quel est mon nom ? Quelle putain de question idiote ! Il croyait peut-être qu'il allait le reconnaître ?

— Qui, a repris le plus âgé, venez-vous voir ici ?

Ils portaient tous les deux ces vestes marronnasses, comme des vestes d'uniformes. Très joyeux. Je leur ai dit que je venais voir Greg Towles. C'est un avocat, j'ai dit.

— Quel cabinet ?

Qu'est-ce que j'en savais, moi ? Je savais seulement que c'était un gros immeuble et que ce Towles y avait son bureau. C'était peut-être marqué sur la carte du mec, mais si je mettais la main dans ma poche à cette minute, un de ces nerveux sans cou n'hésiterait pas à m'abattre. Le plus vieux avait le visage en sueur. Tout le monde était à cran. Les autres vigiles nous regardaient. Peut-être le plus vieux était-il le père du plus jeune et il lui avait dégoté ce boulot, c'est ce que j'ai pensé un moment, mais non, mis à part les vestes de Joyeux Drilles, ils ne semblaient même pas venir du même pays.

— Rice and Powers ? m'a interrogé le père.

Ça me disait quelque chose. J'ai hoché la tête.

— Ils sont fermés aujourd'hui. À vrai dire, tous les bureaux sont fermés. Pas un seul n'est ouvert dans tout l'immeuble.

Alors pourquoi prendre la peine de me demander où j'allais, ai-je eu envie de dire, au lieu de quoi je me suis contenté de demander si je pouvais monter m'en assurer.

— Non, a-t-il répondu. Quoi, vous avez un paquet pour lui ?

Je lui ai montré mes mains vides. Je commençais à m'énerver.

— Revenez demain, a-t-il dit en m'indiquant la porte de sa grosse patte.

Et donc le même putain de trajet à pied interminable pour rentrer.

Cette fois, j'ai traversé Central Park, rien que pour changer. Du sud au nord. Pas un chat. Un jour comme celui-là. Tout le monde avait peur, mais en réalité c'était une façon d'essayer de tout ramener à soi, ce qui était absurde. Soit vous étiez vraiment là-bas quand ça s'était produit, soit c'était quelque chose que vous aviez vu à la télévision, point barre. Mais dès qu'un événement grave a lieu, c'est comme si chacun voulait insister sur sa petite souffrance personnelle. Les gens n'avaient aucune idée de ce qui risquait de leur tomber dessus ensuite, c'est vrai – quand une merde pareille arrive, un truc impossible à imaginer, l'imagination part en vrille – mais quand même, ils en rajoutaient une louche, désolé. Faut redescendre. Vous n'y étiez pas, ce n'est pas à vous que c'est arrivé. D'autant plus qu'on sait tous qu'un truc aussi haut s'écroulera tôt ou tard, fatalement.

Mais c'était l'autre truc bizarre, tout ce monde de bisounours, cette fraternité humaine, qui me rendait plus nerveux que tout le reste. Par exemple, à la sortie du parc, non loin du bas de la colline derrière la cathédrale, il y avait une file d'attente devant ce restaurant aux lumières allumées et une fois parvenu là, quand j'ai entendu les gens parler, j'ai compris que le propriétaire, qui venait de rouvrir, offrait le repas à tout le monde. Il se tenait là sur le trottoir et les gens le serraient dans leurs bras, putain. Et il pleurait. Ce petit mec tout maigre à la peau foncée. Il avait un genre d'accent, alors peut-être croyait-il avoir trouvé la manière de décourager les gens de le tuer. Ça ne me plaisait pas. Les gens doivent agir selon ce qu'ils sont vraiment.

— Entrez, mon ami, me dit ce connard enturbanné quand il me surprend en train de regarder derrière la vitrine les gens attablés. Quatorze ans que je travaille ici. Ce sont mes voisins. Je ferais tout pour eux. Vous, vous êtes mon frère, vous semblez avoir faim, pas de place pour l'instant mais je vous apporte, attendez ici.

J'étais affamé, c'est vrai. Mais cette scène me fichait une trouille bleue, et quand il a franchi la porte de la cuisine, j'ai repris mon chemin et j'ai continué jusqu'à ce que je sois rentré à la maison.

Pas grand-chose à manger chez moi. Mais pas question de ressortir. J'avais assez marché. Dans le freezer j'ai trouvé un plat cuisiné au poulet de chez Swanson que j'ai mis au four. Je les achète par quatre ou cinq en me disant que c'est en cas d'urgence mais je finis par les manger tous dans les quinze jours. Toujours pas de message du travail pour demain. J'ai appelé le labo, la ligne fonctionnait, mais personne n'a répondu. À la télévision, les infos tournaient en boucle. Je n'avais plus faim, mais je me sentais toujours agité. « Agité » étant, disons, un euphémisme. Il me fallait absolument, absolument, trouver un moyen de relâcher la pression.

Une chose à propos du porno : si vous y allez trop à fond, comme c'était sans doute le cas pour moi, la qualité devient un problème. Vous êtes gosse, vous regardez, et réellement ce que c'est n'a aucune importance – en gros tout se ressemble, vous voyez des trucs que vous n'avez jamais vus, le putain de catalogue de Victoria's Secret fait très bien son petit effet. Mais après on devient un peu plus vieux, un peu plus subtil.

On commence à remarquer des choses. Et si vous êtes à ma place, vous bloquez un peu sur la question de la réalité : bien sûr rien n'est vrai, mais vous pouvez toujours suspendre votre incrédulité, comme on dit. Ils peuvent au moins faire l'effort. Et c'est bien assez pour moi. Enfin, il faut que ça se passe un peu comme ça. Disons que c'est la poursuite du réel qui m'a déjà attiré des ennuis.

Je ne vais pas dire que j'étais accro ni rien, mais on finit par terminer la journée d'une certaine façon, et là, ça avait été une journée de merde. Mais comme tout en ce bas monde, la bonne came, ça se paie. Voilà pourquoi il me fallait ces numéros de cartes de crédit. La nouvelle carte que m'avait procurée Yuri avait été refusée la dernière fois que j'ai essayé de m'en servir. J'ai réessayé cette fois, bêtement, mais rien à faire. Derrière moi, la télévision montrait tout le temps des gens en train de pleurer. Super. J'aurais dû me méfier, mais je suis allé sur un de ces sites qui promettent des Caméras Cachées ou ce genre de trucs. Le mec est dans son lit, il dort, une nana entre et commence à s'occuper de lui et ça va pendant les trente premières secondes, sauf que je vois l'ombre de la perche sur le cul de la fille. Vous vous foutez de ma gueule ou quoi ? Parce que je ne vais pas m'en apercevoir ? J'ai eu envie de jeter le poste par la fenêtre, au lieu de quoi j'ai éteint, je suis allé me coucher et je n'ai pas du tout dormi paisiblement.

Le matin, il y avait un message du labo. Fermé jusqu'à la fin de la semaine, maintenant. J'ai réussi à contacter le portable de Towles mais j'ai eu directement la messagerie. Et à son bureau, aussi, la messagerie. Alors je me suis assis et j'ai réfléchi. Je me suis dit que si votre travail s'arrête une journée, dans des circonstances qui vous dépassent, logiquement tout le boulot prévu sera repoussé d'autant. Tout se fera exactement au même moment, mais vingt-quatre heures plus tard. Je ne voyais donc pas d'autre option que de retourner 48e Rue, à quatorze heures, au cas où le rendez-vous aurait lieu.

Tout a commencé parce que je me suis fait renverser par un bus, un bus municipal, Dieu merci, un soir il y a environ six ans de ça, pas très longtemps après que je m'étais installé à Manhattan. Je suis descendu du trottoir, j'étais au rouge, sur le passage piéton, et le M110 tourne dans Broadway et m'étend raide. J'étais ivre, c'est vrai, tellement ivre que je ne me souviens de presque rien, mais aux yeux de la loi ça ne comptait pas parce que la femme qui conduisait le bus, une grosse nana noire, était dans son tort. Et, pratiquement à mon réveil, il y a ce putain d'avocat à mon chevet au Metropolitan Hospital. Pas Towles – ça, c'était bien avant, le genre de type dont Towles se serait débarrassé d'un coup de pied. Il a un appareil photo avec lui, d'accord, et il prend des photos de moi endormi. Si j'avais pu me lever, je lui en aurais collé une. Mais alors il dit qui il est et il me montre les photos, et nom d'une pipe, j'ai une de ces gueules. La peau arrachée sur la figure, les bras, les mains. Et j'ai une fracture du bassin, aussi, mais c'était moins spectaculaire, n'est-ce pas, et ce fils de pute de pédé voulait des photos de mes blessures encore fraîches, avant qu'elles commencent à guérir. Il m'a dit comment il s'appelait, Bond, ce que j'ai trouvé très drôle, et qu'il prendrait trente pour cent de tout ce qu'il me ferait obtenir.

Je me suis senti idiot de ne pas y avoir pensé tout seul, même si pour être juste, j'étais resté inconscient presque toute la journée : renversé par un bus municipal ? Action en justice ! Tant que vous en sortez vivant, c'est comme de décrocher le gros lot. Toute cette histoire était tellement gagnée d'avance qu'ils ne se sont même pas donné la peine de sélectionner des jurés. Trois cent soixante mille dollars, avec déduction d'un tiers au bénéfice du vieux M. Bond. Il l'avait mérité, attention : il avait réussi à écarter le fait que j'étais ivre, et, mon vieux, vous auriez dû entendre ça, on aurait dit qu'il défendait sa propre vie. Il m'a demandé, juste avant la signature, si je voulais faire virer la conductrice comme condition pour la transaction. J'ai répondu Naan, à quoi bon, qu'elle renverse un autre connard chanceux qui deviendra riche. C'est une Robin des Bois qui s'ignore, cette mama !

Alors je ne sais pas si vous avez déjà eu beaucoup d'argent, mais putain que c'est lourd. C'est-à-dire, vous pouvez avoir mille dollars et vous sentir malin, mais quand vous en avez deux cent quarante mille, qui attendent là sans rien faire, vous vous sentez sacrément idiot. Je travaillais au labo à ce moment-là, mais c'était avant l'arrivée de Yuri. Les seuls types avec qui je pouvais parler étaient fondamentalement débiles, et ils ont commencé à me mettre la pression, vous voyez ? Tu dois l'investir. Il faut que tu le places, sinon, il reste là à générer des impôts jusqu'à ce qu'il n'y en ait plus, ça doit fructifier ou ça meurt, c'est ça l'Amérique.

Bon, très bien. Je suis beaucoup sur Internet de toute façon – une bonne chose que j'ai faite avec tout cet argent, j'ai enfin acheté un ordinateur digne de ce nom, avec une connexion ADSL et aussi une télévision toute neuve – je suis allé sur Ask Jeeves et j'ai cherché des conseils sur la façon d'investir de l'argent en Bourse. Ça a l'air incroyablement naïf, je sais, et c'était le cas, mais à ce stade j'avais le choix entre demander à Jeeves ou à Ces Connards d'Ignorants Avec Qui tu Travailles. Je vais sur quelques-uns de ces sites et, ça ne tarde pas, je commence à recevoir des mails, adressés à moi personnellement, de quelqu'un qui sait clairement que je possède un peu d'argent à mon nom. Il s'appelle Garrett Spalding et il veut que j'investisse dans un fonds, un fonds privé – c'est comme ça qu'il l'appelle tout le temps, un fonds –, qui me garantissait un rapport de neuf pour cent par an. Probablement davantage – il m'avait envoyé ces rapports annuels que j'étais incapable de lire, mais le résultat c'était que j'avais affaire à une sorte de génie de la Bourse, il n'avait besoin que d'une mise d'une poignée de clients sélectionnés, de sorte que s'il appelait les grosses banques pour un marché, elles l'écouteraient. Neuf pour cent minimum, c'était sa garantie, bonne ou mauvaise conjoncture, à la hausse ou à la baisse.

Alors vous êtes plus malins que moi et vous voyez probablement où ça mène. Moi, je ne voyais pas. J'ai gardé dix mille et je lui ai donné le reste, et ça s'est passé exactement comme ça, je n'ai plus jamais entendu parler de cet enfoiré. Un escroc. Et un bon. Je ne lui ai pas rendu la tâche ardue. Je ne l'ai même jamais rencontré face à face, si vous voyez à quel point j'ai été idiot. J'ai eu un rendez-vous, dans un vrai bureau, avec un de ses sous-fifres, parce que, bien sûr, un authentique génie de la Bourse comme lui était un bien trop gros bonnet pour rencontrer tous ses nouveaux clients. J'ai tout gobé. Maintenant je me demande si ce n'était pas justement lui, le sous-fifre. En train de se marrer en douce. Mais c'était un pro. Ces rapports annuels bidon devaient coûter un bras.

Je dirais pas que je me suis senti soulagé – ça me faisait bien chier d'avoir été pris pour un con, et pendant des mois je cherchais la bagarre dès que je sortais, peut-être juste pour me faire botter le cul, pouvoir démolir quelqu'un et me dire que c'était Garrett Spalding – mais, je veux bien l'admettre, bizarrement, le simple fait de revenir à la vie salariée, je me suis senti moins stressé, parce que ça m'allait, c'est la vie que je connais. Quatre ans s'écoulent. Et soudain, de but en blanc, j'ai un coup de fil de Towles l'avocat. Un mec jeune, pas beaucoup plus vieux que moi. J'ignore comment ces mecs réussissent toujours à me trouver, mais bon, le dernier avocat avait plutôt bien travaillé pour moi, non ?

— Nous avons relevé vos coordonnées dans ses archives. Vous n'êtes pas le seul à qui il a fait ça, m'explique Towles. Il a volé beaucoup d'argent à beaucoup de gens pendant des années. Des millions.

— Vous le poursuivez ? Vous l'avez retrouvé ? Vous savez où il est ?

— Pas exactement. Nous pensons qu'il a quitté le pays. Mais nous commençons à savoir où il a placé ses actifs. Et d'un point de vue légal, cela nous suffit.

— Ce fonds, là. Existe-t-il vraiment ?

— Eh bien, dit Towles, oui et non.

Peu importe. J'ai simplement compris que cela ne me coûtait rien. Et qui sait, que peut-être je récupérerais mon argent.

Towles a dit qu'il ne savait pas combien de gens se joindraient à moi, car il était encore en train de chercher combien de gens ce Spalding avait arnaqués toutes ces années. Plus on sera, mieux ce sera, disait-il. Moi, il me semblait plutôt que plus ils seraient nombreux, moins je récupérerais d'argent. Mais pour une action comme celle-là, il fallait réunir ce qu'il appelait des parties civiles. Il en avait déjà cinq et il voulait déposer la plainte, cela n'empêcherait pas d'ajouter d'autres noms plus tard, mais il pensait qu'il était très important d'être les premiers à agir et il voulait donc commencer avec nous cinq, cinq investisseurs ordinaires, non institutionnels, cinq idiots assez débiles pour remettre nos économies à un escroc. Il a organisé une réunion au cours de laquelle nous devions convenir d'une stratégie et déposer une plainte. C'était la réunion qui aurait dû avoir lieu ce mercredi après-midi, sauf que j'avais été le seul assez motivé ou assez stupide pour venir.

Et donc maintenant on était jeudi et j'y suis de nouveau allé à pied parce que marcher m'aide à m'éclaircir les idées. Toujours. Je devais d'abord m'arrêter, à la poste. C'est l'une des conditions de ma liberté conditionnelle, je dois envoyer une fiche de paie à mon contrôleur tous les mois et je dois le faire en recommandé. Bon, j'ai l'habitude et puis c'est presque fini. Le seul problème, c'est que le bureau de poste de Morningside Heights est le pire bureau de poste du monde et bien sûr je ne vais pas vous dire que je suis allé dans tous les bureaux de poste du monde ou même de New York. Je vous dis qu'il est impossible d'imaginer un endroit plus énervant. Les gens qui travaillent là sont les plus stupides, les plus paresseux, les plus lents, les plus gros, les plus sadiques que vous ayez jamais rencontrés dans votre vie. Ils doivent les recruter dans toute la ville. Je les hais. Tout le monde les hait. Mais pas autant qu'ils vous haïssent, eux.

Aujourd'hui, c'est bondé, on a l'habitude, mais c'est silencieux comme à l'intérieur d'une église. Les gens se contentent de faire la queue. Et huit guichets sur dix sont ouverts. Cela n'est littéralement encore jamais arrivé. La veille de Noël, vous en aurez peut-être cinq d'ouverts en même temps. Et puis il y a ces petites conversations. Généralement, le seul moment où des inconnus se mettent à parler dans un bureau de poste, c'est juste avant le début d'un concert de cris, accompagné peut-être d'une petite bousculade ou bien, une fois sur mille, si vous avez de la chance, d'une vraie bagarre entre deux femmes. J'en ai vu une ou deux. Mais à présent les gens chuchotent entre eux et je me rends compte qu'ils ne se connaissent même pas, et on entend la petite sonnerie à intervalles réguliers – 62, 63, 64 – et brusquement l'une des personnes qui chuchotent deux ou trois places devant moi se met à pleurer et la femme à qui elle parle pose son cylindre cartonné par terre et la serre dans ses bras.

— Qu'est-ce qui lui prend ? dis-je, apparemment à voix haute.

Le type âgé devant moi se retourne et me regarde bizarrement. Il voit alors que je tiens une enveloppe ordinaire.

— On dirait que vous n'en aurez pas pour longtemps, dit-il. Pas la peine de passer la journée ici. Prenez donc ma place.

Qu'est-ce qu'ils ont tous ? Je veux dire, je savais. Je ne suis pas totalement idiot. Je ne dis pas que je ne vois pas la cause et les effets. Je dis juste que quelque chose me paraît factice, mis en scène. La cause était réelle, mais l'effet bidon. Ou peut-être le contraire. Je ne sais pas comment le dire pour me faire comprendre.

Le hall d'accueil de l'immeuble de la 48e Rue Ouest paraissait un peu plus normal que la veille, moins spectral, plus animé. J'ai vu les mêmes agents de sécurité, qui eux m'avaient aperçu les premiers : leurs yeux étaient braqués sur moi. Mais ils restaient où ils étaient. Le plus jeune parlait dans son talkie-walkie. Je me suis approché de la réception et j'ai dit à la fille que j'avais rendez-vous avec M. Towles du cabinet Rice & Powers. Après quoi j'ai retenu ma respiration le temps qu'elle appelle à l'étage, parce que je n'étais plus aussi certain que ce que je venais de dire était encore vrai *stricto sensu*. Je n'avais aucune envie de me faire jeter, d'autant plus que tout le monde était sur les dents. L'appel a duré un moment, bien plus longtemps que nécessaire pour répondre « Faites-le monter ». Je me suis efforcé de ne pas regarder les agents de sécurité pour voir s'ils avaient commencé à se diriger vers moi. Et puis, brusquement, alléluia, la nana à la réception me remet un pass Visiteur et indique l'une des batteries d'ascenseurs.

L'immeuble était encore assez vide, pas comme d'habitude, disons, et je suis monté tout seul au vingt-septième étage. Un vrai palais, cette boîte Rice & Powers. Plein de fauteuils en cuir. Plein de téléphones qui clignotent sans qu'on entende rien. Il y avait un autre type qui attendait à la réception, un gars à l'allure robuste, portant cravate mais sinon vêtu comme s'il était là pour réparer un truc. Il m'a adressé un signe de la tête. Je me suis approché de la fille et je lui ai dit que je venais voir M. Towles, j'avais rendez-vous. Elle a demandé à quelle heure, et j'ai répondu quelle heure est-il maintenant ? Putain, ce qu'elle était sexy, soit dit en passant, sexy genre mannequin, tellement sexy que ça me rendait probablement un peu irritable, surtout quand elle me parlait comme ces femmes qui s'adressent à des hommes invisibles et me proposait de m'asseoir. Elle indiquait les fauteuils, à croire que je ne pouvais pas comprendre tout seul, qu'un mec de mon genre risquait de s'asseoir par terre si on lui expliquait pas les choses. Je me suis installé dans un fauteuil de cuir face à la baie vitrée donnant sur le bas de la ville. Et là, pour la première fois, en dehors de la télévision, j'ai pu vraiment voir la fumée. C'est dire à quelle hauteur nous nous trouvions. C'était dingue. Et quand on levait les yeux, on regardait droit dans le ciel bleu, ce qui était aussi assez perturbant, parce que, vu comme il était vide, n'importe quoi pouvait tout à coup en surgir.

— Excusez-moi, ai-je entendu et c'est l'autre type à la réception, celui qui m'avait adressé un signe de la tête.

Je hausse les sourcils.

— Vous êtes venu voir M. Towles ? Désolé, je n'ai pas pu m'empêcher d'entendre. C'est très silencieux ici.

Il devait avoir juste un ou deux ans de plus que moi, même s'il faisait plutôt père de famille, père de quelqu'un. Bonne forme physique et bronzé, mais pas comme le crétin qui passe son temps à la salle de sport. Comme quelqu'un qui passe beaucoup de temps dehors. Mais j'ai été ravi quand j'ai compris ce qu'il faisait là.

— J'ai rendez-vous, ai-je dit.

Il s'est levé, il a avancé de deux pas – toujours un peu penché en avant comme s'il ne voulait pas se redresser complètement – pour me serrer la main, puis il est retourné s'asseoir dans son fauteuil.

— Mark Firth, a-t-il dit, avant de marquer une sorte de pause, comme si j'étais censé me présenter, ce que je n'ai pas fait. J'ai rendez-vous également. Bon, je ne suis pas sûr que ça tienne toujours. J'en avais un de prévu il y a deux jours, et puis, voilà.

— Vous êtes d'où ? lui ai-je demandé. Je m'étonne qu'on laisse encore entrer quiconque dans la ville.

Quand on habite à New York un certain temps, on développe un sixième sens pour flairer ceux qui viennent d'ailleurs.

— Je suis arrivé lundi soir, si vous pouvez le croire. Je viens du Massachusetts. J'ai laissé ma voiture à Wassaic et j'ai pris le train. M. Towles a demandé à la société de me réserver une chambre d'hôtel. Ça devait être pour une seule nuit, mais maintenant je ne sais plus.

— Sympa.

Il m'a regardé, l'air de se demander si je me foutais de lui. Mais ce n'était pas le cas.

— On peut faire l'aller et retour en voiture dans la journée, a-t-il poursuivi, mais c'est quatre heures et demie chaque fois. Je l'aurais fait, s'il l'avait fallu, mais Greg a été généreux de me le proposer.

— J'aurais dû dire que je venais de loin, ai-je commenté pour me montrer aimable. Chambre d'hôtel gratuite. Ça en jette.

— Alors vous habitez ici ? a dit Mark Firth, d'une voix étrangement respectueuse, comme si c'était toute une affaire. Vous vivez ici, à Manhattan ?

J'ai hoché la tête.

— Alors, euh... est-ce que vous connaissez quelqu'un ? Vous connaissez quelqu'un, je veux dire, qui a disparu ? Tous vos proches vont bien ?

Tous mes *proches* ? Je l'avais mal compris l'espace d'une seconde, parce que j'ai répondu :

— Non, mon vieux, je n'étais pas à côté. J'habite à des kilomètres.

Il a hoché la tête, baissé les yeux, toujours avec cette expression triste.

— C'est tellement incroyable.

J'étais d'accord. Il semblait assez secoué. J'attendais qu'il se lance dans sa propre histoire personnelle, qu'il me raconte où il se trouvait quand ça s'est produit, mais non.

— Alors vous ne connaissez personne. Personne qui travaillait là-bas.

— Hé, est-ce que j'ai l'air de quelqu'un qui a plein d'amis dans la finance ?

Il a étouffé un petit rire.

— Et vous... bon, je n'ai aucune raison de croire que nous sommes ici pour les mêmes raisons, M. Towles travaille sûrement sur plusieurs dossiers à la fois...

— Garrett Spalding ?

Ses épaules retombèrent.

— Oui, ai-je dit, moi aussi. Il vous a baisé de combien ?

— Oh, a fait Mark, je ne suis pas vraiment sûr. Nous ne sommes pas censés parler de ça, non ?

Ça m'était égal, en fait, j'espérais seulement trouver quelqu'un d'encore plus stupide que moi. S'il ne voulait même pas dire combien, ça devait être beaucoup.

— Peu importe, nous sommes dans la même équipe, hein ? L'équipe des Pigeons.

Il a eu un sourire, un peu jaune.

— Mais dites-moi une chose : est-ce que vous l'avez déjà rencontré ? Parce que je ne suis même pas certain d'avoir jamais vu ce type, et je regrette. Sans parler du fait que je me sens encore plus idiot, du coup.

Mark a baissé la tête.

— Croyez-moi, c'est pire de l'avoir rencontré.

— Sérieux ? ai-je dit en me redressant tandis que lui se radossait dans son fauteuil. Vous l'avez rencontré ?

— Je l'ai reçu chez moi.

— Vous l'avez reçu *chez vous* ? ai-je répété, certainement trop fort, après quoi la réceptionniste sexy a pointé le doigt sur nous et un autre type pâle en costume est venu vers nous sans faire de bruit sur la moquette, pour me dire, ai-je pensé, de rester calme.

— À quoi il ressemblait ? Est-ce qu'il avait un, un...

— Vous venez voir M. Towles ? m'a interrompu le costume.

Il avait les cheveux clairsemés et pas de menton.

— Oui, monsieur, c'est exact, a répondu Mark Firth, furieusement poli.

Il s'est levé et a donné son nom :

— Savez-vous si les autres sont là ?

— Je ne pense pas, a dit le gars. En effet, les dépositions sont prévues à des jours et des heures différents.

Je ne pouvais affirmer s'il s'agissait d'un autre avocat ou d'un simple assistant qui se tenait en très haute estime. On aurait dit une tête d'ampoule.

— Et si nous n'attendons personne d'autre, suis-je intervenu, serait-il possible d'entrer et de le voir maintenant ? Je viens de loin et mon coplaignant Mark, ici présent, d'encore plus loin.

— Je crains que non, dit le petit type. Il n'est pas là.

Super.

— Quand doit-il arriver ? a questionné Mark.

— Je ne sais pas, a dit le type.

Plus il parlait, plus il semblait perdre son sang-froid.

— Qu'est-ce que vous racontez là, vous ne savez pas ? ai-je dit. Où est-il ? Nous n'avons pas atterri ici comme ça, par hasard, nous sommes là parce qu'il nous l'a demandé. J'ai dû prendre une journée de congé.

Quelque chose chez le petit laquais semblait se fissurer. Il a pris le fauteuil placé plus ou moins entre nous, de telle sorte que nous formions les trois côtés d'un carré. Mark et moi avons échangé un regard et à notre tour nous nous sommes assis.

— C'est un moment terrifiant, a reconnu Tête d'Ampoule. Beaucoup de nos collaborateurs ne sont pas là aujourd'hui. Beaucoup de nos avocats non plus. Même si, officiellement, nous sommes ouverts. Certains d'entre eux ont des amis ou des membres de leur famille qui n'ont pas encore été retrouvés.

— Oh, Seigneur, a soufflé Mark.

— Et nul ne sait vraiment ce qui va se passer maintenant.

Bizarrement, il avait sorti son téléphone et le caressait.

— Nul ne sait si ce qui est en train de se produire dans le monde est terminé ou pas. Ce que je veux dire, c'est qu'il n'y a rien de surprenant, rien de difficile à comprendre, à ce que M. Towles et sa femme aient quitté la ville pour un certain temps. Il a des membres de sa famille quelque part à Long Island, il est allé s'installer chez eux.

— Et donc vous ne savez pas quand il reviendra, a conclu Mark. Ni où il se trouve exactement.

— Beaucoup de gens paniquent.

— Long Island, ai-je répété. Et donc nous, qui travaillons, on est censés faire quoi, rester ici et prendre tous les risques ?

Le type m'a regardé fixement. Plus je montrais mon impatience, plus il semblait sur le point de pleurer. Nous sommes restés là, dans notre petit carré ouvert, sur les fauteuils de luxe qui se résumaient à des fauteuils de salle d'attente mais qui étaient dix fois plus beaux que ce que j'avais jamais possédé. Rien que pour la salle d'attente. Je n'avais encore jamais vraiment vu l'intérieur de ce genre de boîte. Il y a des gens qui vivent dans un monde d'argent. Vous croyez le savoir, mais vous ne savez pas.

— Je ne peux pas le lui reprocher, a concédé Mark, la voix aussi douce que celle de l'autre type. C'est dur d'être loin de sa famille en de telles circonstances. Vous avez besoin de les avoir à vos côtés.

Sans Menton a tendu le bras et posé la main sur celui de Mark, chose très malvenue. Tout le monde jouait la comédie, mais pas les uns pour les autres, davantage comme si chacun se regardait soi-même, si tant est que ça veuille dire quelque chose.

— Mais est-ce qu'on peut quand même entrer, puisqu'on est là, ai-je insisté en me levant. Déposer ou je ne sais quoi.

Le laquais a eu l'air malheureux :

— Je regrette...

Le portable de Mark a sonné.

— Excusez-moi, a-t-il dit en le sortant et en le mettant sur silencieux.

— Je disais, je regrette vraiment que ce soit vous deux, parmi les six ? Je crois que c'était six. Que vous soyez les deux plaignants prévus le jour où vous avez été prévus. Je sais que cela n'a pas été facile de faire tout le trajet jusqu'ici. Je sais que nous voulons tous que la vie continue comme avant.

Et le petit con est maintenant en train de sangloter. Je me suis senti furieux, sans me l'expliquer.

— Mais il est impossible de prendre des dépositions en l'absence de M. Towles. Or il n'est pas là. Et il n'a pas dit quand il serait de retour. Alors je ne sais pas quoi vous dire sinon de rentrer chez vous, de rester auprès des vôtres, et nous prendrons contact avec vous dès que nous en saurons davantage.

— Ou nous pourrions essayer de repasser demain ? ai-je tenté.

— Ou vous pourriez repasser demain, mais je vous appellerai avant. Je serai là, moi, c'est la seule chose que je peux vous promettre.

Il nous a raccompagnés jusqu'à l'ascenseur. Il agissait comme un ordonnateur de pompes funèbres. C'était genre, mon vieux, si vous saviez quelles choses horribles des gens que vous ne connaissez pas subissent tous les jours ? Mais alors il devient encore plus bizarre :

— Avez-vous un chien ?

— Sûrement pas, ai-je répondu, mais il regardait plutôt Mark qui hochait la tête.

— Je suis détruit, reprend le type, en pensant à tous ces milliers d'animaux, de chiens surtout, qui attendent devant la porte. Qui attendent. Je sais que c'est fou, ce qui est arrivé à ces gens est tellement atroce, mais j'ai cette idée fixe.

L'ascenseur était là, Dieu merci. Mark et le type ont échangé le genre de poignée de main où on pose aussi l'autre main par-dessus le feuilletage de mains. Après quoi nous nous sommes retrouvés dans l'ascenseur et nous descendions en silence.

— Des chiens ! ai-je ricané pour finir. Quel pédé.

Nous avons traversé côte à côte l'immense hall. J'ai vu mes potes, les agents de sécurité, je leur ai fait un signe de la main, mais ils regardaient ailleurs. Nous nous sommes arrêtés sur le trottoir, nous avons levé la tête et au même moment un avion militaire est passé dans le ciel, c'étaient les seuls avions qui volaient alors, les premiers jours. Ils passaient souvent, mais on ne s'y habituait pas tout à fait. Dès qu'un de ces appareils traversait le ciel, on voyait les gens se figer sur le trottoir.

— J'ai l'impression que plus rien ne sera jamais comme avant, a déclaré Mark.

Et pour une raison mystérieuse, je me suis senti submergé là, sur le moment : par toute cette haine, comme si elle s'était accumulée pendant des jours. Pourquoi à l'égard de ce type, de ce putain de M. Propre de banlieue ? Je ne sais pas. Je pourrais dire qu'il ressemblait beaucoup à ces types qui me mettaient des coups sans cesse, sans raison, au lycée. Qui m'enfonçaient la tête dans les cabinets, et que sais-je encore. Et le voilà maintenant qui fait semblant d'être mon frère. Qui ne fait pas semblant – il en était convaincu. Il était convaincu de penser ça. Il était tellement paumé que ça m'a mis en rogne. Ou peut-être étais-je vraiment furieux parce que je me disais que nous avions finalement quelque chose en commun. Regardez-le : c'est un plouc, un crétin, un pauvre imbécile avide et je suis pareil. Et il est comme moi. La voilà, votre putain de fraternité humaine, pas vrai ? En tout cas, j'en ai eu brusquement assez de ce dénommé Mark. J'avais envie de rétablir la distance entre nous.

— Nous sommes tous new-yorkais aujourd'hui, ai-je dit.

Il a hoché la tête, comme si j'avais fait montre d'une grande sagesse. Il a posé la main au-dessus de ses yeux pour me dévisager, comme une visière, comme un salut.

— Vous avez faim ? il me dit.

Oui, j'ai faim, espèce de crétin condescendant, mais je sais comment me nourrir. Il y a des gens qui me regardent comme si j'étais un peu malheureux. Parce que peut-être j'ai une allure différente. J'ai un boulot, j'ai mon appartement, j'ai une vie, merde, vous savez ça ? Le pire, c'est cette sympathie pleine de bonnes intentions. Ça me rend fou. Vous êtes vous, et moi je suis moi. Vous savez parfaitement que vous ne cherchez qu'à vous sentir supérieur. Comme si, au cas où l'immeuble dans lequel vous êtes s'effondre et qu'il s'avère « Oh, oui, il y a bien un Dieu en fin de compte », vous vouliez être couvert, vous vouliez pouvoir défendre votre cause. Eh bien, bonne chance.

— Vous savez, c'est idiot, ai-je dit, mais tout donne l'impression que... qu'il pourrait s'agir du dernier jour sur la terre, vous voyez ?

Il a posé la main sur mon épaule en la pressant. Il était fort, putain, ce Mark.

— Et le sort nous a jetés ensemble, vous et moi, et tout est tellement bizarre maintenant, on dirait que c'est la fin du monde.

— Je sais.

— Dans quel hôtel ils vous ont mis ?

— Quel hôtel ?

Il a pointé le menton vers le bas de la ville.

— Le Marriott. Sur Times Square. Juste à quelques pâtés de maisons d'ici. Vous le connaissez ?

— De l'extérieur.

— C'est quelque chose. (Un temps d'arrêt.) Ils ont évacué tout l'hôtel. Ils nous ont tous fait sortir dans la rue. On est restés là plusieurs heures à regarder les informations sur cet écran vidéo géant et puis à un moment donné ils nous ont dit qu'on pouvait rentrer.

— Ce que je vais vous dire va vous paraître un peu gay, ai-je dit, mais je n'ai pas vraiment envie de rester seul, là tout de suite.

Il m'a invité à venir. J'en étais sûr. L'attitude que tout New York avait soudain essayé d'adopter – la solidarité envers les voisins –, ce bouseux l'avait vingt-quatre heures sur vingt-quatre, sept jours sur sept. Il allait peut-être à l'église. Il se faisait plein d'idées fausses sur lui-même, ça se voyait. Mais bon, on a marché cinq minutes et on est arrivés. Le Marriott avait ce restaurant sur le toit qui tourne pendant qu'on mange, ce que je trouvais génial, mais bien sûr il était fermé depuis mardi et n'allait certainement pas ouvrir de sitôt.

— Service à l'étage ? ai-je suggéré.

Il semblait réticent, mais j'ai demandé à la réception et techniquement parlant le service à l'étage avait repris, seulement on manquait de personnel et il faudrait patienter, nous a-t-il été répondu. En cuisine et dans l'hôtel, les employés étant majoritairement clandestins, il n'était pas facile de les joindre pour leur dire de revenir travailler. Ils reviendraient dès qu'ils se sentiraient en sécurité, à mon avis. La chambre de Mark se situait au dix-neuvième étage. Les ascenseurs de la réception sont en verre, on a l'impression de se voir propulsé dans une fusée. Restaurant tournant, ascenseurs de verre – tout ici vise à vous faire faire dans votre froc.

Je voyais bien qu'il se sentait mal à l'aise. Il m'a donné le menu du room service avant d'appeler la réception pour demander si tous les trains en direction du nord roulaient aux horaires habituels et, me semble-t-il, on lui a répondu oui. Peut-être avait-il envie de plier bagages et de rentrer tout de suite, mais j'avais affaire à Monsieur Poli et, mec, je n'allais pas me casser. C'était chouette, comme endroit.

À la seconde où il a raccroché, son portable a encore sonné.

— Hé, chérie, j'allais justement te rappeler.

Il m'a regardé brièvement, de façon inconsciente, et j'ai compris qu'il voulait un peu d'intimité, mais je n'avais pas vraiment l'intention de la lui donner et, de toute façon, je serais allé où ?

En lui souriant, j'ai chuchoté : « Pas de problème », ce qui a paru l'étonner.

— J'en reviens à l'instant, a-t-il continué.

Petit temps d'arrêt.

— Oui, enfin, si on veut. Towles n'était pas là.

Temps d'arrêt plus court.

— Personne n'avait l'air de savoir.

J'ai regardé les tableaux aux murs, des images abstraites, des images de rien, comme s'ils craignaient qu'on les attaque pour vous avoir fait penser à quelque chose.

— Non, pour l'amour du ciel, non, il n'a pas été tué ni rien. Il était loin de tout ça. Il est juste parti à la campagne quelque part. Dans sa famille. Pour être à l'abri, je suppose.

— Je vais dans la salle de bains, ai-je prévenu, comme si je cherchais à lui rendre service, mais je n'ai pas fermé la porte complètement, et je pouvais donc continuer à l'entendre.

— Je vais bien, disait-il. Je vais parfaitement bien, autant que toi, ce n'est pas ce que je voulais dire.

Parfois on en apprend beaucoup sur quelqu'un en furetant dans sa salle de bains. Mais il n'habitait là que depuis deux jours. Il avait cette vieille trousse de toilette en cuir, comme une trousse de môme, de môme en colonie. À l'intérieur, la seule chose intéressante était un flacon de Vicodine, et vous savez quoi ? Je l'avais à moitié glissé dans ma poche – pas pour moi, mais un truc comme ça pouvait être utile à Yuri ou à quelqu'un de sa connaissance – mais en le secouant j'ai pu me rendre compte qu'il ne restait qu'un seul comprimé. Alors je l'ai reposé.

— Ils ont fait ça ? a-t-il dit. C'est… c'est gentil, mais…

La salle de bains était agréable. Tellement propre. Je ne veux pas dire pourquoi j'ai été tellement frappé par ça. Immense miroir. Immense baignoire. Il y a des gens qui vivent des vies où ils dorment dans ce genre de chambres tout le temps. Il faut qu'ils aient le meilleur. Anonyme et nettoyé derrière eux.

— Je sais. Mais pourquoi ils organiseraient un truc comme ça ? Tu leur as expliqué pourquoi j'étais venu ici ?

Je me suis demandé pourquoi il ne lui disait pas que j'étais là avec lui, surtout s'il voulait raccrocher, comme il me semblait le comprendre à sa voix. Je suis ressorti et je suis allé m'allonger sur son lit. En souriant. Je ne sais pas, il y avait quelque chose chez ce type, j'avais envie de le provoquer. Il me faisait penser à quelqu'un qui avait dû être violent. C'était comme de boire devant quelqu'un qui va chez les Alcooliques Anonymes. Quelque part, on a envie de voir comment il est, ivre, hein ? Jusqu'où ça peut dégénérer.

— Je dois y aller, a-t-il dit. Les plats sont arrivés.

Mensonge ! Je ne les avais pas encore commandés.

— Non, si elle est dehors, laisse-la jouer. Dis-lui que je l'aime et que je la verrai demain. (Petit froncement de sourcils.) Il faudra simplement que je revienne une autre fois. Non, je sais. Moi aussi. Je t'aime. Moi aussi. À demain.

Il m'a regardé d'un air penaud, c'est le mot. Je crois qu'il avait peut-être envie de s'allonger aussi, mais il n'allait pas s'étendre à côté de moi. Je rends les gens nerveux, je ne sais pas pourquoi, alors je me contente de profiter de la situation quand je peux. Il est allé se poster devant la fenêtre. Toute la journée je m'étais senti au-dessus de qui j'étais d'habitude. Il n'y avait guère de différence.

— Ma femme, a-t-il commencé.

J'ai hoché la tête.

— Elle était en train de me dire qu'il y a eu une veillée aux chandelles toute la nuit à la mairie. Pour moi. Pour que je revienne sain et sauf. Je ne sais pas si je dois rire ou pleurer.

Il a fixé le néon et le bleu derrière la vitre, puis il a baissé la tête.

— Tout le monde a été sous le choc d'apprendre que j'étais à New York, parce que je n'avais dit à personne que j'y allais. Enfin, Karen savait, bien sûr. Mais nous avions décidé de n'en parler à personne d'autre. Parce que je n'ai parlé à personne, pas même au reste de ma famille, du désastre Garrett Spalding. Parce que j'avais tellement honte de ce qu'ils risquaient de penser de moi. Et là, ils sont tous à prier pour moi, une bougie à la main. Je me sens vraiment minable en ce moment.

— Comment elle est, votre femme ?

Il faisait vraiment un gros effort pour gérer la situation, toute cette interaction, ça se voyait. Et là, il fait exactement ce que j'attends, il sort de son portefeuille une photo de sa femme et de sa fille. La femme est exactement ce qu'on peut imaginer qu'un péquenaud séduisant peut épouser. Fille de la campagne. Corps superbe, pas grosse mais de belles courbes, de longs cheveux naturellement épais. Belle bouche pleine. Nichons magnifiques. Quant à la fille, elle était très jeune, et si je ne suis pas très friand de ça personnellement, je peux comprendre. Il y a des enfants qui ressemblent à des enfants. Et parfois on peut déjà voir la femme qui va en sortir.

— Vous avez une famille merveilleuse.

Il a souri, un peu tristement. Il ne m'a pas demandé si j'en avais une. Il devait sans doute deviner.

— J'ai eu beaucoup de chance.

Alors j'ai fini par appeler ce room service. Les prix, mec, stratosphériques ! Je sais que Mark n'était pas d'accord, mais c'était gratuit, non ? Je veux dire payé par Towles l'avocat, et encore ce n'était pas comme si ça sortait directement de sa poche, et j'ai parlé de ces putains de bureaux ? Parce que quelques entrées en plus ou une bouteille de cognac vont les ruiner ? Allez.

On a mangé comme des rois. Une fois la nourriture servie, trop tard pour protester, il s'est laissé aller et a décidé de s'amuser un peu. Il a même pris une bière, moi trois et je me suis demandé si je ne pouvais pas emporter les deux autres. Je voyais qu'il craignait d'avoir des ennuis avec Towles. Mais qui pouvait dire si nous allions revoir ce trouduc de parano, à moins d'aller jusqu'à Long Island, genre deux bons potes, pour le retrouver. Je me suis mis à zapper les chaînes sur la télévision, toujours des infos, et tout à coup, bingo ! Vidéo à la demande ! J'en avais entendu parler, mais je n'en avais jamais vu. Il était assis dans le fauteuil sans rien dire. J'ai regardé toutes les bandes-annonces de films porno à pleurer, juste pour rigoler, mais je n'en avais pas vraiment envie : le porno, c'est fait pour être regardé seul, pas avec un autre type dans la chambre, indépendamment du fait qu'on se branle ou pas. Le porno a été inventé pour ça, donner à chacun une bonne raison de rester seul.

— Et où habitez-vous exactement ? a-t-il interrogé. Les métros et les bus marchent maintenant, non ?

— Alors votre jolie femme était fumasse ? À cause de l'argent. Elle a l'air du genre explosif.

— Oui, enfin, c'est... votre question ne me dérange pas, vous voyez, mais c'est assez personnel.

— Bien sûr. Vous avez raison. Enfin, c'est juste que moi, je n'ai pas de famille. Alors je suis curieux. Surtout maintenant, n'est-ce pas, avec le danger qui nous guette encore, peut-être, pour ce qu'on en sait. Alors votre histoire, ça pourrait bien être la dernière que j'entends.

Il est tombé dans le panneau. Il m'a tout raconté. Il est entrepreneur de travaux je ne sais où dans le Massachusetts. Il restaure de vieilles maisons. C'est un lieu de villégiature, ou des pédés de riches de New York ou de Boston achètent des maisons de vacances. Tout cet argent à la figure, tout le temps, alors il devient envieux et il place son argent en Bourse. Et il se débrouille plutôt bien pendant un certain temps, ou il a juste beaucoup de chance, et sa femme est fière de lui, elle tombe à genoux et lui suce la bite tout le temps (OK, ce détail vient de moi, mais c'est sa faute parce qu'il m'a montré la photo). Et alors il décide de jouer dans la cour des grands, et il cherche un gestionnaire de portefeuilles – parce qu'il se dit que c'est moins risqué ! –, il cherche en ligne et dans un putain de forum il tombe sur quelqu'un qui délire sur ce Garrett Spalding. Il a tout donné à ce mec. Sans même le dire à sa femme. Maintenant, ils ont des dettes jusqu'au trognon et ils ont dû renoncer à avoir un deuxième enfant.

Et écoutez ça :

— Je peux vous avouer une chose ? Après ce qui est arrivé mardi, une part de moi s'est sentie un peu soulagée, parce que l'attitude de Karen a changé, elle a dit, écoute, on oublie tout ça, on oublie nos problèmes, c'est juste de l'argent, tout ça n'a plus d'importance, tout ce qui importe c'est que tu sois sain et sauf. Mais je sais que ça ne durera pas éternellement. Je ne sais pas, c'est peut-être pourquoi je n'ai pas autant peur d'être loin de chez moi que je le devrais. Pour être franc, je me sens en sécurité ici. Bizarrement. Mais c'est manquer de respect de le dire.

Il y avait sûrement autre chose. Mais la bouteille de cognac était ouverte et j'étais déjà assez soûl.

— Et votre fille, ai-je suggéré.

Il a souri.

— Oui, heureusement, je crois qu'elle est trop jeune pour avoir peur. Aucune idée de ce qui angoisse tout le monde. Je sais qu'elle n'a pas eu école un jour et elle était furieuse.

— Quoi, ils ont fermé les écoles dans le Nord ? Pourquoi ?

Il a haussé les épaules.

— Les écoles sont fermées dans tout le pays, je pense. Le pays est attaqué.

— Mais c'est tellement débile ! Quoi, vous habitez au milieu de nulle part, non, c'est ce que vous avez dit ? Pratiquement dans les bois.

Il a eu l'air un peu inquiet, comme s'il ne comprenait pas ce qui m'énervait.

— Pourquoi on voudrait vous attaquer ? ai-je insisté.

Il a eu une expression évasive.

— Qui sait ce qu'ils veulent. Ou même qui ils sont. Ils nous détestent, c'est tout. Ils détestent ce que nous représentons.

— Ce que nous *représentons* ? Seigneur. Pourquoi tout le monde croit que c'est le Jugement dernier ? Vous savez comment la plupart des gens vous jugent ? Ils jugent qu'ils se foutent royalement de vous. Vous n'existez pas pour eux. Mais les gens préfèrent penser qu'on les hait. Ça leur donne de l'importance. De toute façon, pour moi, c'est d'une prétention à mort.

Il me semble que je ne me faisais pas bien comprendre.

— Il se fait tard, a-t-il observé.

Il voulait que je parte. Comme si je ne m'en rendais pas compte. Mais il ne pouvait tout simplement pas le dire et ça me plaisait. Qui était ce type ? Pourquoi ne me jetait-il pas dehors ? On voyait qu'il en mourait d'envie. Et qu'il aurait pu, même si j'avais été sobre. Mais il se conduisait comme une putain de mauviette. Ce grand mec, beau, et marié à une bombe. Je ne pouvais pas laisser les choses se passer ainsi.

— C'est dingue, ai-je dit, tout ce qui devait arriver pour que nos chemins se croisent. Toutes ces coïncidences. Parce que, normalement, on n'est pas le genre de types à se fréquenter.

— Parfaitement. La preuve en est.

— Je veux dire, cette tragédie. Mais aussi ce qui vous a amené ici. Le fait que le même mec nous a volés. Alors qu'on est tellement différents. Le fait qu'on a quand même décidé d'aller à ce rendez-vous, qu'on tenait autant à notre argent alors que des milliers de gens étaient en train de mourir.

— Oui, c'est vrai.

— Même ce putain d'avocat s'est dégonflé. Mais pas nous. Nous voulons le récupérer, ce putain d'argent. Il faut le vouloir. On ne peut pas se laisser arrêter par une attaque terroriste. Voilà ce que nous avons en commun. On est égoïstes.

— Mais dans un moment pareil, nos différences ne comptent pas tant que ça.

— Égoïstes et avides et naïfs. Ça ne fait pas une combinaison gagnante.

— Écoutez, a dit Mark. Je commence à être très fatigué.

Je crois que j'ai dû m'endormir. J'ai ouvert les yeux. Au pied du lit l'énorme télévision diffusait en silence. Toujours les mêmes conneries, en boucle. Personne ne voulait tourner la page. Chacun avait le sentiment d'être important.

— Oui, moi aussi. Mais, Mark, j'ai peur. Je ne me vois pas ressortir. Pas en pleine nuit. La nuit, c'est le pire moment. Pour rentrer chez moi, j'en ai pour quatre-vingt-dix pâtés de maisons. Vous savez que j'ai fait tout le chemin à pied pour aller chez Towles ? Aller et retour. Je me sens incapable d'affronter la foule pour l'instant, les espaces fermés. Je ne supporte pas l'idée de ne pas pouvoir voir ce qui vient du ciel. Les autobus sont sûrement des cibles de choix. Comme en Israël. Et le métro ? Laissez tomber. Je ne peux même pas y penser.

Je vais vous dire, je me suis tellement pris au jeu que j'ai commencé à pleurer. C'était à hurler de rire !

— J'ai tellement peur. Je ne sais pas pourquoi je vous dis ça. On parle de bombardements, de guerre mondiale. C'est juste que, on ne sait jamais : est-ce que je vis ma dernière nuit ? Tous ensemble, on a traversé quelque chose d'incroyable, mec. Je ne sais pas pourquoi on nous déteste. Pourquoi ce monde est plein de haine. Mais j'ai ce sentiment, comme vous disiez, que rien ne sera plus jamais comme avant. En marchant hier, je suis passé devant ce terrain de jeux, il grouillait d'enfants, et je ne cesse de penser à eux. Ils sont… tellement innocents, et on va tout leur enlever. Je voudrais pouvoir empêcher ça, vous savez ? Les empêcher de savoir ce qui s'est produit. Mais on ne peut pas empêcher ça. Ce serait comme de remonter le temps. Ils n'ont pas encore peur, du moins peur de quelque chose de concret, mais moi, là, j'ai tellement peur pour eux…

Et c'est ainsi que j'ai passé ma première nuit dans un lit king-size au dix-neuvième étage d'un hôtel de luxe. Gratos.

Jamais dormi dans un lit pareil, mais je me réveille tôt en général. Il faisait nuit. Il dormait dans le fauteuil, la tête appuyée sur son poing. La télévision était toujours allumée, le son coupé.

Très doucement, j'ai roulé jusqu'au bord du lit, je me suis levé et j'ai tendu l'oreille. Silence de mort là-haut. Aucun bruit de rue. Ça doit être pour ça que les gens aiment ce genre d'endroits. Son téléphone et son portefeuille étaient posés sur la table près de son fauteuil. J'ai pris sa Master Card et la photo de sa femme et de ses enfants, je les ai glissés dans ma poche, j'ai remis le reste comme je l'avais trouvé. Je savais qu'il ne se lancerait pas à mes trousses. Il aurait pu demander mon adresse à l'avocat, peut-être, mais il lui aurait alors fallu expliquer pourquoi. Au lieu de quoi, il préférerait se convaincre que tout était finalement sa faute. Ce qui était un peu le cas.

Je suis rentré en métro. Même sous le grondement habituel, on percevait une forme de calme. Un tas de gens hagards dans un train à l'intérieur d'un tunnel sous la rue, se laissant emporter vers le lieu où ils croyaient se souvenir qu'on les attendait.

Je me suis aussitôt connecté et devinez quoi, putain, la carte de Mark Firth a été refusée, partout où j'ai essayé. De deux choses l'une. Soit il l'avait déjà déclarée volée. Soit ça ne servait à rien parce qu'il avait déjà atteint la limite. J'avais envie de rire, mais ce n'était vraiment pas drôle, merde.

J'ai retiré mes chaussures, je me suis couché sur mon lit les bras croisés et je me suis retrouvé à fantasmer, devinez quoi, sur l'argent. Brusquement, j'avais vraiment envie de récupérer mon fric, et les intérêts. Je voulais des indemnités punitives, je voulais de la douleur et de la souffrance. Que ma douleur et ma souffrance, visiblement fausses, soient la partie punitive.

Et, sans que je m'en rende compte, la journée s'est achevée et la nuit est tombée. L'ennui et la colère avaient dû me plonger dans un état de transe dans lequel le temps s'était écoulé à mon insu. Je suis sûr d'avoir aussi un peu dormi. Mais je l'avais mauvaise. Je sais que j'ai eu envie de rappeler le cabinet de Towles, juste comme ça, mais j'ai fini par oublier.

Rien à faire, nulle part où aller, personne à qui parler. Je me suis dit, quel monde pourri m'a mis dans cette merde ? Je n'aime pas l'oisiveté. Ça me ronge. Je pense trop. Je commence à me raconter des histoires. C'est ce qui m'avait valu des ennuis par le passé.

J'ai préparé un autre de ces plats cuisinés au poulet. J'ai tourné en rond sur Internet pendant un moment, mais ça n'a fait qu'aggraver les choses, ces choses qui m'étaient refusées. Ces sites que j'aime, on savait bien qu'ils n'avaient pas cessé de poster des messages ni changé leurs habitudes pour la simple raison qu'un immeuble rempli de courtiers en Bourse et d'autres connards s'était effondré quelque part. Ils offraient toujours, tous les jours, de la chair fraîche, nouvelle, des vidéos authentiques à mort. Et il y en a tellement que ça reste en général quelques jours à peine avant de disparaître, parfois pour des raisons juridiques, le plus souvent pour laisser la place à d'autres. Alors je ratais des trucs, des trucs que je n'aurais plus l'occasion de voir. Ça me rendait cinglé, merde.

Alors pour finir, j'ai joué gros, j'ai commis la grande erreur, la chose qui ce soir-là était ce qu'il y avait de plus destructeur pour moi. J'avoue. Je suis remonté sur le toit. En gros, je n'ai pas changé, je suis toujours le même type : je m'excite et pour me calmer il faut que je lâche la vapeur d'une façon ou d'une autre. Mais j'ai appris à canaliser cette énergie. Grâce à ce putain d'Internet. Parce que c'est de cette façon que je me suis mis dans le pétrin pour commencer. Vous savez combien de temps il m'a fallu, la dernière fois, pour trouver ce boulot au labo ? Me faire prendre sur le toit de nouveau risquait de tout compromettre. Je n'aurais plus qu'à retourner à Bayside pour écouter ma mère chialer comme si je n'étais pas là. Ce qui était une terrible erreur de ma part.

Mais d'un autre côté, où était le mal ? C'est vrai, quoi. Vous croyez que je ne sais pas faire en sorte de me rendre invisible ? Mais c'est dans ma nature, putain. Et si vous ne me voyez pas en train de vous mater, si vous ne le savez même pas, qu'est-ce que ça peut vous faire ?

Bref, si je me faisais attraper, je me suis dit que je pouvais plaider le stress post-traumatique ou je ne sais quoi. Pourquoi me priver.

J'ai grimpé jusqu'au cinquième étage – en posant le pied sur le rebord de chaque marche pour éviter les grincements – et quand j'ai essayé la porte donnant sur le toit, elle était ouverte, exactement comme avant, quand le vieux concierge avait été viré parce qu'il ne l'avait pas fermée. Au milieu du toit, il y a un conduit d'aération, j'ai couru le plus vite possible sur le papier goudronné et je me suis aplati contre. Si vous tournez autour en collant aux parois, vous avez une vue sur les fenêtres de cinq autres immeubles. L'un d'entre eux abrite des chambres d'étudiants de Columbia, à peu près quinze étages. Les fenêtres des étages inférieurs en particulier sont si près qu'en tendant le bras on peut pratiquement les toucher et les ouvrir, mais les gens laissent la lumière et ne baissent pas les stores, ils ne se doutent vraiment de rien. Tous les soirs, je voyais des gens. Il y avait une lycéenne dans le grand immeuble, c'était la meilleure, celle qui a causé ma perte en fait, mais elle devait être partie depuis longtemps. Des couples en train de baiser, le plus souvent de façon terriblement ennuyeuse, mais quand même, quand c'est en vrai, ils peuvent être gros, c'est toujours très très excitant. Des gars en train de se branler, aussi, parfois, ça ne marche pas tout à fait pour moi – mais également cette femme qui se faisait plaisir avec un godemiché, un vibromasseur ou je ne sais quoi, c'était peut-être un concombre, je n'y voyais que dalle. C'était ce qu'il y avait de mieux. J'aurais tout donné pour l'entendre, mais il y a toujours beaucoup de bruit qui monte de la rue et elle était trop loin.

J'ai tourné autour du conduit en regardant vers les fenêtres allumées, le cœur battant encore plus fort que dans mon souvenir. Puis un autre tour, et un autre. Ensuite j'ai reculé et je me suis arrêté au milieu, sur le toit de mon immeuble, sous les étoiles. Incroyable. Il n'y avait rien là-bas. Tout le monde – tout le monde – était devant sa putain de télévision et, sur tous les écrans, la même chose, comme si la ville entière était une vitrine de magasin d'électronique ou je ne sais quoi. Les têtes des gens en ombres chinoises devant les journaux télévisés.

Je suis resté là à observer. J'ai vu une nouvelle lumière s'allumer et un joli brin de fille en tee-shirt et en short, mais elle s'est assise à sa table de cuisine sans rien faire, et je me suis dit qu'elle devait être insomniaque, c'est tout. Ça allait durer longtemps, cette merde ? Quand les gens allaient-ils laisser tomber et recommencer à agir comme si personne ne les reluquait ? Ils étaient tous sains et saufs. Toutes ces petites personnalités de merde. Ils finiraient par oublier, parce que c'est ce que font les gens, ils oublient ce qu'ils ressentent. Ils redeviennent des animaux. Ils redeviennent sauvages.

Lundi, je suis retourné au labo, et jamais je n'avais été aussi content d'aller travailler. Je suis arrivé avec vingt minutes d'avance. Tout le monde me demandait : « Et toi, ça va ? » et j'ai commencé à devenir parano, j'avais l'air malade ou quoi ? Jusqu'au moment où j'ai vu que c'était la première question qu'on posait à tout le monde. « Et toi, ça va ? » Seigneur, oui, ça va. À peu près.

Quand Yuri m'a aperçu, je me suis efforcé d'avoir l'air détaché, mais il a eu un sourire en coin. Avec Yuri, ça ne marche jamais, ce truc.

— Il y en a un qui est un peu fatigué, a-t-il dit avec son accent débile. Tu sais quoi ? Retrouve-moi à dix heures quarante-cinq dans la salle de repos. Oncle Yuri a envie d'être généreux en ces temps de deuil national.

— Tu ne vas pas t'y mettre.

Il m'a tapé sur l'épaule, puis il s'est penché et j'ai cru une seconde qu'il allait m'embrasser sur la joue. Il a approché ses lèvres de mon oreille, comme s'il allait la toucher.

— Qu'ils aillent tous se faire foutre, il me chuchote tout doucement. J'emmerde ce putain de pays.

À la fin de cette semaine-là, je fais une pause au travail, et je m'aperçois que j'ai raté un appel de Towles.

— Vous êtes rentré, dis-je lorsque je réussis à le joindre. Je suis venu vous voir. Ce n'est pas moi qui ai manqué notre rendez-vous.

— C'est ce qu'on m'a dit.

— Et maintenant il faut que je prenne un autre jour de congé, mais vous avez prévu quelle date ?

— Nous avons un problème. Pas avec la plainte, elle avance. Avec vous en tant que plaignant. Vous avez un casier. Je ne sais pas pourquoi vous ne me l'avez pas dit, mais je ne comprends pas pourquoi mes assistants ne l'ont pas découvert plus tôt. Quoi qu'il en soit vous comprenez que ce n'est pas ce que nous souhaitons, en termes d'image.

J'écumais, ça a duré une minute. Mais il m'a expliqué que je faisais toujours partie du recours collectif et que je récupérerai toujours mon argent en cas de victoire. Simplement, mon nom n'apparaîtra pas. Ça me va très bien. De toute façon, je préfère garder mon nom pour moi.

Peut-être deux semaines plus tard, peut-être moins, je suis de nouveau au bureau de poste de Morningside Heights. J'ai mon enveloppe et j'ai rempli ma fiche pour le courrier recommandé. À l'intérieur tout est calme. Et bondé, au moins vingt personnes font la queue et pourtant sur les dix guichets deux seulement sont ouverts. On voit les autres employés se balader derrière, naturellement, ils n'en foutent pas une rame, ils bavardent, ils se grattent le cul. L'un d'entre eux pourrait accélérer les choses en ouvrant un troisième guichet ? Grands dieux, non ! Ça contrevient aux règles du syndicat, c'est ça ? On est tous là à fixer la flèche verte, à attendre la petite sonnerie. C'est l'enfer sur la terre cet endroit. Mais personne ne dit rien. Et puis une femme quitte le deuxième guichet, le type en tête – un type âgé en costume et baskets, le sommet du crâne chauve mais avec ces cheveux ébouriffés tout autour, genre Bozo le clown – s'avance avec son paquet. Et là, la lumière s'éteint, et la femme derrière le comptoir place sa pancarte GUICHET FERMÉ, se lève et s'en va.

On sent presque le souffle coupé chez tous ceux qui font la queue. Mais le type en costume, à mi-chemin entre le début de la file qu'il vient de quitter et le guichet fermé, lance de façon audible :

— C'est une blague ?

Peut-être pas aussi audible, mais ça semblait audible.

Personne ne le regarde.

— Non, mais là, c'est une blague ?

Et il pète les plombs ! Il lâche son paquet sur le comptoir et se met à marteler la vitre, à coups de poing.

— Hé, dit-il. Hé, je vous vois, là derrière ! Je vous vois, tous autant que vous êtes ! Vous ne nous voyez pas ? C'est quoi votre problème ?

La femme derrière l'unique guichet ouvert décide alors soudain de fermer le sien et disparaît. À présent, les dix guichets sont fermés. Comme à la guerre.

— C'est une façon d'assurer le service, ça ? hurle le type.

Il a la figure écarlate. Il nous prend à témoin, mais personne ne le regarde.

— Espèce de vermines de fonctionnaires, vous n'avez aucun respect ! J'exige qu'on ouvre ces guichets tout de suite ! Je vis dans ce quartier depuis vingt-huit ans ! Je refuse d'être traité ainsi ! Nous refusons tous ! Sortez donc, espèce de connasse noire, espèce de lâche et de tire-au-flanc !

Ils ont dû appeler les vigiles. Ils s'y sont pris à deux. Il hurlait toujours quand ils l'ont traîné dans la rue. Seigneur, c'était magnifique. Dans la queue, une femme m'a reproché de rire, mais je ne riais pas, je le jure. J'éprouvais juste ce sentiment de soulagement, immense. Les affaires reprennent, je me suis dit. Dieu soit loué. Enfin !

CEUX D'ICI

1

Le trajet en train, paresseux, presque désert, en direction du nord vers le terminus, les longs fossés anonymes, le feuillage brillant, les villes s'amenuisant en taille et en vitalité – White Plains, Valhalla Katonah – toutes à l'allure de villes fantômes à présent, à moins qu'elles n'aient déjà eu cet aspect les jours précédents, avant que cette sensation de perte colle à tout. Mark était l'un des trois seuls passagers à bord du wagon. À Brewster il changea pour un train beaucoup plus petit – un wagon Budd, on appelait ça : le mot resurgit dans le fond de son crâne, de son enfance, à l'époque où ce genre de chose l'obsédait – et là il n'y eut plus que lui comme passager. Il posa le front sur la fenêtre en plastique rayé et regarda défiler les arbres, ne levant les yeux que lorsque le contrôleur vint doucement, presque en s'excusant, lui demander son billet.

— Je pensais qu'il y aurait plus de gens à quitter la ville, observa Mark.

Le contrôleur, un homme d'environ le même âge que lui, vêtu d'une chemisette blanche à manches courtes avec une pince à cravate, expulsa de l'air par le nez :

— Faut les bombarder, ces gens, tout raser, voilà ce qu'on doit faire.

Ils ne semblaient pas parler des mêmes personnes, mais Mark ne jugea pas utile de dissiper le malentendu. Il lui tendit le talon de retour de son billet, acheté lundi, et le vit s'interroger sur la date inscrite dessus.

— Rentrez bien, dit le contrôleur.

Mark articula un « Vous aussi » silencieux.

Vieilles villes, villes de colons, villes trop éloignées au nord pour se considérer comme des banlieues. Balançoires rouillées et piscine hors-sol derrière les maisons dont les jardins bordent ces voies. Il se sentait comme un de ces requins de la finance du XIXe siècle dans son propre wagon privé, sauf qu'il manquait beaucoup de choses, principalement de la nourriture, et qu'il y avait cette légère odeur de moisi, les craquelures dans le vinyle recouvrant les sièges, le sien et presque tous les autres, et ces taches permanentes par terre, sur le linoleum industriel. Mark ne voyait pas, spontanément, où on aurait pu trouver à remplacer cette qualité de revêtement. Il devait être aussi vieux que le wagon lui-même.

Pourquoi n'y avait-il personne d'autre dans ce train ? Peut-être parce qu'on était censé considérer les transports en commun comme des cibles. C'était assez difficile d'imaginer que ce train précis, qui parcourait une ligne droite au départ de New York, pendant deux heures et demie avant de s'arrêter au milieu de nulle part comme après avoir épuisé tout intérêt, pût être considéré, par quiconque où que ce soit, comme digne d'un projet vengeur ou stratégique. Mais menace et malveillance étaient déchaînées partout dans le monde, aussi anarchiques que déraisonnables. Il voyait la nuque du contrôleur assis à l'avant de la voiture, coiffé de sa casquette, regardant droit devant lui, aux aguets, peut-être.

Dans le parc de stationnement de Wassaic, il retrouva son camion – Karen n'aimait pas le conduire, et il n'avait pas voulu la laisser plusieurs jours sans l'Escort – et prit la Route 22 vers le nord, traversant les vallées de terres pierreuses, passant devant les vaches, immobiles sur les pentes. À Hillsdale, il prit la 23 vers l'est et franchit la frontière de l'État. Juste avant de quitter l'hôtel, il avait dit à Karen quel train il prenait. Il n'avait plus beaucoup d'essence, mais il ne voulait pas s'arrêter et, de toute façon, il avait perdu sa carte de crédit ; il croyait l'avoir laissée à l'accueil pour payer les extras à son arrivée à l'hôtel. Il n'en avait pas le souvenir précis, mais il ne se rappelait presque rien de ce lundi. À Howland, à environ un kilomètre et demi de chez lui, il commença à s'inquiéter des deux panneaux Stop où il lui faudrait s'arrêter ; il n'avait pas envie qu'on le voie, ni même qu'on voie son camion, reconnaissable avec son nom sur le côté. Ils en feraient toute une histoire. Il avait été touché, mais surtout gêné quand Karen lui avait parlé des amis et des voisins et même des gens qu'il appréciait peu, venus sur les marches de l'hôtel de ville, avec des bougies, prier pour lui.

— Techniquement, tu es un survivant, lui avait-elle dit. On peut voir les choses comme ça. Tu te contentes de faire bonne figure devant tout le monde. Parce que c'est tellement énorme que les gens ne savent pas comment prier, quoi demander.

— Mais que je sois ici est tellement l'effet du hasard.

— C'était l'effet du hasard pour tout le monde, non ? C'était autant l'effet du hasard pour ceux qui sont morts. Ce n'est pas comme si des soldats s'étaient fait tuer. Un tas de gens qui vont travailler. Mais maintenant ce sont des héros.

Étaient-ils des héros ? Peut-être, songea-t-il. On peut devenir un héros sans rien faire, il suffit que votre action revête un sens pour les autres. De toute façon, il pouvait l'avouer à présent, au moins à lui-même, à quel point il avait eu peur. Il prit le dernier virage avant son embranchement, et une autre voiture, qu'il ne reconnaissait pas, klaxonna en venant en sens inverse. Mark tressaillit et fit un geste de la main dans son rétroviseur puis tourna à gauche dans le chemin de terre qui conduisait à son allée.

La maison, une parfaite *saltbox* de Nouvelle-Angleterre, avait été agrandie, sans beaucoup de discernement, longtemps avant qu'ils soient tombés dessus. Au départ, il avait projeté de la restaurer lui-même, correctement, peut-être en démolissant l'adjonction, mais, au début de leur mariage, Karen l'avait encouragé à consacrer son temps et son savoir-faire au travail rémunéré. Tous les hivers, ils en fermaient une partie pour économiser le chauffage et il leur restait encore de l'espace. Ils s'en étaient offert beaucoup plus que nécessaire pour la simple raison qu'ils ne pouvaient pas rater une telle aubaine ; c'était son frère, Gerry, un agent immobilier de Stockbridge, qui les avait renseignés sur la saisie menaçant la maison, sa petite amie du moment travaillant à la Citizen Bank. Mark l'avait achetée aux enchères, un mercredi matin au milieu de l'hiver, pour pratiquement rien, ainsi qu'il devait se le répéter sans cesse. Gerry leur avait conseillé d'effectuer quelques travaux avant de la revendre et tel avait été aussi son projet pendant un certain temps, et puis Haley était née, les affaires de Mark avaient repris et il avait cédé à l'attrait sentimental de posséder une maison à laquelle ses enfants, et plus tard leurs propres familles, auraient envie de revenir pour les vacances, pour les week-ends d'été, et qu'il finirait par leur léguer. Certes, il souhaitait s'enrichir d'une manière générale, mais il voulait faire de sa maison un foyer, pas un investissement, pas un bien à recéder au meilleur prix. Bien sûr, maintenant ils auraient eu besoin de cet argent, mais en son for intérieur, vendre était toujours hors de question et Karen n'en reparlait plus depuis un moment.

Quand l'allée déboucha sur la pelouse, Mark s'arrêta et éteignit le camion. Son cœur battait. Bien que l'Escort fût invisible, il appuya deux fois sur le klaxon. Personne ne vint à la porte. Il consulta sa montre : Karen devait être allée chercher Haley à l'école qui avait rouvert aujourd'hui. Il comprenait : elle ne pouvait vraiment pas faire attendre Haley juste pour être là à son retour. Et pourtant, le silence de la maison, l'absence de sa femme et de sa fille lui nouaient la gorge de façon irrationnelle et il pensa que le traumatisme de ces derniers jours l'avait affecté plus qu'il ne l'avait cru. Il s'immobilisa devant son camion et tendit l'oreille. Rien d'autre qu'une brise balayant l'étendue de seigle jusqu'à la ligne de fauchage. Quand ils avaient acheté cet endroit, ils étaient totalement isolés – un peu plus d'un hectare de terrain, et on ne voyait aucune autre maison à la ronde, d'un côté ou de l'autre de la route, ce qui était exactement ce qu'il fallait à Mark. Malheureusement, les choses avaient changé.

Au bout d'environ quatre ans, Haley avait deux ans, une coupe était apparue à l'est, au milieu d'un bois ; la coupe était devenue une clairière carrée, puis un trou dans lequel on avait établi des fondations, et à ce stade Mark connaissait le fin mot de l'histoire. La maison se construisait à la demande de quelqu'un de New York nommé Philip Hadi, un type de Wall Street, comme il y en avait tant dans la région. Il avait loué, lui et sa famille, à Howland pendant deux semaines au mois de juillet et, uniquement sur cette base, avait décidé de construire une maison ici. Ce genre de spontanéité financière semblait à Mark à la fois audacieuse et enviable. Il s'était attendu au pire, naturellement – un milliardaire prétentieux, satisfaisant un caprice –, mais en fin de compte l'architecture s'intégrait bien et, malgré son gigantisme, la maison n'était pas monstrueuse. Karen était furieuse parce que leur vue en était gâchée. Mais c'était ainsi que survivaient des villes comme la leur, qu'on le veuille ou non – les gens qui grandissaient ici faisaient habituellement tout ce qu'ils pouvaient pour partir et il fallait attirer et accueillir les étrangers et leur argent. De toute façon, la maison Hadi n'était occupée que deux ou trois mois dans l'année. De septembre à juin, il n'y avait aucune lumière et par une nuit sans lune on ne la voyait pas plus qu'on aurait vu autre chose.

L'école primaire de Haley se trouvait à dix minutes, Mark aurait pu aisément attendre. Mais le besoin de les voir, de les étreindre était devenu impérieux. Sans même poser sa valise sur la véranda, il remonta dans son camion et se rendit à l'école ; il n'avait pas traversé la moitié du parking quand les gens se mirent à crier à Karen qu'il était là, et c'est alors qu'une foule d'amis et de voisins lui firent fête, tandis que sa fille et sa femme couraient vers lui sur le ciment comme vers un prisonnier de guerre sur le tarmac d'un aéroport. Des gens poussèrent des vivats. Karen et lui s'embrassèrent à plusieurs reprises avec une tendresse respectueuse de leur public qui à présent comptait une douzaine de CE1. Pour Haley tout revint à la normale en un instant, tant et si bien qu'elle choisit de rentrer dans l'Escort avec sa mère tandis que Mark les suivait. Elle n'aimait pas monter dans le camion ; elle disait qu'il y avait trop de bruit.

Sa sœur cadette, Candace, appela, après quoi Gerry appela parce que Candace l'avait appelé et Karen finit par inviter tout le monde à boire un verre ou à dîner, peu importait – l'essentiel étant qu'ils puissent voir leur frère. Candace fit un détour à Pittsfield pour prendre leurs parents, et ils vinrent donc aussi. La famille Firth au complet, sauf l'aînée de la fratrie, Renee, qui vivait à Colorado Springs – mais elle appela elle aussi et sanglota, et Mark lui répéta l'histoire, debout sur la véranda, au crépuscule, à moitié ivre, avec une nostalgie qu'il négligeait d'habitude de ressentir. Avant que tous n'arrivent, il avait demandé à Karen, non sans un peu de honte, ce qu'elle avait répondu aux gens qui voulaient savoir ce qu'il était allé faire en ville. Elle leur avait raconté qu'il devait montrer des plans à un client. Telle fut donc l'histoire qu'il reprit.

Sa mère pleura, et bien que Gerry fût le benjamin, Mark constata à quel point il commençait déjà à ressembler à leur père : sa manière de ne rien laisser paraître, cette même expression sur le visage, hyper-masculine, quelles que soient les émotions. Candace, avec cette coiffure d'adulte guindée à laquelle Mark ne parvenait pas à s'habituer, ne cessait de le prendre dans ses bras – Candace qu'il réussissait à faire pleurer quand ils étaient petits rien qu'en la touchant du doigt de façon répétée. Six ans seulement séparaient les quatre membres de la fratrie et peut-être l'intensité qui en découlait était ce qui, aux yeux de Mark, avait rendu leurs vies adultes moins réelles que leur enfance, époque où ils étaient plus ouverts, où leur intériorité affleurait davantage en surface, comme ce soir. Seule Renee avait réussi à s'installer à plus d'une demi-heure de la maison où ils avaient grandi. Leur amour comptait plus pour lui – il était plus inconditionnel, plus instinctif – que dans ses souvenirs ; il regrettait de ne pas s'être abandonné avec eux à une intimité, à un sentiment de sécurité plus profonds, de ne pas pouvoir leur confier ce qui s'était passé, bien que le moment eût certainement été mal choisi.

Haley veilla tard à cause de la présence de la famille, et lorsque inévitablement elle commença à s'écrouler, les autres y virent le signal qu'ils devaient partir. Mark et Karen la couchèrent tous les deux puis redescendirent boire une bière dans le salon, côte à côte sur le canapé, dans un silence prudent, comme le plus souvent quand ils voulaient s'assurer, avant de parler, que Haley s'était endormie. Il lui adressa un sourire et c'est alors qu'elle enfouit son visage dans sa poitrine et éclata en sanglots. Elle aussi, comme ses frères et sœurs et même ses parents, paraissait réagir à quelque chose de nouveau ou de différent en lui, quelque chose qu'il ne percevait pas clairement et que de ce fait il se sentait coupable de projeter. Pour Karen, c'était peut-être juste le sentiment d'avoir été placée si près de l'idée, tout du moins, de devoir avancer dans la vie sans lui. Mais même cela ne justifiait pas sa réaction. Ils ne faisaient plus l'amour le soir depuis il ne savait combien de temps – Haley avait cette habitude tenace de se réveiller aux petites heures, de traverser le couloir sans mot dire avant de monter dans leur lit – mais au milieu de cette nuit-là, Karen le réveilla et ils firent tout, dans l'obscurité totale, dans un silence lourd de sens. À un certain moment, elle le prit par les épaules et le poussa violemment sous la couette en lui empoignant les cheveux. Quand ce fut fini, qu'il la sentit trembler tout entière dans ses mains, elle le fit remonter contre elle. Il sentit ses larmes sur son propre visage, mais elle ne put rien dire des pensées qui l'agitaient.

Lundi, tout le monde retourna travailler. Mark sentit son genou douloureux sous la cicatrice chirurgicale, mais quelque superstition le retenait d'avaler le dernier comprimé de Vicodine ; il le gardait depuis maintenant un mois, redoutant que le jour où il n'en aurait plus serait celui où il trébucherait, ou tomberait, sur le chantier et où la douleur deviendrait intolérable. Il s'arrêta, comme toujours quand il le pouvait, et prit un café accompagné d'un sandwich à l'œuf chez Daisy, au bord de la départementale juste à l'extérieur de Howland, où il vit une demi-douzaine de gens qu'il connaissait. Il accepta leurs étreintes, les larmes de Chase (la fille de Daisy, elle-même avait vieilli à présent) qui travaillait au comptoir, et répéta son histoire – Times Square, les évacuations, les écrans géants, les foules en colère et en pleurs. La répéter lui donnait envie de fortement l'embellir, mais il résista, même si, il le voyait bien, les gens semblaient déçus. Après quoi il prit la route pour New Marlborough, où il devait soumettre un devis pour la restauration d'une maison d'architecture coloniale hollandaise à de nouveaux acheteurs fanatiques du détail d'époque, un boulot qui tenait autant de la recherche que de la construction. Les propriétaires ne demandaient pour le moment qu'un devis pour la cuisine – ils ne voulaient pas commencer des travaux qui nécessiteraient l'ouverture de murs au cours des mois d'hiver –, mais après une première rencontre il envisageait avec optimisme un projet d'envergure car il s'agissait du genre de citadins avec lesquels il s'entendait bien, des perfectionnistes élégants et connaisseurs qui se targuaient de ne pas paraître exigeants ou déraisonnables même si on comprenait tout de suite qu'ils seraient les deux. Il avait le don d'instiller la confiance chez ce genre de clients, chez les épouses en particulier.

Pour finir ils lui confièrent le chantier de la cuisine qui leur procura du travail, à lui et à deux hommes d'équipe, pendant deux mois jusqu'en octobre ; seulement, le lendemain du jour où l'évier d'office à la patine ancienne fut posé, l'épouse appela Mark chez lui pour lui annoncer timidement qu'ils étaient très contents de son travail mais que le reste de la rénovation devrait attendre jusqu'à nouvel ordre. Son mari, malheureusement, était cadre chez American Airlines : toutes les compagnies subissaient le contrecoup et le type attendait en gros que le couperet tombe sur lui et son département tout entier. Pour Mark, la nouvelle tombait mal. Karen suggéra qu'ils demandent un dépassement de leur limite de crédit, ou simplement une autre carte, comme cela avait déjà été le cas lors de certaines fins de mois difficiles ; mais quand Mark voulut le faire, on lui expliqua qu'il était soumis à ce qui s'appelait un gel des crédits. Une journée entière de coups de fil s'ensuivit. La carte dont il avait déclaré le vol avait été utilisée. Il demanda où, on lui répondit en Russie. En Russie ? Il était venu à l'esprit de Mark, en cherchant à se rappeler les événements de ces jours et de ces nuits fiévreux à New York, qu'il n'avait peut-être pas perdu la carte, que peut-être le petit coplaignant nerveux qui était monté dans sa chambre l'avait volée. Mais cette histoire de Russie écartait ce soupçon, déjà très tiré par les cheveux. Il l'avait probablement perdue quelque part et un criminel à l'œil d'aigle, un type qui vivait de ça, l'avait ramassée. Ce genre de type ne prend pas de vacances. Catastrophes et mouvements de panique étaient pour eux du pain bénit. Quoi qu'il en soit, les sociétés de crédit lui assuraient que les choses rentreraient dans l'ordre, mais que cela pouvait prendre du temps, la Russie étant ici une vraie sonnette d'alarme.

On lui devait encore onze mille dollars pour des travaux terminés à Lenox au mois d'août, mais en dehors de ça il ne pouvait compter sur rien d'autre dans un avenir proche. À supposer même qu'il pût toucher ses onze mille balles. Tous les jours à la télévision on répétait que l'économie plongeait, et l'idée prévalait que les épreuves de chacun étaient aussi les vôtres et qu'il devenait plus délicat d'exiger des gens qu'ils règlent leurs dettes. Non que Mark eût été doué pour ça de toute façon. Karen avait proposé, à plusieurs reprises, de lui servir de secrétaire mais il ne voulait pas instaurer un précédent. Il lui semblait qu'une distinction devait être observée entre la famille et les affaires, entre les jours et les nuits. Et puis, ce genre de période creuse se présentait toujours dans la vie de quelqu'un qui faisait le travail de Mark. C'était dans la nature même de ce travail, sans parler du fait de n'avoir que soi comme patron. On épargnait un peu en prévision d'un hiver comme celui qui s'annonçait. Mais grâce à Garrett Spalding, ils commenceraient cet hiver-ci dépouillés de leurs économies.

Il passait les matinées dans son bureau – juste l'une des chambres vides de la maison – où il effectuait des recherches sur Internet, aléatoires mais utiles professionnellement, et où surtout il réfléchissait. Le lendemain d'Halloween, Karen lui avait demandé d'aller chercher leur fille à l'école l'après-midi, sans donner d'explication ; et à son retour, à quatre heures et demie, elle annonça qu'elle avait trouvé un travail.

— À l'école. Rien de très officiel. De l'aide aux professeurs, aux inscriptions. Dix-huit, vingt heures par semaine. Ça ne rapporte pas, mais ils coupent en deux les frais de scolarité de tu sais qui. Tu as entendu, Haley ? Tu vas voir Maman à l'école !

— Ouais ! fit Haley.

— Tu ne voulais pas m'en parler d'abord ? interrogea Mark qui lui en voulait d'avoir lancé cette conversation devant Haley et de l'obliger à garder un ton léger.

— Parler de quoi ? répliqua-t-elle d'un ton animé. La facture doit être payée fin décembre, au cas où tu aurais oublié. L'autre option consiste à lui faire l'école à domicile – et je sais que tu ne penses pas à ça.

L'autre option raisonnable était en réalité le groupe scolaire public de Howland – où Candace, la sœur de Mark, était directrice adjointe – mais il se garda bien d'aborder ce sujet.

— Papa, tu peux venir à l'école aussi, suggéra Haley.

— Bien sûr, dit Karen le dos tourné, en fouillant dans le réfrigérateur. Tu pourrais rénover quelques éléments d'époque.

Certains de ses ouvriers réguliers – Hartley, le menuisier, et Kurt, le plombier de génie – partaient déjà, acceptaient d'autres chantiers avec des entrepreneurs du Berkshire ou d'ailleurs, ce qui était compréhensible, naturellement. Ils avaient besoin de travailler. Mais cela signifiait que, même s'il recevait des demandes de devis, il ne pourrait pas honnêtement promettre de commencer tout de suite.

Il tondit la pelouse pour ce qui serait sans doute la dernière fois de l'année et grimpa sur une échelle devant la façade pour raccrocher un des volets avant qu'il ne fasse trop sombre. Karen était allée chercher Haley à un goûter d'anniversaire. Il ouvrit une bière, l'épaule appuyée contre le pilier au-dessus des trois marches de la véranda et, alors que le soleil descendait au-dessus du champ de graminées, il vit quelque chose qu'il ne voyait auparavant qu'en été – et jamais avec une telle précision qu'aujourd'hui où les arbres commençaient à perdre leurs feuilles : toutes les lumières allumées dans la maison Hadi, juste à la limite de sa propriété.

Les gens du coin aperçurent la femme de Hadi – au Price Chopper au sud de Great Barrington, donnant un pourboire à un adolescent en tablier qui déposait huit ou dix sacs de provisions dans le coffre de sa 4×4 Mercedes noire – avant de l'apercevoir, lui. Étrange quand on pensait que l'épouse restait invisible lorsque les Hadi venaient ici passer l'été ; c'était Philip, le type sociable, un de ceux qui se considéraient capables de s'adapter en toutes circonstances, à tout le monde. Tous avaient une histoire à propos de Hadi. La femme – ils n'étaient même pas sûrs de savoir comment elle s'appelait, Karen affirmait qu'elle s'appelait Rachel – apparaissait de temps à autre, au drugstore ou à la poste ; elle se montrait courtoise, moyennement affable, répondait aux questions, disait au revoir. Mais aucun d'eux, du moins pas ceux qui vivaient là toute l'année, n'avait jamais échangé plus de quatre phrases avec elle et donc aucun d'eux ne se serait risqué à l'approcher sur le parking du Price Chopper, ou au Rexall le lendemain, pour lui demander ce qu'elle, et sans doute sa famille, faisait à Howland un jour de semaine au mois de novembre, pourquoi ils ouvraient de nouveau leur maison d'été. Et avec l'intention de rester un moment, à en juger par les huit sacs de provisions.

Au bout de plusieurs jours de conjectures joyeusement téméraires et partagées, Karen, une fois sa fille déposée à l'école, se trouva prise dans un échange de points de vue pour déterminer si Hadi lui-même était en ville ou non. Deux femmes, très sûres d'elles, avançaient l'idée dénuée de fondement que Rachel avait quitté son riche mari et s'était réfugiée dans le Massachusetts avec ses enfants. Non que quiconque ait vu les enfants. Mais il était impensable qu'elle soit venue sans eux, encore qu'on pût sans crainte supposer qu'une femme menant le genre de vie qu'elle devait mener disposerait d'une nounou à demeure et à temps plein pour s'occuper des enfants où qu'ils aillent. Et puis il y avait toujours la preuve de départ : toutes ces provisions. Elle devait bien nourrir quelqu'un.

Rachel elle-même finit par briser la glace. Une amie de Karen, Sue Scoville, se trouvait au Grindhouse pour commander un café pour elle et des smoothies pour ses deux fils dont l'un, cheveux mouillés peignés en arrière et visage rouge, dégageait une odeur de Javel, preuve irréfutable qu'il sortait de la piscine. Sue sentit une tape sur l'épaule et, s'étant retournée, vit Rachel, seule, derrière elle dans la file d'attente ; à peine audible, Rachel demanda où le garçon allait nager –, son propre fils, selon elle, adorait nager – et à partir de là Sue lui tira les vers du nez. La famille Hadi au complet, Philip inclus, habitait maintenant Howland pour un temps indéterminé. Philip, déclara Rachel négligemment, avait des amis très haut placés, au sein du gouvernement comme de sociétés privées, et très liés à la défense nationale ; et les initiés suggéraient fortement qu'une autre attaque terroriste visant New York n'était pas seulement possible mais imminente. Il y avait eu ces histoires d'anthrax, mais Rachel avait dit non, ce n'était pas cela, on avait averti son mari d'un danger de plus grande ampleur. Ce qui avait frappé Sue, c'est que Rachel Hadi n'avait ni frémi ni roulé des yeux, ne manifestant aucun de ces signes évasifs que peuvent habituellement échanger deux femmes en train de décrire les impulsions ou les certitudes professées par leurs maris. Elle ne s'en félicitait pas mais, clairement, elle croyait que son mari était un homme très bien informé. Et il l'était probablement. Qui sait comment fonctionnaient ces échelons.

Mais voilà, la famille Hadi, pour des raisons de sécurité, vivait désormais ici. Le seul point de désaccord semblait être le temps d'attente avant qu'ils ne décident de rentrer chez eux à Manhattan ; à en croire Sandy, le visage de Rachel s'était un peu assombri à cette question. « Quand il n'y aura plus de danger », avait-elle répondu pour finir, après quoi Sandy se retrouva devant la caisse, paya les smoothies de ses fils et Rachel quitta le magasin avec un salut rapide, presque grossier, comme si elle craignait d'en avoir trop dit.

Quelques mois auparavant, un scepticisme général aurait prévalu devant la prétention, chez de riches vacanciers de New York, de connaître des secrets ; à présent, on hésitait à rejeter une source d'information essentielle. La paranoïa de Rachel se serait renforcée si elle avait su à quelle vitesse les gens de Howland ou des environs disséminaient les détails de leur conversation. Pas seulement ce qui avait trait à l'attaque terroriste : le bruit s'était vite répandu qu'elle avait recueilli auprès de Sue Scoville des informations sur les piscines couvertes, auprès du directeur de la piscine de Simon Rock des informations sur les bonnes écoles de la région, et auprès du directeur du service des admissions de Mullins – un homme timide qui était maintenant le patron de Karen Firth – des informations sur les bons entrepreneurs locaux.

Pour ses affaires, Mark avait créé une page web sommaire – strictement limitée aux informations, guère différente d'une publicité dans les Pages Jaunes – et bien sûr, il figurait aussi dans l'annuaire de Howland. Mais quand il s'arrêta chez Daisy un matin pour un sandwich à l'œuf et un café – surtout pour quitter la maison, il n'avait pas de chantier où se rendre ensuite –, Chase lui dit, en lui rendant la monnaie :

— Ce type de New York est venu te demander tout à l'heure. Il te cherchait.

— Il me cherchait ?

Tout à l'heure ? Il était huit heures moins dix.

— Le richard, précisa Chase, les lèvres peut-être un peu plus serrées que d'habitude, avant de franchir les trois pas qui la séparaient du comptoir pour prendre une autre commande.

Chez Daisy, tôt le matin, le personnel se résumait à Chase et au cuisinier, Horace, qu'on n'apercevait jamais qu'à travers l'étroite fente où apparaissaient les assiettes chaudes et les plats à emporter enveloppés de papier d'aluminium, et dont la rumeur disait qu'il couchait avec Chase. Le fait de ne jamais le voir lui conférait une aura de troll qui, quand on connaissait un peu Chase, rendait la rumeur plus plausible.

Le lendemain matin, Mark arriva chez Daisy à six heures quarante-cinq et là, dans le petit parking en triangle, entre la benne à ordures et la pompe à essence (l'établissement était situé sur une intersection à trois branches et donc chaque élément de sa petite activité se voyait aussi bien de chaque côté), il aperçut une espèce de 4×4 noir qui aurait pu appartenir à une escorte présidentielle, ostensible au milieu des autres véhicules garés, tachés et mangés par la rouille, dont le camion de Mark. Il se gara à distance respectueuse, mais surtout parce que les vitres fortement teintées de la 4×4 ne lui permettaient pas de savoir si Hadi, ou quiconque, se trouvait encore à l'intérieur.

En fait, il était dans le café, assis seul à l'une des tables de deux placées face à la porte. Mark l'avait déjà vu une fois ou deux, l'été, en ville, mais même autrement il l'aurait tout de suite reconnu – en partie parce qu'il connaissait de nom chacun des travailleurs aux yeux rouges qui venaient chez Daisy à cette heure, et en partie parce que Hadi portait une polaire Patagonia grise, sans manches, apparemment neuve, sur ce qui ressemblait à une chemise Oxford blanche. Et de surcroît, il n'avait pas du tout l'air fatigué. Une tasse de café noir intacte était posée à côté de lui, tel un accessoire ou une diversion, comme la polaire.

— Mark Firth ? s'enquit Hadi. Je sais que c'est vous, naturellement, je viens de vous voir descendre d'un camion à votre nom. Tout est si simple comme ça ! Tout le monde devrait peut-être vous imiter. Asseyez-vous. Je m'appelle Phil.

Mark sentit aussitôt qu'il cédait naturellement le contrôle, d'une façon qui allait au-delà de la déférence prudente dont on fait preuve d'ordinaire envers un client potentiel, à supposer même que ce fût la raison de sa présence. C'était plutôt le respect dû à un aîné, ce qu'était Hadi, mais pas de beaucoup – il ne devait pas avoir plus de quarante ans. Son crâne se clairsemait. Il ne parlait pas fort, mais on le sentait désireux d'imposer son autorité.

— On m'a raconté une histoire extraordinaire sur vous, dit Hadi. Vous étiez présent à New York le 11 Septembre ?

Mark hocha la tête :

— Comme vous, j'imagine. Ce n'était rien, vraiment. Je n'ai jamais couru le moindre risque.

— Oh, si ! Nous avons tous été en danger. Mais c'est là où je vis... qu'est-ce qui vous a amené là-bas ?

D'instinct, Mark eut la sensation étrange qu'il y avait un piège ou un traquenard, que Hadi savait déjà pourquoi il s'était rendu à New York, pour la simple raison que les types comme Hadi se faisaient un point d'honneur de tout savoir et avaient les moyens de tout savoir. Mais c'était absurde.

— J'étais venu montrer des plans à un client qui projette de faire construire ici.

— Naturellement, dit Hadi qui prit enfin sa tasse et grimaça en découvrant qu'il était froid. Je sais que vous êtes entrepreneur, et je sais que votre travail est très apprécié. C'est la raison pour laquelle j'espérais vous rencontrer ici. Avez-vous quelques minutes ?

C'était à peine une question, mais à la vérité Mark n'avait nulle part où aller jusqu'à quatorze heures quarante-cinq, heure à laquelle il devait chercher Haley à l'école.

— Ma famille et moi avons cette maison à Howland, sur la Route 4, mais très en retrait, construite sur le flanc de la colline tourné vers la ville, c'est difficile à décrire, mais si vous roulez...

— Je sais très bien où elle se trouve, dit Mark. Nous sommes voisins.

Il souriait, mais pas Hadi.

— Je veux dire, reprit Mark en remuant dans sa chaise, nous sommes séparés par près d'un hectare, mais nous pouvons voir votre maison depuis la nôtre, qui se trouve aussi non loin de la 4. Et comme vous êtes sur la colline…

— Je ne savais pas.

À sa façon de le dire, il fut évident pour Mark que c'était cela qui l'irritait – non que lui et cet entrepreneur de classe moyenne fussent, toutes proportions gardées, de proches voisins, mais qu'il était venu le rencontrer sans savoir quelque chose d'important que l'autre savait.

— Eh bien, donc vous connaissez l'endroit. Nous l'avions construite pour y passer l'été, mais entre vous et moi, ma famille et moi allons habiter ici à plein temps.

Il marqua une pause et quelque chose chez Mark, ce trait qui lui avait assuré le succès auprès de riches clients potentiels, lui fit comprendre que Hadi voulait qu'on lui demande pourquoi.

— Pourquoi ? Si ce n'est pas indiscret.

— Pas du tout. C'est une question raisonnable. Je commencerai par vous parler de mon travail. J'ai été universitaire, professeur à l'École de commerce de Columbia, mais j'ai eu une idée, un algorithme, et j'ai ensuite rencontré des gens à qui j'ai fait gagner de l'argent grâce à cet algorithme, et pour finir j'ai créé ce qu'on appelle un fonds spéculatif. Vous savez ce que c'est ?

— Plus ou moins, répondit Mark.

Il était important, au début, de les laisser être condescendants, si tel était le type de rapport qu'ils voulaient établir.

— Une fois parvenu à un certain niveau dans mon activité, en gros le secteur de l'investissement, on commence à rencontrer des gens, des gens puissants, beaucoup plus puissants qu'on pourrait l'espérer. Ils vous donnent leur argent et vous demandent de le gérer. C'est très intime. Les gens baissent la garde devant vous. Ils vous incluent dans des conversations où la ligne entre les affaires et la politique devient un peu floue. Quoi qu'il en soit, sans…

Chase, muette, vint déposer un sac en papier devant Mark. À l'intérieur, il en sentait l'odeur, il y avait un sandwich à l'œuf qu'il n'avait pas commandé, mais qu'il voulait, elle le savait. Elle l'avait enveloppé, se dit-il avec tendresse, comme un accessoire, au cas où il aurait envie de faire semblant d'avoir où aller. Il le sortit du sac, ouvrit la feuille d'aluminium chaude.

— Sans entrer dans les détails, j'ai parfois accès à des informations avant la plupart des gens. Des informations qui peuvent entraîner des problèmes si elles sont trop largement répandues.

— Des secrets d'État ?

— Non, pas à ce niveau-là, évidemment. Je n'irais pas aussi loin. Enfin, pour résumer, New York, ma ville, n'est pas un endroit sûr pour moi en ce moment, ni dans un avenir proche. D'autres événements vont se produire, de types différents. Très bientôt. Des hommes et des femmes de bonne volonté travaillent vingt-quatre heures sur vingt-quatre pour prévenir certains de ces événements, mais il se peut qu'ils n'y parviennent pas, eux-mêmes le reconnaissent. Une partie du problème vient du fait qu'on vous demande d'imaginer des choses qui dépassent l'imagination, et de vous y préparer. Comme de transformer des avions civils en missiles. Qui a pu imaginer ça ?

Mark secoua la tête.

— C'est l'une des raisons pour lesquelles les gens m'appellent, dit Hadi. Voir l'avenir. Élaborer des scénarios. Ce n'est pas une mauvaise façon de décrire ce que je fais. Mais bon. Commençons par le commencement, ce qui dans les circonstances présentes signifie placer ma famille à l'abri du danger, loin de la zone cible. Comment s'appelle-t-elle ?

Mark lança un regard par-dessus son épaule.

— Chase ?

— Merci. Chase ? J'ai malheureusement laissé ce café refroidir. Et pourriez-vous m'apporter la même chose qu'à M. Firth ? Quelle merveilleuse odeur !

— Ça s'appelle un sandwich à l'œuf, répondit Chase, pince-sans-rire. À emporter ?

— Oui, s'il vous plaît. Je ne vais pas vous mentir, déménager ici ne m'apparaît pas comme une terrible épreuve. J'adore cet endroit. J'ai grandi dans une ville qui ressemblait à ça. Je l'ai aimée au premier regard. J'insiste toujours pour emmener ma famille y passer les week-ends. Ma femme me reproche encore de ne pas avoir construit plus près d'une bonne station de ski. Mais c'est ce que j'aime dans cette ville, elle n'est pas devenue trop chic. Elle est assez loin de tout pour ne pas attirer les étrangers pour les mauvaises raisons. Elle est restée dans son jus, et c'est exactement ce qui me plaît. De toute façon, ma femme ne skie plus depuis des années, alors je ne sais pas vraiment de quoi elle parle. Depuis quand habitez-vous ici ?

Tout cela prenait plus de temps que Mark ne l'avait prévu et il ne comprenait toujours pas où ça menait. Il était plus habitué aux riches qui voulaient des rendez-vous de cinq minutes maximum.

— Toute ma vie, dit-il. Enfin, pas dans Howland exactement. J'ai grandi plus près de Pittsfield. Mes parents y habitent toujours.

— Sérieusement ? C'était comment ?

Mark hésitait sur le sens de la question, mais il pensait que Hadi n'était probablement jamais allé à Pittsfield.

— C'est plus grand que Howland, mais ce n'est pas exactement une ville. C'était plutôt bien. Ça ne devait pas être trop mal, puisque aucun d'entre nous ne s'est beaucoup éloigné, pour finir. J'ai un frère qui habite ici, à Howland, et travaille à Stockbridge, et une sœur à Great Barrington.

Il se rendait compte que son histoire touchait chez Hadi un point sensible (raison pour laquelle il avait laissé de côté la sœur installée dans le Colorado).

— Mais c'est formidable. Et vous avez aussi une famille ?

— Une femme et une fille, de bientôt huit ans.

— Huit ans. J'aurai probablement besoin de vos conseils sur les écoles, mais là c'est le domaine de Rachel, elle voudra sûrement trouver elle-même. Cela dit, vous devez vous demander pourquoi je vous retiens aussi longtemps. La maison a besoin de quelques travaux de modernisation, si nous devons habiter ici à temps plein. Je me suis un peu renseigné et on m'a recommandé votre entreprise. Bien sûr, j'imagine que votre emploi du temps est surchargé, mais je voudrais commencer tout de suite.

— Je peux toujours bouger des choses, dit Mark en évitant de trop en faire. Il ne faut pas oublier que, si ces travaux nécessitent des terrassements, l'hiver approche et le climat est difficile à prévoir. Si vous n'êtes pas pressé, je pourrai vous suggérer de les reporter au printemps.

Hadi réfléchit :

— Je comprends votre point de vue, mais je ne veux pas attendre pour vous confier le chantier et risquer de vous perdre au profit d'un autre plus important. Nous pouvons peut-être convenir d'une sorte d'avance. Je vous paie pour m'assurer que votre calendrier est dégagé et que vous puissiez commencer dès que la météo le permettra. Une exclusivité. Cela se fait dans votre domaine ?

Mark déployait un surcroît d'effort pour masquer les symptômes physiques de son excitation, de son soulagement.

— Je pense que nous pourrions prévoir quelque chose de ce genre, convint-il.

Hadi prit le temps de passer le Daisy en revue – le vieux comptoir en Formica avec ses vitrines de pâtisseries de chaque côté, les fins rideaux à volants, l'écriteau posé près de la caisse désignant Helen Waite comme gérante – avec un sourire sur le visage, comme si tout était exactement tel qu'il l'avait espéré. Un autre client se leva pour partir, Hadi sourit et lui fit un signe de la tête, sans se formaliser le moins du monde de ne pas recevoir de réponse.

— Je suis désolé d'apprendre que la maison a déjà besoin de travaux, relança Mark. C'est une construction relativement récente.

Il ne pouvait sûrement pas vouloir l'agrandir. Elle offrait déjà plus d'espace que nécessaire pour une famille avec des enfants, quel que soit leur nombre.

— Non, il ne s'agit pas de cela, corrigea Hadi en souriant. Il s'agit de protection. Quelques changements, certaines installations. Surtout à l'extérieur.

— Protection ? fit Mark. Je ne suis pas sûr de...

— Je sais, vous ne faites probablement pas ce genre de travaux. Je comprends. Je n'exige aucune forme d'expertise particulière de votre part.

— Ce n'est pas cela. Enfin, si, en partie. Ma question, c'était à quoi bon vous donner tout ce mal ? Je croyais que vous veniez habiter ici à temps plein parce que vous vous considériez plus en sécurité.

— C'est le cas. Relativement. Mais jusqu'à un certain point. Je... Écoutez, j'ai la chance, aujourd'hui, de pouvoir faire mon travail pratiquement n'importe où. J'ai besoin d'une connexion Internet et d'un branchement téléphonique rapides et sûrs, rien de vraiment plus compliqué. Mais beaucoup d'argent passe à travers moi, ou par moi – l'argent des autres, je veux dire, pas le mien – et perturber ce flot va être l'un des objectifs potentiels de nos ennemis. D'une certaine façon, j'emporte avec moi, malheureusement, où que j'aille, ce sentiment de moindre sécurité.

— Ah, dit Mark.

Il ne savait pas à quel point il pouvait le croire. Il se rappela qu'il n'était pas venu discuter de l'état du monde, mais d'un travail, d'un travail dont il avait grand besoin.

— Pour en revenir à ce que vous disiez. Ne vous méprenez pas, je suis capable de placer un poteau ou d'enterrer un réseau aussi bien, sinon mieux, que n'importe qui. Inutile d'être un expert. Mais puis-je vous demander pourquoi moi ? Pourquoi ne pas vous adresser à un spécialiste que vous feriez venir de la ville pour faire le travail ?

— Parce que je ne veux pas que ça ressemble trop à ce que c'est. Et combien coûtent ces sandwichs à l'œuf ? Deux dollars ?

Il se levait.

— Un dollar soixante-quinze, dit Mark. À la viande, c'est un peu plus cher.

— Pourquoi ne passez-vous pas à la maison ? proposa Hadi.

Il sortit trois billets d'un dollar, les posa sur la table et remonta la fermeture Éclair de sa polaire.

— Demain matin. Six heures et demie ? Je me lève très tôt.

Il eut un sourire chaleureux, mais n'échangea pas de poignée de main avec Mark avant de se diriger vers la porte en emportant le sachet contenant son sandwich. Mark le regarda par la vitre ; il grimpa dans son 4×4 noir – côté conducteur – et quitta le parking. Un peu imbu de lui-même, songea Mark. Mais l'ego d'un client pouvait se révéler une mine d'or. Et il y avait autre chose de particulier chez Hadi – de l'insouciance, une sorte d'anticharisme – qui, paradoxalement, séduisait Mark également. Voilà ceux qui gouvernaient le monde. Ils se fichaient de ce que les autres pensaient. Peut-être était-ce en partie ce qui séparait Mark de ce genre d'homme : il manquait un peu d'arrogance, il le savait, mais peut-être était-ce plus simple encore, peut-être accordait-il trop de crédit à l'idée qu'il fallait que tout le monde l'aime.

Il décida de rentrer chez lui et d'effectuer une recherche rapide en ligne sur les solutions de sécurité de haute technologie et sur le prix qu'il pouvait demander. Hadi, semblait-il, était le genre de type pour qui l'argent n'est pas un problème, et pourquoi pas ? D'un autre côté, avec tous ses millions, il ne pouvait même pas payer à son voisin un sandwich à l'œuf. Mark sortit son portefeuille, ramassa les trois dollars de Hadi et s'approcha de la caisse.

Le sud du Berkhire restait vert presque toute l'année, luxuriant pourrait-on dire, des collines basses, ondulantes, sous une épaisse canopée ; et donc, quand la saison du feuillage-pour-touristes s'achevait et que les feuilles, devenues marron, tombaient, il y avait quelque chose d'invasif, comme un rayon X, comme si les nerfs de la terre étaient dénudés. L'hiver, semblait-il, rétrécissait la géographie de la région. Le lieu et la manière dont les gens l'habitaient exigeaient isolement et intimité ; la nature les prodiguait toujours avec munificence et, au changement de saison, elle vous apprenait, en vous les retirant, à en apprécier la valeur. Brutalement, les propriétés des voisins semblaient d'une proximité agressive. L'herbe prenait la teinte brune de la terre et tout rétrécissait. La rivière exprimait la même mauvaise humeur que le reste de l'environnement, opaque sous la lumière terne de novembre et soudain visible depuis les routes qui, sans la soupçonner, longeaient ses rives au cours de l'été. Votre voiture sentait de nouveau le radiateur. Vous vous sentiez mal fagoté.

Howland se distinguait des villes voisines par le fait que plus de quatre cents hectares d'un seul tenant étaient restés vierges – une fiducie foncière datant des années soixante-dix, du temps où un avocat de Boston, en préparant son testament, avait été accablé d'entendre son fils ingrat exprimer le désir de ne pas hériter du fardeau de ces terres amoureusement rachetées par son père en l'espace de quarante étés. Il les avait donc léguées à la ville, à condition de n'y rien construire. Depuis lors, la fiducie était devenue très populaire auprès des estivants ; le testament du vieillard en avait, de façon perverse, confié l'administration au fils ingrat, qui, lui-même avocat, avait réussi à coller le legs sur le dos d'une association baptisée Citoyens pour une Culture Raisonnée. Même les bois protégés par la fiducie semblaient plus chétifs et moins redoutables au cours des semaines précédant la première neige, si du moins lesdits Citoyens s'étaient donné la peine de ralentir et de les regarder. Quand on habitait ici et qu'on les voyait à chaque aller et retour en ville, ils ne ressemblaient pas à une Culture Raisonnée, ils ne ressemblaient à rien.

Deux semaines avant Thanksgiving, en s'éloignant de la Route 7 pour prendre les routes de campagne sinueuses où vivaient la plupart des habitants à l'année, inutile d'aller bien loin avant que les seules couleurs absentes du spectre des bruns n'apparaissent sur des drapeaux flottant encore aux avant-toits des vérandas, ou en biais, retenus par des crochets en cuivre vissés aux poutres de support. Certains les avaient décrochés au bout de quelques semaines, mais beaucoup ne l'avaient pas fait. Ils savaient que le drapeau ne passerait pas l'hiver sans s'abîmer ou se déchirer, mais le replier et le ranger dans un placard évoquait trop une forme d'oubli, une forme de retour à la mentalité complaisante dans laquelle ils se vautraient auparavant, d'où ils tiraient un sentiment de liberté jamais remis en cause, où ils ne redoutaient pas les prédations ennemies. Du simple fait que nombre d'entre eux concevaient une nostalgie honteuse précisément attachée à cela – à cette existence ancienne où on ne leur demandait pas de défendre leur mode de vie –, ils se blâmaient assez pour laisser flotter les couleurs. La nation était en guerre ; la nature invisible de cette guerre exigeait une vigilance d'autant plus difficile et cruciale. Certains se réjouissaient à l'avance de l'image symbolique du drapeau de tissu abandonné aux ravages de l'hiver – du printemps trouvant à son retour la Vieille Gloire, achetée au supermarché, en lambeaux, en haillons, mais toujours là, flottant au vent, représentant bien plus que l'œuvre des éléments et du temps.

Les hauts lieux touristiques du Berkshire – Tanglewood, Jacob's Pillow, The Mount – étaient fermés pour l'hiver, mais les restaurants et les boutiques, y compris celles de luxe, restaient ouverts, affichant parfois des pancartes avec des horaires réduits. Le Mass Pike, qui reliait Stockbridge à Boston, traversait la région d'est en ouest ; du sud au nord, les villes – Lenox, Lee, Howland, Sheffield – s'égrenaient surtout le long de la Route 7, elle-même longeant la Housatonic, la rivière qui jadis faisait tourner les magnifiques usines de papier et que les sublimes carapaces architecturales chevauchaient encore, certaines restaurées et transformées en galeries ou boutiques, d'autres, vides, en attente d'un acheteur, au déclin matériel à la fois poignant et pittoresque jusqu'au moment où il cessait de l'être.

Howland avait conservé son bureau de poste, mais tous les deux ans les rumeurs laissaient entendre qu'il allait fermer ou se retrouver englobé dans un bureau de même taille situé à Sheffield, neuf kilomètres plus loin. La rumeur resurgissait généralement à chaque élection ; quiconque se présentait aux primaires en espérant obtenir un siège au Congrès pour le Massachusetts ouest s'efforçait d'affirmer plus violemment que son adversaire qu'il ou elle lutterait contre les gros bonnets de Washington afin de protéger le bureau de poste de Howland de leurs coupes budgétaires. Si cette lutte exigeait du courage ou de la ruse, ou si elle se limitait à un simple coup de fil, les habitants de Howland n'avaient aucun moyen de le savoir. Mais elle restait, pour un candidat local, une promesse électorale de base, et donc le petit bâtiment carré en briques devant lequel flottait le drapeau opérait sur Mill Street comme depuis 1922.

Le receveur des postes, dans une ville de cette taille, n'était pas soumis à un travail astreignant, mais pour une raison mystérieuse – la nature claustrophobe de celui-ci, le petit uniforme qu'il fallait enfiler, la honte attachée au fait de travailler pour l'État – aucun natif de Howland n'y avait postulé ; l'emploi était occupé par Glenn Brooks, un jeune homme de Springfield, qui venait en train et facturait ses déplacements au gouvernement assortis d'une majoration fantaisiste. Cette majoration, bien qu'immuable, se révéla d'autant plus frauduleuse que Glenn Brooks avait rencontré une femme de Howland, Penny Batchelder et, après deux rendez-vous, était resté dormir chez elle les trois nuits par semaine où ses fils allaient chez leur père. Le lundi matin, il quittait Springfield et son appartement en désordre et le regagnait le soir, mais le mardi après son travail, il garait sa voiture dans l'allée de Penny, à environ cinq kilomètres de la ville, après quoi, sauf s'il faisait mauvais temps, il n'allumait même plus le moteur jusqu'au vendredi matin. Penny se foutait de savoir combien de gens apercevaient la voiture garée là. C'était en fait, concernant Penny, le revers de la médaille : elle se foutait d'à peu près tout, dès le moment où elle rentrait le mardi après-midi après avoir déposé ses gosses chez leur père. Elle n'exigeait rien de Glenn, ne le critiquait jamais, ne lui disait jamais que sa barbe était ridicule, comme l'avaient fait ses deux dernières copines. Il lui arrivait durant de longues périodes de ne pas parler du tout, et, parfois quand vous lui posiez une question elle ne répondait même pas, comme si elle n'avait pas entendu, alors qu'elle était assise au lit à côté de vous, en train de fumer dans le noir, la fenêtre ouverte. Mais elle revenait toujours de là où ses pensées l'entraînaient. Et alors, elle se déchaînait. Elle vous laissait faire tout ce que vous vouliez.

Le matin, elle le déposait au bureau de poste qui se trouvait sur le chemin de son travail, un cabinet médical de Stockbridge. Il lui donnait sa carte de crédit pour acheter de l'essence, afin de produire les reçus pour ne pas avoir d'histoires avec le Service Postal. Mais rien ne laissait penser qu'on les prenait en compte. Pour ce qu'il en savait, on pouvait aussi bien jeter tous ses reçus, les vrais et les faux, dans la déchiqueteuse. Il régnait une telle corruption. Mais avec toute cette corruption, bizarrement, il se sentait bien : intelligent. Il avait réussi à se glisser dans le moule. La corruption constituait une donnée de la vie, surtout au niveau gouvernemental, et si on ne se glissait pas un peu dans le moule, on en devenait la victime. L'un ou l'autre. Peut-être même n'en demandait-il pas assez, juste en termes de ce qu'il aurait pu ramasser sans être inquiété. Il en allait de même avec le paiement des impôts : une ligne était tracée qu'il valait mieux éviter de franchir, mais vous vous sentiez lâche si vous ne vous en approchiez pas le plus possible. Pourtant, à la fin de chaque mois, il se sentait comme un patron à ramasser l'argent des kilomètres qu'il n'avait pas parcourus, des nuits passées au lit avec une divorcée plutôt ardente qui ne semblait rien exiger de lui sinon d'être là, de ne pas la laisser seule, et qui, en échange, était prête à tout sans en faire une montagne sur le chapitre de son plaisir à elle.

Le premier matin où le thermomètre tomba en dessous de moins dix, au début du mois de janvier, il descendit alors qu'elle était encore sous la douche et franchit pieds nus – idée stupide – la porte qui séparait la cuisine de Penny et son garage en ciment. Il y avait de la place pour deux voitures, mais la moitié était encombrée de trucs merdiques appartenant aux garçons : skates, vieux bouts de bois dont ils croyaient pouvoir faire une rampe ou une demi-lune, une console Nintendo obsolète, un vrai stock des joies de l'enfance. Toutes ces choses avaient déjà été mises au rebut mais, les pieds gelés, il en débarrassa le sol, les plaça contre les murs ou sur les étagères destinées aux outils. Les garçons représentaient pour lui une toile vierge. Penny ne répondait pas à ses questions sur eux, il est vrai qu'il n'en posait pas beaucoup. Le spectacle de toutes leurs affaires cassées ou abandonnées n'allumait en lui aucune étincelle de sentiment paternel ou quoi que ce soit de ce genre. Ce qu'il ressentait, à tout prendre, c'était l'envie de jouer avec eux, d'être comme un beau-frère, disons. C'était un désir compromettant, à son âge. Construire une rampe avec un morceau de bois, voilà le genre de création paternelle qu'un homme de l'âge de Glenn devait probablement savoir réaliser, mais pas lui. Il n'aurait même pas su par où commencer.

— Qu'est-ce que tu fais ? demanda Penny.

Il la contempla sur le seuil, une tasse de café à la main, habillée pour le travail. Elle avait quelques années de plus que lui ; quand elle était habillée, c'était plus flagrant. Elle avait la mâchoire un peu forte pour une femme, mais un corps parfait pour lui, un corps que la plupart de ses amis masculins auraient jugé osseux. Elle avait les cheveux attachés, ce qu'il n'aimait pas d'un certain côté, mais d'un autre côté il y avait peu de chose qu'il aimait autant que de la regarder les défaire.

— Je range un peu les trucs des garçons. Il y a du gel sur les voitures ce matin. Je voudrais pouvoir faire entrer la mienne là-dedans.

— D'accord, répondit-elle, mais il faudra tout remettre comme c'était avant de partir vendredi.

Juste tout jeter par terre, alors ? Mais il savait pourquoi : elle ne voulait pas que ses garçons sachent qu'il existait, que quiconque était venu dans le garage ou même dans la maison.

— Sérieusement ?

— Sérieusement, dit-elle, mais sans malice, et elle alla se verser le reste de café.

Candace habitait non loin de la 7, au sud de Great Barrington, dans un ancien entrepôt de machines agricoles et de tracteurs converti en trois appartements modestes mais modernes ; le sien se trouvait au deuxième étage, face à la route, et donc aussi aux vitrines du magasin de spiritueux, dont le propriétaire – un gros homme inquiétant toujours assis derrière la caisse dans un fauteuil pivotant à ressort et qui se levait difficilement quand un client s'approchait du comptoir avec ses bouteilles – possédait également l'immeuble. Elle buvait son café, assise à son petit comptoir de cuisine, côté salon, comme si quelqu'un d'autre l'avait servie côté cuisine. Elle écoutait la radio publique, à très faible volume, parce que, même sans avoir jamais reçu de plainte d'aucun de ses voisins immédiats, elle avait conscience de leur présence. La radio murmurait des nouvelles de la guerre, des nouvelles des manifestations. Elle ne saisissait pas tout. Non qu'elle fût incapable de comprendre, mais ces modulations, à peine audibles à l'aube, avaient davantage pour mission de réveiller son esprit en douceur, d'être des voix, peu importait lesquelles, en provenance de l'extérieur de ce petit appartement, que de lui apprendre quelque chose

Quand elle se sentit prête, elle mit son manteau et descendit au parking. Dans l'air glacé de février elle prit une inspiration profonde, à la fois douloureuse et vivifiante. Il y avait, derrière le carré de macadam, une petite rigole de ruissellement couverte d'une couche de glace sale, aussi fine que le dessus d'une crème brûlée. Le pire dans l'immeuble où habitait Candace, c'était son aspect extérieur. Essentiellement celui d'un entrepôt, entouré d'un mince rideau d'arbres, d'une pelouse mal entretenue et de boue. Soit le propriétaire avait manqué d'argent pour rénover la façade du bâtiment, soit il n'avait même pas eu ce projet. Très probablement, pensait-elle, il voyait dans ce genre de préoccupation une forme de vanité, d'affectation. Ces villes étaient peuplées d'hommes comme lui. Pas seulement simples et frustes, mais fiers de l'être, arrogants. Elle était sans doute déjà parvenue à la fin de son adolescence quand elle avait compris que son père en faisait partie. Toutes les histoires qu'il racontait rendaient compte de la façon dont il avait possédé quelqu'un. Ses frères avaient, eux aussi, hérité de cette disposition, et pas qu'un peu.

Cinq minutes plus tard, avant même que l'intérieur de la voiture se soit réchauffé, elle était à son travail. Encore une journée à remplir des fiches d'évaluation, à examiner les rapports de dépenses discrétionnaires soumis par les professeurs ou, le plus souvent, les gardiens, et à lire tous les mails des parents envoyés la veille à des heures indues. Elle s'efforçait de bien s'acquitter de ses tâches de façon ostensible parce qu'elle savait que son travail n'était pas vraiment indispensable, qu'il existait un principal adjoint du groupe scolaire de Howland pour la seule bonne raison qu'il y avait beaucoup de travail débile que le principal titulaire, son patron, avait obtenu de ne pas faire. Il lui fallait donner l'impression d'être nécessaire tout en ayant conscience, et elle était la mieux placée pour le savoir, que ce n'était pas le cas.

Il y avait une interminable chaîne de messages – surtout entre des parents, mais elle était dans la boucle de Répondre à Tous – qui l'agaçait particulièrement depuis maintenant deux semaines. Un sous-groupe de parents s'inquiétait des mesures de sécurité entourant l'entrée de l'établissement. Et inutile de contester leur argument majeur, à savoir qu'il existait zéro mesure de sécurité à l'entrée. Le gardien principal ouvrait la porte chaque matin (les professeurs et ceux qui arrivaient tôt disposaient d'une entrée séparée) et la refermait à la fin de la journée, sauf si on utilisait l'auditorium ce soir-là. Candace savait que, certains soirs, des groupes étaient restés au-delà de l'heure autorisée et que le gardien, qui désirait que tout le monde l'appelle Champion, était rentré chez lui sans fermer, par ennui ou par dépit. S'ils l'apprenaient, certains parents auraient sans doute une attaque.

Les questions de sécurité, c'était bien beau, comme dirait son père. Ils devraient peut-être agir avec plus de prudence. Mais le groupe des parents parlait d'autre chose, ou du moins c'est ce que comprenait Candace. Ils redoutaient que le groupe scolaire soit la cible d'une attaque.

Comment appelle-t-on ça ? Ces trucs en ciment enfoncés dans le sol ?

Des bornes ?

Oui, merci ! Des bornes. Allez, combien ça peut coûter ? Un peu de ciment et trois ou quatre trous dans le sol.

Tout à fait – l'administration crie toujours misère mais je parie ce qu'on voudra qu'on peut trouver quelqu'un d'assez patriote pour faire un don et payer la main-d'œuvre.

Et le ciment !

Et pourquoi un don ? À quoi servent nos impôts ??

Candace avait du mal à distinguer son irritation du fait que l'une des trente-huit adresses mail de la chaîne appartenait à Patrick Kimball, patk86@yahoo.com, le père marié d'une élève de sixième avec qui Candace avait eu une liaison pendant huit ou neuf mois. La liaison était terminée depuis plus longtemps que ça, mais le simple fait de voir son nom la perturbait. Comme elle, il ne participait jamais à la chaîne elle-même, il s'y trouvait simplement enchaîné, complice silencieux. Pourtant, techniquement parlant, ils échangeaient de nouveau des mails, ce qui la rendait vulnérable, optimiste et furieuse.

Elle croisait toujours la fille de Patrick dans les couloirs, pratiquement tous les jours en vérité. Elle ne l'aimait pas beaucoup, et ce n'était pas nouveau – socialement, la fille était impitoyable, un petit monstre, et pas très futée –, et Candace ne parvenait pas à oublier le pouvoir administratif qu'elle aurait encore sur la vie de cette chipie pendant deux ans. Sans compter que, dans un univers parallèle, Candace était sa belle-mère. L'univers des cruches énamourées, peut-être.

Elle tapa Répondre à Tous.

Naturellement, je comprends votre inquiétude, mais le problème n'est pas le coût du ciment. Les travaux dans l'école, quels qu'ils soient, exigent l'approbation du district. Je sais par expérience que la première chose qu'ils demandent est une description détaillée des raisons pour lesquelles ces travaux sont nécessaires au fonctionnement de l'établissement. Si l'un d'entre vous souhaite s'attaquer à ce début de question, je vous serais reconnaissante de votre participation.

Elle tapa Envoyer, consciente que la discussion, le scandale théâtralisé, se contenterait de contourner ce qu'elle avait écrit, tel un ruisseau un rocher, sans parler du fait qu'il s'agissait d'un message trop long pour espérer que quiconque le lise jusqu'au bout. Mais elle pouvait à présent s'amuser un peu à imaginer la panique qui allait s'emparer de Patrick à la lecture de son nom dans sa boîte de réception. Elle aurait dû effacer l'objet. Voilà qui lui aurait vraiment fichu la trouille.

Elle avait déjeuné d'un Coca light et d'un rouleau de pastilles à la menthe. Elle ne se préoccupait pas de son poids, ni rien – elle adorait manger –, mais il lui arrivait de ne pas avoir envie de déjeuner à la cafétéria, pas même à l'une des tables réservées aux professeurs ; et apporter son repas au travail dans un petit sachet en papier kraft lui donnait l'impression qu'il ne lui restait plus qu'à adopter quelques chats pour en finir avec sa transformation en vieille fille. Et puis, il n'y avait pas de réfrigérateur dans son bureau ; on lui avait dit qu'elle pouvait utiliser celui de Champion. Non merci. Ce soir, dîner chez ses parents, elle pourrait s'empiffrer là-bas. Sa mère sera enchantée.

Elle assista à une présentation sur la sécurité dans les labos par un invité du ministère de l'Éducation, puis regagna son bureau où elle trouva un mail de son principal.

Géniale idée ce projet pour la sécurité. Le district distribue des subventions comme des bonbons pour tous les projets comportant le mot sécurité. J'attends les propositions qui vous seront faites. Ne craignez pas de penser gros !

Tout était lié, tout était connecté. C'était le problème avec une petite ville comme Howland, ainsi qu'avec le contenu de son cerveau. Ce qui l'irritait en partie dans ces élucubrations sécuritaires, comme s'ils cachaient des secrets militaires dans les sous-sols du groupe scolaire de Howland au milieu des tapis de gymnastique et des équipements audiovisuels impossibles à réparer, c'est que le jour fatidique elle avait craqué et s'était servie de la tragédie comme excuse pour reprendre contact avec Patrick : elle lui avait écrit sur son compte Hotmail en lui demandant d'essayer de quitter son travail pour la rejoindre, sous prétexte que c'était probablement la fin du monde. Elle avait profité du fait que son frère Mark ne donnait aucune nouvelle de New York pour le convaincre de la revoir. Après quoi, elle avait eu l'impression d'être une psychopathe, une personne incapable de savoir lesquels de ses sentiments étaient les vrais. Le monde explosait et elle ne pensait qu'à une seule chose : il ne pouvait plus refuser de la voir. Et ça n'avait même pas marché. Il n'avait consulté son compte Hotmail que le lendemain, prétendait-il, et elle n'avait aucun moyen d'estimer le degré de vérité de ce qu'il pouvait dire.

Elle parcourut les routes de campagne en voyant défiler arbres nus et champs durcis pour aller chez ses parents, aux abords de Pittsfield, phares allumés alors qu'il n'était que dix-sept heures trente. À l'intérieur, seule brillait la lumière de la cuisine. Depuis la vente de leur ancienne maison – dans laquelle Candace et ses trois frères et sœur avaient grandi – il y avait dix ans de cela, ils étaient devenus extrêmement pingres et éteignaient la lumière dès qu'ils quittaient une pièce. Candace appréhendait l'approche de l'hiver parce qu'ils préféraient, semblait-il, en venir à bout en enfilant les uns sur les autres tous les vêtements qu'ils possédaient plutôt que de monter le thermostat ne fût-ce que d'un seul degré. Elle n'avait pas de tels souvenirs de son enfance. Certes, ils ne disposaient maintenant que d'une petite retraite, pourtant ils ne s'en sortaient pas si mal, Candace leur donnait un peu d'argent de temps en temps et elle était convaincue que Mark en faisait autant. Mais il ne s'agissait pas d'argent. Elle ne savait pas bien de quoi il s'agissait.

— Un verre ? proposa son père.

Elle avait commencé à enlever son manteau, mais se ravisa.

— Un petit. J'adorerais boire un peu plus, mais je dois conduire dans le noir.

— Bon, eh bien, puisque tu es là, on peut manger, dit sa mère.

Il était six heures moins le quart.

— Pour l'amour du ciel, enlève ton manteau ! Tu ne vas pas te mettre à table comme ça !

Alors qu'elle-même portait au moins deux pull-overs.

— Je suis contente que tu sois là. Tu dois parler à ton père. Ça me ferait plaisir que quelqu'un lui demande d'arrêter de regarder les infos seize heures par jour.

Son père se renfrogna :

— On peut parler des événements autant que vous voudrez, dit Candace, mais donnez-moi d'abord quelque chose à manger. Je meurs de faim. Des lasagnes ?

— Des manicotti. Je les ai pris chez Sam's. Surgelés, mais délicieux.

— On sait, grogna son père, parce qu'on en a déjà mangé deux fois cette semaine.

Candace, après s'être rapidement, discrètement, réchauffé les mains au-dessus du plat, se servait déjà.

— Ça va mieux, avoua-t-elle après quelques bouchées. Pardon, je ne pouvais plus attendre.

Ils parlèrent peu. Il ne se passait pas grand-chose, dans leurs vies respectives, qui méritât d'être partagé, hormis ce que son père regardait à la télévision, un sujet qu'elle n'avait pas envie d'aborder avant d'avoir vidé son premier verre de vin, et encore. Comme le four refroidissait, il se mit à faire froid dans la cuisine.

— Alors tu participes à ces manifestations ? finit par lâcher son père.

Sa mère poussa un soupir théâtral.

— Quelles manifestations, Papa ?

— Tu sais bien. Soyez gentils, ne faites pas de mal à ce pauvre Saddam Hussein. Il est victime d'un malentendu.

— Tu as vu des manifestations par ici ? Non. J'ai vu des trucs à la télévision, comme toi. Dans les grandes villes, New York, Londres, Paris. Très loin d'ici.

— À New York. C'est le pompon. Parlons-en, de New York. À mon époque, New York aurait déjà été vidée de tous les jeunes hommes valides, ils se seraient déjà tous présentés au bureau de recrutement.

— Tu vois ? dit sa mère.

— Papa, je n'ai pas d'opinion tranchée dans un sens ou dans l'autre.

— Eh bien, c'est merveilleux, fit Papa.

— Tout ce que je peux dire, c'est qu'il y a une foule de chaînes à la télévision, et si tu regardes quelque chose qui te met en colère, tu peux en changer. Ça ne peut pas être bon pour toi. Je veux dire pour ta santé. À ce propos, Maman, je te donne vingt dollars tout de suite si tu montes le chauffage de cinq degrés jusqu'à ce que je parte.

Sa mère la dévisagea avec étonnement :

— Tu as froid ?

Le premier jeudi du mois avait lieu la réunion publique à l'hôtel de ville, socle et vestige de la démocratie classique version Nouvelle-Angleterre qui faisait la fierté de tous et immensément chier le Premier Élu pourtant d'ordinaire plein d'amour pour ses semblables. Elle était censée être un forum pour discuter, dans un lieu ouvert à tous, des questions courantes liées à l'administration plutôt simple de Howland ; problème : seuls les plus passionnés, les plus impliqués, les plus fous, ceux qui voulaient vraiment ou pas quelque chose, se donnaient la peine d'y assister, et ils n'avaient aucune envie de parler ou d'entendre parler d'autres choses que de leurs propres doléances. Ils finissaient tous par hurler, même quand ils semblaient du même avis, et ils se retournaient ensuite contre Marty parce qu'il ne proposait pas de solution. Ils l'avaient élu trois fois déjà, un honneur et une responsabilité (à temps plein, même si le boulot n'était qu'à temps partiel) ; seulement son rôle lors de ces réunions se limitait à écouter, ce qu'ils ne semblaient pas comprendre. Si bien que ces sympathiques assemblées mensuelles se concluaient inévitablement par une exaspération collective qui l'entraînait directement vers sa bouteille de Bushmill à la seconde où il rentrait chez lui, alors que le toubib lui avait conseillé de pas boire ni manger juste avant d'aller se coucher. Cependant, s'autoriser ça une seule fois par mois ne pouvait pas être trop dangereux. Il lui arrivait d'imaginer que tout ce stress provoquait une nouvelle attaque, qu'il mourait à son poste, que tous se reprochaient alors la façon dont ils s'en étaient pris à lui, après quoi ils se retrouvaient à l'hôtel de ville pour la réunion publique et en venaient aux poings pour lui ériger un monument.

Parce que tels avaient été les sujets dont on avait fini par débattre au cours des forums mensuels de janvier et de février – les monuments, et c'était sûrement là-dessus que celui-ci allait se terminer cette fois encore. Souvent les participants se comptaient sur les doigts d'une main, mais aujourd'hui ils semblaient approcher de quinze et ça ne présumait rien de bon. Marty était assis à une table de jeu entre ses deux assesseurs, eux-mêmes flanqués du trésorier et de sa secrétaire. Des rangées de chaises pliantes leur faisaient face. Chacun était trop près de l'autre. Il y avait une estrade derrière eux, mais ils ne s'en servaient jamais – trop impérieux, pensait Marty ; l'espace au sol était plus démocratique, mais aussi plus exigu.

Bien sûr, il comprenait. Il se savait aussi un peu trop terre à terre, même au fond de son cœur. Et si ériger un monument aux victimes du 11 Septembre signifiait qu'il valait mieux espérer qu'il ne neige pas trop l'hiver prochain car il faudrait alors économiser sur les réserves de sel pour les routes, eh bien, c'étaient des adultes – ses voisins, amis et clients, pour la plupart –, il était leur élu et il ne lui appartenait pas de leur expliquer qu'une considération devait prendre le pas sur une autre. Même si aucun habitant de Howland ou des villes environnantes n'était mort ce jour affreux. Même si ce qui les en rapprochait le plus était le fait que Mark Firth s'était trouvé en ville ce jour-là pour une raison inconnue, dans une chambre d'hôtel, rien que ça, probablement pour coucher avec l'une de ces femmes riches dont il rénovait la cuisine. Du moins, telle était la rumeur que la secrétaire ne pouvait s'empêcher de répéter à Marty.

C'étaient tous ces jeux de postures qui l'accablaient, le temps perdu, les surenchères passionnées. Là, il était déjà vingt heures quarante-cinq et deux des habitués venaient seulement de trouver leur rythme de croisière. Daisy Scoville, dont les occupations étaient un peu restreintes depuis qu'elle avait cédé à sa fille les affaires quotidiennes de son petit café, voulait savoir s'ils pouvaient se procurer un vrai morceau de l'une des tours, un fragment d'acier ; elle avait entendu dire qu'une ville de Pennsylvanie avait obtenu une telle relique et construit autour un petit parc. Elle était grosse, elle portait des leggings et il se sentait coupable d'avoir autant de mal à la regarder quand elle s'exprimait.

— Est-ce une chose envisageable ? demanda-t-elle.

Marty leva la tête :

— Une idée, dit-il vaillamment, des coûts à estimer ?

Daisy se renfrogna :

— L'important n'est pas là, me semble-t-il.

— Eh bien, sauf votre respect, la question a toujours son importance. Vous savez, en tant qu'habituée de ces réunions, que notre dernier budget...

— Selon moi, le monument devrait être bâti dans l'école, avança Daisy. Et donc le comté, ou l'État, couvriront peut-être les dépenses qui vous inquiètent.

— L'école ? répéta Marty. Où dans l'école ?

— Pourquoi pas entre le terrain de sport du haut et celui du bas ?

Il le savait, il devait arrêter là le débat et dire quelque chose qui, lui donnant l'impression d'avoir été entendue, la ferait patienter au moins jusqu'au mois d'avril, mais il était fatigué et il ne put s'en empêcher :

— Vous voudriez ficher un gros morceau d'acier dans le sol entre les deux terrains de sport des enfants ?

— Absolument pas. Ce serait un élément à l'intérieur d'un jardin commémoratif clôturé.

Des mains se levaient. Nom de Dieu, pensa Marty, nom de Dieu, je ne vais jamais pouvoir rentrer. Je vais encore manquer *Les Experts*. Je ne m'en sortirai jamais avec cette politique de merde, jamais, je ne suis pas fait pour ça.

— Nous parlons d'une tragédie nationale ! invectivait Daisy en réponse à des parents qui l'invectivaient.

Elle avait les yeux rouges. Elle était lancée, à présent.

— Quelle importance où c'est arrivé ! C'est arrivé ici aussi ! Cela vous est donc égal d'avoir des ennemis, qui nous haïssent ? Vous croyez qu'il vous suffit de les oublier pour qu'ils disparaissent ? S'il vous plaît, les terrains de sport ! Vous voulez que vos enfants obtiennent des bourses de lacrosse ou qu'ils croient en quelque chose ? Faisons-nous partie de ce pays, oui ou non ?

Il détestait le marteau, mais il se résigna à s'en servir ; après quoi, à sa grande honte, il lança la prière qui mettait un terme à toutes ces réunions depuis le mois de novembre, la prière pour le salut de William Nagel, le fils unique de Evvie Nagel qui, ayant terminé le lycée de Howland deux ans auparavant, s'était inscrit à l'Université publique du Berckshire, et avait tout planté pour s'engager dans les Marines. Personne n'irait se chamailler après avoir évoqué le nom de Will. Marty se sentait coupable de s'être servi de lui pour instiller la honte dans les esprits et les faire taire, mais trop, c'était trop. Beaucoup d'entre eux avaient eux-mêmes des enfants qu'ils feraient mieux d'aller retrouver chez eux.

Marty installait des chaudières et des chauffe-eau, il avait élargi son entreprise aux climatiseurs environ douze ans auparavant – trop tôt, en y repensant, ou bien trop rapidement, ce qui avait entraîné des problèmes d'argent, des années de vaches maigres et pour finir la fin de son mariage. Mais ce mariage n'était de toute façon pas une réussite. C'était probablement une bonne chose, en y repensant, que tous ces cris et ces rancœurs à cause de l'argent aient laissé apparaître les fêlures dans son couple avant l'heure. Avant qu'il y ait des enfants. Sa vie aurait pris une tournure toute différente autrement. En fait, Kelly était tombée enceinte au cours des derniers mois de leur vie commune et il avait su, beaucoup plus tard, qu'elle s'était rendue à Pittsfield pour avorter. Elle n'avait jamais su qu'il savait. L'enfant n'était peut-être même pas de lui.

S'agrandir avait signifié ouvrir un deuxième magasin, à Ashley Falls, mais dès le début il s'était senti dépassé et il avait fini par le vendre à perte uniquement pour financer sa dette. Il s'était senti assez ballot. Et pour la bonne raison qu'il était ballot, à l'époque, concernant certaines choses. Il se reconnaissait un peu dans l'image américaine de l'homme d'ambition, qui ne pouvait atteindre le bonheur qu'en rêvant en grand, en progressant toujours, en conquérant. Mais en conquérant quoi ? Il avait cru nourrir son amour-propre en devenant le Roi du Chauffage et de la Climatisation du Berkshire, mais après son échec il s'était rendu compte que cela ne changeait finalement rien à son amour-propre. Il restait un petit provincial. Il vivait très bien à la tête d'un seul magasin et ne regrettait pas les tensions provenant du fait d'en posséder deux, de s'inquiéter de savoir ce que vos employés se débrouillaient pour bousiller ou voler, quelles ventes faciles ils ne parvenaient pas à conclure dans la boutique quand vous étiez absent ce jour-là. Ce qui lui plaisait, c'était d'aller à pied à l'heure du déjeuner jusqu'à l'Undermountain Café et de savoir que, si un client venait au magasin pendant qu'il mangeait, il savait en général où le trouver. Sa vie avait perdu beaucoup de ses aspects négatifs quand Kelly était partie et que s'était tue la voix dans sa tête lui reprochant d'oser être heureux à sa manière.

Et les gens l'appréciaient ; c'était indiscutable. Il ne se donnait pas de grands airs. Cela lui était égal de se retrouver chez le même voisin à différents moments à des titres différents, d'abord invité d'honneur lors d'un dîner en tant que Premier Élu et, deux semaines après, affublé de cuissardes dans un sous-sol inondé. Il y avait pire comme façon de connaître ses administrés. Parfois, quand il ne parvenait pas à dormir, il faisait un tour mental des habitations ou dressait dans sa tête une liste des maisons de Howland qu'il avait vues et de celles qu'il n'avait pas vues.

L'installation de systèmes de chauffage et de climatisation produisait un bon revenu – il vivait seul, la maison était payée, il n'avait ni goûts ni lubies de luxe –, mais on ne savait jamais à quel rythme l'argent allait rentrer et c'est là que se révélait utile le modeste salaire de 22 000 dollars versé par la ville. On le lui avait présenté comme un travail à mi-temps mais il avait fait en sorte que cela occupe nettement moins sa journée. S'il disposait d'un bureau à l'hôtel de ville, il considérait plus facile d'organiser son temps en travaillant dans un même lieu. Et donc le gros des dossiers municipaux de Howland se trouvait d'ordinaire sur le bureau en métal de son arrière-boutique, éloignée de l'hôtel de ville d'à peine six cents mètres. En dehors de cinq ou six cérémonies pince-sans-rire par an, son boulot consistait surtout à gérer un budget, petit et simple, dont le financement provenait en grande partie de l'État ou des subventions fédérales, et déjà affecté à des dépenses précises. Il y avait également la collecte des taxes foncières, qui avaient entraîné quelques incidents, mais pas depuis plusieurs années. Marty était assez clairvoyant pour sentir venir des temps relativement plus durs – l'économie était mauvaise partout, et le marché immobilier local allait certainement prendre l'eau. Mais ces choses-là connaissaient toujours une croissance et une décroissance. L'argent de la ville, l'argent estival, affluait et se retirait, comme la marée, sur un cycle de dix ou quinze ans, mais ne disparaissait jamais entièrement. Il fallait juste s'armer de patience. Pendant ce temps, son électorat, tout en lui faisant confiance, ne le prenait pas trop au sérieux, et cela lui convenait parfaitement.

« Ta sœur a appelé », fut le seul message que Gerry Firth trouva sur son bureau en arrivant aux environs de 9 h 30, « aux environs » étant sa propre estimation de 9 h 45. Il en avait espéré d'autres, des messages en lien avec son travail, pour justifier le fait d'être, entre guillemets, en retard. Il traversait une mauvaise passe depuis quelque temps : plus ses commissions baissaient, plus sa situation lui paraissait fragile et plus il merdait, c'était devenu compulsif, par d'absurdes comportements passifs-agressifs comme de ne pas se présenter au bureau à l'heure. Bien sûr, il existait un scénario dans lequel le fait d'arriver en retard pouvait se révéler une excellente ruse mêlant travail et stratégie : si un acheteur appelait en son absence, au lieu de tomber directement dans son oreille, le message serait recueilli par la réceptionniste, Alina, laquelle le prendrait en note et traverserait le bureau pour le déposer sur la table de Gerry. Et quiconque connaissait Alina savait qu'elle ne pouvait pas exécuter cette tâche sans la décrire à tous ceux qui se trouvaient à portée de voix. Ce qui assurait à Gerry une bonne image auprès de son patron et de ses collègues. Mais cela ne fonctionnait que dans le cas où il y avait des appels, des appels ne provenant pas de sa sœur Candace qui le harcelait encore pour qu'il aille rendre visite à leurs parents et réparer leurs putains de volets tant qu'il y était, comme s'il n'avait rien de mieux à faire, comme si son temps et son travail ne valaient rien.

Il s'efforça aussitôt d'avoir l'air affairé ; quand il le put, il leva les yeux vers Alina qui attendait cela et ne répondit que par un petit froncement de sourcils complice. Kimbrough, leur patron, ne dit rien mais il n'y avait aucune chance que le retard de Gerry lui ait échappé ; le bureau entier occupait le même espace qu'un double garage et contenait cinq tables, de sorte que personne ne pouvait éviter de voir quoi que ce soit. La règle stipulant qu'il fallait être à son poste à neuf heures et demie était de toute façon une idiotie, du Kimbrough pur jus. Vous imposer une règle inutile pour ensuite ne pas agir pour la faire appliquer. Pendant ce temps les valeurs immobilières continuaient de chuter, et ils auraient tous eu beau s'installer à leurs bureaux dès l'aube, comme un tas de gentlemen-farmers, le problème n'aurait pas disparu. Le marché de tout le South

Berkshire s'apprêtait à toucher le fond, comme partout dans le pays, mais c'était pire ici parce que de nombreux biens étaient des résidences secondaires, un luxe. En gros, leurs emplois ne tenaient qu'à un fil, petite consolation revancharde puisqu'il serait inévitablement le premier à être remercié.

Deux heures s'étaient finalement écoulées quand son téléphone sonna – celui du bureau, pas son portable. Il se força à attendre la seconde sonnerie avant de soulever le combiné. Mais c'était encore sa sœur :

— As-tu eu mon message ?

— Non. La fille est vraiment nulle. Mais je te l'ai déjà dit, pourquoi n'appelles-tu pas sur mon portable ? répondit Gerry en tournant le dos au bureau de Kimbrough.

— C'est ce que j'ai fait. Alors, tu peux aller chez Papa et Maman ce week-end, oui ou non ? Tu n'imagines pas à quel point il fait froid chez eux, et si le problème avec les fenêtres n'est pas bientôt réglé, Papa va essayer de grimper à l'échelle. Je m'en serais occupée moi-même, comme de tout le reste d'ailleurs, mais c'est le genre de boulot que je ne peux pas faire, tu le sais parfaitement. C'est bien pour ça que Dieu m'a affligée de frères.

— Eh bien, justement, pourquoi ne demandes-tu pas à Mark d'y aller et de réparer ce qui doit l'être ?

Il perçut un reflet dans la vitre et vit en se tournant qu'Alina mettait son manteau pour aller déjeuner, sans le regarder lui ou les autres, comme si elle était déjà en train de déjeuner. Elle avait un cul particulier. Pas le genre de formes en clepsydre, si bien que lorsqu'elle se tenait debout son cul ressemblait à une étagère.

— J'ai essayé. Il a un gros boulot. Il dit qu'il doit travailler tous les week-ends jusqu'à ce qu'il ait terminé. Pour un de ses voisins, un riche, de New York.

Gerry avait une bonne mémoire des cessions immobilières. Il comprit qu'elle parlait de Philip Hadi ; penser à son frère à proximité immédiate de tant d'argent lui donna un sentiment renouvelé d'injustice.

— Chacun ses priorités, j'imagine. Protéger ses vieux parents contre les éléments ou lécher le cul d'un milliardaire.

Au moins, il la fit éclater de rire :

— De toute façon, il serait capable de commander des volets de récupération à Newport ou je ne sais où, qui n'arriveraient pas avant l'hiver prochain.

Il le savait, elle prétendait faire alliance avec lui contre Mark pour obtenir ce qu'elle voulait. Mais pourquoi était-elle à ce point obsédée par ces conneries d'obligations familiales ? Ils savaient tous les deux que leur père préférait avoir un volet cassé pour pouvoir se plaindre plutôt qu'un volet en bon état.

— Mais ce qu'il y a, c'est qu'ils veulent avoir de tes nouvelles, reprit-elle. Je ne sais pas quoi leur répondre. Essaie juste d'aller passer deux heures avec eux et tu seras débarrassé pour un bon moment. Ça fait trop longtemps. Prends sur toi, mec.

— Ils me parlent tout le temps de Lindsey.

Il y eut un silence tandis que sa sœur cherchait quoi lui dire.

— Ils s'inquiètent, fut ce qu'elle trouva.

— Eh bien, ça fait deux ans, ils devraient laisser tomber maintenant. Bon, d'accord, j'irai samedi. D'accord ? Faut que je te laisse, j'ai un autre appel.

Il raccrocha. Il contemplait encore la chaise vide d'Alina. Il n'avait pas très bien joué la comédie consistant à laisser croire que ce n'était pas un appel personnel.

Il s'activa pendant quelques minutes de plus, relisant un listing récent qu'il connaissait déjà par cœur ; tandis que ses yeux le parcouraient, une autre partie de son cerveau s'interrogeait sur le mystère que représentait sa difficulté à arriver à l'heure. Non que neuf heures et demie soit si tôt que ça. Il savait que c'était de l'autodestruction. Une manière disons freudienne d'exprimer la haine qu'il éprouvait pour son travail, sauf que son problème avec la ponctualité devenait chronique et s'étendait à des rendez-vous qu'il ne détestait pas du tout, des rendez-vous qui le rendaient impatient, comme celui-ci. Il était déjà midi cinq. Il se leva, prit sa doudoune sur le dos de sa chaise (elle ne fermait plus par-dessus ce stupide blazer qu'ils étaient obligés de porter) et se dirigea vers la porte, en souriant placidement à Kimbrough qui saisit ce moment pour renverser son fauteuil à son approche, les doigts croisés derrière la tête.

— Tu pars déjà déjeuner ? dit Kimbrough. Comment te le reprocher. Après tout, tu es arrivé assez tôt ce matin. Oh, non, attends.

— Il ne s'agit pas de déjeuner ; c'est une visite.

— Bravo ! À quel endroit ?

— 225 Valley Road.

— Ce rossignol ?

Kimbrough redressa son fauteuil et posa les pieds au sol.

— Mieux vaut toi que moi. Mais bonne chance quand même.

— Merci, dit Gerry.

Il prit sa voiture. Le 225, Valley Road était vraiment un fameux rossignol. La maison nécessitait des travaux de gros œuvre et était une pollution visuelle, peinte en marron avec des décorations rouges ; mais le vrai problème, c'était le propriétaire, un vieux Yankee parti s'installer avec sa fille dans le Maine. Il ne les harcelait pas spécialement parce que la maison était vide et n'attirait aucune offre, mais il refusait de débourser un seul dollar pour la rendre plus présentable et de baisser son prix. Impossible de discuter avec des gens comme ça. Raison pour laquelle Gerry ne discutait jamais avec lui. Et c'est ainsi que la maison, entièrement relookée, attendait un acheteur depuis quatorze mois. Il s'engagea dans l'allée dont l'asphalte fendillé laissait passer des pousses vertes et se gara derrière une Mazda rouge. Il se dirigea vers la porte de derrière et l'ouvrit d'une poussée des deux doigts. Sur la table de la cuisine, près des rideaux tirés, il y avait deux emballages de sandwichs, l'un resté intact, l'autre grand ouvert, débordant de petits grains de sésame et de bouts de laitue.

— Tu es en retard, dit Alina dans le fauteuil. J'ai mangé.

— Évidemment, je suis en retard. Kimbrough m'a retenu.

— Ma pause déjeuner est presque terminée maintenant, ajouta-t-elle, avec une exubérance à moitié feinte. Je ne crois pas que tu vas avoir le temps de manger.

— Tu le sais bien, répliqua-t-il en accrochant son manteau à la porte et en jetant le maudit blazer sur le sol carrelé, j'adore quand tu commences sans moi.

Et il se planta au milieu de la pièce, plongea son regard dans le sien avec un sourire, jusqu'à ce qu'elle comprenne ce qu'il voulait.

Quand une crise se produisait, ou une tragédie, vous vouliez qu'elle vous transforme – ou plutôt qu'elle vous révèle, qu'elle vous montre qui vous étiez vraiment quand tous les autres soucis de merde s'effaçaient. Qu'elle vous montre ce que vous avez de meilleur, de plus authentique. Et c'est ce que Karen avait éprouvé, du moins pendant un certain temps. Le jour où tout le monde avait cru à la fin du monde, elle avait aussi connu la peur que son mari – son beau mari, gentil, maladroit, stupide, inconscient, naïf et naze – soit mort, pris au piège d'une attaque terroriste, rien de moins, dans une ville inconnue où il était totalement étranger, seul dans la foule, et ne revienne jamais à la maison. Et en dépit de tous les sentiments mêlés qu'il lui inspirait, de toute l'ambivalence et de la nature compliquée et embrouillée de la vision qu'elle avait de leur avenir, ce jour-là, sous la menace, tout son être s'était axé aussi simplement que l'aiguille d'une boussole sur une seule pensée : Mon Dieu, faites qu'il soit sain et sauf. Faites qu'il revienne chez nous.

Elle avait même eu l'impression, à un certain moment, de se réveiller, d'avoir reçu l'appel de la foi. Elle comprenait, après coup, qu'elle avait eu une réaction exagérée, même si cette réaction exagérée était la chose la mieux partagée au monde, et si tout le monde réagissait de la même façon, cela signifiait que ce n'était pas une réaction exagérée, non ? Personne ne voulait vivre dans la peur tout le temps ; et pourtant, une fois la peur dissipée, elle désirait que dure son épiphanie, son effet de table rase. Mais la vie reprenait ses droits. Vous vouliez être changée, mais le changement se révélait très difficile, si difficile que même l'un des événements les plus importants de l'histoire de l'humanité ne faisait finalement pas le poids face à votre mesquinerie et à votre impatience, face à des frustrations qui dominaient votre quotidien, face à des petits réflexes irritants qui, à un moment impossible à déterminer, avaient façonné votre vie comme le destin en avait décidé.

Mark n'avait aucun sens des finances. Ses dons étaient artistiques ou du moins ils tendaient vers la beauté, le savoir-faire. Il se voyait cependant comme un grand penseur. Il voulait faire un tabac. Ses affaires, ses affaires réelles, auraient pu se porter beaucoup mieux. Mais au lieu de se limiter aux choses pratiques, il avait recommencé à lire le soir des livres sur la manière de parvenir à amasser une fortune en adoptant une attitude positive. Et tout ça après son incursion dans les investissements en ligne qui l'avaient pratiquement mis sur le carreau. Sa crédulité, qui était en fait une forme de gentillesse, était pour une immense part ce qui l'avait attirée vers lui dès le départ, quand ils étaient jeunes et bêtes et qu'ils flirtaient dans les bars du Berkshire avec toute la vie devant eux. À présent, cette qualité précise, ou la perception qu'elle en avait, s'était transformée en quelque chose qui lui faisait se demander sérieusement si elle ne devenait pas folle.

— Quand as-tu vu l'avocat pour la dernière fois ? attaqua-t-elle.

Il était couché par terre et jouait au Slapjack avec Haley. Il se débrouillait un peu mieux que n'aurait dû un homme de son âge, lui semblait-il.

— Quel avocat ?

— À New York. Ce type.

— Ah oui. En mars, je crois ? Pas de nouvelles.

— Qu'est-ce que cela signifie, pas de nouvelles ?

— Les roues de la justice tournent lentement, c'est ce que je crois que cela signifie.

— Tu ne penses pas que tu devrais adopter une attitude moins passive ? C'est beaucoup d'argent.

— Si tu veux mon avis, les affaires des avocats consistent à gagner de l'argent. Dans ce cas, il n'y parvient que si le procès avance et qu'il le gagne. Pourquoi donc ne ferait-il pas déjà tout ce qu'il peut ?

— Oui, Maman, fit Haley en pouffant de rire.

— Il n'a pas besoin de moi pour le harceler. Il a des patrons qui s'en chargent. Et puis, je serais incapable de lui dire ce qu'il doit faire autrement.

Haley ne s'en rend pas compte, pensa Karen. Elle passait par une période de fusion avec lui. À eux deux, ils formaient une petite société, reconnaissable en grande partie à leur façon de lever les yeux au ciel devant Maman. Mais elle finirait par grandir et comprendrait comment il fonctionnait. Alors peut-être Maman commencerait-elle à recevoir en retour un peu de l'empathie qu'elle méritait.

Elle estimait ne détenir aucun pouvoir sur sa vie ; elle pouvait contrôler les semaines, peut-être, mais pas les années. Le soir, au lit, il lisait ses bouquins farfelus sur la réussite, pendant qu'étendue à son côté elle pensait à l'imminence de leur échec, et il ne semblait même pas ressentir la panique que son corps irradiait. Son travail à l'école Mullins était ennuyeux et ingrat, mais elle ne pouvait pas le lâcher – c'eût été comme de retirer son doigt du trou pour stopper une fuite. L'an prochain Haley irait plus longtemps à l'école et plus longtemps encore dans trois ans. Pour Karen, la seule influence qu'elle pouvait exercer sur leurs vies consistait à l'influencer, lui. Chose à la fois facile et difficile. On parvenait à lui faire faire ce qu'on voulait, fût-ce de mauvais gré, un jour donné, mais il n'y avait, semblait-il, aucun moyen de changer sa nature.

Il n'y avait aucune raison valable pour que Gerry n'emmène pas Alina chez lui pendant l'heure du déjeuner. Il vivait seul. Sa maison se trouvait plus près du bureau – assez près pour les exposer au risque qu'un autre collègue reconnaisse en passant la Mazda rouge d'Alina dans l'allée ; mais en gros rien n'était plus risqué que d'utiliser comme chambre de motel une maison mise en vente chez leur employeur, faute professionnelle d'une gravité telle qu'elle aurait aussitôt mis un terme à leur travail et dans la foulée, à n'en pas douter, au mariage d'Alina. Tout ça avait un caractère plutôt brut et pervers, ce qui lui plaisait, non pas à cause du risque encouru mais parce que l'idée qu'il parvenait à la convaincre de le prendre l'excitait beaucoup. Voilà ce qui le grisait. Et de toute façon, il y avait quelque chose dans cette maison qui, semblait-il, n'encourageait pas les femmes à la respecter.

Et puis, un après-midi, alors qu'ils s'adonnaient dans la maison de Valley Road à la profanation de la chambre parentale entièrement relookée, ils entendirent une voiture s'arrêter dans l'allée. Alina, qui le chevauchait, se figea. Aussitôt la voiture fit marche arrière et le bruit du moteur s'éloigna.

— Quelqu'un qui faisait demi-tour, c'est tout, dit Gerry. Quelqu'un qui s'est perdu ou a manqué son virage.

Mais l'incident resta imprimé dans l'esprit d'Alina. Le lendemain, elle lui tendit un faux message téléphonique annonçant que son rendez-vous de midi était annulé et à la fin de la journée, tandis qu'il attendait sur le parking, à l'intérieur de la voiture, que le moteur chauffe avant de rentrer, elle sortit et frappa contre sa vitre. Il la descendit et vit qu'elle pleurait. Précipitamment, en s'enveloppant de ses bras pour se protéger du vent, elle déclara avoir décidé qu'elle ne pouvait plus continuer à le voir. Ils n'avaient aucun avenir, et par conséquent elle finirait par détester son mari qui ne se rendait compte de rien, qui ne remarquait ni ne soupçonnait rien. C'était un imbécile. Elle devait mettre un terme à ces sentiments avant que les choses ne leur échappent complètement. Et elle avait besoin de son travail. Elle tourna les talons et rentra en courant à l'intérieur sans lui laisser le temps de répondre

Il n'y a aucun avenir pour nous, elle avait bien raison, songea Gerry, non sans ressentir un léger soulagement. Elle dramatisait, c'est tout : il ne s'était rien passé, rien n'avait changé, ils n'étaient pas plus qu'auparavant exposés au risque d'être surpris et, du moins à ses yeux, le sexe n'avait pas encore perdu de sa spontanéité. Mais il devait veiller à ne pas la supplier de façon à l'encourager à le croire amoureux, avec le danger de la voir un jour de pluie frapper à sa porte avec sa valise et le sourire en annonçant : « Eh bien voilà, c'est fait ! » La vérité, qu'il ne pouvait naturellement pas lui avouer, c'était qu'une grande part de la séduction qu'elle exerçait sur lui, sexuellement parlant, provenait spécifiquement du fait qu'elle était mariée. Confisquer la femme d'un autre homme : il ne connaissait rien de plus gratifiant sur terre. Il ne voulait pas savoir pourquoi. Il enclencha la vitesse et décida de s'arrêter au Ship pour boire un verre et réfléchir aux tenants et aboutissants de ces questions.

Mais le Ship était mystérieusement désert ce soir-là et ses pensées prirent une tournure plus sombre. Rien ne se profilait vraiment à l'horizon. Il vivait dans une petite ville, il travaillait dans un petit bureau n'employant qu'une seule femme qu'il avait déjà séduite. Il s'efforçait de ne pas perdre un travail qu'il n'aimait même pas. Quel sens avait le moindre de ces éléments ? Quel était l'enjeu pour lui ? Lindsay et lui s'étaient retrouvés fiancés avant d'avoir mûri/paniqué et il avait tout annulé. Étrangement, il avait l'impression qu'il se sentirait mieux s'il en éprouvait des regrets, si le naufrage de sa vie ne pouvait s'imputer qu'au fait d'avoir clairement pris le mauvais chemin, mais il n'éprouvait aucun regret. Aujourd'hui moins qu'hier. Le problème, c'était que cet espace en lui, cet espace immense – celui qu'il aurait été une erreur catastrophique de vouloir remplir avec le mariage et des enfants –, existait toujours.

À la suite de cela, travailler devint difficile. Il pensait à coup sûr qu'Alina souhaitait qu'il se conduise avec elle comme n'importe quel autre agent se conduisait avec la réceptionniste, mais elle semblait au contraire en prendre ombrage, et de façon si perceptible qu'il était persuadé que son attitude boudeuse avait vendu la mèche, que tous les autres savaient qu'il y avait eu quelque chose entre eux, ce qui prêtait à rire maintenant qu'il n'y avait rien. Il réussit à vendre une maison à Egremont, 40 000 dollars en dessous du prix demandé, mais tout de même c'était agréable de remporter une petite victoire. Il tenta d'élargir son cercle de bars, au moins, mais plus on s'éloignait, plus on devait ensuite conduire longtemps en état d'ivresse. Sa sœur Renee de Colorado Springs avait commencé à lui transférer divers liens absurdes, ainsi qu'à Candace et à Mark : des trucs sur le Project for the New American Century[1], ou sur Operation Northwoods[2]. Trop longs à lire jusqu'au bout, même quand il décidait de veiller pour le faire.

Il appela ses parents pour savoir s'il pouvait venir dîner, rien que pour voir comment ils allaient. Il apporta un plateau de hors-d'œuvre du Price Chopper. Ils lui parurent plus suspicieux que ravis. Son père aborda le sujet de l'immigration et sa mère monta se coucher. Gerry demanda à son père s'il avait eu des nouvelles de Renee récemment, et il répondit Non, pourquoi ? Le trajet de retour se révéla particulièrement difficile. Fortes pluies, pas de lune, et trois verres et demi de ce Cutty Sark que lui avait servis le vieux.

Il jugeait que la télévision ne racontait que des conneries – aussi bien les experts, les alarmistes que les théoriciens du complot –, mais cet état des choses venait simplement confirmer son sentiment profond : que tout partait maintenant à vau-l'eau, que le déclin des croyances se manifestait dans l'envie

1. PNAC (Projet pour le Nouveau Siècle Américain) : Think tank néoconservateur américain ayant fonctionné de 1997 à 2006. (Toutes les notes sont de la traductrice.)

2. Projet d'opérations militaires clandestines destinées à manipuler l'opinion publique. Proposé à l'administration Kennedy en 1962, il ne fut jamais mis à exécution.

apparente de croire à n'importe quoi. Tous ceux qu'il écoutait lui semblaient suspects, excités, préparés au pire. Tous s'écartaient des anciennes valeurs, et c'était une faute qu'il ne pardonnait à personne, y compris à lui-même.

Marty reçut comme un coup de massue quand il passa à l'hôtel de ville le premier jeudi de juin pour prendre son courrier. À l'approche de l'été, on aurait imaginé que le Premier Élu d'une ville telle que Howland aurait plus de travail avec l'augmentation de la population, les différents festivals et spectacles destinés à divertir les touristes et les vacanciers. Il avait depuis longtemps compris que ce n'était pas le cas. Étant donné le surcroît d'activité des affaires locales et tout le mal qu'elles se donnaient pour faire rentrer le plus de dollars possible entre maintenant et le mois de septembre, les gens ne trouvaient plus autant le temps de se plaindre à lui – à la différence des longs mois d'hiver, chiches et maussades. En haute saison, la ville se dirigeait pratiquement toute seule parce que l'économie florissait. On lui demandait parfois d'inaugurer tel ou tel magasin, ou de prononcer un petit discours de trente secondes pour ouvrir la saison des concerts du Vendredi dans le kiosque à musique, mais même d'un point de vue officiel sa présence n'était pas vraiment indispensable. Il n'y voyait aucun inconvénient. Il avait une théorie selon laquelle la part de fantasme que payaient les citoyens était qu'une ville comme Howland n'avait pas vraiment d'administration, qu'elle fonctionnait uniquement grâce aux valeurs et à la nostalgie propres aux petites villes.

En son for intérieur, c'était un disciple de Thoreau, ce plouc original du Massachusetts, ou du moins croyait-il en la formule qu'une femme d'ici lui avait envoyée encadrée après sa première élection : « Le gouvernement le meilleur est celui qui gouverne le moins. » Non qu'il fût paresseux, ou qu'il eût des appareils de climatisation à installer. Mais ce jeudi-là, il y avait sur son bureau une lettre recommandée envoyée de Boston – pas même la courtoisie ou le courage de donner un coup de fil – l'informant que Caldwell House avait été déclarée monument national, inscrite au registre officiel des Monuments historiques, ce qui signifiait que la demeure et ses seize hectares échapperaient aux taxes communales. Marty et la plupart de ses prédécesseurs repoussaient cette possibilité depuis si longtemps qu'elle avait fini par perdre toute réalité. Tous les ans, la fondation à la con qui gérait Caldwell House postulait pour cette inscription et ne l'obtenait jamais. Mais les employés du bureau des registres prenaient un jour leur retraite, on en nommait d'autres à leur place et on ne savait jamais, dans le monde des riches, qui était ami avec qui. Il pouvait jurer que c'était un simple service rendu, et de ce fait il échappait à toute logique.

Caldwell House était l'une des rares destinations touristiques de Howland, même s'il ne s'agissait pas d'une attraction : les gens n'organisaient pas leurs week-ends dans le Berkshire autour de sa visite ou quoi que ce soit. Le plus souvent, ils n'en avaient jamais entendu parler avant le jour pluvieux où ils demandaient à un marchand local ou à la femme qui tenait leur B&B ce qu'il y avait à voir dans les environs et où ils étaient ravis de la découvrir. Winston Caldwell, croyait savoir Marty, avait amassé une grosse fortune dans les chemins de fer au tournant du XXe siècle. Il vivait sur la Cinquième Avenue, mais en 1898 sa femme Katarina avait commencé à souffrir de problèmes respiratoires à la suite d'une pneumonie, et ses docteurs lui avaient vivement conseillé de quitter la ville et ses miasmes et si possible de passer plus de temps dans les montagnes. Le sud du Berkshire n'était pas à proprement parler « les montagnes » – même aux yeux de Marty –, il aurait été nécessaire pour bien faire pousser en direction du Vermont –, mais quoi qu'il en soit Winston Caldwell avait construit cette demeure gigantesque de style Vanderbilt sur un terrain de Howland obtenu à bas prix, où son épouse et lui avaient passé les dix-huit années suivantes. Ils avaient eu deux enfants, un garçon et une fille, qui moururent tous les deux avant l'âge de cinq ans, la fille de la scarlatine et le garçon écrasé sous la roue d'un wagon. C'était une histoire tragique. Afin de ne pas laisser une trop grande impression de vide dans cette maison sans enfants, ils invitaient sans cesse des amis venus de New York ou du monde entier. Katarina Caldwell n'aimait rien tant que le jardinage, mais ses poumons étaient trop fragiles pour lui permettre de faire le travail elle-même. Et donc Caldwell, frappé par le deuil, s'en remit à ce dont il disposait, c'est-à-dire à l'argent. Il dépensa sans compter pour transformer le terrain en une forme de paradis horticole, ou plutôt payer les autres pour le réaliser car il ne connaissait rien aux fleurs. Katarina supervisa les plantations depuis le vaste patio situé à l'arrière de la demeure ou depuis une série de pavillons construits pour lui permettre de regarder, assise et protégée du mauvais temps.

Katarina mourut à l'âge de quarante-quatre ans ; Winston lui survécut, sans enfants, solitaire, le cœur brisé, et riche pendant encore trente ans. Les commerçants de Howland savaient quand il se trouvait, ou pas, en ville, mais on ne l'apercevait que rarement et ses amis cessèrent de lui rendre visite. Il laissa un testament intraitable : le moindre cent irait à la création d'une fondation destinée à conserver la demeure et plus spécialement les jardins dans un état parfait, à perpétuité, et ouverts au public. Au fil des ans, elle devint une étape sur la route des Demeures Remarquables du Berkshire. Les gens adoraient sa magnificence, son opulence, son histoire où le pouvoir puisait sa dignité dans la tristesse. La maison séparée, de forme ronde, destinée aux enfants morts depuis un siècle. Plus personne ne vivait ainsi. La richesse romanesque rendait cet amour et cette tragédie plus grands que nature.

Dans son Rolodex, Marty chercha le numéro de la femme qui gérait maintenant la fondation Caldwell – Robin van Aswegen, ainsi qu'elle s'appelait, il ne pouvait pas en être autrement – et l'appela :

— Félicitations, dit-il. Vous nous avez bien baisés.

— Vous devriez me remercier de façon moins sarcastique, répondit-elle.

Ils ne s'étaient jamais rencontrés ; elle semblait moins âgée qu'il ne l'estimait.

— Cela nous permet de réaliser quelques travaux d'amélioration. Ce n'est pas comme si nous cherchions à en tirer profit, vous savez. Il faut se battre pour équilibrer les comptes. L'an dernier, il a fallu augmenter le prix d'entrée à seize dollars et vous voulez savoir ce qui est arrivé à notre portail ?

— Cela représente six pour cent de notre assiette fiscale. Qui partent en fumée. Nous n'avons aucun moyen de compenser cette perte. Nous ne pouvons pas augmenter la superficie de notre commune. C'est en majorité de l'argent destiné aux écoles. Voulez-vous les appeler et leur dire qu'elles ne le recevront pas pour que vous puissiez planter des fleurs ? Vous êtes assis sur des millions, là-bas.

— Nous n'avons pas le droit de toucher au capital. Vous devez le savoir. Êtes-vous venu récemment ? On dirait une maison hantée. J'ai été obligée de licencier. J'essaie de diriger une entreprise philanthropique. Vos problèmes de budget ne sont pas de mon ressort. Vous ne manquez pas de culot, monsieur, pour m'accuser d'être cupide. Je m'efforce simplement de préserver un peu de l'histoire de cette ville, pendant que vous faites des courbettes à Walmart ou je ne sais qui, et leur accordez des allègements fiscaux pour construire ici.

Comment savait-elle ça ?

— Si vous étiez une entreprise philanthropique, dit Marty, celle-ci viendrait en aide à quelqu'un. Là, il s'agit d'un caprice. Des fleurs ! C'est rendre hommage à un homme qui s'apitoyait sur lui-même, pas à sa femme. S'il avait seulement couché avec une autre, cet endroit serait maintenant un hôtel.

Elle lui raccrocha au nez. Il pouvait bien l'admettre, même si l'impression de catastrophe ne s'en trouvait guère diminuée, avoir réussi à faire sortir de ses gonds cette falote de van Aswegen l'avait soulagé. Il avait un peu de comptabilité à terminer au magasin, puis le soir il était invité à Tanglewood pour le lancement de la saison. Rien d'officiel, un simple pique-nique entre amis. Voilà un endroit qui rapportait de l'argent. La moitié du Berkshire vivait grâce à Tanglewood. Ce soir, ils étendraient une couverture, ils mangeraient avec les doigts des mets délicats, et quand Marty commencerait à avoir mal au dos, il quitterait son fauteuil pliant pour s'étendre sur l'herbe, à moitié assommé par le vin blanc, et regarder le ciel changer de couleur au-dessus de sa tête. Agréable perspective. Il avait oublié la teneur du programme de ce soir, mais peu importait. Il ne connaissait rien à la musique, et pourtant ça ne l'empêchait pas de l'apprécier.

Johanna Whalen enseignait les sciences aux classes de cinquième et de quatrième du groupe scolaire de Howland. Elle était mariée, et n'avait pas eu d'enfants. Son mari, Jack, déjà marié une fois, était un fermier passé au tout biologique depuis deux ans ; il gagnait bien sa vie, ainsi qu'il se plaisait à le dire, en vendant des tomates à cinq dollars aux clients du week-end qui ne connaissaient ni la valeur d'une tomate ni celle de cinq dollars. Son activité ne se résumait pas à cela, naturellement – il fournissait des restaurants le long de la Route 7, et quelques petits marchés et coopératives jusqu'à Springfield ou Holyoke à l'est –, mais il était modeste et toujours légèrement honteux de ce passage au « biologique », motivé par une détresse économique et sans lien avec une décision politique.

Jo enseignait à Howland depuis neuf ans, donc pas depuis si longtemps – Candace se rappelait avoir eu comme professeurs à Pittsfield des femmes qui avaient enseigné à ses parents –, mais quand on regardait le registre du personnel, Jo apparaissait comme la troisième dans la liste d'ancienneté des titulaires. Et elle semblait faire partie des meubles car tout le monde l'adorait. Elle était petite, passionnée, pas jolie mais pleine de charme, et semblait mue moins par l'amour des sciences de la terre (elle avait d'abord postulé à un poste de professeur de mathématiques) que par l'amour du défi, particulièrement celui de parvenir à mobiliser l'attention des enfants sur un sujet donné assez longtemps pour qu'ils s'y intéressent. Le proviseur l'appelait la Reine des Excursions – ou, moins drôle, Maréchal Goering des Excursions – parce qu'elle lui réclamait toujours l'argent qu'il n'avait pas pour emmener un autocar entier d'adolescents traîner les pieds dans une tourbière ou une autre. Candace était elle-même une ancienne professeure de sciences – elle était d'ailleurs montée en grade et devenue principale adjointe après avoir occupé le poste de Jo. En secret, elle soupçonnait Jo de ne pas être assez intelligente – « en secret » seulement parce qu'elle l'aimait trop pour dire quoi que ce soit de désobligeant, et parce que cette femme était la preuve que l'intelligence ne collait pas profondément aux qualités pédagogiques d'un professeur. Beaucoup d'esprits supérieurs s'étaient retrouvés sans moyens devant une classe de quatrième.

En juin, à peine deux semaines avant la fin de l'année scolaire, en cinquième heure, Jo projetait à sa classe un film sur la forêt primitive quand elle s'évanouit. Personne ne le remarqua tout de suite car elle était installée au fond de la salle plongée dans le noir, à côté du projecteur ; seul le bruit qu'elle fit en glissant de sa chaise et en tombant au sol attira l'attention des élèves assis à leurs tables.

Deux d'entre eux coururent dans le hall jusqu'au bureau du principal, un autre jusqu'à l'infirmerie, mais une élève restée dans la salle sortit du fond de son sac à dos le portable interdit et composa le 911. Le policier de Howland, dont le nom de famille était Sergent – il détestait cette blague parce que tout le monde ne la comprenait pas, et il se présentait donc toujours avec une sorte de bronchement pugnace –, arriva le premier sur place ; ses connaissances médicales étaient très limitées (Mme Whalen respirait normalement, elle n'avait pas besoin de massage cardiaque ou qu'on lui dégage les voies respiratoires), mais sa présence suffit au moins à calmer les élèves dont certains pleuraient. Quand une brigade de pompiers de Stockbridge se présenta, l'officier Sergent s'écarta bien volontiers et les laissa l'allonger sur une civière, lui placer un masque sur le visage et l'emmener rapidement dans les couloirs de l'école frappée de stupéfaction.

Elle avait souffert d'un accident vasculaire cérébral, aussi inimaginable fût-il, ou peut-être simplement aussi injuste, chez une femme si jeune et pleine d'énergie. Elle disposait d'une bonne assurance – elle était fonctionnaire et membre d'un syndicat, donc bien couverte – mais l'argent n'était pas tout : la ferme de son mari périclita et il n'était pas de ces hommes habitués à prendre soin de lui-même pour l'essentiel, encore moins à prendre soin de quelqu'un d'autre de la manière dont Jo avait besoin qu'on s'occupe d'elle. Si elle bénéficiait d'une couverture pour une aide médicale à domicile, cela ne signifiait pas non plus qu'elle aimait avoir une inconnue tout le temps chez elle ni qu'elle s'y habituât ; les infirmières faisaient bien leur travail mais elle ne supportait pas leur apparente indifférence devant son incapacité à marcher, à parler clairement, à écrire ou à manger quelque chose exigeant l'usage des deux mains. Et comment céder à l'envie de s'effondrer et de pleurer qui s'emparait de Jo une fois par jour, quand elle n'était jamais seule, qu'il y avait toujours à moins d'un mètre d'elle une étrangère, rappel constant et froid que ce qui lui arrivait n'avait rien d'exceptionnel.

Mais vivre dans une petite ville présentait un grand avantage – surtout au moment où chacun se sentait encore obligé de se montrer sous son meilleur jour, cherchait comment manifester ses élans les plus charitables. Tout le monde apporta de la nourriture, naturellement, jusqu'au moment où Jack dut poliment commencer à dire que leurs congélateurs étaient pleins à craquer, qu'il n'y avait plus la moindre place. C'est alors que deux mères douées de compétences informatiques lancèrent un Calendrier de Visites en ligne, qui se remplit aussitôt jusqu'au mois de juillet. Elles établirent un programme pour conduire

Jo chez le médecin et le kiné puis la ramener, lancèrent une collecte pour l'achat d'une camionnette pourvue d'un monte-fauteuil à roulettes, ainsi qu'un appel aux bénévoles, à la manière des Amish volontaires pour construire une grange, pour les travaux destinés à rendre accessibles au fauteuil roulant l'intérieur et l'extérieur de la vieille ferme, et même une feuille d'inscription destinée aux élèves présents et passés de Jo désireux d'aller chez elle tondre le gazon. Gêné, Jack accepta toute cette entraide parce qu'il ne voyait pas comment endiguer un tel flot d'amour pour quelqu'un qu'il aimait aussi, et parce que, pour dire la vérité nue, il trouvait parfois difficile de rester seul dans une pièce en compagnie de sa femme paralysée, dont les besoins physiques, parfois sources d'humiliation, ne pouvaient cependant se comparer à l'impuissance et à l'inaptitude qu'il ressentait dès qu'elle le regardait depuis son visage à demi pétrifié, comme pour dire : Ne peux-tu vraiment pas faire quelque chose ? Pourquoi n'as-tu pas empêché ça ? Tu as juré que nous serions heureux, et c'était vrai, il le lui avait juré et il se sentait si faible à ses yeux qu'il ne pouvait s'empêcher d'éviter son regard.

Candace retourna enseigner dans les classes de Jo au cours des dernières semaines de l'année scolaire. Le district et le syndicat avaient donné leur accord à cette mesure d'urgence. Elle n'accomplit pas grand-chose. Vouloir enseigner à des adolescents en juin se révélait toujours vain et à la cinquième heure en particulier ils semblaient avoir en tête que chercher à avancer et à apprendre quoi que ce soit de quelqu'un d'autre équivalait à un acte de trahison envers Mme Whalen. Elle parvint néanmoins à leur faire passer leur examen, qu'elle nota généreusement afin de tenir compte de l'épreuve qu'ils avaient traversée. L'établissement disposait maintenant de tout l'été pour chercher un remplaçant. Mais il n'était pas facile – jamais – de trouver des professeurs compétents prêts à déménager ou même venir travailler à Howland. Et, durant l'été, il devint chaque jour plus probable qu'à l'automne, par la force des choses, on demanderait à Candace d'enseigner jusqu'au retour de Joanna auquel tout le monde croyait dur comme fer. Techniquement, il s'agissait d'une rétrogradation : Candace ne savait pas trop quoi penser. Elle ne voulait pas poser de questions égoïstes. Elle espérait que la décision ne lui revienne pas.

Les gens se présentaient si rarement au guichet de la poste que Glenn avait fait l'acquisition d'une petite cloche, de celles qu'on trouvait à la réception d'un hôtel, et apposé une affichette manuscrite indiquant VEUILLEZ SONNER, sans que personne s'en offusque. Il ne se trouvait de toute façon jamais à plus de quatre ou cinq mètres du guichet en question – le bureau de poste n'était pas si grand – mais au moins pouvait-il ainsi rester assis à l'abri des regards, peut-être lire tranquillement un magazine, avant de le refermer soigneusement, de le remettre dans la boîte de son destinataire et d'observer derrière le mur les citoyens de Howland venus relever leur courrier. Il n'y avait pas grand-chose à voir ; quelquefois il se livrait à des paris sur laquelle des minuscules boîtes aux lettres allait s'ouvrir. Il était devenu très fort, parce que l'être humain est une créature d'habitudes et qu'il connaissait leurs petites manies. Parfois, l'une des boîtes des rangs inférieurs s'ouvrait et un œil d'enfant se pressait contre la fente – ils adoraient faire ça –, et quand c'était le cas, Glenn ouvrait de gros yeux et leur adressait un petit signe. Il entendait alors le môme s'efforcer de convaincre sa mère de ce qui venait de se passer.

Vers onze heures et demie, tous les jours de semaine, la camionnette municipale s'arrêtait bruyamment dans le parking à l'arrière, celle qui distribuait le courrier en provenance de la zone postale, rarement plus d'un demi-sac mais il fallait que le type fasse le voyage, il ne pouvait pas décider de laisser le courrier s'accumuler jusqu'à ce que cela vaille le déplacement. Il s'appelait John Francis, et Glenn regrettait de ne pas l'apprécier davantage parce qu'on ne voyait pas beaucoup de monde au cours d'une journée de travail ordinaire, hormis ceux qui sonnaient pour le déloger de sa chaise et lui demander de leur fournir un service, ce qui constituait visiblement une interaction moins informelle.

John Francis voulait pratiquement toujours parler de sport, et il ne cachait pas sa déception quand Glenn n'offrait rien d'autre en retour que des hochements de tête accommodants. Il invitait néanmoins toujours John à descendre de la camionnette et à s'asseoir un peu. Juste un peu, disait toujours John, et après un silence gêné il avouait combien il s'était inquiété pour les Pats. Ou les Bruins, les Sox, ou les Celtics ; mais depuis peu, c'étaient les Pats qui lui donnaient du souci.

— Ils ont déjà commencé à jouer ? s'étonna Glenn. Un peu tôt, non, pour la saison de football ?

John le regarda fixement :

— Non. En ce moment, ils sont en qualification. C'est bien mon problème.

À voir John, il aurait pu être un bon sportif. Il n'avait pas encore trente ans et était en bien meilleure forme physique que Glenn, mais il n'évoquait jamais le fait de pratiquer un sport lui-même, ou d'en avoir pratiqué un dans le passé. C'était plutôt comme s'il jouait dans les équipes dont il parlait. À l'entendre mentionner les comptes rendus sur l'équipe adverse des Pats lors d'un match prévu tel dimanche, il était clair qu'il se préparait en esprit à disputer le match en question. Glenn ne comprenait pas les types comme lui. Ils n'éprouvaient aucune gêne.

Mais de toute façon, John Francis ne restait jamais plus d'une demi-heure, parce qu'il avait d'autres arrêts dans des villes tout le long de la Housatonic. Glenn lui adressait un signe d'adieu tandis qu'il faisait marche arrière, puis se préparait à distribuer toutes les enveloppes contenues dans le sac noué à moitié plein que John avait laissé sur le béton lisse de l'aire de chargement.

Le mardi précédant la fête du Travail, Glenn se rendit à Springfield en voiture et ouvrit le bureau de poste. Il remonta le rideau de l'aire de chargement et le maintint ainsi parce que c'était une belle journée et qu'il aimait voir le rectangle de vert à l'autre bout du parking. Pas d'une grande beauté, non, juste quelques arbres, mais cela dessinait une frontière différente à son minuscule et solitaire espace de travail, le faisait paraître plus grand et plus varié. Plus élégant. Autant en profiter maintenant, parce que, en hiver, laissez tomber. Dans la porte on avait pratiqué une ouverture métallique à travers laquelle les gens pouvaient glisser le courrier en dehors des heures ouvrables. La première tâche de Glenn, ce matin comme tous les autres, consistait à le ramasser avant qu'un pékin ne passe la porte et ne marche dessus. Au-dessus de la pile en désordre il y avait une de ces enveloppes vieillottes en papier kraft rigide et luisant, d'une couleur jaune foncé qu'on ne voyait plus guère et qu'il associait mystérieusement à l'enfance, légèrement plus grande que la taille standard officielle. Elle était adressée au Bureau de la Ville de Howland, Massachusetts. Un peu surprenant quand on pensait que Howland n'était pas une ville en soi et ne possédait pas de bureau ainsi nommé. Et quiconque habitait là, quiconque connaissait assez bien l'endroit pour glisser une lettre dans la fente de cette porte, le savait forcément. Elle n'était pas plate, pas tout à fait. Il y avait quelque chose à l'intérieur.

Techniquement parlant, il était donc impossible de la distribuer ? Et pas d'adresse de l'expéditeur. À lui de faire comme il en déciderait, mais naturellement il y avait des procédures à suivre, or personne ne saurait rien puisque, gouvernement fédéral ou pas, il travaillait seul. Bien sûr, il savait où l'expéditeur souhaitait qu'elle parvînt, probablement. La porte s'ouvrit et quelqu'un entra, une femme, devina-t-il à la façon dont ses souliers frappaient les carreaux. Elle ouvrit sa boîte aux lettres, prit son courrier et repartit. Sans la moindre idée que Glenn se tenait si près d'elle, qu'il l'écoutait de l'autre côté d'un mur percé de trous comme une prison.

Ce qui se trouvait dans l'enveloppe en papier kraft d'allure officielle remuait à l'intérieur. Quelque chose comme de la terre ou du sable. Il était dans ses prérogatives d'en inspecter le contenu ; ou, si tout était réglementaire, il pouvait la refermer avec un morceau de ruban adhésif et y coller une étiquette disant qu'elle avait été abîmée en cours de route. Il la tint à la verticale afin que son contenu se dépose dans le fond, puis, aussi soigneusement que possible, il coupa le bord supérieur.

Il ne se passa rien. Il pencha la tête et regarda à l'intérieur. Il y avait comme du sable ou de la poudre, peut-être l'équivalent d'une cuillerée, et un bout de papier plié. Avec précaution, il sortit le papier à l'aide d'une des lames des ciseaux. Il était également luisant et rigide, plutôt une carte vierge. Il lut ces mots, écrits au crayon : BIEN MÉRITÉ.

Il entendit de nouveau la porte s'ouvrir et, sans réfléchir, il pivota sur ses talons, se précipita vers la porte de derrière et jeta l'enveloppe vers le petit bois. Il haletait, et pas à cause de la course. Il avait regardé les journaux télévisés. Il vérifia qu'il n'y avait aucun résidu sur la pulpe de ses doigts ; il n'en voyait pas. Quelque part à travers le souffle du vent et le rugissement dans ses oreilles, il eut conscience que la cloche sonnait au guichet à l'intérieur. Il rentra en se lissant les cheveux. Qu'était-il censé faire ? Mettre le bureau de poste en quarantaine ? Sur quelle base ? Il avait jeté la preuve dans les bois et de toute façon c'était peut-être exagéré de qualifier ça de preuve. Un peu de poudre blanche pouvait être n'importe quoi. Il aurait pu s'agir de cocaïne. Mais plus vraisemblablement, il devait s'agir d'une farce destinée à provoquer exactement la réaction de panique qu'elle avait provoquée, sauf qu'elle aurait dû avoir lieu à l'hôtel de ville, dans les couloirs de la municipalité, et non pas dans la tête de Glenn.

Il ne se sentait pas malade ni rien. Un peu étourdi. Il n'allait pas appeler le FBI pour fouiller les bois à la recherche de traces de talc ! Aucune raison d'attirer l'attention sur lui. La cloche de nouveau. Quand ses jambes parvinrent enfin à le porter jusqu'au guichet, celui ou celle qui avait attendu de l'autre côté avait renoncé et était parti.

Il avait les nerfs plutôt à vif à l'heure de fermer et de rentrer chez Penny. John Francis était venu comme à l'ordinaire mais Glenn ne se rappelait pas un traître mot de leur conversation.

Une simple farce, se répétait-il. Quelqu'un du lycée. C'était le genre de chose que Glenn lui-même aurait trouvé irrésistiblement hilarant quand il était lycéen. Et il se serait fait prendre. Un génie criminel, en ce temps-là, sûrement pas.

Il entendait toujours le claquement des talons de la femme sur les carreaux. Mais qu'est-ce que j'ai fait ? avait-il envie de lui demander. C'était comme s'il vivait un cauchemar tout en conduisant.

— Tu es là, dit Penny.

Elle ne disait jamais : « Tu es à la maison ? » Évidemment. Ce n'était pas sa maison.

— Encore une journée de travail passionnante ?

C'était leur petite plaisanterie.

— Sûr !

— Tu as rapporté de quoi dîner ?

Elle le lui avait demandé ce matin et il avait promis de le faire.

— J'ai oublié. Désolé.

Il la regarda et se vit mort dans son lit au matin, il les vit morts tous les deux et les enfants descendant de la voiture de leur père dans l'allée, étonnés qu'il y ait deux voitures, ouvrant la porte. Il vit le linoléum du minuscule bureau de poste carré jonché de cadavres.

— Pas grave, dit Penny avec un sourire.

Il s'efforça de lui rendre son sourire.

— Tu n'as pas l'air bien, dit-elle.

Elle s'approcha, lui toucha le front et haussa les épaules. Il demeura immobile tandis qu'elle se retournait, qu'elle allait jusqu'au réfrigérateur, ouvrait la porte du congélateur et en sortait une grande bouteille de vin blanc.

— Le dîner des champions ! fit-elle.

À la fin du printemps et durant tout l'été, Mark avait employé une équipe de trois hommes à l'intérieur et à l'extérieur de la maison de Hadi. Il s'agissait d'une succession de petits travaux – bornes dans l'allée, caméras de surveillance dissimulées dans les bouleaux autour du bâtiment et câblées en sous-sol, sécurisation de toutes les portes et fenêtres, y compris pose de verre pare-balles –, mais il les réalisait l'un après l'autre afin de pouvoir superviser chacun d'eux, car aucun de ses hommes n'avait l'expérience suffisante pour rester seul, comme quand il s'agissait de poser un carrelage ou de rénover une salle de bains. La plus sérieuse disposition en matière de sécurité – une chambre forte, mais Hadi ne l'avait pas baptisée ainsi – avait déjà été prise : elle avait été prévue dans les plans de la maison. Ainsi donc Hadi se voyait depuis des années comme une cible potentielle – depuis toujours, en réalité – et Mark se dit qu'il avait probablement raison.

Il effectua aussi des travaux sur le toit. Hadi souhaitait installer des antennes en ondes courtes pour le cas où d'autres formes de communication deviendraient inactives et une couche supplémentaire d'acier, placée sous les bardeaux pour ne pas changer l'aspect de la demeure, ce qui signifiait retirer tous les bardeaux puis les clouer de nouveau. Du haut du toit, Mark voyait sa jolie maison qu'il n'avait pas sécurisée. Mais sous cet angle, n'importe quelle maison aurait semblé bien fragile.

La maison de Hadi ne se révéla pas aussi vaste que Mark l'avait cru. Elle offrait assez d'espace pour une famille de quatre – cinq chambres à coucher, une salle à manger, un salon multimédia, une immense pièce à vivre avec des baies vitrées teintées à l'extérieur – mais elle parvenait à ne paraître ni aussi excessive ni aussi opulente que Hadi, aux yeux de Mark, aurait pu le décider. Un homme riche se devait de désirer quelque chose de belle envergure, soit pour marquer son statut, soit pour lui donner le sentiment de se situer hors des limites humaines, même dans l'intimité. S'il avait été milliardaire, c'est probablement ainsi qu'il aurait envisagé les choses. Mais il apprit beaucoup, au cours de ces semaines et de ces mois, sur la façon de vivre de ces gens-là. Ou sur la façon de vivre de Hadi, du moins, et il fallait bien qu'il soit un peu représentatif, car les hommes comme lui n'étaient pas très nombreux.

Hadi confessa qu'il ne voulait plus s'asseoir devant ces baies vitrées. Regarder les bois lui faisait sentir combien il était vulnérable. Et il ne le disait pas de façon métaphorique. Même si le verre présentait maintenant une qualité en mesure de résister à un petit missile, même si les bois grouillaient maintenant de capteurs de haute technologie, dans les arbres et sur le sol. Il préférait son bureau à l'étage, de taille raisonnable et parfaitement confortable. Simplement, il avait demandé à Mark d'enlever le Velux.

Il ne lui avait paru ni nerveux ni paranoïaque – juste infiniment précautionneux. Il ressemblait beaucoup à tous ses clients. Mais il tenait à avoir l'esprit en paix avant de jouir de sa maison de campagne. C'était un de ces types dont le métier consiste à imaginer tous les scénarios possibles, à les prévoir. Alors seulement il pouvait se détendre, ou travailler, ce qui dans son cas semblait plus ou moins la même chose.

Les prix de Mark étaient élevés et les travaux avaient duré plus longtemps qu'il ne l'avait espéré car Hadi trouvait toujours de nouvelles mesures, de nouvelles précautions à prendre : et si une chose pouvait être faite, il fallait la faire. À la fin, Mark pensait pouvoir engranger un bénéfice de soixante-cinq mille dollars, même une fois son équipe payée, même en tenant compte de certaines dépenses un peu hallucinantes destinées à réaliser le rêve de Hadi : rendre sa maison inexpugnable. Il avait dû commander les nouveaux châssis de fenêtre dans le Maryland, par exemple, chez le fournisseur qui travaillait pour Fort Bragg. Il fit d'abord valider l'opération par Hadi, car son coût frisait l'escroquerie, mais celui-ci s'était contenté de lui taper sur l'épaule, enchanté de l'ingéniosité dont il avait fait preuve en dénichant ce matériel.

Il observait tout ce que Mark et son équipe réalisaient d'une distance pas tout à fait respectueuse. Il ne se montrait pas critique mais intéressé – il ne prononçait pas le moindre mot sauf s'il s'agissait de demander avec beaucoup de précision comment ils faisaient ce qu'ils faisaient – mais c'était tout de même intimidant. Quand Mark réunit assez de courage pour lui demander en plaisantant s'il n'avait pas de travail de son côté, Hadi répondit tranquillement que depuis peu il suivait surtout le marché asiatique et qu'il était donc debout depuis 2 heures du matin.

Mark put garder ses trois ouvriers la plupart du temps, un quatrième dès qu'ils commencèrent les travaux sur le toit. Pour cette tâche il mit un point d'honneur à n'engager que des hommes avec qui il travaillait régulièrement depuis des années. Hartley, un maître charpentier, alors que ce boulot n'exigeait que des compétences rudimentaires ; Dave, domicilié à Becket et père de cinq enfants, et Barrett, dont la connaissance absolue de toutes espèces de machines et de technologie le rendait parfait pour ce chantier, même s'il était plutôt habitué à installer des home cinéma et des climatiseurs contrôlés à distance. Il avait également déjà réalisé des caméras de vidéosurveillance, du moins l'avait-il assuré à Mark. Leurs relations étaient toujours un peu tendues du fait que Barrett était allé dans le même lycée que Mark, mais dans la classe supérieure. Il lui fallait veiller à ne pas trop agir avec lui comme un patron, surtout devant les autres, car Barrett pouvait plonger dans une bouderie tenace, travailler deux fois moins vite ou se faire porter pâle le lendemain matin.

De temps en temps, à la fin d'une journée de travail, Hadi invitait Mark – jamais les autres – à rester un peu pour parler, boire une bière sur la véranda. Il y avait quelque chose d'un peu déconcertant à être assis là, à voir s'allumer les lumières de sa propre maison, distante de cinq cents mètres. Hadi aurait pu être, à ses yeux, le genre de type à désirer un auditeur captif pour se pavaner, mais il n'était pas ainsi : il ne faisait pratiquement rien d'autre que questionner Mark, surtout sur son propre travail – le savoir-faire, l'aspect économique, la façon dont il avait commencé à s'y intéresser.

— Grâce à mon père, en grande partie, dit Mark.

C'était la réponse qu'il donnait tout le temps.

— Il était dans la construction. J'ai dû vouloir prendre exemple sur lui et me rebeller contre lui en même temps. Il tirait une grande fierté de son travail, mais il ne voyait les choses que sous un seul angle, celui de la rentabilité. L'idée qu'une maison pouvait être belle ou raconter une histoire ne lui est jamais venue à l'esprit.

Au bout d'un certain temps, Mark s'enhardit, confiant à Hadi qu'il avait un peu boursicoté et même subi des pertes, sans toutefois entrer dans des détails précis. Hadi réagit avec empathie :

— Très difficile pour un individu d'engendrer des profits dans ce monde-là. Ou plutôt non. Ce n'est pas tout à fait exact. Moi aussi, je suis un individu. Ce que je veux dire, c'est que c'est très difficile avec un capital relativement petit, tel qu'un honnête travailleur comme vous pouvez posséder, d'être pris au sérieux.

— De quoi parlez-vous tous les deux ? lui demandait Karen à son retour.

Mark ne l'exprimait pas en ces termes, ni à elle ni à lui-même, mais il était à la recherche d'une preuve, d'un trait manifeste de ce qui établissait une différence entre lui et un type comme Hadi : un type qui avait tout et à qui on ne pouvait rien retirer.

— De pas grand-chose. Ça ne se fait plus trop, maintenant. Mais c'est un client. Mon seul client en ce moment. Alors s'il veut boire une bière avec moi, je bois une bière avec lui.

Karen fronça le sourcil :

— Et la maison, comment est-elle ? Tu es la seule personne dans cette ville à être entré à l'intérieur.

À l'intérieur, il ressentait le contraste – ou peut-être pas le contraste, peut-être était-ce de l'harmonie, difficile à savoir avec les couples – entre Hadi et sa femme : toutes les pièces étaient décorées de meubles vintage ou anciens (Mark n'en avait pas vu un seul datant d'après 1950, mais il n'était pas entré dans toutes les pièces), tandis que la maison elle-même était ultramoderne et, de façon ostensible, totalement neuve. Toutes les installations, tous les systèmes. Non parce que Hadi était un fan de technologie mais parce qu'il ne supportait pas que les choses soient cassées, abîmées, ou ne lui fournissent pas ce qu'il attendait d'elles. Esthétiquement, la combinaison ne fonctionnait pas aux yeux de Mark qui voyaient très bien ce genre de chose.

Il s'agissait d'un compromis, d'un mariage forcé. On en apprenait beaucoup sur les clients, toujours beaucoup plus qu'ils ne le pensaient, à travers leurs décisions en matière de décoration.

Mme Hadi – Rachel – ne restait jamais longtemps autour d'eux. Il l'apercevait dans la cuisine ou dans l'allée, il lui adressait un sourire mais il devinait qu'elle n'appréciait pas sa présence ni celle de ses hommes, en particulier à l'intérieur de la maison.

— La ville lui manque, disait Hadi.

Elle venait d'ouvrir la porte de la véranda et, les ayant vus en train de boire une bière, elle s'était de nouveau retirée.

— Bien sûr, elle comprend pourquoi il a fallu partir. Mais il y a une période de deuil.

Mark hocha la tête et détourna discrètement les yeux de la porte aux vitres teintées pour contempler les bois qui se reflétaient dans les vitres sombres de sa propre maison.

Un matin de septembre, Mark descendit du toit à reculons sur l'échelle et se retrouva nez à nez avec elle. Elle ne faisait rien, elle restait là, les bras croisés, à le fixer comme s'il venait de tomber du ciel, ce qui, d'une certaine façon, était le cas, encore que la présence de l'échelle aurait dû lui servir d'indice.

Quand elle le regardait, elle semblait laisser entendre qu'elle savait qu'il se trouvait beau, mais que son charme fruste n'agissait pas sur elle. Il ne l'appelait jamais par son prénom, il ne se sentait pas assez à l'aise pour ça. Mais « Madame Hadi » ne lui semblait pas approprié non plus. Ils devaient avoir sensiblement le même âge.

— Désolé, dit-il. Je vous gêne avec cette échelle.

Elle haussa les sourcils.

— Que faites-vous dehors ? lui demanda-t-il.

— Du jardinage.

Affolé, il examina où il avait posé les pieds.

— Mais non, je plaisante. Je suis sortie fumer une cigarette.

Elle avait les mains vides.

— Mais je les ai oubliées à l'intérieur.

Les silences étaient plus difficiles à supporter.

— Je ne fume pas.

— Bien sûr.

— Comment cela, bien sûr ?

— Vous êtes l'incarnation de la bonne santé naturelle, dit Rachel. Combien de temps encore allez-vous travailler sur le toit ? Je veux dire combien de jours ?

— Au moins une semaine, j'en ai peur.

— Le bruit est indescriptible. Je veux parler des coups de marteau, quand vous êtes dans une maison et qu'on donne des coups de marteau sur le toit, c'est comme si les coups pleuvaient sur votre tête. Le pire, ce sont les bruits de pas, là-haut. Je suis sortie pour y échapper un peu. Je les entends toujours, bien sûr, mais au moins, dehors, je suis capable de dire quand ça vient de l'extérieur de mon crâne.

Elle avait cette beauté sévère qui n'offrait aucune séduction pour Mark. Très maigre, très musclée, beaucoup de sport pratiqué régulièrement, mais pas un corps très avenant. Lèvres minces, ou bien elle les pinçait sans s'en rendre compte.

Il lui fallait reprendre son travail, mais il ne savait pas comment se défaire de la situation ; il ne pouvait pas se contenter de s'éloigner alors qu'elle venait, en résumé, de se plaindre, mais il ne pouvait pas non plus s'excuser de faire le travail pour lequel il était payé. Ses hommes s'efforçaient toujours, autant que possible, de ménager le client quand il se trouvait chez lui. Mark insistait là-dessus. Pas sa faute si cette femme ne faisait pas la différence entre la maison et sa tête.

— Nos enfants sont dans la même classe, il paraît, dit-il enfin. Ma fille Haley a huit ans. Elle dit que votre fils est assis derrière elle. Ou était. Je ne sais pas si c'est toujours le cas cette année.

Elle eut un sourire sans conviction, le genre de sourire qu'on a quand quelqu'un vous parle d'enfants que vous ne connaissez pas, mais elle semblait penser que c'était une remarque bizarre.

— Vos enfants se plaisent dans cette école ? Je crois que Haley et votre fils ont Mme Tuttle cette année. C'est bien ça ?

Il me semble. Quoi qu'il en soit, tout le monde dit qu'elle est formidable.

— Ils ont du mal, répondit-elle simplement.

— Oui, bien sûr, c'est un grand changement. Je veux dire, j'imagine. Surtout quand on arrive en cours d'année.

— Voilà une observation de premier ordre.

Il ne savait pas trop si elle se moquait de lui.

— Sans doute par rapport à l'école où ils allaient à New York.

— On peut dire ça, offrit-elle.

Mais, dans le silence qui suivit, elle parut s'intéresser au sujet.

— C'est une bonne école. J'en suis sûre. Mais c'est difficile de décevoir ses enfants. Quelles que soient les circonstances, la raison qu'on avance. Vous voyez ce que je veux dire ? Je suis sûre que vous voyez ce que je veux dire. Tous les parents ressentent la même chose. On veut ce qu'il y a de meilleur pour eux. On veut qu'ils aient tout. Et on ne veut certainement pas tout leur donner pour ensuite le leur reprendre. Et tenter de leur expliquer pourquoi. Ce n'est pas très satisfaisant.

Il priait le ciel qu'un de ses hommes l'appelle pour qu'il puisse se soustraire à cette conversation. Mais tout était silencieux, hormis le bourdonnement des insectes en ce milieu de journée, et les coups de marteau.

— Eh bien, les enfants savent s'adapter, dit-il.

Elle le regarda, les yeux écarquillés :

— Waouh !

Il rougit :

— Vous savez, ma femme travaille à Mullins. Si vous ou vos enfants ont besoin de quelque chose, dites que vous me connaissez, ou je pourrai lui en parler si vous voulez. Si le cas se présentait.

C'était une proposition inepte et il n'était même pas sûr de sa valeur – Rachel Hadi était typiquement le genre de personne que Karen pouvait détester – mais elle alluma une lueur d'intérêt chez Rachel. Peut-être avait-il trouvé le langage du monde dans lequel ces gens évoluaient, le langage des réseaux et des services rendus, de ceux qui ont leurs entrées.

— Merci, répondit-elle. C'est gentil de votre part. Je pourrais vous prendre au mot.

Elle fit une pause, comme si elle attendait qu'il ajoute quelque chose, et comme il gardait le silence, elle eut un rire penaud et il rit à son tour.

— Comment vous appelez-vous déjà ?

Marty consacrait la journée du vendredi à son propre travail, le travail non gouvernemental et rémunérateur. Il avait tracé une sorte de frontière artificielle entre ses deux vies professionnelles ; presque tous les jours, il partageait son temps entre les installations de chauffage et de climatisation et les affaires municipales, sans grandes conséquences sur ses finances ou en termes de stress, mais il aimait commencer le week-end avec l'impression d'avoir gagné de l'argent, amélioré son sort, et il aimait aussi boire sa bière du vendredi, voire trois, au Ship, avec cette légère douleur aux bras et dans le dos, associée, du moins à son âge, au travail physique.

Il établit deux rapides devis près de Lenox, subjuguant des gens du cru qu'il n'avait jamais rencontrés et qui insistaient pour lui donner en plaisantant du monsieur le maire, après quoi il s'arrêta pour déjeuner longuement dans un restaurant qu'il affectionnait situé dans la même rue que le Red Lion Inn. Le hamburger était bon mais ce qui lui plaisait vraiment c'étaient les pommes gaufrettes cajun, une recette que, mystérieusement, on ne servait dans aucun autre de ses restaurants favoris. La serveuse le connaissait assez bien pour lui apporter en douce une portion plus grosse. Il lui adressait un petit sourire en guise de merci et se disait à quel point il se félicitait d'avoir ce genre de femme dans sa vie plutôt qu'une épouse qui se sentirait obligée de le gronder parce qu'il mangeait des plats délicieux que le docteur aurait qualifiés de « mauvaise idée ». Eh bien, la plupart des idées étaient de mauvaises idées. Il laissa un pourboire conséquent puis remonta dans sa camionnette.

Au départ, les Fraser venaient toujours l'été, mais depuis que Joe Fraser avait pris sa retraite de AT&T à Albany, ils passaient de plus en plus de temps à Howland, plus de la moitié de l'année cette année. Ils avaient des enfants et des petits-enfants qu'on voyait pendant les vacances ou lors d'anniversaires importants, mais le plus proche habitait Philadelphie et ils n'étaient donc pas souvent là. La maison appartenait entièrement à Joe et Vivian. Marty éprouvait de l'admiration pour les gens âgés qui n'empruntaient pas le sentier battu menant en Floride ou en Arizona. Pour lui, cela revenait à agiter un drapeau blanc.

— Smokin' Joe ! cria Marty quand le vieil homme sortit sur la véranda pour l'accueillir. Comment va la vie ?

— Mieux que ce chauffe-eau d'occasion pourri que vous m'avez vendu ! répondit Joe, mais avec le sourire.

Comme beaucoup de maisons de vacances construites dans le coin, celle de Joe n'avait pas été correctement isolée pour l'hiver et il lui fallait maintenant allonger un peu d'argent pour y remédier. Ce genre de situation constituait une grande part des affaires de Marty. Le chauffe-eau électrique qu'il avait installé dans le sous-sol n'était pas vieux du tout – il était même flambant neuf – mais aux dires de Joe il fallait le relancer sans cesse, jusqu'à cinq fois par jour. Il s'éteignait puis refusait de se rallumer. Marty essuya ses bottes devant la cuisine et salua Vivian qui lui indiqua un fauteuil.

— Merci, Viv, mais non, il vaudrait mieux que je descende dans le donjon si je ne veux pas vous ennuyer trop longtemps. Vendredi soir, je suis sûr que vous sortez en ville.

— Les travaux du monument dans le lycée ont déjà commencé ? lança Joe tandis qu'il plongeait dans l'escalier en pente raide.

— Ça, c'est une autre histoire, dit Marty sans ralentir.

Il aimait bien les Fraser mais il avait vraiment hâte de déclarer le week-end officiellement amorcé. Il eut une pensée pour cette première gorgée de bière au Ship, mais il l'écarta. Une heure encore d'efforts d'ici là. Peut-être moins. Et puis, il avait la désagréable impression d'avoir mal raccordé le chauffe-eau. C'était un nouveau modèle – nouveau pour lui, en tout cas ; un appareil coréen, justement, et le premier qu'il ait jamais installé.

C'était sûrement le sous-sol le plus fortement éclairé qu'il ait jamais visité. Viv s'en servait de buanderie. Autrement, il n'y avait pas grand-chose, hormis un mur d'outils un peu trop bien rangés, comme si personne ne s'en servait beaucoup. À moins que Joe ne fût un maniaque de l'ordre. Marty prit le tournevis accroché à sa ceinture et ouvrit le couvercle du commutateur thermique. Il le contempla un moment, mais il n'était pas aussi à l'aise qu'avec les Finney qu'il installait depuis vingt ans et qu'il connaissait par cœur. Non qu'il ait choisi le modèle coréen pour sa qualité (elle n'était pas meilleure) ou son prix (il était à peine moins cher). Finney ayant fait faillite, il était obligé de commencer à placer de nouveaux modèles.

Il se redressa et le sentit dans le dos, un spasme, ou plutôt une crampe profonde – ça ne s'arrêtait pas comme un spasme, ça continuait – irradiant le long de ses flancs. Il émit un petit gémissement de douleur et de colère. Il ne souffrait pas autant d'habitude, mais sans doute la semaine avait-elle été un peu longue. Pour ne pas se pencher à nouveau, il poussa le bouton de commande avec le bout du pied ; le chauffe-eau s'alluma exactement comme il fallait. Rien n'allait visiblement de travers, mauvais signe quant à la perspective de le réparer rapidement. S'il ne parvenait pas à trouver la panne, il serait obligé d'installer un autre chauffe-eau et de revenir pendant le week-end parce que, naturellement, il fallait défendre la qualité de son travail. Ou bien, il pouvait rester dans le sous-sol des Fraser et rallumer le bouton à intervalles réguliers jusqu'à ce qu'ils déménagent ou meurent. La Garantie Marty Solomon. Il y avait une notice dans sa camionnette, en anglais de surcroît, mais bien sûr ils devaient l'observer et il ne voulait pas qu'on le voie en train de chercher la notice pour ce truc, comme s'il ne savait pas ce qu'il faisait. Ça manquait de professionnalisme.

Pourquoi ne parvenait-il pas à se concentrer ? Pourquoi fallait-il que les choses changent ? Pourquoi fallait-il qu'une grande entreprise américaine, fabriquant un excellent produit, fasse faillite ? Et pourquoi diable avait-il gardé ce travail qui, il devait pourtant le savoir, serait difficile, pour seize heures un vendredi ?

La douleur continuait à se faire sentir du côté gauche, commençait à descendre le long de son bras, il lui devenait un peu plus difficile de respirer correctement et c'est ainsi que Marty comprit ce qui se passait, parce que c'était déjà arrivé. « Oh, non. » Il s'efforça de se redresser calmement, de se diriger vers l'escalier, mais il fut terrassé comme si la maison tout entière s'écroulait sur lui, et il tomba au sol, exactement comme la dernière fois. Il ne pensa à rien d'autre qu'à la courte distance qui le séparait encore des marches, de la camionnette, de la bière, à leur proximité – mais la douleur engloutit aussi ces pensées-là.

La porte s'ouvrit.

— Votre Honneur ? appela gaiement Joe. Vivian voudrait savoir si vous avez envie de boire quelque chose.

Mais il ne put répondre.

Elle n'arrivait plus à faire la cuisine, plus vraiment. Elle n'avait jamais été très douée. Mais efficace, oui – surtout quand les quatre enfants couraient partout, et que les deux garçons dévoraient comme des loups –, et il n'avait jamais exigé autre chose que l'efficacité. Exigé en silence, n'est-ce pas, dans sa tête, en termes d'attente. Un repas nourrissant, sans surprise et ponctuel. À ses yeux, ce n'était pas trop exiger. Pour dire la vérité, si cela n'avait tenu qu'à lui, il n'aurait pas rechigné à manger la même chose au dîner, ou au déjeuner, tous les jours que Dieu fait. Il avait plein d'autres soucis en tête, plein d'autres coups durs avec lesquels composer.

Maintenant qu'il était descendu, même un dimanche matin comme aujourd'hui, il se passerait peut-être une heure sans qu'apparaisse le petit déjeuner, ni le moindre signe d'une préparation imminente. Quand il n'en pouvait plus, il allait dans la cuisine et se remplissait un bol de céréales en faisant le plus de bruit possible, parvenant parfois ainsi à attirer son attention et parfois non. Il savait bien qu'il n'aurait pas dû lui en vouloir – c'était la vieillesse qui leur tombait dessus, elle n'y pouvait rien –, mais quand même elle n'avait pas pu oublier que quelque chose comme le petit déjeuner existait, et donc il avait du mal à ne pas y voir une sorte d'hostilité incompréhensible. Et puis, il s'agissait purement d'une réaction physique de sa part, une réaction à la faim, et on ne pouvait pas non plus lui reprocher son irritation, on ne pouvait rien y faire.

Difficile d'avaler un bol de céréales sur une chaise longue. Mais elle avait disparu quelque part là-haut, alors il se lança, maussade, en s'efforçant de ne pas renverser du lait sur sa chemise tout en espérant le faire, de façon mauvaise, pour qu'elle le voie. À la télévision, on parlait d'une institutrice de maternelle qui avait lu aux enfants un livre où il était question d'une petite fille qui avait deux mamans.

Elle descendit habillée élégamment.

— Où vas-tu ? demanda-t-il, se rappelant la réponse dès que la question eut franchi ses lèvres.

— À l'église. Je suis lectrice aujourd'hui.

Elle s'arrêta sur le palier, derrière sa chaise, d'où il ne pouvait pas tourner la tête pour la voir.

— Tu veux venir ?

Oh, l'hostilité de cette question ! Nul autre ne serait capable de la saisir, fût-il assis dans ce salon et à même de l'entendre. C'était ça, le mariage. Elle avait cessé d'aller à l'église des années auparavant, quand les enfants étaient jeunes mais assez grands pour refuser de l'accompagner, et elle n'avait recommencé que depuis ces dernières années. Il s'était dit, voilà un bon calcul : deux heures par semaine pour se sentir moralement supérieure à lui au cours des cent soixante-six restantes. Elle appelait cela « s'inquiéter » pour lui.

Il se rendit compte qu'il n'avait pas répondu. Il se tortilla dans la chaise longue pour voir si elle se trouvait toujours là.

— Tu as vraiment besoin de regarder ça ? lui parvint sa voix. Ça te met de mauvaise humeur.

— C'est la seule chaîne qui couvre la guerre. Partout ailleurs, on dirait qu'elle n'a même pas lieu.

Elle poussa un soupir tragique, ou du moins il la connaissait assez pour savoir ce qu'elle faisait, et quelques instants plus tard il entendit s'ouvrir la porte du garage. À la télévision, on parlait maintenant d'une mosquée, de Ben Laden, ou peut-être d'un autre type car ils semblaient tous s'efforcer de ressembler à Ben Laden, et alors Ben Laden lui dit : « Pourquoi ça t'intéresse ? Personne ne s'y intéresse. Ce n'est plus comme avant. Rien ne sera plus comme avant » ; il comprit alors qu'il rêvait et quand il eut conscience d'entendre les bruits que faisait sa femme dans la cuisine, c'était déjà trop tard pour les Patriotes. Il changea de chaîne. Il s'endormait dans cette chaise longue deux ou trois fois par jour désormais, et le soir, quand il allait se coucher, il devait prendre un cachet. Les journées avaient perdu toute cohérence.

Il devrait se bouger davantage. Se lever et faire quelque chose. Ah, ça ! les corvées d'entretien ne manquaient pas dans la maison. Elle n'aimait pas qu'il monte aux échelles et ainsi de suite. Mais le vrai problème, qu'il n'osait pas soulever en sa présence, c'est qu'il ne parvenait pas à se concentrer. C'était déroutant : il ne réussissait plus à fixer son attention sur rien pendant trop longtemps, terminé. Et c'est comme ça qu'arrivaient les accidents. Il le savait mieux qu'aucun autre. Il avait construit des maisons pendant quarante ans. Son fils maintenant prenait l'argent de ceux qui venaient les week-ends pour veiller à ce que leur résidence secondaire ait l'air assez ancienne et décatie. À son avis, ça ressemblait à une escroquerie plutôt qu'à de la construction. Mais Mark n'avait pas inventé ce monde-là. Il vivait dedans, c'est tout.

Bon, de toute façon, on était dimanche. Jour de repos. Il avait conservé ce rythme de la semaine même s'il ne travaillait plus, même si tous les jours se ressemblaient plus ou moins.

Pour le dîner il y avait du poulet marsala congelé de chez Sam's. Le problème avec Sam's, ce n'était pas la mauvaise qualité des plats : le problème, c'était que dès le premier jour où il en mangeait, il savait qu'il en mangerait encore quatre ou cinq fois, parce qu'il n'y avait qu'eux deux et que tout, chez Sam's, venait en grosse quantité. Une partie du problème, c'est qu'elle n'avalait presque rien. Il ne comprenait pas comment elle survivait avec si peu de nourriture.

— Comment était l'église ?

Elle mit du temps à répondre.

— Très bien. À propos, il y a des travaux de plomberie à faire dans le presbytère. Pas de pression d'eau, d'après le révérend. Je lui ai dit que tu pourrais peut-être donner un coup de main, si tu voulais bien.

— Je peux y jeter un œil.

Elle débarrassa la table et ils regagnèrent le salon pour regarder quelques émissions qu'elle appréciait – *Arabesque*, ou *New York, police judiciaire*. Il ne détestait pas. Au moins, elles donnaient envie de dormir.

— Je me prépare une tasse de thé avant de monter, dit-elle. Tu veux quelque chose ?

— Non, ça va.

— D'accord. À propos, il y a des travaux de plomberie à faire dans le presbytère. Je leur ai dit que tu pourrais peut-être donner un coup de main.

Il sentit grimper l'irritation, mais il se maîtrisa. Ce genre de chose se répétait depuis quelque temps. Surtout le soir.

— Je vais les appeler.

Au milieu de la nuit, il se redressa brusquement. Rien ne l'avait réveillé. Mais il éprouvait un sentiment de malaise. Il descendit l'escalier, lentement, l'oreille aux aguets, habituant ses yeux à l'obscurité. Dès qu'il parvint à la dernière marche il vit une lueur orange briller dans la cuisine.

Elle avait laissé le brûleur allumé. Il l'éteignit et resta là, dans la chaleur qu'il dégageait, dans l'air qui s'assombrissait à mesure que le brûleur refroidissait. Une telle lutte faisait rage, en lui, pour résister à la colère. Il ne devait pas être en colère. Si seulement il pouvait en parler à quelqu'un, il lui serait plus facile de gérer ça, mais à qui parler ? Ce serait une trahison terrible. Il ne pouvait rien dire aux enfants. Candace, cette éternelle angoissée, en perdrait la tête. Il ne pouvait même pas en parler à sa femme – à quoi bon la couvrir de honte, elle ne le faisait tout de même pas exprès. Il lui fallait le supporter seul. Rien de nouveau. Personne n'avait la moindre idée de ce qu'il avait enduré pour eux, pour sauver les apparences. Quarante ans.

Et elle avait aussi laissé tous les tiroirs ouverts. Il détestait ça.

2

La ville de Howland était devenue une municipalité en 1748 et, en accord avec sa charte, la plus ancienne des deux adjoints de Marty Solomon – un professeur de lycée à la retraite nommée Maeve Brennan – lui succéda comme Premier Élu jusqu'à la fin de son mandat qui courait encore pendant quatorze mois. La charte ne prévoyait pas le remplacement de Maeve elle-même pour son poste d'adjointe : ni l'autorisation d'élections anticipées, ni la nomination à son poste de quelqu'un siégeant dans d'autres instances municipales. Ce qui signifiait que Howland serait techniquement gouverné, au cours de ces quatorze mois, par un organe composé de deux voix – Maeve et John Waltz, un ancien électricien élu trois ans auparavant après un accident du travail ayant entraîné une invalidité permanente. Leur entente avait toujours été parfaite, mais après la mort de Marty ils étaient devenus excessivement polis l'un envers l'autre, presque formels, se tenant la porte, se servant du café au cours des réunions, tant ils redoutaient de se retrouver devant un vote risquant de produire un *ex aequo*.

Marty, avaient déclaré les secours, était indiscutablement mort quand ils étaient venus le remonter dans l'escalier exigu du sous-sol des Fraser. Il fallut longtemps, étonnamment, pour savoir qui appeler : tout le monde se souvenait de l'ex-femme de Marty mais plus personne ne savait comment la joindre. Ils n'avaient pas eu d'enfants et les parents de Marty étaient morts, son père d'une crise cardiaque au même âge, cinquante-quatre ans. Son gros bureau métallique chez Chauffage et Climatisation Solomon ne renfermait que des archives en lien avec son travail. L'officier Sergent se vit confier la tâche délicate d'enfoncer la porte de Marty ; les yeux soigneusement baissés il fouilla tiroirs et armoires de rangement et finit par dénicher un carnet d'adresses sur une table de chevet. Il ne vit aucun Solomon, mais à la lettre S il y avait une femme identifiée comme Bridget ; Sergent prit le risque de l'appeler et il tomba sur la sœur de Marty, qui habitait Rhode Island. Son nom de famille était O'Keefe. Personne ne se rappelait avoir entendu Marty mentionner son existence et, après les obsèques, quand son mari et elle furent repartis, ils comprirent pourquoi. Elle ne semblait rien connaître de la vie de son frère – pas même le fait qu'il avait été élu par ses voisins aux plus hautes fonctions de la ville – mais elle avait pleuré tout du long de façon théâtrale. Dès que Maeve, l'entrepreneur des pompes funèbres ou un autre officiel s'asseyaient pour tenter de la réconforter, elle leur parlait, de façon aussi indirecte que possible, de l'argent de Marty. Il ne devait pas y en avoir beaucoup, mais il avait laissé un testament tapé à la machine (dans le tiroir de la même table de chevet où on avait trouvé le carnet d'adresses) qui lui léguait tout. Il n'avait pas d'autre famille.

D'une certaine manière, bien sûr, la ville représentait sa famille, et le jour de ses funérailles fut teinté d'une vive émotion accompagnée d'une célébration douloureuse. Les prières, volontairement simples, furent récitées dans l'église épiscopalienne – certainement la première fois, se permirent d'observer ses quelques amis, qu'il en franchissait le seuil. Ensuite, le Undermountain Café prépara un joli buffet dans le hall de réception de l'église, auquel tout le monde prit part avec gratitude, mais le véritable hommage fut rendu ensuite au Ship, où, les larmes aux yeux, dans une rare proximité physique entre hommes, on continua à trinquer bien au-delà de l'heure de fermeture prescrite par les lois de l'État du Massachusetts, parce que, ainsi que tous se le rappelèrent mutuellement en chérissant le souvenir de Marty : Marty-la-Loi parti, il n'y avait plus de loi à Howland.

Mark vint tôt boire une bière, puis deux. Il aperçut son frère à l'autre bout de la salle, sans surprise bien qu'il n'ait jamais entendu Gerry dire un mot particulièrement gentil à propos de Marty Solomon ; mais c'est avec surprise, en se retournant pour dire au revoir après cette deuxième bière, qu'il constata que Gerry était déjà parti. Mark échangea quelques dernières poignées de main et rentra chez lui. Il avait pensé voir Hadi au bar – il était venu à l'église, sans sa femme – mais Hadi ne s'était pas montré, et c'était aussi bien, se dit Mark, car parmi les gens d'ici, ivres et tristes qui remplissaient cette salle, il y en aurait bien eu un qui aurait essayé de le convaincre de payer une tournée, ou peut-être toutes les tournées. Les Fraser aussi étaient venus à l'église. Ils s'étaient installés au fond et avaient évité la réception. Mark avait appris par Karen que Viv était encore tellement bouleversée qu'elle refusait même de descendre au sous-sol faire sa lessive si Joe ne restait pas avec elle en bas.

Dans son allée, Mark éteignit le camion et, avant de parvenir sur la dernière marche de la véranda, il entendit Haley pleurer. C'était son cri de colère, son cri face à l'injustice quand elle n'obtenait pas ce qu'elle voulait, et ce qu'il craignit quand il ouvrit la porte fut donc que cette querelle à laquelle il n'avait pas assisté ait mis Karen d'humeur ombrageuse.

Il avait vu juste.

— Tu n'as pas bu avant de prendre le volant, si ? attaqua-t-elle, bille en tête.

Il répondit doucement que non, bien sûr.

— Bon, j'espère que tu t'es bien amusé. Je n'ai pas préparé le dîner, parce que j'ai pensé que nous avions bien assez mangé à l'église.

— Que se passe-t-il avec Haley ?

— Pourquoi ne lui poses-tu pas la question ?

Karen sortit sur la véranda avec un verre de vin en laissant la porte se refermer derrière elle. Elle s'installa sur la balancelle – la balancelle Nantucket vintage qu'il avait achetée dans une vente successorale en rentrant de chez son frère dans le

Vermont, restaurée et accrochée comme cadeau d'anniversaire – et se poussa d'avant en arrière du bout des orteils. Il allait faire en sorte que Haley aille mieux. Il y parvenait toujours parce que c'était la seule chose qui l'intéressait, jamais la nature du problème ou quelle leçon un bon parent pourrait s'efforcer d'en tirer. Ils regarderaient probablement la télévision.

Il ne le faisait pas exprès, elle le savait, mais il la déstabilisait. Il aurait presque mieux valu qu'il le fasse exprès car au moins il n'aurait pas cette attitude désemparée et chagrinée chaque fois qu'elle le lui reprochait. Mark, semblait-il, ne pensait même pas que la tâche d'un parent consistait à former, à influencer ou à améliorer l'enfant d'une manière ou d'une autre, mais plutôt qu'il s'agissait pour lui de la distraire, de l'apaiser, de tout faire pour la rendre heureuse. Il ne voyait pas que Haley risquait de devenir l'enfant unique classique : sûre de son bon droit, secrète, habituée à être le centre de l'attention, incapable d'empathie. Égoïste. Karen avait tout de suite constaté cela à l'école. Les choses n'auraient pas dû être ainsi. Sa condition d'enfant unique était le résultat de leur échec financier, en grande partie, et de ce fait ils auraient dû prendre la responsabilité de corriger le comportement de Haley. Mais on ne pouvait pas discuter avec lui d'un problème que, de son propre aveu, il ne voyait pas.

Les petites filles étaient censées adorer leur mère. Mais le mariage avait ceci de particulier : la manière dont le conjoint agissait vous forçait à agir d'une certaine manière en réponse, et vice versa, mais avec le temps, ces rôles se figeaient et prenaient une tournure exagérée. On devenait la caricature de soi-même. Elle soupçonnait que ses relations avec Haley seraient beaucoup moins conflictuelles si la fillette ne sentait pas qu'elle pouvait se tourner sans cesse vers Mark, si celui-ci n'était pas une sorte de territoire que mère et fille se disputaient. Il se voyait en Grand Modérateur.

Une partie des bois auxquels elle faisait face se mit soudain à briller. Il s'agissait d'un de ces projecteurs, chez les Hadi, qui captaient les mouvements, de sorte que dès qu'un chevreuil traversait la propriété celle-ci s'illuminait comme la cour d'Alcatraz. C'était Mark qui avait installé ces projecteurs. Exaspérant. Pourtant l'argent de ce travail, pas encore épuisé, constituait leur planche de salut. Elle vida son verre et rentra à l'intérieur. La télévision papillotait, mais seul Mark était assis devant, plongé dans *Matrix* pour la deux millième fois.

— La télévision était allumée, dit-il d'un ton coupable.

— Elle est toujours allumée. Où est Haley ?

— Elle fait ses devoirs. Tant bien que mal. Elle doit mémoriser la table de quatre.

Karen finit par s'asseoir à côté de lui, sur le canapé. Il lui massa l'épaule.

— Quel était l'objet du conflit ?

— Elle ne te l'a pas dit ?

— Non.

— Tu ne lui as pas demandé ?

Il secoua la tête.

Elle se mordit la lèvre.

— Elle faisait des bruits de pet avec sa bouche pendant les obsèques.

Ils étaient tournés vers la télévision et non pas l'un vers l'autre. Elle le sentit s'efforcer de ne pas rire, et puis il se mit vraiment à rire, d'un rire explosif, par le nez, comme un petit garçon. Elle se leva et quitta la pièce.

Putain, pensa-t-il. Ce n'est pas bon. Il allait devoir demander pardon, mais pas tout de suite ; si on demandait pardon trop vite, elle ne l'acceptait pas, parce que cela équivalait à lui commander de cesser d'être en colère avant de l'avoir décidé. De toute façon, *Matrix* reprenait.

Il se leva un peu plus tard pour préparer Haley à aller se coucher, après quoi il l'envoya dire bonne nuit à Maman, qui était déjà au lit (encore un mauvais signe), puis il redescendit et resta seul encore un moment. Le calme le détendait. Il avait besoin de prendre le temps de réfléchir s'il était raisonnable de refinancer sa maison, maintenant ou à un autre moment, mais quand il était fatigué son cerveau se détournait de sa trajectoire. Il croyait n'avoir bu que deux bières ce soir, mais il se rappela les deux autres au Ship. Tout ça collait. Il éteignit les lumières et se glissa dans le lit, à côté de Karen qui dormait déjà, à plat ventre.

Le lendemain matin, il était de retour chez Hadi, et il y alla deux semaines encore. Le travail touchait à sa fin. Mark débaucha Dave une fois achevée la réfection du toit, et Hartley le charpentier le vendredi suivant, de sorte qu'il ne resta plus que lui et Barrett les derniers jours. Le travail consistait surtout en finitions : replâtrage, remplacement de plinthes et de panneaux, coups de pinceau dans la chambre parentale où ils avaient pratiqué des trous dans le mur pour les capteurs et les caméras de surveillance. Barrett se chargeait de toute la peinture. Pour Rachel Hadi, cette incursion dans sa chambre avait été le coup de grâce : elle avait trouvé refuge à Asana, une retraite de yoga bâtie sur le terrain d'un ancien séminaire à Stockbridge. Les enfants avaient accepté, en son absence, de prendre l'autobus de ramassage. Le dernier jour, tandis que Barrett finissait, Hadi et Mark burent une bière dans la cuisine. Mark n'avait plus rien à faire, aucune raison de s'attarder, mais il ne voulait pas laisser Barrett seul dans la maison avec Hadi. On ne savait jamais ce qu'il était capable de dire. Alors Mark traîna un peu, désœuvré, et en but une deuxième, puis une troisième. Barrett, avec une perversité caractéristique, mettait une éternité. Mais Mark savait qu'en montant voir où il en était il risquait de provoquer une querelle, et violente avec ça. Hadi buvait pratiquement en silence, l'air parfaitement à son aise. Mark avait envie de partir ; et puis, comme il s'enivrait, il ne voulut plus partir. Il sentit qu'une porte se fermait. Il avait l'impression que quelqu'un de meilleur et de plus intelligent saisirait l'occasion d'apprendre quelque chose du genre d'homme qu'était Hadi, le genre d'homme que Mark aspirait à être. Il avait espéré que tous ces mois passés dans l'entourage de Hadi – à l'observer, l'écouter – lui offriraient une leçon sur le succès, sur l'audace, mais la fin approchait, rien de tel ne s'était vraiment produit et Mark se considérait responsable de cet échec.

Ils étaient assis à la table en merisier à bords rabattables. Mark observait Hadi d'un regard, lui semblait-il, discret. On aurait dit que celui-ci se rendait régulièrement en ville, prenait note de tous les vêtements que portaient ceux d'ici, puis rentrait chez lui et cherchait à se procurer en ligne ce qui s'en rapprochait le plus. Même quand il y parvenait, il ne trompait vraiment personne. Un aspect de son problème vestimentaire venait du fait que Hadi était incapable de porter un tee-shirt autrement que comme sous-vêtement. Ses vestes Carhartt, ses Wranglers et ses bottes flambant neuves souffraient toujours de l'association d'une chemise blanche de marque qui semblait avoir coûté deux cents dollars. Peut-être portait-il ces chemises depuis si longtemps qu'il ne se sentait à l'aise avec rien d'autre. Ou peut-être, à un certain moment, des années auparavant, avait-il décidé qu'il avait trouvé la chemise idéale et les avait-il achetées par douzaines – on l'imaginait bien faire ce genre de chose – et à présent il ne pouvait se résoudre à les jeter et à repartir de zéro. Les très riches, avait lu Mark, se montraient parfois avares de façon excentrique, inutilement, rien que pour conserver une sorte de contact émotionnel avec la vraie valeur du dollar.

Il n'empêche, il ne cherchait pas à se fondre dans le paysage, pas vraiment. Ce genre de mal-être social semblait étranger à Hadi. Il ne se souciait pas d'être accepté, et il lui serait probablement égal de savoir qu'on se moquait de lui. Il s'agissait davantage d'apprendre une langue, un système, d'en maîtriser tous les aspects. Il s'agissait de réaliser une étude.

— Barrett en est au nettoyage, dit Mark alors qu'ils l'entendaient là-haut, en train de chanter. Désolé pour le dérangement

— Aucun dérangement, assura Hadi.

— Désolé d'avoir dérangé votre femme, alors.

— Oh, écoutez, ce n'est pas si mauvais que ça de temps à autre. Ça lui fournit une excuse pour aller dans un endroit qu'elle aime, un endroit que je ne supporte pas. Bon pour elle, bon pour moi. Une bouffée d'air frais.

Il décapsula deux autres bières.

— La solitude ne vous gêne pas ? demanda Mark.

— La solitude ouvre des possibilités. La solitude est formidable quand on sait s'en servir.

La cuisine était impeccable. Au cours des mois passés sur ce chantier, Mark avait parfois aperçu les deux enfants Hadi, mais en leur absence, il était rare que se manifeste le moindre signe qu'ils vivaient là.

— Et elles vous refrènent un peu, dit Mark.

Il était peut-être plus soûl qu'il n'aurait dû. Il n'en fallait pas beaucoup avec lui.

— Les épouses. Ou du moins, on est davantage soi-même quand elles ne sont pas là. Vous ne croyez pas que c'est vrai ?

Hadi ne parut ni offensé ni mal à l'aise.

— Votre deuxième remarque. Elle est probablement vraie.

Mark s'efforça de se rappeler sa deuxième remarque.

— Alors qu'en pensez-vous ? dit-il plutôt. Que pensez-vous de notre petite ville ?

— Elle est spéciale. Authentique. Très sereine. Bien sûr, j'en sais davantage maintenant, en vivant ici, qu'auparavant. Mais sa vulnérabilité la rend d'autant plus intéressante pour moi.

Vulnérabilité ?

— Hé, à ce propos, lança Mark on dirait que ce deuxième attentat terroriste contre New York que vous prédisiez ne s'est jamais produit.

Pourquoi, brusquement, tout ce qui sortait de sa bouche avait-il ce ton irrespectueux ? Telle n'était pas son intention. Il cherchait à être amical, plutôt, d'où sortait cette autre note ?

— Dieu merci ! dit Hadi.

— Oui, bien sûr, Dieu merci ! répéta Mark en tendant sa bouteille que l'autre homme toucha avec la sienne. Tout ce que je voulais dire, c'est que vous m'aviez expliqué, à l'époque où vous aviez déménagé ici, que vous vouliez vous éloigner du danger, et puis le danger ne s'est jamais matérialisé, alors j'espère que vous ne pensez pas avoir commis une erreur en vous installant ici, ou que vous le regrettez.

Hadi alla jusqu'au réfrigérateur et en donna une autre à Mark ; plus celui-ci se sentait gagné par la nervosité, plus il buvait vite.

— Non, bien sûr que non. Premièrement, le risque n'est pas binaire. Si quelque chose ne se produit pas, cela ne veut pas dire que vous avez eu tort de vous protéger de l'éventualité qu'il se produise. Vous me comprenez ?

— Sûr.

— Et deuxièmement, je me considère maintenant ici chez moi. Je m'y sens à ma place. À New York, je n'ai laissé que l'obligation de passer du temps avec un tas de gens qui de toute façon ne m'apportaient rien. Ici, je n'ai aucune obligation sociale d'aucune sorte. Les gens ne pensent pas à moi en ces termes.

Mark entendit un bruit inexplicablement violent à l'étage.

— Et pour le travail, poursuivit Hadi, c'est bon aussi. Je suis complètement isolé. Je suis dans ma tête. Aucune distraction excepté celles que je choisis, ce qui m'arrive parfois, mais généralement pas. C'est comme si j'étais chez moi à l'intérieur de ma tête.

Mark avait déjà entendu ça, dans la bouche de sa femme, mais il craignit d'être impoli en l'évoquant. Hadi n'appréciait sûrement pas qu'on lui dise que ses pensées n'avaient rien d'original. Mark se demanda pourquoi il n'avait jamais éprouvé la sensation que sa maison se trouvait dans sa tête, ou sa tête dans sa maison, n'importe.

— Alors laissez-moi vous poser une question, dit Mark. Puisque le chantier est terminé et que j'ignore quand j'aurai l'occasion de vous parler de nouveau, même si nous sommes voisins ou autre chose.

— De quoi s'agit-il ? s'enquit Hadi d'un ton calme.

Ils entendaient les pas de Barrett là-haut sur le palier.

— En quoi est-ce que je fais fausse route ? demanda Mark. Je veux dire, à votre avis.

— À mon avis, vous ne faites pas fausse route.

— Non, je veux dire... Je m'évertue à chercher comment améliorer ma situation. Améliorer mon sort. Je sais que je ne pourrais jamais vivre comme vous. Mais tant de choses dans la vie sont déterminées à l'avance et tellement limitées. Je veux me réinventer.

— Vous voulez gagner plus d'argent.

— Oui. Et je sais que je ne possède pas les mêmes compétences que vous. Mais cela va au-delà. J'ai le sentiment qu'il me manque quelque chose, en termes de personnalité, de vision. Alors, ça peut sembler bizarre, mais je me demandais si vous aviez un conseil, quelques paroles sages, pour quelqu'un dans ma situation.

D'abord la première moitié d'une échelle, puis Barrett, puis la seconde moitié de l'échelle passèrent devant la porte de la cuisine, derrière la chaise de Hadi. La porte d'entrée s'ouvrit, se referma, et ils entendirent le bruit de l'échelle lancée – probablement d'une certaine distance, connaissant Barrett – dans la plate-forme de son camion.

— On ne peut pas s'envier mutuellement nos situations, répondit Hadi. Votre rôle est aussi indispensable que le mien. Si vous faisiez mal votre travail, ou si vous le détestiez, ce serait une chose. Mais à mon avis nous sommes vous et moi parfaitement à notre place. Ce que je vous conseillerais, c'est de ne pas dénigrer quelque chose que vous faites si bien. Plus facile à dire qu'à faire, je vous l'accorde.

— Mais on est en Amérique, insista Mark en rougissant.

Quelle phrase insignifiante. Bien sûr qu'on était en Amérique. Sinon, quelqu'un comme lui ne serait pas assis dans la cuisine de quelqu'un comme Hadi ; quelqu'un comme Hadi n'existerait probablement même pas. Mais cette histoire d'Amérique lui semblait expliquer ce qu'il ressentait, ou peut-être s'en servait-il pour défendre qui il était, ce qu'il voulait.

— On est censé se dépasser. On est censé voir grand. Non ?

Hadi soupira.

— Si vous voulez faire autre chose que restaurer des maisons, eh bien, il ne faut pas hésiter. La vie est trop courte pour perdre du temps. Je dis juste, ne dévaluez pas votre travail simplement parce que d'autres gagnent plus d'argent que vous. Nous faisons partie d'un écosystème. Il s'appuie sur vous autant qu'il s'appuie sur moi.

Barrett laissa la porte claquer en rentrant dans la maison ; Mark se retourna et le vit sur le seuil de la cuisine, tout sourire.

— Terminé là-haut, dit-il. Encore deux heures de séchage, probablement. On dirait que j'ai raté l'after.

Hadi haussa les épaules :

— Il reste une bière ou deux dans le réfrigérateur, je crois, si vous avez soif.

— Non, dit aussitôt Mark, merci, mais on doit y aller.

Il avait déjà vu Barrett après une bière ou deux, plusieurs fois, et à son avis ce n'était pas un spectacle pour Hadi. Il ne voulait pas non plus que l'un de ses employés boive la dernière bière de son client.

— Tout est propre là-haut ?

— Oui, patron, répondit Barrett. Sauf si vous voulez que je nettoie aussi tous ces cadavres.

— Cadavres ? réagit Hadi.

Barrett indiqua les bouteilles vides.

— Hum, fit Hadi. Jamais entendu ça.

Barrett pivota et ressortit dans l'allée sans ajouter un mot. Mark comprit qu'il l'avait vexé. Bon, à sa guise, du moment qu'il était vexé hors de la maison d'un client. Il prit une profonde inspiration et se retourna vers Hadi.

— Je sais que votre femme sera contente d'être débarrassée de nous.

— Vous m'enverrez votre facture ?

— Bien sûr. Dans la semaine. Et naturellement, au moindre problème, vous savez où me trouver.

Il indiqua sa maison d'un hochement de tête.

— Je pourrais aussi juste donner un coup de projecteur dans vos fenêtres en cas de besoin.

— Oui, monsieur.

Ils échangèrent une poignée de main et Hadi l'accompagna jusqu'au seuil. Mark eut l'impression que Hadi en avait davantage fini avec lui que l'inverse. Mais parvenu à la porte, l'homme reprit :

— Une chose que je dirais, en ce qui concerne cette idée de voir grand. Les maisons sont des biens, dont vous comprenez et savez accroître la valeur.

— Exact.

— Mais, me semble-t-il, tant qu'on travaille à l'intérieur, on ne peut contribuer à la valeur que d'une seule maison à la fois, si vous voyez ce que je veux dire. Un investisseur sait qu'il faut rester à l'extérieur, voir la chose dans son contexte. La voir comme un tout.

Par la porte que Hadi lui ouvrit, Mark vit Barrett faire les cent pas dans l'allée. Il ne s'était pas rendu compte que son ouvrier était encore là, et il remercia Hadi de nouveau, ferma la porte derrière lui et marcha d'un pas rapide sur le gravier tout frais.

— Tu as besoin qu'on te raccompagne ? dit Barrett. Ça se pourrait que tu sois en état d'ébriété.

Il avait la bouche et les yeux durs. On ne pouvait jamais prévoir ce qui allait le mettre hors de lui. Mark se félicitait du fait qu'ils se trouvaient loin de Hadi.

— C'est à cinq cents mètres. Je crois que j'y arriverai, merci.

— OK doc, patron.

Il y avait ce trop-plein d'exubérance dans sa voix, cette nervosité, prélude à la bagarre. Mark aurait peut-être dû laisser Hadi lui offrir une bière. Pourquoi pas ? Pourquoi Mark pourrait-il s'asseoir et boire avec le client mais pas Barrett ? Parce que Mark était le patron, voilà pourquoi. Il comprit soudain une vérité qui éclairait sous un autre angle l'attitude de Hadi au cours de leur conversation : vous espériez que les personnes au-dessus de vous applaudissent à votre ascension au milieu d'elles et l'encouragent, mais vous vouliez que les personnes en dessous de vous se satisfassent de leur position.

— Où est l'épouse aujourd'hui ? demanda Barrett.

— Mon épouse ?

— Non, mec, sa femme. Rachel. Rachel Rachel, je me suis dit. On ne s'est même pas dit au revoir.

— Elle est partie. Elle ne veut pas être dans la maison quand on fait les peintures.

— Quand qui fait les peintures ?

— Tu sais de quoi je parle. Elle n'aime pas voir la pagaille.

— Elle a peur de rester avec moi dans la chambre, c'est ça ?

Mark se tut.

— Je sais de quoi elle a besoin. Je doute que ce taré le sache. De toute façon, avec toi qui lui suces les couilles toute la journée, qu'est-ce qu'il en a à foutre ?

— D'accord, dit Mark en dirigeant son bras vers le dos de Barrett, mais sans le toucher. Il faut y aller maintenant, on ne devrait pas rester dans l'allée d'un client comme...

— J'aurais essayé. Hardiment. Peut-être bien que je vais le faire.

— OK, champion, dit Mark en grimpant dans la cabine de son camion.

— Avec les caméras de surveillance, ajouta Barrett, sibyllin, avec un rire idiot.

— D'accord, on y va.

— Alors, c'est quand ton prochain chantier ?

Mark s'immobilisa :

— On en a déjà parlé. Je n'ai rien pour toi pour le moment. Je travaille sur un projet ou deux. Mais ce chantier-là est terminé et maintenant tu fais une pause avant le prochain. Dieu soit loué, il y a eu celui-ci, vu la situation économique.

— Ouais. Dieu soit loué.

Ils s'engagèrent l'un derrière l'autre dans l'allée, lentement parce que le camion de Mark roulait devant, puis tournèrent à droite sur la Route 4, en direction de la maison de Mark. Barrett lui était déjà sorti de la tête. Il essayait de se rappeler les derniers mots de Hadi, cette idée de rester extérieur. Il tourna dans son allée ; Barrett klaxonna deux fois, avec insolence, puis passant en trombe devant sa maison, il poursuivit sur la route déserte.

Arrivé en ville, Barrett ralentit mais remit les gaz une fois traversée la 7. Comme s'il avait vraiment bu au lieu de se faire traiter comme un petit garçon. Tu vois ? pensa-t-il. Tu vois, pauvre enculé, j'ai pas besoin de quelques bières pour faire des bêtises. Je peux faire des bêtises quand je veux. Il le détestait, ce type, putain – ce Mark Firth –, et il détestait particulièrement dépendre de lui, comme maintenant, dépendre de l'argent de ce boulot de six mois qui aurait dû suffire à Barrett et à sa femme pour passer l'hiver, mais qui ne suffirait probablement pas. Demain, il irait à Pittsfield et s'inscrirait de nouveau au chômage. Demain ou le jour d'après. Il alluma la radio mais il n'y avait pas de bonne musique, alors il la coupa, baissa les vitres et laissa pénétrer le rugissement vert. L'air était doux et froid. C'était encore l'automne.

Qu'il aille se faire foutre, ce Mark. Il se prenait pour le roi du monde. Et impossible de lui décoller les lèvres du cul de ce Hadi. Pourquoi ? Parce qu'il était riche ? Oui, c'était exactement pour ça. Mark vouait un culte à ces gens. Il les voyait comme une famille royale. Alors que la réalité, c'était que ces gens devenaient riches précisément en regardant deux mecs comme Mark et Barrett sans voir la moindre différence entre eux. Et pourtant Mark, ce gros naze, craignait que Hadi se salisse la main en donnant une bière à Barrett. Ce dernier n'avait pas vraiment envie de se faire la femme de ce type, elle n'avait rien de spécial, mais il n'avait pas pu résister à le dire, rien que pour voir la tête que Mark allait faire, et ça, il avait eu sa récompense. Comme s'il était un genre de rustre qui aurait suggéré de se faire la reine.

Il s'était fait la sœur de Mark, au lycée. En fait, non, mais presque, et il préférait enjoliver ses souvenirs, rien que pour prendre une revanche imaginaire.

Pourquoi pas une bière ? Pourquoi pas une bière, putain, là, tout de suite ? Il s'arrêta devant la boutique au sud de Great Barrington et acheta un pack de six au propriétaire belliqueux, éternellement assis derrière sa caisse dans un vieux fauteuil de bureau tout pourri monté sur roulettes. Il donnait toujours l'impression qu'on cherchait à l'escroquer, alors même qu'il comptait votre argent, alors allez comprendre. Barrett en ouvrit une, la serra entre ses cuisses et posa le sac sur le siège à côté de lui.

Vu son état d'esprit, ne pas rentrer directement constituait en fait un geste de considération à l'égard de sa femme. Si elle le voyait en ce moment, elle devinerait tout de suite : elle l'aurait autorisé à rester dehors jusqu'à ce qu'il soit calmé et à rentrer une fois d'humeur moins volatile. Elle l'aurait fait autant pour elle que pour lui. Mais naturellement elle ne pouvait pas le voir en ce moment, tout ce qu'elle pouvait faire, c'était rester assise à la maison et entretenir sa colère en se demandant où il était. Ce qui signifiait qu'elle serait particulièrement fumasse quand il passerait la porte. Grâce à quoi il restait dehors plus longtemps. C'était comme le serpent qui se mord la queue, un cycle impossible à briser, dans lequel tout recommençait encore et encore, et pendant ce temps, quand même, on devenait plus vieux. Quel merdier !

Il pensait bien se rendre quelque part, peut-être à Adams ou même jusqu'aux limites de l'État, mais tout ce qu'il faisait en réalité, c'était de rouler en cercle, comme un débile, à la recherche d'un endroit sûr où jeter les bouteilles vides par la vitre. Quand il fut prêt à ouvrir la numéro cinq, il se dit qu'il ferait aussi bien de quitter la route et de voir ce qui se passait au Ship.

L'argent : autant le dépenser, non ? Autant oublier de vouloir le faire durer aussi longtemps que possible, parce qu'il n'y avait aucun moyen de le faire durer assez longtemps, alors toutes les privations et les économies de bouts de chandelles finissaient seulement par te mettre en permanence dans une humeur de merde jusqu'à ce qu'arrive ce qui devait arriver, faire de chaque jour une suite de petites humiliations jusqu'au moment où pour finir t'es à sec, exactement comme tu l'avais prévu depuis le début. Alors pourquoi ne pas être à sec à ton propre rythme ? Au moins, tu étais vivant, pas ce putain de Mark Firth en train de supplier des connards de riches de te donner du boulot, d'établir des budgets et de demander ensuite l'autorisation de dépasser le budget ou quelle merde encore. Et d'essayer de rétablir un peu de ta virilité perdue en te conduisant comme le grand patron condescendant avec des gars qui avaient en réalité accepté de travailler pour toi, des gars qui te connaissaient quand tu avais quinze ans et qui auraient pu te botter le cul aussi facilement à cette époque que maintenant.

Il était assez soûl pour confondre un moment un type debout au bar avec Mark. Il lui ressemblait beaucoup, mais en plus gros, en moins bégueule. Le gars surprit son regard.

— Rude journée ? demanda-t-il.

Et tout à coup Barrett le reconnut : le frère de Mark, putain. Qu'est-ce que tu dis de ça. Des Firth partout. Il ne parvenait pas à se rappeler le nom du frère.

— Débauché ce soir, dit Barrett. Je bois à la façon dont le monde tourne.

Le frère eut un sourire penaud :

— Les riches deviennent plus riches.

— Comme je disais, ainsi va le monde.

— Mais peut-être pas, dit Gerry. Peut-être n'est-ce pas ainsi qu'il est censé aller, mais nous l'acceptons. Oublier le passé, ça revient à dire, hé, les choses ont toujours été comme elles sont.

— Ouais, peut-être bien.

Gerry sourit :

— On est dans la merde, voilà mon avis. Alors ceux qui ne sont pas dans la merde, comme nous, doivent s'épauler.

D'un doigt il appela Slade, le barman, et posa un billet de vingt sur le comptoir.

— Voilà pour mon addition, et une tournée pour mon frère que voici.

— Je suis sûrement pas ton frère, dit le gars, mais merci quand même.

Gerry sortit dans le parking. Il se sentait toujours heureux quand il montait dans sa voiture à la fin d'une soirée relativement sobre. Une petite dose de retenue, mais de la retenue tout de même. Quand il parvint chez lui, il se rendit compte à quel point il avait besoin de dormir – il manquait de sommeil, il n'essayait pas vraiment – mais comme d'habitude il se mit sur Internet et, en un rien de temps, il plongea au cœur de la nuit.

Il avait commencé par parcourir les sites dont sa sœur Renee lui envoyait les liens, toujours en Cci – typique de son goût pour le psychodrame, genre, la liste devait rester secrète, au cas où ils seraient tous arrêtés et torturés en vue d'obtenir les noms des amis de Renee Firth Tomlinson, célèbre femme au foyer révolutionnaire. Certains sites étaient carrément délirants. Ce soir, elle lui avait envoyé un lien vers quelque chose sur InfoWars à propos du ministère de la Défense censé effacer les preuves des déplacements de Ben Laden : des notes ayant fuité prouvaient qu'ils avaient tout intérêt à ce que Ben Laden reste en vie, qu'ils obtiendraient tout l'argent qu'ils demanderaient. Gerry n'en croyait pas un mot. Mais il avait également conscience de ne pas vouloir le croire, et que son refus de croire rendait suspect, viscéral, son scepticisme. Regarder le monde les yeux trop grands ouverts était effrayant. Il le mit dans ses signets pour le relire plus tard, quand il serait moins fatigué, et se connecta un moment à Little Green Footballs.

Renee lui envoya un autre mail ; il n'était pas aussi tard là-bas, mais il était tout de même assez tard. *T couché ?* « T » au lieu de « Tu es », comme si la nanoseconde qui la sauvait revêtait une telle importance dans sa journée, comme si elle était tellement occupée qu'elle consentait à un énorme sacrifice en interrompant ses activités pour vous écrire. *Pas encore*, répondit-il. *Viens de rentrer. Une minute.*

C'est par elle qu'il avait connu l'expression « Blogs de guerre ». La première fois il avait cru qu'il s'agissait de bloc-notes. Ils étaient intéressants dans une certaine limite. C'est vrai, l'Amérique avait des ennemis réels, difficile de le nier aujourd'hui, même si l'idée que ces ennemis grouillaient aux portes de Colorado Springs prêtait un peu à rire. À Colorado Springs, il y avait sans doute encore moins de musulmans que dans le Berkshire. Mais il se passait quelque chose. On suivait les liens où ils vous entraînaient et ceux-ci vous donnaient l'impression – tandis que vous reveniez lentement à la réalité, à la lumière de la lampe et au silence noir de la nuit – que quelque chose perdait de sa force, cédait du terrain. La paranoïa, le sentiment d'impuissance, de noyade, se transformaient en réalité. Et quand cela se produisait, votre faiblesse devenait perceptible et vous vous trouviez vraiment en position vulnérable.

Il n'existait pas meilleure représentation de l'interconnexion des choses qu'Internet. C'était un monde à l'intérieur du monde, une force opposée au sentiment que les événements étaient le fruit du hasard, échappaient à tout contrôle. Il y avait beaucoup de dingues. Nul besoin de communiquer avec eux, mais dans la masse, toute cette démence faisait sens, devenait le symptôme de quelque chose d'impossible à maîtriser. Vous la réfutiez à vos risques et périls. Le mieux, c'était de se sentir anonyme tout en ayant une identité. Il avait commencé sous le pseudo de Baystater76, mais depuis peu il s'inquiétait du fait que celui-ci en révélait trop ; il réfléchissait à un nouveau nom d'utilisateur.

Quand vous étiez dans cet autre monde, vous pouviez oublier que la maison était vide ; oublier que vous n'aviez pas fini de la payer et qu'elle n'était pas très propre. S'il avait eu la moindre perspective romantique ou sexuelle, il s'en serait mieux occupé. Mais il n'en avait pas. Une fois, deux ans auparavant, peu après l'histoire avec Lindsey, Candace était venue à l'improviste et, au bout de dix minutes embarrassantes au cours desquelles elle ne s'était pas assise, elle avait commencé à nettoyer – sa douche, ses plinthes, son réfrigérateur immonde, tout. Il l'avait pris comme une gifle, à l'époque, et ils s'étaient même un peu querellés, mais il en était venu à espérer qu'elle revienne. En réalité, il ne se trompait pas, c'était bien ce qu'il attendait.

De temps à autre, les signes de décadence et de pourrissement, même engendrés par la solitude, débordaient les limites de son monde virtuel pour se manifester dans le monde réel, particulièrement celui de son travail. Il y avait un chauffeur de bus de ramassage scolaire à Ancram : en décembre, il était venu avec sa femme aux journées portes ouvertes visiter un quatre pièces moderne sur un terrain de plus de deux hectares à Egremont – rien à dire, c'était fréquent, les gens venaient visiter des maisons de luxe par curiosité, pour estimer la valeur de leur bien immobilier ou même simplement pour rêver en couleurs qu'ils avaient assez bien réussi pour vivre dans une maison haut de gamme, mise en vente à 295 000 dollars. Il n'y avait pas de mal à ça, il voulait bien jouer leur jeu quelques minutes, répondre à leurs questions de cinéma à propos des taxes et du chauffage solaire. Et voilà que le chauffeur se présente à l'agence de Gerry avec un chèque. Qu'il paie la maison au prix fort. Gerry avait pensé un moment que peut-être le type était littéralement fou, et pas drôle. Il avait même hésité à demander à Alina de lui imprimer un contrat.

Mais on ne peut pas décourager un acheteur uniquement parce qu'on ne sait rien de lui. La femme du chauffeur de bus avait peut-être une tante pleine aux as, allez savoir. Quoi qu'il en soit, la vente – et la commission de Gerry – se révéla bien réelle. Quand il le raconta à Alina, la seule présente au bureau aussi tôt (depuis peu, Gerry avait trouvé l'énergie d'arriver à l'heure), celle-ci lui adressa un petit sourire mais ne sembla guère partager son enthousiasme. Quand il était là, elle se comportait de façon étrange à présent, même lorsque, comme ce matin, il n'y avait personne devant qui jouer la comédie.

Beaucoup de ces maisons de prix intermédiaire, dont ils avaient un stock difficile à écouler – les riches n'en voulaient pas, ceux d'ici n'avaient pas les moyens –, intéressaient tout à coup les acheteurs. Même le 225, Valley Road, ce rossignol légendaire où Gerry et Alina avaient l'habitude de se retrouver, trouva preneur. Gerry fit son meilleur trimestre depuis… bon, il n'avait jamais suivi tout ça de trop près, mais ce devait être l'un de ses meilleurs trimestres. Un soir, au mois de mars, il était assis au bar du Ship, rivé à son ordinateur portable – ils venaient d'installer la wifi, il avait d'autant plus de mal à partir certains soirs – quand un type derrière lui vint lui taper sur l'épaule.

— Vous êtes Gerry Firth ?

Le type était jeune, peut-être moins de trente ans, la mâchoire un peu relâchée, et il portait une boucle d'oreille. Il essayait d'être quelque chose qu'il n'était pas.

— Oui, dit Gerry en refermant son ordinateur.

Il était occupé à incendier un mec sur Daily Kos qui avait envie de parler d'Al Gore et du réchauffement climatique.

— Vous travaillez au Century 21 de Stockbridge ?

— Exact.

Il aurait dû être plus patient – un bon vendeur est toujours capable de s'activer et de se désactiver en toutes circonstances – mais ça ne lui disait rien là, tout de suite, et, soyons réalistes, ce n'était ni le moment ni le lieu pour lui poser des questions professionnelles. Il souriait aussi vaillamment que possible et cherchait à extirper une carte de son portefeuille pour le lendemain matin, lorsque le type prit son élan et lui donna un coup de poing. Il devait s'agir de son premier coup de poing depuis longtemps, peut-être le premier de sa vie – la trajectoire du coup commençait loin derrière sa tête – mais malgré ce temps accordé à Gerry pour l'esquiver, il ricocha sur l'os de sa pommette, juste au niveau de l'œil, et il le sentit passer. Gerry porta la main à son visage pour voir s'il y avait du sang, mais il faisait trop sombre, tandis que le gars reculait d'un pas et que Slade, le barman, relevait l'abattant du comptoir pour courir sur le lieu de l'action.

— Allez, viens, si t'es un homme ! hurla le gars, une fois Slade placé entre eux. Pauvre merde ! Piquer la femme d'un autre !

Gerry leva les paumes devant lui en s'efforçant de le calmer. Il n'avait pas l'intention de le frapper. Pour commencer, il ne pouvait pas se permettre d'être interdit d'entrée au Ship.

— C'est qui, votre femme ? demanda-t-il, réalisant une seconde trop tard que ce n'était pas la meilleure chose à dire.

— Nom de Dieu ! couina l'autre.

Slade lui faisait face, lui bloquant les bras, mais sans forcer, parce qu'il était évident maintenant que ce coup de poing n'allait pas être suivi d'un autre.

— Putain de prédateur !

— Un homme, quoi, dit Gerry.

Il tentait de faire monter la testostérone, surtout parce qu'il y avait parmi les spectateurs des gens qu'il connaissait. Mais le type était un vrai petit sournois. Même si on lui rendait son coup en légitime défense, on aurait été dans son tort. Il semblait au bord des larmes, maintenant, des larmes de purification. Il s'efforçait, sans qu'on le remarque, de secouer la main pour calmer la douleur. Ça, une rixe de bar ? Le monde était tombé bien bas, songea Gerry. Une rixe pour une femme, pas moins. Il avait sans doute fallu à cette mauviette des heures, des jours, avant de réunir le courage nécessaire pour retrouver l'homme qui avait peut-être, ou peut-être pas, baisé sa femme et lui donner un coup de poing plutôt symbolique ; les choses ne s'étaient sûrement pas passées du tout comme il l'avait espéré.

— Jette-le dehors, tu veux ? dit Gerry.

— Je m'en vais, fit le type que Slade relâchait calmement. Mais ce n'est pas fini, fils de pute !

— Tu feras mieux la prochaine fois, lança Gerry en reprenant son ordinateur et sa bière.

Il en était sûr, le type ne faisait que la ramener, s'ingéniant à sauver la face tout en se dirigeant vers la porte, mais là il se trompait. L'homme à la boucle d'oreille, ainsi que Gerry avait commencé à le deviner vers la fin, était le mari d'Alina ; le lendemain, Alina ne vint pas travailler, et le jour suivant elle se présenta avec une ecchymose sur le visage, qui, même couverte de fond de teint, était bien plus sérieuse que celle de Gerry. Il se sentit submergé par une montée d'adrénaline. Elle évitait son regard, mais quand Kimbrough s'approcha de son bureau et lui chuchota quelque chose à l'oreille, elle se leva à son tour et ils allèrent tous les deux chercher un café au coin de la rue. Il n'y avait aucune intimité dans cette pièce unique qui servait de bureau, et ce qu'elle avait à dire, elle voulait que personne d'autre ne l'entende.

Elle revint seule, le visage rougi, et se dirigea vers son bureau, sans café à la main. Kimbrough, à sa suite, ne laissa pas la porte se refermer derrière lui : il fit signe à Gerry, d'un doigt, de sortir dans le parking. Il pleuvait.

— Avez-vous eu une relation, une relation intime, avec une employée du Century 21 Kimbrough ? demanda Kimbrough.

Gerry commit l'erreur d'esquisser un sourire devant la suffisance de son patron, comme s'il était un avocat, comme s'ils se trouvaient devant un public. Kimbrough ne paraissait même pas en colère – il surjouait la solennité, comme un mauvais comédien.

— Elle est majeure, rétorqua Gerry.

— Et ces relations intimes ont-elles eu lieu dans une maison appartenant à un client, une maison en vente ?

Nom de Dieu. Elle n'avait caché aucun détail. Quelle idiote.

— Non, répondit-il à l'instinct. Ce n'est pas vrai. Elle ment.

Kimbrough hocha la tête :

— Vous êtes viré.

Gerry resta bouche bée.

— Sérieusement, ça vous étonne ? Vous croyez pouvoir passer votre temps à baiser les secrétaires ? Avez-vous la moindre idée de ce qui nous pend au nez en matière de responsabilité ? Elle pourrait nous faire fermer. Je risque de perdre ma franchise.

— Elle a dit que je l'ai forcée, peut-être ?

— Non. Enfin, ça se discute. Elle est la victime, c'est une évidence.

— Vous avez raison, éructa Gerry en s'empourprant. Vous avez raison. Elle est la victime. Alors vous et moi nous allons prendre votre voiture et trouver son mari, ce fils de pute impuissant qui la bat, et lui régler son compte. Lui régler son compte une fois pour toutes. Voilà ce que nous sommes censés faire, tous les deux, si vraiment vous en avez quelque chose à foutre d'elle.

— Soyez sérieux.

— Je n'ai jamais été plus sérieux Dans quel monde vivons-nous ? Quel genre d'homme sommes-nous ? On est foutus, putain. Un procès, vous n'allez pas me dire que c'est la première chose à laquelle vous avez pensé dans cette situation ?

— Gerry, dit Kimbrough. Écoutez, mettons de côté pour l'instant l'incroyable idiotie qui consiste à entretenir une liaison avec une personne sur laquelle, techniquement, vous exercez une autorité, quelqu'un de plus jeune que vous. Vous l'avez fait dans une maison que nous avions en vente. Je ne m'inquiète pas seulement de ce qu'elle pourrait faire. Si cela se sait, le client peut nous ruiner, vous comprenez. Pas seulement vous. Je risque de perdre ma licence. Non, je la perds à coup sûr. Vous avez menacé le travail de tous les employés. Des employés qui ont des familles. Vous ne pouvez pas honnêtement vous sentir choqué parce que je vous vire.

Il faisait froid dehors, mais Gerry résistait tant qu'il pouvait à l'envie de croiser les bras. Contrairement à Kimbrough, il ne portait pas de veste.

— Très bien, dit-il. Alors virez-la aussi.

Kimbrough éclata de rire :

— Désolé, non. Si on veut l'empêcher de nous attaquer pour harcèlement sexuel, ce n'est pas ce qu'il y a de plus malin.

— En quoi sa faute est-elle différente de la mienne ?

— Elle est la victime, répéta Kimbrough.

— Ça, c'est de la foutaise politiquement correcte. Nous sommes deux adultes. Nous travaillons pour vous tous les deux, nous avons tous les deux fait la même chose au même moment, de façon totalement consentie. On pourrait ajouter qu'elle a commis un crime plus grave, parce qu'elle est mariée. Mais c'est elle la victime et moi l'oppresseur parce que, quoi, parce que c'est une femme ?

— Quelle classe ! commenta Kimbrough d'un ton glacé. Écrasez-la encore ! Justement, le mariage est rompu si j'en crois ce qu'elle me dit. Bien joué, là aussi.

— Vous savez quoi, vous n'êtes qu'un lâche et un dégonflé, tonna Gerry, commençant à paniquer. Je devrais vous attaquer, puisque la peur semble être ce qui vous tient lieu de conscience.

— Faites-vous plaisir. Cette plainte-là, j'en suis sûr, sera déclarée irrecevable. D'ici là, je vous accorde cinq minutes pour aller vider vos affaires et rentrer chez vous.

L'expression sur son visage était odieuse ; le plus dur passé, c'est-à-dire le renvoi, sa nervosité avait cédé la place à un sentiment de triomphe satisfait. Gerry jongla avec l'idée de l'étendre par terre d'un bon coup de poing. Que pouvait-il lui arriver de pire, puisqu'il n'avait déjà plus de travail ? Hélas, la question appelait une réponse bien réelle : Kimbrough appellerait les flics et Gerry se ferait arrêter. Les mecs comme lui se retranchaient toujours derrière la loi. C'est bien pour ça qu'il y en avait autant de ces putains de lois. Gerry lui passa devant et rentra dans l'agence, les cheveux plaqués sur son crâne par la pluie. Personne ne disait mot ; tout le monde lui lançait des regards courroucés. Courroucés ! C'était incroyable ! On n'était pas dans un monde d'hommes. Cette expression surgit dans sa tête, elle venait de *Glengarry Glen Ross*, un de ses films préférés. Je vous le jure, Machine, on n'est pas un monde d'hommes. Il adorait ce film mais il n'avait pas jusqu'ici compris le sens de cette réplique.

Il avait fait l'amour avec elle vingt ou trente fois, mais cela n'avait pas suffi à créer de lien entre eux, le contraire s'était produit, semblait-il, ils étaient devenus odieux l'un pour l'autre. Envers elle, il ne gardait absolument aucun sentiment positif – rien qu'un mépris difficile à dissimuler, et puis, en ramassant ce qu'il y avait dans ses tiroirs pour les jeter dans un petit sac-poubelle blanc dont il avait vidé le contenu sur le sol, il se dit : À quoi bon le dissimuler ? À quoi bon garder le silence ? Pour qui ?

— Espèce de garce, lança-t-il à l'autre bout de la pièce frappée de sidération. Que tu trompes ton mari, que tu mentes, ça me serait égal, mais cette hypocrisie par-dessus le marché. Tu ne t'intéresses qu'à toi. Rends service à la société, ne fais pas d'enfants.

Elle éclata en sanglots et lui tourna le dos ; l'un des autres agents vint la consoler. Bien joué, mec, pensa Gerry, comme ça elle te laissera probablement la baiser à ton tour. Il saisit le sac-poubelle et son blazer jaune. Il éprouvait cette légère euphorie qu'on était censé éprouver quand on était viré et qu'on jouait la grande scène en se dirigeant vers la porte, mais il éprouvait surtout un sentiment d'isolation et de petitesse. Dans quel monde vivaient ces gens-là ? Rien n'avait plus de sens d'un point de vue moral. Avant oui, mais plus maintenant. Il jeta le sac rempli de ses affaires dans une autre poubelle près de la porte. Dehors, il étendit soigneusement le blazer jaune sur les mares de l'asphalte juste derrière sa voiture et roula dessus en marche arrière avant de quitter le parking. Il n'avait pas besoin de tourner la tête – tous le regardaient, il le savait. Il klaxonna deux fois et rentra chez lui.

Elle, sa victime ? Quoi, il l'avait violée ? C'était ça qu'il était censé croire à présent ? C'était à hurler de rire : même s'ils s'étaient tous les deux reconnus parce qu'ils se ressemblaient comme deux gouttes d'eau, voilà qu'il était maintenant considéré comme son exact opposé, le méchant. Pourquoi, parce qu'il était un mâle blanc ? C'était ça, sa supposée supériorité ? C'était un peu fort, se dit-il en faisant les cent pas dans sa maison de merde, sans travail, sans économies, rien, Super Gerry !

Il alla sur Internet et regarda un peu le site Drudge : immigrants illégaux recevant des aides sociales, l'ACLU saisissant la justice pour faire libérer des terroristes de Guantanamo. Tous clamant leur innocence. Il alla sur Daily Kos et étrilla quelques clowns d'obédience libérale dans la section commentaires. Il cherchait à se défouler, mais ça ne marchait pas, ce n'étaient que des mots. Il se dit qu'il ne boirait pas. Deux jours plus tard, n'ayant pas mis le pied une seule fois hors de chez lui, il se répétait la même chose. Et puis il reçut un avis de la poste lui demandant de passer récupérer un pli recommandé. Il n'attendait rien, il devait donc s'agir de mauvaises nouvelles, mais il se dit que cela ne lui ferait pas de mal de respirer autre chose que l'air de chez lui, fétide et poussiéreux. Il se présenta au guichet muni de son petit avis vert et donna un coup de sonnette pour appeler le pauvre mec avec sa barbe prétentieuse qui travaillait ici. Le type disparut pendant un moment et revint avec une lettre adressée à Gerry par le bureau de l'assesseur de l'hôtel de ville de Howland. Il déchira l'enveloppe sur place en laissant les bouts de papier tomber par terre.

La maison de Gerry, pour une raison mystérieuse, et de façon anonyme, avait fait l'objet d'une nouvelle évaluation avec un résultat probable couru d'avance ; et, surprise, elle valait désormais grâce à un tour de magie plus qu'elle ne valait quand il s'était réveillé dedans ce matin. Comme si l'administration connaissait mieux que Gerry la valeur de sa maison, la valeur de n'importe quelle maison du Berkshire ! Ses taxes foncières avaient augmenté de six cents dollars par an. Comme ça ! Rien que parce qu'ils pouvaient le faire. Il y avait une lettre type signée de cette idiote de Maeve Brennan – qui tenait son pouvoir non pas de gens qui l'avaient élue mais du fait que le pauvre vieux Marty Solomon était tombé raide mort dans le sous-sol de chez quelqu'un –, expliquant que cette réévaluation était la conséquence de la nouvelle exemption dont bénéficiait Caldwell House, mais il ne fit pas l'honneur à cette excuse foireuse de la lire jusqu'au bout.

— Ça craint, n'est-ce pas ? dit le type derrière le comptoir qui arborait le petit écusson de l'US Postal Service sur la manche de son pull bleu à fermeture Éclair.

Gerry leva les yeux.

— Je vous rassure, je ne l'ai pas lue. Naturellement. Mais j'ai vu une vingtaine de personnes ouvrir la même lettre cette semaine, alors je sais ce qu'il y a dedans.

— Ah oui, fit Gerry. J'ai une question à vous poser. On vous paie combien ?

— Pardon ?

— Quel est votre salaire ? Avant impôts ?

Gerry avait terminé sa phrase avec une pointe de mépris, sembla-t-il à Glenn.

— Je pense que cela ne regarde que moi.

— Pas du tout. C'est une affaire publique puisque c'est moi qui le paie, moi et tous les citoyens de cette ville. C'est à ça que sert cette taxe foncière.

— En fait, je pense qu'elle est allouée au budget scolaire.

— Je croyais que vous ne l'aviez pas lue.

Il avait lu celle de Penny, quand elle était arrivée il y a trois jours. Mais il ne pouvait pas lui avouer ça.

— De toute façon, les salaires de la poste sont versés par le gouvernement fédéral.

— Je m'en doute bien. Et alors ?

— Alors on ne mélange pas les torchons et les serviettes, dit Glenn sans trop savoir ce qu'il voulait dire.

Il s'efforça de sourire, pour être agréable.

— Non, c'est une grosse putain de serviette, voilà ce que c'est, tonna le gars furieux, avant de se retourner, d'ouvrir la porte d'un grand coup du plat de la main et de disparaître.

Quel connard, pensa Glenn. Et ce n'était pas la première fois aujourd'hui. Une femme était venue un peu plus tôt, pour négocier avec lui le prix d'un courrier recommandé. Non, mais quoi encore ? Elle croyait peut-être qu'il avait son mot à dire ? Oui, bien sûr, madame, songeait-il en rentrant chez Penny à la fin de l'après-midi (il remuait les lèvres en conduisant, pour mieux imaginer sa réplique), ce soir après le dîner avec le Chef du service postal, quand nous en serons au cognac et aux cigares, je ne manquerai pas de lui communiquer votre plainte. Peut-être obtiendrez-vous de lui un remboursement. Comment s'écrit votre nom déjà ?

En réalité, il dînait ce soir avec les fils de Penny. Cela n'arrivait pas régulièrement, mais c'était déjà arrivé une fois ou deux. Tout avait été plus ou moins le fruit du hasard ; un mercredi après-midi, cet hiver-là, l'ex-mari de Penny l'avait appelée des urgences à Stockbridge pour dire qu'il avait eu un accident de voiture, lui demander d'aller chercher les garçons après leur entraînement de basket et de les garder ce soir-là. Elle avait appelé Glenn au travail – il était déjà plus de seize heures – pour lui annoncer qu'il allait devoir passer la nuit à Springfield ; et est-ce qu'il pouvait quitter son travail un peu plus tôt pour venir chercher sa voiture et le reste de ses affaires chez elle, rien que pour cette nuit, l'entraînement se terminait dans vingt minutes, elle n'aurait pas le temps de rentrer la première pour le faire. Ils s'étaient un peu querellés – les lois fédérales, pour commencer, interdisaient de fermer le bureau de poste plus tôt sans raison – et, brusquement, elle avait dit : « Tu sais quoi, très bien, je m'en fiche », et c'est ce soir-là qu'il avait finalement fait la connaissance de Henry et Carl. Ils s'étaient montrés merveilleusement grossiers avec lui – sérieusement, leur manque absolu de bonnes manières l'avait aussitôt mis à son aise –, lui avaient demandé qui il était, s'il était le petit ami de Maman, où il dormait et pourquoi ils n'avaient jamais entendu parler de lui avant. Il répondit à toutes leurs questions pendant que Penny mangeait en silence. Après quoi ils étaient tous les trois allés dans le salon jouer à Mario Kart en la laissant fumer dans la cuisine.

Il le savait, elle n'avait pas vraiment envie qu'ils deviennent trop proches, pour la bonne raison qu'elle ne voyait pas en lui quelqu'un qui resterait toujours. C'était un peu humiliant, mais à la vérité, il ne pensait pas à elle de manière très différente. Ce n'était pas seulement la perspective d'un rejet certain qui l'empêchait de suggérer d'aller un peu plus loin dans leur relation. En attendant, il n'allait pas résister aux efforts des enfants de s'entendre avec lui, de l'inclure ; à quoi bon ? Il lui arrivait de se demander comment ils parlaient de lui à leur père. Si toutefois ils mentionnaient son existence. Mais les connaissant, il pariait que oui.

À cause d'eux, il fit de son mieux pour laisser les épreuves de sa journée derrière lui et pour entrer chez Penny l'esprit optimiste, mais l'ambiance se détériora de toute façon quand il apparut qu'il avait oublié, Dieu sait pourquoi, que la réunion parents-professeurs avait lieu ce soir dans leur établissement scolaire, ce qui signifiait qu'il se retrouverait seul, deux heures durant, avec Henry et Carl. Penny ne voulut pas croire qu'il avait oublié, que cela représentait si peu de chose pour lui. Elle le lui avait répété cinq fois. Il ne se rendait même pas compte du problème, pour preuve, il ne ressentait aucune inquiétude – sa toute première soirée seul avec les gosses de sa petite amie ! C'était un gosse lui-même. Toujours la même histoire, songea-t-elle. Il y avait l'homme qu'on attendait et il y avait celui qu'on avait.

Elle resta dans la voiture le temps de la chauffer, en regardant sa maison aux fenêtres éclairées en contraste avec les ombres des bois et des collines qui disparaissaient au-delà. Il n'était que dix-huit heures. La maison elle-même lui était tombée du ciel ; elle appartenait à David avant leur rencontre mais elle l'avait gardée au moment du divorce, et maintenant elle en était propriétaire. Elle fit marche arrière, s'engagea sur la Route 4 et prit les petites départementales, le trajet le plus court pour se rendre à l'école et qui traversait des bois défeuillés aux limites incertaines et des champs en jachère, concentrée sur le tunnel de lumière creusé par la voiture, sans jamais croiser personne en sens inverse, et en gardant toujours ses feux de route. Toutes les fissures et les creux surgissaient de l'obscurité comme dans une salle d'interrogatoire ; la route elle-même semblait obtenue au prix d'un travail acharné, comme si on l'avait construite à partir de morceaux d'autres routes. Les couleurs ne correspondaient pas. Les signaux stop luisaient aux intersections et elle s'arrêtait toujours même si ce n'était pas nécessaire. Il fallait s'arrêter, de même qu'il fallait rouler entre les lignes jaunes, fût-ce sans raison. La folie était là, tout près, n'attendant qu'un mot de vous, un signe. Un autre hiver au milieu de nulle part.

Penny s'engagea dans le parking à moitié plein (il était toujours à moitié plein ; on l'avait construit dans les années soixante, à une époque où on croyait encore que la population locale augmenterait) et éteignit le moteur. D'instinct, elle se regarda dans le miroir au dos de son pare-soleil ; elle allait sûrement rencontrer la moitié de la ville là-dedans. D'un pas décidé, elle marcha dans l'obscurité en direction du perron éclairé du groupe scolaire de Howland.

Ils se ressemblaient tous. Un long rectangle sans signe particulier, beaucoup de fenêtres, une sorte de tour au milieu où les marches conduisaient à l'entrée principale, l'édifice entier dans la posture d'une mère à genoux, bras grands ouverts pour vous empêcher de passer. Ou en forme d'aigle, peut-être, ou un insigne sur un blason. Beige institutionnel. Sans aucun lien avec le terrain sur lequel il s'élevait ou avec le paysage en arrière-plan. En face s'étendaient des terrains de sport, mais, à moins de deux mètres à peine de chaque côté de l'école, la parcelle redevenait un bois décharné. Il fallait s'enfoncer très loin dans ce bois pour se sentir vraiment caché, ainsi que, tous les ans, chaque sous-groupe d'écoliers fébriles l'apprenait à son tour. Ce qui frappait dans cette structure, c'est qu'elle ne s'élevait qu'à un kilomètre du lycée, à l'architecture presque identique, construit à la même époque dans une sorte d'orgie de travaux publics. Pour les élèves, les lieux où leur premier diplôme les conduirait ne recelaient donc aucun mystère. À peine sortis pour attendre le bus ou en traversant pour le cours d'éducation physique, vous pouviez le montrer du doigt.

À l'intérieur, la lumière lui grillait le cerveau. Trois mères de l'Association de parents d'élèves étaient assises à une table carrée, chacune joyeusement chargée d'un tiers de l'alphabet. Penny reconnut seulement l'une d'entre elles, mais toutes les trois semblaient la reconnaître, elle.

— Penny ! dit celle à gauche en lui remettant un badge adhésif, déjà rempli, ainsi qu'une fiche horaire lui accordant quatre minutes d'entretien avec chacun des cinq professeurs des garçons.

Donc quarante minutes au total – plutôt soixante car des pauses étaient prévues –, mais à voir tout mis ainsi sur le papier, il lui sembla que c'était plus que ce qu'elle était censée supporter.

— Café dans la salle des professeurs au deuxième ! cria Mme Stepford.

Le café était la mauvaise idée. Ayant déjà participé à ce genre d'entretien de pure forme, sachant parfaitement ce qu'elle pouvait en espérer, Penny serait venue confortablement bourrée s'il n'y avait eu le trajet en voiture. Sa nervosité n'avait rien à voir avec les progrès de ses fils, ou leur absence de progrès. Voilà comment cela se passait : entendre une succession de gens, en majorité des femmes, des femmes dont elle ignorait tout, lui parler de ses enfants en connaissance de cause – lui donner des conseils, offrir des propositions foireuses sur ce qu'elles considéraient bon pour eux ou pas –, la faisait parfois fondre en larmes. Littéralement. Cela avait déjà eu lieu. « Carl est un bon garçon, lui avait dit une grosse idiote aux cheveux coupés à la Prince Vaillant, et il est capable de parvenir au niveau requis, à condition d'améliorer sa façon de travailler », et Penny avait à peine eu le temps de traverser le parking et de monter dans sa voiture avant d'éclater en sanglots. Elle n'aimait pas que d'autres lui parlent de ses garçons. Elle n'aimait pas tout ce qui risquait de lui rappeler qu'elle ne pourrait pas éternellement les couper du monde, les protéger des adultes prédateurs, suffisants et sans cœur.

Et donc, parvenue à son avant-dernier rendez-vous, dans la classe de biologie animale de Henry, où les béchers dépolis s'alignaient sur les comptoirs contre le mur, elle voyait enfin approcher la ligne d'arrivée. Le professeur de biologie était une fille assez terne, dont le badge indiquait Mme Firth. Penny devina tout de suite que cette Mme Firth avait autant envie d'en finir qu'elle avec cette soirée. Elle essaya tout de même de lire discrètement le nom de Penny collé sur son sein gauche puis, en rougissant, se mit à feuilleter quelques papiers posés sur son bureau.

— Henry Batchelder, dit Penny, venant à son secours. Petit, coiffure genre mulet, porte très souvent des tee-shirts de jeux vidéo.

— Bien sûr. Je vous demande pardon, j'avais le cerveau un peu gelé, là, mais ça ne reflète rien quant à Henry. C'est un enfant formidable. C'est juste que la soirée a été longue.

— Je veux bien le croire. La soirée a été longue pour moi et je n'ai à me rappeler que les noms de mes deux fils. Pour vous dire la vérité, je ne vous aurais jamais reconnue si vous ne portiez pas votre badge.

Le professeur tendit la main et sourit avec un soulagement évident :

— Candace, dit-elle.

— Penny. Puisque vous êtes professeur de sciences, vous ne sauriez pas fabriquer une machine à margarita avec tout ce bazar ?

— Si seulement ! répondit Candace en riant.

Elle était ravie de laisser tomber les manières cérémonieuses, peut-être à tort ; mais ce n'était pas seulement parce qu'elle aimait cette mère électron libre, bien que ce fût le cas. Elle avait déposé les armes.

— Quoi qu'il en soit, Henry est l'un de mes préférés. Il est drôle, mais jamais perturbateur ; s'il ne trouve pas le sujet intéressant, on voit bien qu'il s'efforce de s'y intéresser. Il a un B et il travaille dur pour l'obtenir. Je l'apprécie beaucoup.

La mère d'Henry ne la quittait pas des yeux et Candace se rendit compte qu'elle avait épuisé ses observations à propos du garçon. Certains élèves étaient des génies, d'autres des cauchemars, mais quand ils se situaient dans les quatre-vingts ou quatre-vingt-dix pour cent, il n'y avait souvent pas matière à parler d'eux pendant quatre minutes. Généralement, ça ne posait aucun problème car c'étaient surtout les parents qui parlaient. Mais là, un silence gêné s'était installé. Candace tenta de le briser, mais elle ne trouva rien.

— C'est tout ? s'informa la mère.

— Eh bien, je tiens toujours à laisser du temps pour les questions.

— Nom de Dieu, vous me rendez si heureuse ! s'écria la mère. C'est tout ce que je veux entendre. C'est tout ce qui m'intéresse. Il travaille bien, et il ne fait pas de bêtises. Pour être franche, certains de ces professeurs qui vous disent sans arrêt qu'ils connaissent vos enfants mieux que vous, ça me donne envie de leur mettre un poing dans la figure.

— Eh bien…

— Comme ce professeur d'anglais ! Quelle conne !

— Eh bien, d'accord, dit Candace, craignant d'avoir laissé les choses s'emballer.

Elle croyait pourtant savoir de quelle professeur d'anglais il s'agissait.

— Je suis heureuse de vous donner un peu de répit après tout ça.

— Je veux dire, je ne cherche pas à tout mettre sur le dos des professeurs. Je suis sûre que vous devez avoir affaire à des parents complètement barges.

Candace savait qu'il ne fallait pas faire de commentaire. Mais la soirée avait été rude, pour des raisons qu'elle ne pouvait expliquer à personne, et elle avait besoin de parler d'autre chose, rien que pour réorienter le cours de ses pensées.

— J'ai eu une mère, un jour, qui voulait savoir si j'enseignais à sa fille la théorie de l'évolution. J'avais envie de lui répondre que, bon, elle avait peut-être entendu dire que ce n'était plus vraiment une théorie. Mais j'ai simplement expliqué : Pas encore, nous n'en sommes pas encore là, on ne commence la biologie humaine que l'automne prochain, en pensant la calmer, vous voyez ? Alors elle me dit : Vous pouvez la prouver ? Elle parlait de l'évolution. J'ai répondu : Nous n'avons que quatre minutes, mais si vous voulez je peux vous recommander d'excellentes sources scientifiques. Elle a répliqué : « C'est bien ce que je pensais. »

— Super, commenta la mère d'Henry.

— Alors elle a repris : « Si une explication de notre présence sur terre est une théorie et si l'autre explication est le verbe de Dieu, il serait logique de n'enseigner que l'une d'entre elles, mais vous avez choisi la mauvaise. » J'ai dit : « Madame, je respecte parfaitement vos convictions », et elle a rétorqué : « Ça m'étonnerait, et il ne s'agit pas de convictions, mais du verbe de Dieu. »

Candace en avait été très perturbée sur le moment, mais à présent elles riaient toutes les deux.

— Il faut être prudent avec ces gens, déclara la mère, sibylline. Je travaille pour des médecins. Des gynécologues-obstétriciens pour la plupart.

Candace reprit son sérieux :

— Comment cela ?

Elle haussa les épaules :

— Certaines personnes ne vivent réellement que lorsqu'elles se trouvent un ennemi.

— Pardon ? s'éleva une voix à la porte.

Candace sursauta, mais pas la mère.

— Je ne voudrais pas hâter les choses, seulement voilà, on nous impose un programme tellement serré...

— Aucun problème, assura la mère d'Henry.

Elle se leva aussitôt, offrit un rapide sourire évoquant à Candace quelqu'un qui allume et éteint ses phares, puis quitta la salle sans ajouter un mot. Derrière elle, la femme qui se tenait sur le seuil s'approcha, traînant son mari qui affichait, comme beaucoup de maris, cet air de bonne volonté insipide indiquant clairement qu'il avait décroché depuis longtemps.

Les pères venaient rarement à ces entretiens – plus rarement qu'on n'aurait pu s'y attendre, du moins, aujourd'hui. Ce qui expliquait pourquoi Candace avait été tellement ébranlée en voyant son ancien amant Patrick pénétrer dans sa classe, derrière sa femme. Il n'était pas aussi surpris que Candace ; elle avait deviné, à son air hypocrite, qu'il savait qu'elle serait assise là. Comment ne l'aurait-il pas su ? Elle était le professeur de sciences de sa fille. Il ne pouvait pas être détaché à ce point de sa vie de famille, en dépit de toutes ses anciennes protestations du contraire.

— Madame Firth, avait dit la femme de Patrick.

Candace connaissait très bien son nom, mais pas question pour elle de le prononcer, même dans sa tête. Elle l'avait déjà vue de nombreuses fois, sans lui avoir été présentée. Elle se leva et les deux femmes échangèrent une poignée de main prudente. Le fait que Candace avait préparé ce moment toute la journée – pour être franche, pratiquement tout le semestre, depuis qu'elle avait vu le nom de cette Baylay Kimball inscrit dans sa classe de biologie animale – ne l'aida pas à ralentir ses battements de cœur ou à calmer sa panique, qu'elle espérait seulement ne pas laisser apparaître sur son visage. Sur celui de Patrick, Candace lisait une expression accablée et penaude, sa manière à lui de dire qu'il comprenait toute l'horreur de la situation, mais qu'il ne pouvait rien faire pour y mettre un terme. Sur le visage de l'épouse, le souci artificiel des convenances. Candace ne craignait pas que cette expression dissimulât autre chose : elle en savait assez sur le mariage pour avoir la certitude que la femme ne savait rien, ne soupçonnait rien, et que son mari ne lui avait rien dit. Le masque de politesse était simplement celui qu'elle portait toujours.

— Bayley aime tellement votre cours, dit cette dernière. Elle en parle sans arrêt.

Ayant proféré ce mensonge destiné à préparer le terrain, elle entreprit de contester le B+ d'un récent travail de laboratoire. La vérité, c'était que Bayley avait mérité un B, mais Candace éprouvait une aversion si consciente et si coupable à son égard, à la fois du fait de ses médiocres résultats et parce qu'elle représentait le souvenir vivant d'une folie ancienne dont elle n'était toujours pas guérie, qu'elle la notait plus généreusement qu'aucun autre élève de la classe. Après quoi elle lui en voulait de recevoir à son insu ce traitement favorable. Mon Dieu, songeait Candace pendant que la femme rouspétait, je suis un monstre. Mais au moins, quand j'étais en sixième, je ne faisais pas pleurer les autres filles.

La nervosité puérile de Patrick reflétait ce vers quoi Candace tendait de toutes ses forces, en tâchant autant qu'elle le pouvait de ne pas le laisser deviner : faire passer quatre minutes. Il était possible d'endurer n'importe quoi, même ça, quatre misérables minutes. Il était très séduisant. Et bête. Sa bêtise, son caractère totalement démuni, voilà précisément ce qui empêchait de se détourner de lui. On savait tout de suite à quoi on pouvait le réduire.

Et puis ce fut terminé ; et à la fin elle se leva, il se leva, ils échangèrent une poignée de main, tout cela sous les yeux de sa femme. Candace parvint à mener ses entretiens à leur terme. Déjà, c'est à peine si elle s'en souvenait. Elle songea qu'elle avait peut-être dit quelque chose d'un peu injuste à la mère de Henry Batchelder, mais il s'agissait d'un reste de culpabilité, pas d'un souvenir.

Elle fit le trajet du retour épuisée, en grande partie sur la Route 7, plus lente et plus longue, mais mieux éclairée. Elle s'arrêta dans le minuscule parking en face du magasin de spiritueux dont les lumières aveuglantes ne s'éteignaient presque jamais même quand il était fermé. Elle alluma les lampes de la cuisine et du salon, puis la télévision en coupant le son. Un trio de têtes, l'une hurlant, les autres renfrognées, tandis qu'en dessous des rappels effrayants de l'état du monde se succédaient tels les cours boursiers. Le tout en silence. Elle se servit un verre de sauvignon blanc et regarda les têtes pendant un moment. Elles étaient à peine moins inquiétantes quand on n'entendait pas ce qu'elles disaient. Elle se servit un autre verre. Comme tous ses voisins, elle gardait les stores baissés, non parce qu'il n'y avait rien à voir dehors, mais parce que passé une certaine heure les fenêtres devenaient des sortes de miroirs, et qui avait envie de ça ?

Elle était soulagée que personne ne l'attende. Pourquoi diable tant de sentimentalisme ? Oh, bouhou, pauvre Candace, elle ne s'est jamais mariée et personne ne l'attend. Mais pourquoi aspirait-on à cela ? À rentrer chez soi dans un sale état et à devoir jouer la comédie ? Elle avait joué la comédie toute la soirée. Qu'on la laisse tranquillement s'endormir en buvant du vin, merci, sans se sentir jugée et complexée par tout ça.

Les têtes cédèrent la place à un spot publicitaire. Elle devinait qu'il s'agissait d'un genre de médicament, à la longueur démesurée du plan d'un couple promenant leur chien dans un chemin forestier. Elle tremblait, se rappela-t-elle, quand Patrick et sa femme avaient quitté sa classe. Elle leva la main devant elle : non, fini le tremblement. Elle tâcha plutôt de penser aux autres parents, mais ils se confondaient tous, sérieux, angoissés, las, moches, moches. À la fin, une fois assez ivre pour ne plus refréner son élan, elle se leva brusquement, alla dans sa chambre et s'installa devant sa petite coiffeuse où il y avait juste assez de place pour un ordinateur. Elle se connecta au vieux compte Hotmail dont elle se servait, dans le temps, pour communiquer avec Patrick. Elle se dit que si elle n'y trouvait rien, elle le refermerait aussitôt. Mais il y avait quelque chose.

Bonsoir Candy, je voulais juste m'excuser pour ce soir, de t'avoir prise au dépourvu comme ça. L'emploi du temps de Bayley, collé au réfrigérateur depuis le mois d'août, indique encore Mme Whalen comme professeur de sciences. C'est seulement en arrivant à l'école et en recevant la fiche horaire des entretiens que j'ai vu ton nom. Mais à ce stade, je n'y pouvais rien. Certes, tu pourrais objecter que je devrais connaître le nom des professeurs de ma fille, mais elle est à l'âge où elle ne nous parle pratiquement plus de ses cours, ni de rien. Mais peu importe, je suis sincèrement désolé.

Candace laissa son regard balayer plusieurs fois ce message. Je n'y pouvais rien, pensa-t-elle : on dirait une épitaphe. On l'écrira sur ta tombe. Bien sûr, il aurait pu faire quelque chose, s'il en avait eu l'envie. Ou s'il ne voulait vraiment plus la voir. Il lui fallait simplement... eh bien, elle allait dire des couilles, mais il avait des couilles, ce qu'il n'avait pas, c'était de l'imagination. Et puis, alors qu'elle avait encore les yeux rivés sur l'écran, son nom s'afficha de nouveau en haut de sa boîte de réception. Il avait donc lui aussi, en ce moment même, les yeux rivés sur l'écran. Probablement parce que sa femme était allée se coucher. Autant dire qu'ils avaient les yeux rivés l'un sur l'autre, par l'intermédiaire de l'écran, comme deux personnes de part et d'autre d'une vitre teintée.

Je n'aurais pas dû m'excuser autant – tu pourrais croire que je n'ai pas été heureux de te voir. J'ai été heureux de te voir, mais pas des circonstances. Tu as une mine superbe. La situation n'était pas idéale, bien sûr, mais j'ai été très content de te voir.

Mon Dieu, pensa-t-elle. On croirait entendre un enfant. Un grand garçon idiot. Il passait beaucoup de temps à demander pardon pour ceci ou pour cela, il l'avait toujours fait, mais en réalité il n'était gouverné que par l'opportunité et le désir. Placez-le devant quelque chose qu'il désirait et il se mettait à vouloir, c'est tout. Elle, par exemple. C'était excitant, de la même façon que ça l'avait été auparavant, de sentir jusqu'où allait son incapacité à faire preuve d'intelligence, de prudence avec elle, même après tout ce qui s'était passé. Le désir était le désir, imperméable aux leçons.

Toi aussi tu as une mine superbe. Enfin, dans le genre condamné dans le couloir de la mort.

Lol, répondit-il aussitôt. *Oui, mon visage n'a jamais su mentir. Et donc nous voilà, nous avons renoué le contact. Bon, s'écrire ne pose pas de problème, non ? Nous ne risquons pas grand-chose à nous écrire.*

Elle se déconnecta de Hotmail et retourna dans le séjour se servir un autre verre de sauvignon blanc, mais elle s'endormit avant d'en avoir bu le tiers. Elle s'éveilla dans son fauteuil alors que l'aube éclairait les stores ; devant elle, les nouvelles du monde clignotaient silencieusement. Elle enseignait aux sixièmes les acides aminés et les protéines, les mêmes leçons vaguement familières qu'elle écoutait à leur âge, groupe carboxyle et base conjuguée. La seule façon pour elle de venir à bout de son cours consistait à éviter de regarder Bayley et même le côté de la salle où celle-ci prenait place en majesté. Candace n'aimait vraiment pas cette jeune fille. Hypocrite et hautaine. À l'image de sa mère.

Le samedi, elle se rendit à Pittsfield régler les factures de ses parents. Elle ne savait pas trop s'ils avaient des factures à payer en ce moment, mais elle savait qu'il leur arrivait de sombrer dans une sorte de morosité ou de train-train où ils n'ouvraient plus leur courrier, le laissaient s'amonceler pendant des semaines, ils allaient bien le prendre chaque après-midi dans la boîte au bout de leur allée, mais ils se contentaient de le poser en tas sur la table de la salle à manger, conduite qui la laissait totalement perplexe.

— Je m'occupe très bien de mon foyer, protestait son père quand elle lui posait la question. Je m'en occupais bien avant que tu ne viennes sauver la situation.

Elle comprenait sa réaction, sa façon de s'en prendre à elle, de lui reprocher sa prétendue fierté parce que la sienne était blessée. Mais elle trouvait d'autres habitudes dans lesquelles ils s'étaient coulés plus inquiétantes et difficiles à interpréter. Souvent, en ouvrant le réfrigérateur, elle était assaillie par l'odeur de pourriture – des aliments oubliés dans leur emballage. Et il ne voulait pas y toucher, expliquait-il, car c'était « son travail, à elle ». Un tas de couvertures sur le canapé du salon suggérait qu'il dormait là – depuis quand et selon quelle fréquence, elle l'ignorait. Quant à la mère de Candace, elle passait de plus en plus de temps dans le jardin, et cependant son jardin était immonde. Il était tellement furieux contre elle – parce qu'elle s'affaiblissait, en gros, parce qu'elle devenait vieille, ce qu'il semblait prendre pour un affront déloyal et personnel –, et plus il était furieux, moins elle paraissait tenir compte de sa présence.

Et la télévision. Elle n'était jamais, jamais éteinte. Candace se rappelait que, par temps sec, on la forçait à sortir, enfant, dès qu'elle et ses frères et sœur étaient surpris devant la télévision pendant la journée. À présent elle était allumée sans interruption au point d'effacer ce qui se passait au-dehors, l'idée même d'un dehors. Elle avait représenté le contraire du monde extérieur, mais maintenant, du moins dans cette maison, il n'existait pas d'autre monde extérieur sinon celui de la télévision, un monde de scandales, de calomnies, de larmes et de rires en boîte, de provocation, de paranoïa, de puissances sinistres décidées à vous prendre tout ce que vous aviez travaillé dur pour obtenir, rien que parce qu'elles le voulaient, rien que parce qu'elles l'avaient décidé. Comment pouvait-on se préparer à quitter cette vie – car c'est ce que semblaient faire les parents de Candace – accompagné de cette bande-son harassante et cafardeuse ? Peut-être son père voulait-il croire que tout ça n'avait servi à rien ? Peut-être laisserait-il tout derrière lui avec moins d'amertume ? Il semblait pourtant déjà bien amer. Elle ne comprenait pas.

— Papa, je crois qu'il y a de quoi faire un sandwich. Veux-tu un sandwich au jambon ?

— Je mangerais bien un sandwich.

— As-tu fait un repas aujourd'hui ?

Il haussa les épaules. Elle ne savait trop comment l'interpréter ; il adorait jouer au martyr.

— Il faut que tu manges, insista-t-elle avec une pointe d'irritation, cédant à la colère. Qu'est-ce que je vais dire aux gens ? Il est mort de malnutrition parce qu'il était têtu ?

— C'est un miracle que je parvienne à survivre un jour entier sans que tu sois là.

Sa mère essuya la terre sous ses semelles, et entra par la cuisine dont la porte donnait sur l'arrière de la maison. Elle sourit joyeusement. Elle ôta ses gants et accrocha son manteau, puis resta debout un moment au milieu de la cuisine, sans cesser de sourire.

— Cachets, dit le père de Candace, entre deux bouchées de son sandwich.

Le visage de sa mère ne reflétait pas l'expression de quelqu'un à qui on a rappelé quelque chose – et qui a donc entendu la voix d'une autre personne –, elle donnait plutôt l'impression de s'être rappelée à l'ordre toute seule. Passant devant eux, elle se dirigea vers l'escalier.

Ils savaient que quelque chose n'allait pas chez elle, mais ce qui, entre autres, rendait plus facile de feindre le contraire, c'était que le trouble régnait dans son esprit à un degré différent, mais pas sous une forme différente de celle qu'ils avaient toujours connue. Elle n'était pas ce genre de mère qui dirigeait la maison d'une main de maître. Toute leur enfance, ils avaient dû lui rappeler des choses : mots d'excuse, vêtements à recoudre, jeux ou fêtes pour lesquels ils avaient besoin de transport aller et retour. À l'époque, cela leur paraissait aller de soi, ils la protégeaient – en grande partie parce qu'ils tiraient un avantage de son côté embrouillé, tant que l'attention de Papa était détournée : ils pouvaient tout se permettre. Adolescents, peu inquiets de se faire prendre, ils se disputaient pour savoir à qui était le tour de sortir après l'extinction des feux. Aujourd'hui, chez les frères de Candace, ce réflexe de protection semblait avoir disparu – « C'est juste Maman », lui disaient-ils – et, en vérité, elle ne le trouvait pas toujours aisément en elle.

— Le travail me rend dingue en ce moment, expliqua-t-elle à son père pour détourner la conversation de lui, et pour couvrir ses bruits de mastication. J'avais concocté tout un programme pour le printemps et voilà qu'on nous impose ces nouveaux tests nationaux en nous disant que le financement de l'école dépend de la réussite des élèves. Alors tout ce qu'on veut leur apprendre en dehors des tests va directement à la poubelle.

— Je croyais que tu n'enseignais plus.

— Non, Papa, j'ai recommencé cette année. Depuis que cette Whalen a eu son attaque, tu te souviens ?

Il fronça les sourcils :

— Oh, après tout, c'est du travail de fonctionnaire.

— Quoi ?

Il fit une moue comme s'il avait dit quelque chose qui allait de soi.

— C'est un travail, protesta-t-elle. Ça ne pousse pas sur les arbres, surtout par ici. On ne peut pas tous faire comme Renee, dégoter un mec riche à épouser.

— Non, on ne peut pas.

Mais comme si elle lui reprochait par son silence d'être allé trop loin, il ajouta :

— Oui, tu as raison. Rien n'est jamais acquis. Regarde ton frère.

— Parfaitement. Attends… quoi ?

— Ton frère Gerry s'est fait virer, lâcha-t-il d'un ton détaché.

Il mordit de nouveau dans son sandwich, il semblait plus affamé soudain.

— Pourquoi ? Quand ?

— Il y a quelque temps. Je ne sais pas. Pas sûr que le pourquoi y change quelque chose. Visiblement, il ne te l'a pas dit.

— Mais visiblement, il te l'a dit, à toi.

Son père haussa les épaules.

— Il passe plus souvent. Il aide un peu. Tu n'es pas la seule à venir.

Après avoir lavé le couvert de son père, elle remonta en voiture, reprit la route et appela le numéro de Gerry.

— Tu conduis ? demanda-t-il. Je croyais que tu ne téléphonais jamais au volant.

— Gerry, tu as perdu ton travail ? Pourquoi ?

— Comment tu le sais ?

— Par Papa, je viens d'aller les voir. Tu vas bien ?

— Oui. Ne t'inquiète pas.

— Tu as le chômage, j'espère ?

Il mit un moment à répondre.

— S'il te plaît, dis-moi que tu touches des indemnités. Tu y as droit.

— Pourquoi y aurais-je droit ? Mais non, je veux dire oui, je touche des indemnités. Pas vraiment le choix. Je ne suis pas très fier de moi. J'essaie simplement de voir ça comme un retour sur investissement.

— Mais qu'est-il arrivé ? Papa dit que tu t'étais fait virer, mais bien sûr on peut compter sur lui pour comprendre ce qu'il veut.

— Je n'étais pas à ma place. Je ne suis pas à ma place dans cette culture. Cette culture du politiquement correct. Je ne sais pas jouer le jeu. Tu essaies de défendre tes convictions et, pour finir, c'est le pire que tu puisses faire.

Il poursuivit un peu dans cette veine, sans qu'elle puisse rien obtenir de lui de plus précis, et donc, une fois rentrée, elle appela Mark.

— Hé, Candace, dit Karen. Quoi de neuf ?

— Pas grand-chose, répondit-elle par réflexe. Tout va bien ? Je croyais appeler le portable de Mark.

— Oui, oui. Il est sorti, il a oublié son téléphone. Je l'ai entendu sonner et je l'ai trouvé dans la salle de bains.

Elle marqua une pause.

— Je lui dis que tu as appelé ?

Comme elle était à fleur de peau, songea Candace, si facilement offensée. Candace n'avait jamais pu accéder à l'intimité de son unique belle-sœur, peut-être parce que, aux yeux de Karen, celle-ci semblait aller de soi depuis le début. Elle disait que les deux seules femmes de la famille devaient se tenir les coudes (oubliant Renee, en quoi elle avait sans doute raison) ; et depuis un an ou deux, elle répétait que toutes les deux « travaillaient dans l'enseignement », ce qui était limite insultant, pensait Candace, parce que l'enseignement, elle y avait été formée et y avait consacré toute sa vie adulte, alors que Karen travaillait à temps partiel au bureau des admissions d'un établissement privé. En définitive, elle semblait désespérément chercher une sœur, d'autant plus étrangement qu'elle en avait déjà une, mais il y avait là une sombre histoire dont Candace n'avait jamais cherché l'explication auprès d'elle, une autre forme d'offense probablement.

— Non, c'est bon. Comment vas-tu ?

— Bien, tu sais. Haley est en pleine forme. Un peu pénible, mais elle peut être adorable quand ça lui va. Je me demande bien de qui elle tient ça.

— Oui. J'appelais en fait pour quelque chose que vous savez peut-être déjà. Que Gerry a perdu son travail ?

Karen haussa les sourcils :

— Non, je ne savais pas. Merde. Que s'est-il passé ?

— Il n'a pas voulu me le dire, je vais donc supposer qu'il s'est énervé et a envoyé quelqu'un sur les roses. Il est toujours sur le point de faire ce genre de chose, où qu'il soit.

— Waouh ! Il va bien ? Je veux dire, il a besoin de quelque chose ? Si Mark est au courant, il ne m'a rien dit.

Karen monta l'escalier tout en parlant, entra dans le désordre de la chambre de Haley, en sortit, entra dans le bureau de Mark, envahi de catalogues de meubles et de vieux haltères. Puis elle redescendit par l'escalier du fond qui menait à la cuisine.

— Je ne sais pas s'il a besoin d'aide, répondit sa belle-sœur. Il va souvent voir Papa et Maman. Mais jamais il ne demanderait de l'argent à Papa. Je le connais, il faudrait que la situation soit vraiment désespérée pour qu'il nous demande quoi que ce soit.

— Écoute, évidemment nous ferons tout ce que nous pouvons, dit Karen en regardant par la fenêtre où le printemps filtrait de nouveau la vue sur la maison des Hadi. Nous ne sommes pas vraiment assis sur un tas d'or. Mais ce n'est pas grave, il s'agit de la famille. Tu as vraiment bien fait d'appeler.

— Oui, bon, il faut que je file. Mais dis tout de même à Mark de me rappeler s'il veut. Et d'appeler Gerry, sachant que Gerry n'appréciera sûrement pas. Je voulais juste m'assurer que la famille était au courant, je l'ai appris seulement aujourd'hui.

Karen laissa le téléphone de Mark posé sur la table de la cuisine. Haley était à une fête d'anniversaire. Une mère emmenait huit mômes au Laser Tag et ensuite chez Benihana. Il lui restait une heure à tuer – le rendez-vous était prévu devant le restaurant – et tandis que le soleil se couchait elle eut furieusement envie d'un verre de vin, mais elle renonça puisqu'il fallait prendre la voiture. Trop de vent pour s'asseoir sur la véranda. La télévision ? Une perte de temps. Elle baissa les yeux sans plaisir sur sa silhouette assise. Elle devrait faire plus d'exercice. Mais tous les types d'exercice l'ennuyaient profondément. Courir, oui, mais dans le coin, on n'avait pas d'autre choix que de courir sur le bas-côté de la route, de souffler en passant sous les fenêtres des voisins, avec le crissement des voitures comme bruit de fond. Non, merci.

Dans cette famille, Gerry avait toujours fait figure de baril de poudre. Selon Karen, il n'avait jamais retrouvé son équilibre depuis qu'il avait planté cette pauvre Lindsey pratiquement devant l'autel. Où que soit maintenant son ex-belle-sœur, Karen espérait pourtant qu'elle se rendait compte à quoi elle avait échappé. Non qu'elle ne pût imaginer pourquoi Lindsey était tombée amoureuse, car elle était elle-même tombée amoureuse d'une autre version. Un peu de galanterie, un peu d'assurance, des bras musclés, il n'en fallait pas beaucoup plus dans une petite ville comme celle-ci, surtout quand on était jeune et bête.

Six heures, toujours aucun signe de Mark, et naturellement, elle ne pouvait pas l'appeler puisque son téléphone était là. Quel genre de travail pouvait-il faire un samedi à cette heure ? Peut-être avait-il une liaison ? Cela lui parut impossible, sans pouvoir l'expliquer. Elle prit son téléphone et fit défiler les appels, comme ça, pour voir, sans rien trouver qui puisse engendrer la moindre inquiétude. Même pas un numéro qu'il aurait appelé deux fois. Elle essaya de se sentir coupable d'avoir douté de lui, mais elle n'avait pas vraiment douté de lui. Elle aurait plutôt aimé tomber sur quelque chose d'un peu excitant, d'un peu compromettant, apprendre qu'il y avait chez lui une part d'inconnu.

Elle monta en voiture et laissa tourner le moteur. Puis une idée lui vint et elle regagna la maison pour prendre des CD. Elle n'écoutait plus beaucoup de musique – certainement pas de la musique à fond. Et elle adorait écouter de la musique à fond. Le trajet jusqu'au Benihana durait assez longtemps pour quatre ou cinq chansons ; elle mit le premier album des Pretenders, que sa sœur aînée écoutait toujours. Dans la bulle de sa voiture, elle hocha la tête et chanta sur le disque, animée par le désir, sans oublier de garder les yeux ouverts, sautant les morceaux lents, même géniaux, pour passer aux plus hard, en se rappelant combien elle était choquée non seulement par les paroles, mais par sa sœur – bien avant que ses parents l'aient renvoyée de la maison – qui osait chanter en chœur, exactement comme Karen à présent, pas moi bébé je suis trop précieuse ouais, va chier !

Elle arriva parmi les derniers parents alors qu'elle était bien à l'heure. Ses oreilles résonnaient encore un peu quand ses roues crissèrent sur le gravier du parking du Benihana. Haley bien sûr n'avait pas mis son manteau, elle ne savait même pas où elle l'avait laissé, et Karen resta donc près de la porte à bavarder avec Whitney, la mère de la fille qui fêtait son anniversaire. Whitney avait l'air de quelqu'un qui vient de parcourir cent cinquante kilomètres en décapotable, mais elle était tout sourire, une de ces mères décidées à faire comme si rien n'était difficile.

— Ils n'ont pas tout cassé ? fit Karen.

— Non, ils ont été formidables. Tout le monde s'est amusé. Je devrais peut-être vous dire que je ne sais pas si Haley a mangé quelque chose, elle pourrait avoir faim plus tard.

— Oui, je ne crois pas qu'elle ait déjà mangé japonais.

— Bon, c'est surtout pour le spectacle.

— Oui. Je me souviens, j'adorais ce genre d'endroit quand j'étais à peine plus âgée qu'elle. Il ne doit plus en rester beaucoup. C'était plutôt un truc des années soixante-dix, non ? Je m'étonne que celui-ci soit encore ouvert.

Whitney haussa les sourcils et se pencha vers elle :

— C'est drôle que vous disiez ça. Parce que non, ils vont fermer. Ils ont vendu et ce sera fini dans deux mois. C'est le directeur qui me l'a appris.

— Sans blague ? Pitié, ne me dites pas qu'ils vont ouvrir un autre Dunkin' Donuts.

— Non ! Mieux que ça ! C'est Todd Van Dyke qui a acheté !

Karen ignorait qui était Todd Van Dyke et son visage impassible dut la trahir.

— Le type qui possède Iron and Wine, à New York ? Le chef mondialement célèbre. Il ouvre un restaurant exactement là où nous sommes.

— Pourquoi ici ?

— Aucune idée !

— Eh bien, c'est génial, commenta Karen en lançant un regard courroucé à Haley lui enjoignant d'attendre sa mère avant de sortir en courant. Mais bon, un peu triste pour le Benihana.

— Oui, adieu le passé, dit Whitney.

— Qu'est-ce qui est triste ? demanda Haley.

— Rien n'est triste, répondit automatiquement Karen.

Elles se dirigèrent vers la voiture ; elle se tourna sur son siège, attendit que Haley ait attaché sa ceinture, et peu après le crissement du gravier se tut sous leurs roues.

— Tu t'es bien amusée ? questionna Karen.

— Oui !

— Kristine a aimé son cadeau ?

— Elle ne les a pas ouverts.

— Non ? Bizarre. C'est plus poli d'ouvrir ses cadeaux devant tout le monde, me semble-t-il.

— Elle craignait peut-être de les abîmer avec la nourriture.

— Oui, peut-être.

Dans le noir, la voiture devint une bulle. On ne voyait rien derrière les vitres, hormis son propre reflet. Maman parlait toujours plus, avait remarqué Haley, quand elle conduisait la nuit. Même si elle était devant et qu'elle voyait à l'extérieur à cause des phares.

— C'était bien, le laser game ?

— C'est ce que j'ai préféré ! Je n'ai été touchée que deux fois. Maman ?

— Oui, Poussin ?

Elle ne savait pas pourquoi sa mère l'appelait parfois Poussin, mais cela signifiait toujours qu'elle était de bonne humeur.

— On pourra aller au laser game cette année pour mon anniversaire ?

— Pourquoi pas.

— Ouais ! Merci, Maman !

— De rien. Je suis contente que tu te sois bien amusée. As-tu remercié Mme Reed ?

— Qui ?

— La mère de Kristine, Whitney.

— Oh.

Elle chercha dans son souvenir.

— Je ne me rappelle pas.

— Il faut le faire. C'est important.

— D'accord.

— Tu m'entends ?

— D'accord !

Parfois – souvent quand on venait la chercher en voiture – l'ambiance devenait brusquement plus lourde, sa mère commençait à chercher ce que Haley avait fait de travers, ou omis de faire. Elle ne s'arrêtait que lorsqu'elle avait trouvé. Et il y avait toujours quelque chose ; savoir que sa mère parvenait toujours à déterrer un échec, qu'elle avait toujours quelque chose à se reprocher, voilà pourquoi Haley détestait ces moments à ce point. Elle aurait voulu que son père soit là.

— Où est Papa ?

— Je ne sais pas. Au travail. Il a oublié son téléphone à la maison, je ne peux pas l'appeler.

— J'ai faim, dit-elle pour changer de sujet.

— Tu as faim ? Tu viens de manger.

Elles passèrent devant quelque chose qui ressemblait à un épouvantail. Haley pivota sur son torse pour regarder derrière elle, mais elle était gênée par la ceinture de sécurité.

— Comment peux-tu avoir faim ?

Une de ces questions qui n'avaient pas de réponses, mais elle attendait toujours d'en recevoir.

— Je ne sais pas.

— Je croyais que tu venais de manger.

— Non.

— Pourquoi ? Elle s'est donné tant de mal, elle a dépensé tout cet argent et tu n'as rien mangé ?

— J'ai mangé quelque chose.

— Quoi ?

— Un peu de riz. Avec des trucs dedans. Le reste, je n'ai pas aimé.

— Quel drame, on n'a pas servi à Mademoiselle l'un des cinq plats au monde qu'elle aime ! persifla sa mère au moment où elles s'engageaient enfin dans leur allée. Tiens, Papa est rentré, il te préparera peut-être quelque chose.

— Comment est-ce que je peux manger si ça ne me fait pas envie ? rétorqua Haley, la voix tremblante, au bord des larmes.

— Par politesse, c'est tout. Tu manges ce qu'on te sert. Tu n'es pas la princesse de Perse, comme disait ma mère.

Ayant détaché sa ceinture, Haley attendait que sa mère cesse de parler ; lorsque la pause dura assez longtemps pour sembler définitive, elle ouvrit la portière, passa en courant devant le camion de Papa et entra dans la maison. Il se trouvait dans le séjour, devant la télévision allumée, en train de boire un de ces smoothies qu'il se préparait : ils donnaient l'impression d'avoir bon goût, mais non, et elle avait appris à ne jamais accepter quand il lui en proposait une gorgée. Elle sauta sur ses genoux et se pelotonna en silence contre lui. Après quoi, il lui prépara un sandwich au fromage grillé, elle n'en mangea que la moitié et il en mangea l'autre.

Le lendemain, dimanche, fut une journée tranquille – pas de copine, quelques devoirs, une heure devant l'ordinateur, quatre-vingt-dix minutes de télévision – et elle joua seule dans sa chambre. Elle aimait jouer seule, surtout après la pagaille de la veille, où les enfants voulaient à tout prix imposer leur volonté aux autres. Quand on jouait seul, votre volonté n'était même pas votre volonté, elle se résumait à ce qui arrivait, comme avec le Destin. Pourtant, le pouvoir rendait Haley bienveillante. Si l'un de ses animaux ou l'une de ses poupées était triste, tous les autres cherchaient tout de suite à savoir pourquoi.

Avoir recours à ce monde imaginaire et généreux l'aidait à supporter les pires moments à l'école. Il était rare que les choses aillent mal pour Haley elle-même – elle se montrait gentille, s'affirmait peu, elle ne se distinguait par aucune qualité, bonne ou mauvaise, et il était facile d'ignorer les garçons, généralement la source de tout ce qui allait mal –, mais elle souffrait quand les autres souffraient, moins par empathie que par un sens de la justice plutôt exacerbé. Les enfants faisaient pleurer les autres tout le temps, parfois en tête à tête, parfois devant tout le monde, et les professeurs, selon elle, ne semblaient pas s'en préoccuper autant qu'ils l'auraient dû. Les invitations en groupe étaient devenues la norme et il y avait des filles qui les recevaient pratiquement toutes et d'autres qu'on n'invitait jamais. Haley en parlait avec sa mère et son père quand ils lui demandaient comment se passait l'école, et ils s'efforçaient de se montrer indignés, mais elle devinait bien que c'était pour lui faire plaisir, qu'ils ne voyaient pas vraiment en quoi c'était injuste, et elle ne comprenait pas pourquoi.

Son professeur, Mme Tuttle, l'écoutait avec plus d'attention que la plupart des adultes et elle lui avait proposé une hypothèse selon laquelle, si Haley avait eu des frères et sœurs, elle aurait mieux compris les incohérences de la justice en ce bas monde. C'était peut-être vrai. Elle n'avait ni frères et sœurs, ni cousins, à moins de compter ceux qu'on appelait les Cousins du Colorado parce que personne ne semblait se rappeler leurs noms, et dont elle n'avait aucun souvenir. Tante Renee ne venait jamais avec eux, et chaque fois qu'elle demandait à son père s'ils pouvaient aller les voir, il répondait que ce serait d'un prix exorbitant et qu'ils ne pouvaient pas débarquer à l'improviste, ils devaient attendre une invitation. Quoi qu'il en soit, le problème avec l'hypothèse de Mme Tuttle, c'est qu'elle ne renvoyait qu'à Haley, et Haley savait très bien qu'elle n'était pas du tout en cause, qu'il s'agissait de la méchanceté des gens – encore une fois, surtout celle des garçons.

Il arrivait parfois qu'un garçon ou une fille qu'elle défendait devant les autres décide qu'ils étaient maintenant amis. Le petit camarade, ou sa mère, appelait pour inviter Haley à la maison et la mère de Haley s'énervait parce qu'elle refusait d'y aller. Il lui fallait inventer une excuse pour expliquer son refus, ce qui la stressait énormément.

— Tu ne peux pas dire oui, pour une fois ? Ce serait gentil de ta part. Et ça ne te ferait pas de mal de sortir de ta chambre.

S'entendre reprocher de ne pas être gentille la blessait un peu. Mais rien ne l'apaisait davantage que le calme de sa chambre qui agissait comme un baume sur toutes ses blessures. Et quand elle en avait envie, elle pouvait cesser de jouer et lire, encore une chose considérée comme impolie en présence d'un camarade, et une règle que nul n'était parvenu à lui expliquer de façon satisfaisante.

Même à Thanksgiving ou à Noël, quand la famille tout entière se réunissait pour le dîner, il n'y avait pas d'autre enfant – ce qui, certes, présentait l'avantage pour elle d'être la destinataire de tous les cadeaux, et ses tantes, oncles et grands-parents semblaient leur accorder beaucoup d'importance. Les adultes en échangeaient, mais ils étaient petits et sans intérêt, et tous s'amusaient à dire à quel point ils les trouvaient atroces et combien il était difficile de dénicher quelque chose à offrir. Devenir adulte était donc loin d'être excitant. Mais ils jouaient avec elle au air hockey dans son sous-sol et elle battait chacun au moins une fois, excepté Tante Candace, qui était vraiment forte et semblait y mettre plus de sérieux que les autres.

Elle n'aimait plus les cours d'anglais parce que, en vue du CM1, ils s'entraînaient à ce qui s'appelait Les Paragraphes Analytiques, consistant à interpréter ce qu'ils lisaient, et on pouvait donc vous dire que vous aviez raison sans pour autant vous donner un A, ce qu'elle ne trouvait absolument pas juste. Elle préférait les maths, où on avait soit bon soit faux, et si vous aviez bon il n'existait pas ce genre d'absurdité comme un B+. Entre les deux il y avait l'éducation civique, parce que leur professeur, M. Sills, essayait toujours de tirer de vous ce qui semblait la bonne réponse pour ensuite, devant tout le monde, vous dire pourquoi c'était la mauvaise. Les élèves avaient fini par s'habituer à ce système, sans toutefois le comprendre, avec pour résultat qu'ils restaient silencieux quand il posait une de ses questions rhétoriques même si, et surtout si, ils pensaient connaître la réponse. Arrivés au mois d'avril, tous avaient tacitement accepté l'idée que M. Sills, pédagogiquement dépassé, parlerait tout seul.

— Pourquoi y a-t-il des policiers ? leur demanda-t-il. Dans les villes, comme ici. Pourquoi ?

Silence.

— Pour nous protéger, n'est-ce pas ? Pour écarter les criminels, les gens malfaisants ?

Derrière la fenêtre il y avait une branche qui ne frappait le carreau que les jours de grand vent.

— Eh bien, ce n'est pas pour ça, dit M. Sills. Les policiers sont très courageux, certes. Mais le courage est… eh bien, n'explique pas tout. Foncer dans un bâtiment aux commandes d'un avion, c'est assez courageux aussi, si on y réfléchit. J'en serais incapable. Non, les policiers sont très courageux, mais ce sont aussi des personnes, comme vous et moi. On les embauche, on les paie, on peut les licencier, et naturellement ils ont besoin de ces emplois, ils ont des familles et des enfants. Ils ne sont donc pas là pour nous servir, en réalité. Ils sont là pour servir les gens ou les institutions qui les embauchent. Et qui embauche les policiers ? Pour qui travaillent-ils, qui est leur patron ? C'est nous, n'est-ce pas ? Le peuple.

Cela faisait partie du programme d'éducation civique portant sur le gouvernement. Mais Haley, comme tous les autres, avait appris à laisser passer les digressions de M. Sills en le contemplant en silence, sans regarder trop ostensiblement l'horloge derrière lui. Si vous aviez l'air trop intéressé, il vous interrogeait, et si vous aviez trop l'air de vous ennuyer, il vous interrogeait. Haley se souvenait de ce cours en particulier seulement parce que, environ une semaine plus tard, son père lui en avait parlé. Il était plus souvent à la maison maintenant, il travaillait dans son bureau devant son ordinateur. Il venait chercher Haley à la descente du bus scolaire, remontait l'allée avec elle, lui préparait un goûter de pommes coupées et de beurre de cacahuètes, après quoi il s'installait en face d'elle à la petite table de la cuisine.

— Vous avez eu éducation civique aujourd'hui ?

— On est mardi. Alors oui.

— Oh.

Il la regarda manger.

— Est-ce qu'il a – tu t'en souviens peut-être – mais ton professeur d'éducation civique, monsieur…

— M. Sills.

— Oui. Est-ce qu'il y a eu un cours où M. Sills a évoqué l'idée que ceux qui ont tué tous ces gens le 11 Septembre, ceux qui ont piraté les avions, étaient courageux ?

Haley déglutit sans se presser, puis haussa les épaules.

— Hmm. Et qu'est-ce que tu as… est-ce que tu as…

Mark se rendit compte qu'il ne savait plus quelle question poser.

— Tu as trouvé ça bizarre ?

— Tout ce que dit M. Sills est bizarre.

— Tu veux dire inhabituel, ou… ? sourit Mark.

— Ou quoi ?

— Je ne sais pas.

Mark, qui avait lancé cette conversation, avait maintenant envie d'en finir.

— N'importe comment, c'est vrai, dit Haley. Non ?

— Qu'est-ce qui est vrai ?

— Ce qu'il a dit. On peut être à la fois courageux et malfaisant. Mais comment tu es au courant ? Pourquoi tu me poses ces questions ?

— Eh bien, je l'ai su par quelqu'un de l'école. Elle m'a demandé si tu en avais parlé et j'ai dit non.

— Qui, à l'école ?

— J'ai oublié son nom.

— En quoi ça la regarde ?

— Je ne sais pas.

Il le savait, bien sûr – c'était Karen qui travaillait toujours à temps partiel au bureau des admissions – mais il en avait probablement déjà trop dit. Un père d'élève de la classe de Haley avait entendu parler de cette histoire et en avait fait un caca nerveux. Il avait exigé le renvoi de M. Sills.

— Ils peuvent faire ça ? demanda Karen à Candace au téléphone ce soir-là.

— Bien sûr. C'est une école privée. Il n'y a pas de syndicat des professeurs. Ils peuvent faire ce qu'ils veulent.

Et ils le renvoyèrent. Il enseignait à Mullins depuis douze ans. Karen sortit la fiche du parent qui s'était plaint et découvrit que ses trois enfants étaient inscrits et qu'il payait pour chacun la totalité des frais de scolarité. Donc il était riche. Elle se rendit compte qu'elle ne voyait personne à son travail avec qui elle se sentirait en confiance pour évoquer la sagesse de cette mesure. Il avait dit une bêtise, certes – surtout devant une classe d'enfants de huit à neuf ans –, mais celle-ci ne devait pas entraîner une punition sans rapport avec le crime.

Alors quoi ? écrivit-elle dans un mail à Candace, *ce type est un terroriste, maintenant ? On ne peut plus être un vieux hippie farfelu qui a des idées de hippie ? Toute la région en était peuplée autrefois. À présent on dirait qu'il faut tous les envoyer à Guantanamo. Tu as déjà connu ce genre de situation là-bas ?*

Il y a quelques années, j'aurais dit que c'était une histoire d'argent, répondit Candace le lendemain. *Mais il y a autre chose aujourd'hui. Baisse la tête et laisse passer l'orage. PS : note que j'envoie ce message de ma boîte personnelle – s'il te plaît ne m'envoie plus ce genre de mail sur la boîte de l'établissement. On ne sait jamais qui peut la lire !*

Mais Karen ne parvenait pas à laisser tomber. Elle essaya de sonder certaines de ses collègues au bureau des admissions ; elles haussèrent les épaules. Impossible de savoir si elles avaient peur de parler ou si elles considéraient que cette injustice ne sortait pas assez de l'ordinaire pour mériter leur attention. Elle n'avait pas envie de travailler avec ce genre de personne et il n'y avait pas loin entre cette conclusion et le sentiment qu'elle ne voulait pas que sa fille aille à l'école avec ce genre de personne.

— Nous devrions retirer Hayley de Mullins l'année prochaine, suggéra-t-elle à Mark une semaine plus tard, alors qu'ils se regardaient tous les deux dans la glace de la salle de bains. Pas de panique, je sais que ce n'est pas vraiment possible, je dis ça comme ça.

— De quoi parles-tu ? s'enquit Mark.

— Oublie ça. Je...

— Et l'envoyer où, au groupe scolaire de Howland ? Tu me disais...

— J'ai dit « oublie ça ». Je n'ai aucun respect pour ces gens. Ou plutôt, je ne veux plus travailler là-bas. Je ne veux pas y être associée, du moins pas de cette façon, mais je sais que c'est impossible pour moi.

— Qu'est-ce qui est impossible pour toi ?

— De démissionner.

— Pourquoi ?

— Comment ça, pourquoi ? rétorqua-t-elle d'un ton calme. Parce que nous avons besoin de cet argent, ou de la réduction des frais de scolarité de Hayley, c'est du pareil au même.

— On n'en a pas besoin. Ou plus pour longtemps. De toute façon je me demande pourquoi je discute parce que je tiens à ce que Hayley reste à Mullins. Je veux dire que tu peux démissionner, ça ne veut pas dire qu'elle ne doit pas continuer à y aller.

— De quoi parles-tu ?

Pour finir, cela ouvrit la voie à la discussion qu'il tâchait d'aborder depuis deux mois, à savoir prendre une seconde hypothèque sur la maison, afin de disposer d'assez de liquidités pour se développer en achetant dans le sud-ouest du Massachusetts quelques biens immobiliers frappés par la crise ou ayant été saisis.

— Le marché est en plein essor, assura-t-il. Surtout dans le coin. Cela s'explique en grande partie parce que les banques n'exigent qu'un petit pourcentage d'acompte. Parfois pas d'acompte du tout ! Et donc, si tu ouvres les yeux, et que tu fais preuve d'un peu de patience – et disons-le d'une certaine compétence dans l'art de la rénovation –, tu peux revendre en série et gagner une fortune. Ou simplement les garder et gagner une fortune plus tard. Le moment est parfait. Souviens-toi, c'est ainsi que nous avons acheté cette maison et ça ne s'est pas révélé une mauvaise affaire, non ? Il faut juste une réserve de liquidités qui peut sembler énorme, mais qui en terme de risque/profit, ne représente presque rien.

Karen était penchée au-dessus du lavabo, l'eau coulait, seul le visage de Mark se reflétait dans la glace.

— Je te donne un exemple. J'ai acheté une maison aux enchères le week-end dernier à Becket. L'ancien propriétaire revendait de la drogue et son bien a été saisi. Mais par le gouvernement, hein, et ils ne connaissent rien à l'immobilier, ils veulent juste se débarrasser de la maison. J'ai réussi à l'acheter pour quarante pour cent de sa valeur d'il y a quatre ans. Et cette valeur ne peut que monter. Nous pourrons donc la vendre quand nous voudrons, mais plus nous attendons, mieux c'est, n'est-ce pas ? Et là, nous avons l'équivalent des frais de scolarité de Hayley.

— Nous ? fit Karen. Je ne comprends pas. Comment as-tu payé cette maison ?

— En liquide. C'est dire comme elle était bon marché.

— Quel liquide, celui de notre compte en banque ? L'argent du chantier Hadi, ce liquide-là ?

Il ne voulait pas lui dire que le crédit n'était pas une option facile pour lui en ce moment. Cette explication signifiait retourner en arrière et lui raconter ce qui s'était produit il y avait près de deux ans, lorsque, en proie à une étrange compassion post-traumatique, il avait laissé un inconnu passer la nuit dans sa chambre d'hôtel de New York, chose qu'il aurait dû lui dire sur le moment, mais il était trop tard désormais, elle était déjà bien assez contrariée.

— Tu n'as même pas pensé à m'en parler d'abord ?

— Est-ce que je fais ça d'habitude ? Mes affaires sont mes affaires, quand je prends une décision je ne demande pas ton approbation, ni celle de quiconque.

— Et maintenant tu as hypothéqué la maison. Putain de merde.

— Non. Et techniquement parlant ce serait impossible. C'est compliqué. Mais si tu ne comprends pas, je ne vois pas pourquoi tu ne me crois pas sur parole.

— Tu ne vois pas ?

— Le marché immobilier, c'est comme tout le reste. Inutile d'être un devin ; si tu ne paniques pas quand tout le monde panique, tu ramasses. J'ai parlé de tout ça avec Hadi. Il a dit qu'il faut savoir prendre du recul, voir grand, si on veut réussir, si on veut profiter du marché au lieu d'en être victime.

Tout son discours était destiné à la rassurer, mais il voyait bien que son visage exprimait une horreur grandissante. Il en avait assez.

— Tu sais, que tu ne sois pas d'accord avec mon modèle économique, avec mon analyse du marché, ou ce que tu voudras, c'est une chose. Même si c'est en contradiction avec les gens qui vivent de ça, qui sont payés pour savoir de quoi ils parlent. Mais tu as déjà décidé de ce que tu pensais. De quoi as-tu si peur ? Tu te plains de notre vie et quand je cherche à nous sortir de là, tu te montres négative au possible. Pourquoi ?

— Tu n'y arriveras pas, lâcha-t-elle avant d'avoir pu s'en empêcher, et elle porta sa main à sa bouche.

Je suis marié avec cette femme ? pensa Mark. C'est elle, ma partenaire ?

— Je veux dire je ne te comprends pas, reprit-elle. Il n'y a pas si longtemps nous avons presque tout perdu.

— D'accord, mais d'abord, voilà ce qui fait la différence entre des types comme Hadi et tous les autres. Il perd dix fois ce que j'ai perdu en un seul jour et il le regagne au centuple, et tu sais pourquoi ? Parce qu'il ne regarde pas en arrière. Il tire une leçon de ses erreurs, mais elles ne lui font pas peur. Le passé reste le passé.

— Oh, mon Dieu ! fit Karen.

— Et ensuite, il y a une grosse différence entre perdre quelque chose et se faire voler. Tu comprends ça, non ?

— Ce monde se résume à ça, des gens qui ne cherchent qu'à te voler. Qu'est-ce qui te fait penser que cela ne recommencera pas ?

— Parce que je suis plus malin. Je me fie beaucoup moins aux gens. Je ne laisse personne faire ce que je peux faire tout seul. J'ai changé. Tu crois que les gens peuvent changer, non ?

— Eh bien, non, je ne le crois pas. Je me ressemble de plus en plus, tous les jours, et toi aussi.

Elle pleurait à présent et il flaira un avantage.

— Tu refuserais vraiment à Haley ce que tu désires pour elle, plaida-t-il en lui prenant les bras avec précaution, rien que parce que tu envisages toujours le pire scénario ? Tu dis vouloir changer. Alors changeons. Osons espérer, pour une fois. Pour Haley.

Il n'y avait rien à faire, aucun moyen de l'arrêter. Le lundi suivant, Karen donna son préavis à Mullins, provoquant la surprise, mais pas trop de désagréments puisque la période des admissions était terminée, et de ce fait sans doute on accepta de prolonger la réduction des frais scolaires de Haley jusqu'à la fin de l'année. Trois semaines plus tard, Karen prit un nouveau travail, trente heures par semaine comme secrétaire du bureau de développement de Caldwell House, en plein centre-ville. Avec un salaire de dix-huit mille dollars par an, presque le montant exact des frais de scolarité de Haley, ce qui comptait pour Karen. Tout s'était passé très vite, sinon de manière spontanée ; elle avait lu l'offre d'emploi dans la *Gazette*, elle avait appelé, s'était rendue sur place le jour même et accepté le poste, sans prendre le temps de consulter Mark. Mais c'était en partie ce qu'elle visait : prendre une décision importante sans le consulter. Naturellement, il ne lui fit pas le plaisir de se mettre en colère. Il trouva cela génial. Non pas à cause de l'argent supplémentaire, mais parce qu'elle sortirait plus souvent de la maison, qu'elle serait occupée, tu vois, qu'elle aurait plus de contacts avec l'extérieur. Elle lui aurait mis son poing dans la figure.

Certes, son salaire représentait peu de chose. Mille cinq cents dollars brut par mois ne les protégeraient pas du désastre latent représenté par la dette de dizaines de milliers de dollars que Mark avait contractée – elle ne voulait même pas en connaître le montant exact. Il s'agissait seulement d'un bouclier, d'une soupape de sécurité, d'une voie de secours. Pas question de se laisser entraîner avec lui dans une nouvelle chute ; elle la redoutait au point qu'elle réorganisa son quotidien de manière à se trouver prête.

Elle n'était entrée à Caldwell House qu'une seule fois, Haley avait deux ans et Karen cherchait tout le temps un nouvel espace ouvert où elle puisse courir. Elles y étaient allées avec Whitney Reed et sa fille, sur leur recommandation, Whitney affirmant qu'elle et Kristine y allaient presque toutes les semaines quand il faisait beau. On pouvait acheter un passe à huit dollars ; on n'avait pas accès à l'intérieur de la maison, mais allez savoir la quantité de porcelaine fine que celui-ci abritait, trop stressant pour y emmener une petite fille de deux ans. Ce fut un ratage complet. L'intérieur de la demeure, naturellement, se révéla être le seul objet d'intérêt pour Haley, d'autant plus quand on lui eut expliqué qu'elle n'était pas autorisée à le voir. Elle ne trouva pas les fleurs naturelles plus attirantes – peut-être moins, en réalité – que ses propres dessins ou peintures de fleurs. Elle courut sur la pelouse manucurée en direction des parterres et se mit à arracher les fleurs, pour les offrir à Maman dit-elle, et quand une gardienne décharnée et furieuse s'en prit à Karen, il lui fallut soulever du sol une Haley qui lançait des ruades pour la ramener sur la couverture étendue au milieu de la pelouse, et l'immobiliser malgré ses gémissements et ses plaintes. Un vrai désastre. Kristine resta assise et joua tranquillement, chuchotant à voix basse, comme un petit ange, ou une débile mentale.

Quant à la maison (elle comprit vite qu'aucun employé ne prononçait le mot « demeure »), elle était mal chauffée et recevait peu de soleil, elle était très propre et plus grande qu'il n'y paraissait ; les activités quotidiennes du trust se déroulaient dans les petites pièces derrière la cuisine, des petits bureaux ayant autrefois servi de chambres pour les domestiques. Ni Karen ni ses collègues – un directeur du développement, un responsable de l'accueil, un chef jardinier, les responsables de l'entretien des locaux et du terrain – ne travaillaient à temps plein, mais les horaires étaient aménagés de façon qu'il y ait toujours au moins une personne présente aux heures de bureau pour répondre au téléphone. Certains jours, au moins jusqu'au mois de juin où on ouvrait les jardins aux visiteurs, Karen pouvait rester seule plusieurs heures, tapant le courrier qu'on lui laissait, répondant aux demandes envoyées par mail sur le site. Il lui arrivait de sursauter quand le téléphone sonnait.

Elle apportait son déjeuner et, après avoir mangé et s'être lavé les mains, s'il lui restait un peu de temps – elle observait la coupure de midi, même les jours où elle était seule –, elle faisait le tour des pièces vides, toujours derrière les cordes que seuls les employés de maison étaient autorisés à franchir, admirant les vastes lits à baldaquin. En période de fermeture, les lits déshabillés révélaient des matelas étonnamment modernes enveloppés de plastique ; mais leur nudité rappelait à Karen que des gens étaient morts dedans. Il y avait également le bureau de Winston Caldwell, et ses deux tables de travail, d'antiques bureaux à cylindre, l'un ouvert, l'autre fermé à jamais. D'autres pièces n'avaient pas été restaurées et n'accueillaient aucun visiteur. La nervosité de Karen augmentait à mesure qu'elle s'enfonçait dans les vastes étages supérieurs, surtout parce qu'elle redoutait d'entendre sonner le téléphone et de ne pouvoir courir et décrocher à temps.

Elle lut toutes les brochures, écouta les audioguides, s'efforçant de tout intérioriser pour, le cas échéant, avoir sous la main la réponse aux questions qu'on pourrait lui poser. Elle avait envie de connaître la maison intimement, presque de se l'approprier, mais c'était surtout par souci de bien faire son travail. Elle n'était pas du genre à bâcler quoi que ce soit. L'histoire de la maison elle-même ne se révéla pas si captivante : des gens riches et leur grande maison de campagne. Elle tenta d'éprouver de la sympathie pour cette famille sans enfants, mais il y avait un peu d'exagération à voir une tragédie dans le fait que ces gens, comblés de presque tous les privilèges imaginables, n'avaient pas vécu entièrement à l'abri du malheur. Par la fenêtre, elle regardait l'herbe émeraude et les parterres bordés de noir, reluqués par des étrangers. Si le vieux Caldwell avait été vivant, nul doute qu'il aurait tiré dans le tas. Mais que représentait la propriété quand on était mort ?

Elle envoya un texto à Mark pour s'assurer qu'il était rentré et attendrait Haley à son retour du centre de loisirs. Il travaillait presque toujours à la maison ces derniers temps, il n'avait pas besoin de ce rappel, mais elle se sentait rassurée.

« Je m'en occupe », répondit Mark. Il avait invité son frère Gerry à un déjeuner qui se prolongeait ; il se félicitait de ce rappel, même s'il hésitait sur la façon de faire décamper Gerry avant le retour de Haley. Ne plus servir de bière, ce serait un bon début, décida-t-il.

— Donc pour résumer, dit Mark regrettant aussitôt en voyant l'expression courroucée et belliqueuse sur le visage de Gerry, tu ne disposes d'aucun capital à apporter à l'affaire, ce qui, je ne te le cache pas, est ce dont j'ai besoin tout de suite. Mais tu connais mieux que moi le marché immobilier en général.

— Beaucoup mieux.

— Et tu as un crédit solide ? Si nous devons effecteur des transactions, des transactions bancaires, en ton nom ?

Gerry plissa les yeux :

— Tu m'as déjà posé la question. Je ne comprends pas. Ça me rend nerveux de voir qu'il y a un risque auquel tu ne veux pas t'exposer, mais auquel tu n'hésites pas à m'exposer, moi.

— Ce n'est pas ça. Écoute. Entre toi et moi : j'ai été victime d'une sorte d'usurpation d'identité. Je n'ai pas perdu d'argent, mais en termes de crédit et de comptes bancaires, tout ça, je vis un cauchemar. J'ai essayé de changer de forfait mobile et, même ça, c'est impossible.

— Tu te fous de ma gueule.

— Non. Ça ne va pas durer. À un certain moment toutes ces restrictions seront levées.

— Tu as une idée de la façon dont c'est arrivé ?

Une fraction de seconde, Mark s'imagina en train de raconter l'histoire à son frère.

— Aucune. Mais bon, quoi qu'il en soit je n'ai pas assez de liquidités pour te payer un vrai salaire jusqu'à ce que les rentrées deviennent conséquentes. Il va falloir trouver un accord sur un pourcentage d'affaires qui te reviendrait.

— Comme deux associés, fit Gerry, par pure provocation.

— En un sens. Une affaire de famille.

— Papa et Maman.

— Non, pitié, je ne veux pas les mettre dans le coup. Il n'y a que toi et moi.

— Je plaisantais, dit Gerry. C'est une façon de parler. Une affaire de famille, mari et femme. Je dirais que tu es le mari, dans cette configuration, et moi la femme ? Tu en dis quoi, fit-il en agitant la bière qu'il tenait par le col. Encore une ?

— Écoute, Haley descend du bus dans quelques minutes et je ne voudrais pas être trop dans le cirage.

— Ah.

— D'ailleurs, c'est le moment d'aller la chercher.

— Tu dois aller la chercher ? Je croyais que le bus...

— Juste au bout de l'allée.

Gerry haussa les sourcils :

— Tu veux dire au bout de l'allée, à cent cinquante mètres. Elle ne peut pas marcher ?

— Bien sûr que si. Mais elle aime bien que je sois là, et ça me plaît aussi, alors tu te casses.

Gerry leva les yeux au ciel, tint la porte à son frère et tous deux s'engagèrent dans l'allée. Il avait plu toute la matinée, et si la lumière était maintenant assez forte pour projeter leurs ombres, la vie invisible qui les entourait, les oiseaux et les insectes, demeurait silencieuse. Gerry regretta de ne pas avoir mis ses bottes. Au même moment, ils aperçurent, à travers le feuillage vert, au coin gauche de leur champ de vision, les éclats de jaune du bus qui ralentissait avant de prendre le virage à l'intersection située à quelques centaines de mètres.

— Alors tu vois, dit-il, si tu veux vraiment gagner de l'argent, ce que tu dois faire avec les biens saisis que tu rachètes, c'est les louer.

— Ah oui ?

— Oui. Autrement, tant que tu les gardes, c'est de l'argent perdu. Sans parler des taxes. Et il y a toutes sortes de réductions d'impôts, certaines que tu obtiens en louant à certaines catégories de gens.

— Sans blague ? Je savais bien que c'était une bonne idée.

Un bel exemple de la façon de penser de Mark, songea Gerry : la bonne idée de quelqu'un d'autre devient aussitôt la sienne. Il regrettait que Candace ne soit pas là pour entendre ça.

Sa nièce fut heureuse de le voir, mais sans montrer aucune surprise ; ils remontèrent l'allée avec elle en la soulevant par les bras au-dessus des flaques et une fois à l'intérieur Gerry sentit qu'il n'y avait plus guère de nécessité à sa présence. Il prit sa veste, dit au revoir et remonta en voiture pour rentrer chez lui. Une voix ne cessait de lui répéter qu'il commettait une erreur en s'associant à l'entreprise de son frère ; certes, Mark était un mec intelligent, mais la situation ne manquerait pas de raviver, voire d'exacerber, tout ce qui n'allait pas dans leur relation. En d'autres termes, tout ce que Mark avait de pire : il était condescendant, arrogant, et jamais, jamais, l'idée ne le traversait qu'il pût avoir tort ou que quelqu'un pût en savoir plus que lui sur un sujet donné. D'un autre côté, Gerry avait besoin de gagner de l'argent, de la promesse de gagner de l'argent. Et il ne voulait pas se voiler la face : il avait lu de nombreux articles sur le déclin de la famille nucléaire, et si cette idée le perturbait, il ne pouvait néanmoins se montrer désinvolte quant à sa propre vie.

Il passait maintenant presque tout son temps sur son blog, qui bien sûr ne rapportait rien, du moins pas encore. Il connaissait des exemples du contraire. Le type du Little Green Footballs étalait des publicités sur le sien. Naturellement, son objet était d'intérêt national, et non local, et donc son public aussi était national. Pour l'instant, Gerry se limitait à la politique locale – non qu'il craignît de s'adresser à des personnalités de Washington ou d'ailleurs si besoin était, mais il fallait se distinguer et si vous vous en preniez à, disons, Michael Moore ou Dan Rather, vous étiez une voix parmi des millions d'autres.

Vous aviez cela en tête – appartenir à un mouvement – mais il vous fallait aussi sortir du lot. Ce n'était pas simple. Vous deviez trouver une niche et en faire une affaire personnelle, principe de base des affaires, même s'il ne s'agissait pas d'une affaire. Cela se situait dans un bizarre entre-deux, entre le journalisme et le journal intime. C'était cathartique, mais il ne fallait pas que cela devienne trop cathartique. Il était difficile, parfois, de savoir à qui on s'adressait. Gerry restait anonyme – il se présentait sous le pseudo PC Barnum et il appelait son blog Workingman's Dead[1], la Terreur du Travailleur, en référence au Grateful Dead, ce qu'il regrettait un peu à présent, mais on ne changeait pas le nom d'un blog si on voulait que les gens vous repèrent dans les vastes steppes d'Internet. À plusieurs reprises, il avait effacé des posts entiers, des commentaires furieux illustrés de si nombreux détails personnels qu'un lecteur local averti en aurait déduit qui était PC Barnum. Il ne voulait pas braquer les projecteurs sur lui, du moins pas pour l'instant. En partie à cause des simples conventions d'Internet, mais aussi parce que, selon lui, débarrassé d'un nom auquel les gens pouvaient rattacher leurs opinions et leurs préjugés, vous deveniez plus crédible en tant que voix, une voix du peuple.

L'administration de la ville était si dénuée de complication que personne ne cherchait à aller voir d'assez près pour constater que les élus foiraient tout, les choses les plus simples. Tel était le paradoxe que Gerry voulait souligner. Et s'il s'agissait de Gerry Firth contre Maeve Brennan, cela se résumait, pour tout le monde, à des ragots. En revanche, s'il s'agissait de Maeve Brennan contre la voix des citoyens, la question devenait plus sérieuse. Voilà pourquoi il ne mettait pas son nom. Par lâcheté, ainsi que le lui reprochaient certains commentaires. Quelques-uns, parmi la vingtaine de visiteurs réguliers que comptait son blog, avaient la naïveté d'utiliser leurs vrais noms ; il devait se retenir de leur dire quoi que ce soit, de

1. Titre d'un album des Greatful Dead, 1970.

défoncer leur carrosserie ou d'exercer un autre genre de petite vengeance quand il tombait sur eux en ville.

Le pseudo PC Barnum lui permettait de dépasser un peu les bornes, quand il s'attaquait à divers représentants de Howland. Mais pourquoi ne pas dépasser les bornes ? Le bruit de fond de l'indifférence générale était assez puissant pour vous forcer à hurler si vous vouliez vous faire entendre. Et puis, Maeve Brennan lui donnait des boutons. Il la connaissait, mais de la manière dont tout le monde connaissait tout le monde à Howland. Il n'avait pas digéré la hausse imprévue de ses taxes foncières, arrivée au plus mauvais moment. Pour lui, c'était du crime organisé. Et les impôts, du vol : vous payiez ce qu'on vous demandait de payer, en réponse aux menaces, à la force. C'était finalement plus humiliant quand il y avait moins de démonstration de force. Il payait à l'État fédéral plus qu'à la ville de Howland, beaucoup plus. Mais les impôts exigés par Howland lui donnaient le sentiment d'être un faible, un homme prêt à accepter n'importe quoi.

Il commença par lire les commentaires sur son dernier post. Il ne l'avait publié que depuis deux jours. Mais seulement quatre commentaires, quelle honte, surtout si l'un d'entre eux provenait d'un robot vous enjoignant de gagner de l'argent sans sortir de chez vous et un autre de sa sœur Renee, à Colorado Spring. Elle était une lectrice fidèle, rien à dire, et aussi le seul membre de la famille à laquelle il avait parlé du blog. Ils avaient des idées politiques similaires – bien qu'elle fût beaucoup plus engagée dans ce qu'il considérait comme des conneries à la Anita Bryant à propos du réseau NAMBLA et d'autres absurdités fantasmées – mais au-delà de ça, il était plus facile de lui parler *via* des mails ou des posts ; parce qu'elle vivait loin, parce qu'il ne l'avait pas vue depuis au moins cinq ans, elle représentait plutôt l'idée d'une sœur.

Dis-le ! écrivait-elle dans son commentaire. *L'absence de protection de nos frontières est la honte de la nation, d'autant plus avec cette constante menace terroriste. Mais les libéraux préfèrent risquer nos vies plutôt que de ne plus recruter de futurs votants. Obtention accélérée de la citoyenneté, voilà ce qu'on nous promet, tu vas voir !* Il ne lui avait jamais demandé ne pas se présenter, sur son site, comme un membre de sa famille ; elle avait compris d'instinct qu'il s'efforçait d'être pris au sérieux. Mais en le lisant, il voyait que ce soutien ne provenait manifestement pas d'un inconnu inspiré par ses propos, mais de sa sœur qui l'aimait et il en ressentait une petite frustration. Il allait le dire, merde ! Si les gens ne vous entendaient pas, c'est que vous ne parliez pas assez fort.

Alerte Rouge ! écrivit-il. *Nous en sommes là, à Howland, à mesure que se rapproche la date de ces pseudo-élections de l'automne prochain. Oh, je sais, la couleur des alertes est un classique de l'administration qui cherche avant tout à faire peur. Une manœuvre destinée à nous rendre dociles dès qu'ils veulent nous arracher une autre liberté. Hey PC, tu as déjà écrit ça, dites-vous. Exact. Mais tel est bien le paradoxe sur lequel je m'efforce de vous ouvrir les yeux : ils vous endorment avec ces histoires de hordes de musulmans qui cachent des bombes dans leurs slips, et ils vous rendent aveugles à la menace réelle, à la vraie menace, celle qui se trouve sous vos yeux, et cette menace, c'est eux.*

C'était un peu tiré par les cheveux, mais à la relecture, ça lui sembla pertinent et il cliqua. Il s'efforçait de ne pas trop relire. Se corriger, en dehors des fautes d'orthographe, ne s'expliquait que par la peur. Tout se présentait avec plus de sincérité dès la première fois.

L'État c'est Washington, bien sûr, mais l'État ne sera satisfait que lorsqu'il aura touché au plus profond de vos vies, et à cette fin il agit au niveau local. Ne nous voilons pas la face, lecteurs : pour accomplir quoi que ce soit, nous n'allons pas prendre un autocar pour Washington et marcher en rond autour du National Mall, sauf peut-être si nous voulons nous donner l'illusion d'avoir lutté. Non : la lutte commence au niveau local, ici même. Alors examinons ces élections. Dans cette petite ville, nous ne choisissons que six représentants : le secrétaire, le trésorier, le percepteur et les élus au conseil (non, merci beaucoup, je ne dirai pas « élu-e-s »), dont notre cher Premier Élu de Howland.

Et, les amis, cela a beau être hallucinant, dans tous ces six « affrontements », le candidat se présente sans adversaire. Non – un instant, cinq et non pas six ; nous aurons le droit d'élire un Premier Élu tout neuf, mais seulement parce que le candidat sortant est mort. Quelle chance !

Ils se présentent sans adversaires parce que personne d'autre dans cette ville ne veut faire le boulot, et on peut le comprendre. Parce que, quelle personne sensée voudrait arrêter de gagner sa vie pour devenir percepteur ? Qui aime l'État au point de consacrer son énergie à le soutenir, à en devenir membre ? Pas moi ! Voilà pourquoi nous récoltons ces incompétents prétentieux. C'est un cercle vicieux : comme le gouvernement fait du boulot exécrable, il ne nous reste que des idiots pour vouloir travailler pour lui.

Mais le moment est venu, citoyens de Howland ! C'est un appel aux armes ! Il faut pénétrer dans la machine, commencer à la saboter et à la démanteler de l'intérieur. Et tout d'abord, il faut s'attaquer à l'édile actuelle, ce vieux ramassis d'incompétences, cette sorcière fiancée à l'État, cette maîtresse d'école qui a passé sa vie à confirmer la justesse de cette maxime : si vous ne savez rien faire, enseignez ! En moins d'un demi-mandat, cette incarnation de l'incompétence a laissé péricliter les modestes finances de la ville, et n'y a remédié que de la seule façon connue par les gens de son acabit : en augmentant vos impôts. Elle a laissé Caldwell House tomber dans l'escarcelle du gouvernement de telle sorte qu'ils n'ont plus à payer pour être là, mais que nous devons payer pour y entrer, ce qui a pour effet de tarir les ressources dont nous avons besoin pour les simples services de base, comme le déneigement ou les soins aux personnes âgées, non que les soins aux personnes âgées soient nécessairement du ressort de l'État, mais c'est un autre sujet. En fait, le déneigement aussi serait plus efficace et coûterait moins cher si on le confiait à des entreprises privées... Mais bon ! Elle se paie un salaire et corrige ses erreurs financières en réévaluant nos biens de façon arbitraire. Quelles en seront les conséquences, selon vous, chers citoyens ? Ils continueront à réévaluer vos biens jusqu'à ce que vous ne puissiez plus payer, après quoi ils vous les confisqueront et peut-être accepteront-ils de vous les louer.

Virons-la ! Qu'elle aille où est sa place, dans une maison de retraite ! Elle pourra y diriger le comité d'action sociale, peut-être se ruiner au Bingo, là où ses électeurs sont trop débiles pour remarquer le coût qu'entraînent ses bêtises.

Citoyens ! Franchement, un bleu aurait provoqué moins de dégâts au cours de cette année. Nous avons besoin de quelqu'un qui prenne la responsabilité de la remplacer, fût-ce un seul mandat, car un mandat devrait largement suffire à démanteler l'appareil inutile et autojustificatif que ces apparatchiks ne cessent de construire et de consolider. Qu'ensuite l'État, la nation, le monde, constate que nous pouvons parfaitement vivre sans lui ! Que Howland soit la mare dans laquelle il se noiera !

Il parcourut son texte rapidement en secouant ses doigts engourdis et cliqua sur Poster. Deux semaines plus tard, le post fut transféré au percepteur par un de ses amis, avec pour objet : « *Ce n'est pas toi, non ? Tom Paine à jouir, lol* » ; et le percepteur, ayant lu le post une première fois très vite, puis une seconde fois avec plus d'attention, retransféra le lien à Maeve Brennan qu'il n'appréciait pas. Maeve le lut à son bureau de l'hôtel de ville, se leva, ferma sa porte, et s'assit pour le relire en se tamponnant les yeux.

C'était une petite ville, et malgré cette conviction yankee que chacun menait une existence indépendante, tout le monde s'occupait tout le temps des affaires des autres. Rien n'empêchait de trouver qui avait rédigé ces atrocités sans même avoir le courage de signer de son nom. Mais elle n'était pas vraiment pressée de mener une enquête, de débusquer et de confronter ses ennemis, ni même de les connaître. À la vérité, elle voulait bien l'admettre, elle ne faisait pas un très bon boulot. C'était difficile. C'était déjà difficile, en période de vaches grasses, de gérer un budget susceptible de satisfaire tout le monde, de fournir des services et de les payer, et on en était loin. Ce boulot requérait bienveillance et fermeté, et elle ne possédait ni l'une ni l'autre. Elle en avait conscience. Ce qui la blessait, c'était le niveau des injures. Elle avait cru que ses voisins, voyant combien elle se débattait avec un travail qu'elle n'avait jamais demandé, auraient éprouvé un peu d'indulgence. Mais les périodes de crise faisaient ressortir le mauvais côté des gens, semblait-il, et cet Internet, c'était comme un cabinet de toilette géant où on pouvait se permettre de gribouiller toute la haine qu'on voulait.

On était à trois semaines et quelques des élections. Si on ne lui renouvelait pas ses fonctions, elle serait déçue, mais au fond d'elle-même, un peu soulagée. Personne ne faisait campagne, naturellement. Il y avait, à sa grande honte, des panneaux plantés sur des pelouses, avec son portrait et son nom, le quartier général du parti à Boston en avait fait parvenir spontanément une boîte entière. Des employés de l'hôtel de ville en avaient emporté une demi-douzaine pour les planter dans l'herbe là où ils habitaient, mais la plupart des panneaux étaient restés dans la boîte. Le jour où Maeve en avait vu un vandalisé, elle avait refusé que quiconque en prenne un autre. Chaque fois qu'elle le pouvait, elle restait dans son bureau. Elle dut renégocier le contrat de salage pour l'hiver prochain avec un vieux tyranneau de Pittsfield, désagréable, rougeaud, qui n'était même pas au courant de la mort de Marty, et qui avait quitté l'hôtel de ville avec un sourire ironique laissant entendre qu'il l'avait bien grugée, ce qui était probablement le cas. Elle n'aimait plus se rendre à l'Undermountain, parce que si le cuisinier et la serveuse lui souriaient encore, leurs sourires n'étaient plus les mêmes.

— Vous savez, lui dit le percepteur un jour glacé et ensoleillé de fin octobre, debout sur le seuil de son bureau où il mordait dans un sandwich du Dunkin' Donuts sur la 7, rien ne vous oblige à faire ce travail si ne voulez pas.

— Pourquoi me dites-vous ça ? lui demanda Maeve.

— Je crois n'avoir jamais rencontré quelqu'un qui déteste son boulot à ce point. Et là, la possibilité s'offre à vous de vous sortir de là. Si vous ne faites rien, vous allez vous retrouver piégée encore quatre ans.

Mais qui voudrait ma place, pensa-t-elle, et tout à coup, elle comprit :

— Vous voulez le faire ?

Il haussa les épaules et lui adressa un sourire qui découvrit ses dents pleines d'œuf.

Les gens et leurs ambitions la fatiguaient, beaucoup trop pour la blesser.

— Je vais y réfléchir, lui dit-elle. Il reste du temps, légalement, pour vous inscrire sur la liste ?

— Oh, oui, plein. La charte prévoit d'accepter des candidats jusqu'à la tenue de l'assemblée des habitants.

Cette assemblée se réunissait le jeudi précédant les élections, dans l'auditorium au bout du couloir où elle était assise et lui debout. Une fois rentrée, ce soir-là, Maeve regarda *Survivor*, sans trop se soucier, pour une fois, du résultat. Le plus honteux, c'était de savoir qu'elle hésitait seulement parce qu'elle avait besoin du salaire. Elle avait soixante et un ans et aucune autre perspective. Pourquoi fallait-il que ce fichu Marty Salomon soit mort ? Un peu moins de plats frits et ses problèmes seraient encore de son ressort, à lui. Le lendemain, elle téléphona à Abigail Bogert, la rédactrice en chef de la *Howland Gazette* et auteur d'au moins deux articles à la une chaque semaine, en lui disant que si elle voulait bien l'inviter à déjeuner dans ce restaurant chic qui venait de remplacer le Benihana, Maeve lui réservait un scoop.

Abigail fut plus inquiète qu'excitée. Les scoops, généralement, n'étaient pas ce qu'elle recherchait ; elle dirigeait la *Gazette*, qui existait depuis 1887, en relation étroite mais fragile avec la ville et ses entreprises les plus solides. Elle représentait une force – la *Gazette* servait à soutenir la ville, à la dynamiser, à l'alimenter plutôt qu'à la critiquer. Et malgré cela, le journal ne survivait qu'à la marge. Abigail devait impérativement plaire à ses lecteurs, suffisamment pour repousser le jour fatal où l'un ou plusieurs de ses annonceurs réguliers déciderait de se retirer. Mais si tout cela était une source de stress, aucun problème éthique ne se posait à elle. Elle désirait la réussite de la ville, et elle désirait l'éclairer sous son meilleur jour possible. Elle n'avait aucun goût pour la controverse, ni sur le papier ni en personne.

Son cœur s'emballa donc un peu quand Maeve lui fit part, les yeux un peu mouillés, de sa décision de semer un chaos relatif dans la gestion de la municipalité. Les élections avaient lieu dans deux semaines – douze jours après la publication du prochain numéro de la *Gazette*, organe par lequel presque tout le monde apprendrait la nouvelle. Abigail allait devoir jouer finement pour ne pas affoler les gens.

— Pour commencer, dit Maeve, je n'ai jamais été candidate, Abby, tu le sais.

Abigail posa son stylo et son carnet, s'efforça de manger ce qu'on lui avait servi et qui contenait des fougères.

— Je n'ai jamais prétendu être la mieux qualifiée. Je suis seulement celle qui s'est proposée. J'ai fait tout ce que je pouvais. Je ne mérite pas toute cette agressivité. Ce n'est pas ma faute si les finances vont à vau-l'eau.

Abigail regarda autour d'elle pour s'assurer que personne n'avait entendu. La salle était à moitié pleine, mais elle ne reconnaissait aucun client.

— Comment est ta soupe ? s'enquit-elle obligeamment. Mais on ne dit plus soupe, n'est-ce pas, ils appellent ça autrement.

— Les gens adorent se plaindre, poursuivit Maeve.

Les deux femmes se connaissaient depuis plus de dix ans ; ni l'une ni l'autre n'avait grandi dans la région, à l'inverse de leurs deux défunts maris.

— Je t'ai demandé de m'inviter dans ce restaurant chichiteux parce que je voulais l'essayer, mais l'addition risque d'être scandaleuse.

— Le journal peut se le permettre, répliqua Abigail, même si celui-ci lui appartenait et qu'elle avait tenu à commander le deuxième plat le moins cher de la carte.

— Bref, je disais que les gens adorent se plaindre, mais que pas un seul ne se porte volontaire. Ils veulent diminuer mon salaire. Vingt-quatre mille dollars par an ! Rien d'extravagant ! Je ne dors pas à l'hôtel de ville, tu sais, je dois payer le chauffage comme tout un chacun.

— Personne d'autre ne fait campagne ? voulut savoir Abigail. Ce serait un des articles les plus difficiles à écrire de sa vie.

— Eh bien, non, il y a toujours un ambitieux, bien sûr. Tom Allerton. Il dit qu'il veut être candidat. Personne ne l'aime tant que ça, semble-t-il, c'est mon impression. Mais bon, qui aime le percepteur ? Je suis sûre qu'il s'en sortira très bien.

— Est-ce que je peux dire que tu le soutiens ? Que tu, comment dit-on, lui passes le relais ?

— Dis ce que tu as besoin de dire, Abby. Je ne cherche pas à te compliquer la vie.

Abigail se sentit un peu rassérénée, et elle regagna son bureau pour rédiger son article d'une manière honnête tout en le calibrant pour ne pas provoquer d'excitation. La mise en page de la une la tracassait – elle voulait ne pas traiter le papier comme une catastrophe, tout en soulignant le respect dû à Maeve – et, pour finir, elle opta pour un titre sur trois colonnes au lieu d'un gros titre. Quatre jours plus tard, le journal se trouvait dans la boîte de tous les abonnés. Même Gerry Firth avait un abonnement, parce que la *Gazette*, en retard de vingt ans à tous points de vue, n'avait pas de site web. Quand il étala le journal sur la table de la cuisine, son visage s'empourpra, sa première pensée étant que c'était arrivé grâce à lui. Mais il se reprit vite. Le simple fait de mettre ses pensées par écrit et de cliquer sur Envoyer ne fait pas de vous un Thomas Jefferson, songea-t-il. Vous restez un type au chômage qui tâche de mettre de l'ordre dans ses pensées. Gerry s'efforçait, en vue d'une campagne générale d'amélioration de soi conçue pour rendre sa vie conforme à ses principes politiques, de rester humble. Mais le problème n'était pas un excès d'orgueil – c'était que la distinction entre l'humilité et la haine de soi se révélait en pratique insaisissable. Il relut l'article. Tom Allerton, pensa-t-il. Je lui ai vendu sa maison. Et c'est un crétin. Le changement ne se fait pas facilement.

Il décida d'assister à cette assemblée du jeudi, réunion généralement de pure forme destinée à approuver la liste des candidats à l'élection qui aurait lieu cinq jours après, mais promettant cette fois d'être plus animée. Un grand nombre d'habitants de Howland prirent la même décision, y compris son frère Mark qui ne cessait de penser à un point que l'article de la *Gazette* n'évoquait même pas : il s'agissait de la première élection depuis la mort de Marty Solomon, et donc si Maeve jetait l'éponge et que ce Tom Allerton se présentait à sa place, il restait encore un siège de conseiller à pourvoir. Mark ne laissait pas cette idée se développer jusqu'au bout, mais il paraissait logique que les participants soient amenés à proposer quelqu'un pour ce troisième membre du conseil, quelqu'un, très vraisemblablement, venu assister à cette assemblée.

Ce n'était en aucune façon une foule compacte. Alors que la plupart des années électorales il pouvait venir une vingtaine de personnes, cette année il y avait entre trente-cinq et quarante présents, mais on disposait d'assez de chaises pliantes pour tout le monde et même plus. Les cinq membres du conseil de Howland en poste s'installèrent à la lourde table à rabats. Il y avait du café au fond de la salle et des biscuits Pepperidge Farm sur un plateau ; pas assez pour tenir jusqu'à l'ouverture de la séance, mais il en allait toujours ainsi – les gens mangeaient toujours tout ce qu'il y avait sur le plateau.

On commença par le Serment, puis par la minute de silence en hommage aux enfants de la ville tombés au combat et dont les noms étaient gravés sur l'obélisque qui se dressait au centre de l'intersection principale de Howland. Le secrétaire de mairie fit voter et approuver le procès-verbal de la réunion précédente, après quoi il fit la lecture de la liste des candidats à l'élection de jeudi. L'actuel assistant de Tom fut nommé seul candidat au poste de percepteur, Tom le seul candidat au poste de Premier Élu, et le nom de Maeve ne fut pas prononcé. Tom arborait un sourire tranquille, conciliateur, bien qu'il portât de temps à autre un mouchoir blanc à son front. Dans une minute ou deux, on lui demanderait s'il voulait prononcer un discours, formalité dont il s'était abstenu lors d'élections précédentes. Pourtant il avait ce soir préparé quelques mots destinés à rassurer la ville, en ces temps de transition brutale, mais néanmoins harmonieuse et démocratique.

Il n'était pas rare, au cours de ces assemblées, que des gens lancent des plaisanteries pour saper la gravité désuète et surtout théâtrale du rituel tout entier. Mais ce soir, tout le monde était calme. Même si les candidats n'avaient pas d'opposants, il ne s'agissait pas moins de la démocratie en action, l'essence même de ce qui les distinguait de tant d'autres nations sur la terre dont une partie haïssait exactement cela, voulait le détruire ou le leur ravir ; et tous, solennellement conscients de cet antagonisme, l'absorbaient et le reflétaient. Avant de laisser place aux discours préparés par les candidats, le secrétaire demanda si d'autres personnes désiraient s'inscrire sur la liste électorale avant sa clôture officielle.

— Oui, moi, s'éleva une voix.

Tout le monde se retourna pour en localiser l'origine et le secrétaire, selon l'usage, demanda :

— Voulez-vous vous lever, monsieur ?

L'intervenant se leva et la moitié des participants reconnut Philip Hadi.

S'ensuivit une longue pause hésitante ; chacun finit par se détourner de Hadi pour faire face au secrétaire, dans l'attente que quelque règle de procédure soit invoquée et leur indique l'étape suivante. Le secrétaire connaissait la règle, mais il était un peu trop intimidé pour la mettre en pratique.

— Oui ? dit-il enfin.

— Bon, eh bien, j'ai rédigé ces quelques mots, commença Hadi.

Il portait toujours ce gilet en polaire noire sur sa chemise blanche ; sa tenue avait cessé de paraître ridicule, songea Mark en l'observant depuis le dernier rang, comme si Hadi avait patiemment attendu qu'elle devienne non pas sa manière de ressembler aux autres, mais sa manière de ressembler exactement à ce qu'il était. Et puis, il faisait froid dans cette salle de sport. Toutes ces années où les responsabilités incombaient à Marty on n'avait même pas modernisé le chauffage.

— La ville de Howland, dont je me considère désormais le citoyen, lut Hadi, est fragile. Son économie est en décroissance, son assiette fiscale se réduit et, avec tout le respect dû à ceux ici présents qui ont rempli de leur mieux leur devoir civique, elle n'est pas gouvernée de façon professionnelle. Après mûre réflexion, j'ai décidé de me porter candidat à la fonction de Premier Élu.

Il replia son papier mais resta debout. Il ne semblait pas nerveux, pas exactement, songea Gerry. Irrité ? Ce n'était pas ça non plus. Il ne tirait aucun plaisir à faire cela – retenir l'attention de toute une salle – mais il ne doutait pas de pouvoir le faire.

Deux ou trois personnes commencèrent à applaudir, mais échouant à entraîner les autres, elles cessèrent.

— Eh bien, dit le secrétaire, ce n'était pas le moment des déclarations, mais d'accord. Êtes-vous prêt à répondre aux questions qui pourraient être soulevées par les participants ?

— Bien sûr, dit Hadi. Dois-je me déplacer ?

— Non. Chers concitoyens, essayons de procéder de façon ordonnée. Si nécessaire, nous…

— Avec quel argent pouvons-nous vous payer ? lança quelqu'un. Il nous est impossible de vous donner ce qu'un type comme vous peut réclamer.

— Je ne prendrai pas de salaire, répondit Hadi. Cela augmente tout de suite le budget de la ville de quoi, vingt-quatre mille dollars ?

— Qu'en est-il de la hausse des impôts fonciers ? Vont-ils encore grimper pour nous sortir de cette fragilité dans laquelle nous sommes, selon vous ?

— Oui, pour les impôts fonciers, nous pouvons revenir sur la hausse appliquée l'an dernier. Elle n'était pas vraiment nécessaire.

— Elle n'était pas nécessaire ? s'indigna Maeve.

— Elle a été décidée pour maintenir l'administration à flot. Elle n'a pas servi à la croissance en elle-même. La nature d'une administration – et cela ne vaut pas seulement pour Howland – est de devenir à la fois le moyen et la fin, de s'autosuffire et s'autojustifier. On peut très simplement en éliminer une grosse partie.

— Et la remplacer par quoi ? Vous ?

— Et la remplacer par rien. Je ne veux pas être sentimental et dire que les citoyens d'une petite ville du Massachusetts comme celle-ci ont par le passé toujours su se prendre en charge individuellement et collectivement. Mais je dirais que lorsqu'un besoin véritable et commun apparaît, les citoyens courageux et exemplaires trouvent toujours le moyen d'y répondre.

Un silence de mort régnait dans la vieille salle de sport. À l'autre bout de la rangée, Mark regarda son frère, les yeux écarquillés ; s'ils avaient été assis l'un à côté de l'autre, il n'aurait pas résisté à la vieille envie affectueuse d'exprimer ce qu'il ressentait en donnant une bourrade à Gerry. Il avait songé à se présenter lui aussi, mais là c'était vraiment mieux.

— Une partie du budget que vous ne jugez pas nécessaire, s'insurgea Maeve en s'efforçant de maîtriser l'émotion qui faisait trembler sa voix, constitue une réserve en cas d'urgence. Certaines années il neige vingt fois au lieu de dix. L'année dernière, le collecteur a débordé devant le kiosque à musique. Que se passe-t-il dans un cas pareil ? Vous voulez que les gens prennent les décisions collectivement, mais dans certaines situations, on ne peut pas attendre.

Hadi sembla réfléchir un long moment. Après quoi il leva la tête et haussa les épaules :

— Je paierai la réserve.

— Comment cela, vous paierez la réserve ? Et comment faisons-nous pour vous rembourser, si vous diminuez toutes nos taxes ?

— Je connais le détail des dépenses de Howland, en période de richesse et en période de pauvreté, et pour le dire franchement, ce n'est pas si compliqué. Je veux que cette ville se relève sans perdre son caractère. Je veux sa prospérité. Et à cette fin, je répondrai aux besoins temporaires ou urgents, en cas de nécessité, avec mon propre argent. J'en ai les moyens. Cet endroit signifie beaucoup pour moi. Mais naturellement, nous sommes une démocratie et le choix vous revient.

Il se rassit.

Quelqu'un donna un léger coup de coude à Abigail :

— Ne faudrait-il pas noter cela par écrit ?

Quelqu'un lança une sorte de hululement de joie et le secrétaire eut une réaction excessive en criant :

— Si on ne peut pas maintenir l'ordre ici, je demanderai à l'officier Sergent d'expulser les protestataires. Officier ?

Sergent, au fond de la salle près de la sortie, décolla les épaules du mur et se redressa sans quitter sa place. Au même moment, son bipeur sonna. Il avait sa radio avec lui, en mode silencieux pendant la réunion ; levant un doigt pour s'excuser alors même que personne ne lui prêtait plus attention, il quitta la salle. La voix fâchée du secrétaire lui parvenait encore quand la porte se referma derrière lui dans le couloir.

C'était un appel du 911, en provenance des urgences de Pittsfield. Un incident domestique avait été signalé à l'intérieur de la zone de Howland, sur la Route 155, normal. Il ouvrit de nouveau la porte de la salle, seulement pour s'assurer que la situation ne dégénérait pas, et entendit le secrétaire, complètement désorienté à présent, évoquer une pétition ; déjà, les gens repliaient leurs chaises à grand bruit pour se placer dans la file d'attente afin de la signer. À voir Tom Allerton, se dit Sergent, on aurait dit qu'il avait reçu un coup de pied dans les couilles. Un type aussi gentil. Il laissa la porte se refermer et se rendit au parking. Le secrétaire serait furieux, et alors, il n'était pas agent de sécurité, il avait parfois un vrai boulot à faire.

Le véhicule de patrouille rugit sur les routes désertes. Il aurait pu enclencher la sirène, ou les signaux lumineux, mais à quoi bon, la voie était libre. Les arbres, à ce moment de la saison, étaient à la merci d'une bonne tempête qui les dépouillerait d'un seul coup de toutes leurs feuilles. Il parvint sur la portion de la 155, plate et exposée, le long de laquelle n'habitaient que ceux d'ici – pas de maisons de campagne ou de manoirs cachés dans le coin. Rien que des maisons normales, à peine éloignées du bord de la route, éclairées par les papillotements des visages en gros plan sur les écrans de télévision.

Les riches, pensa-t-il. Le monde se construisait autour de leurs coups de tête. Sûr, ce serait du nouveau sous le soleil si la ville votait en gros son financement par un milliardaire sentimental qui paierait leurs factures à leur place – mais il n'était pas insensible aux avantages de la situation. Il était épuisé par toutes les démarches à effectuer pour obtenir les choses les plus simples : un kit d'assistance routière neuf pour son véhicule de police, par exemple, quand il avait utilisé toutes les fusées éclairantes de l'ancien. Cela avait duré des mois. Les formulaires à remplir, les requêtes, les refus. Peut-être cela fonctionnerait-il mieux ainsi – aller frapper à la porte et dire : Hé, Crésus, l'unique flic de la ville roule sur des pneus lisses, je peux avoir deux billets de cent ? Merci mille fois ! Plus simple, ça oui.

Il s'engagea dans l'allée et descendit. Il resta immobile un moment, sans que rien lui parvienne de l'intérieur, et à l'instant où il fit un pas en avant, il entendit un bruit de chute. Il grimpa les marches en courant et frappa avec force, il plaqua son oreille contre la porte, n'entendit rien et recula d'un pas. Il n'était pas encore pleinement engagé, mais l'adrénaline avait pulvérisé toutes les pensées qui l'occupaient encore quelques secondes auparavant.

— Police !

La poignée tourna et la porte s'entrouvrit. Un homme apparut, trop calme, avec une expression dont Sergent avait appris à se méfier.

— Vous voulez ? dit l'homme.

— Bonsoir. Je suis l'officier Sergent. Désolé de vous déranger mais je réponds à un appel du 911 depuis cette adresse.

— Ah oui ? Je ne crois pas que l'appel vienne d'ici. Il vient d'ici ?

Il avait bu. Dans sa tête, Sergent passa en revue toute la liste. À la main gauche, posée sur l'embrasure, l'homme portait une alliance.

— Monsieur, votre femme est-elle à la maison ?

— J'adore quand on m'appelle monsieur.

— Comment vous appelez-vous ?

— Barrett Taylor.

— Monsieur Taylor, votre femme est-elle ici avec vous ? Je dois la voir.

— Vous devez la *voir* ? répéta l'homme en souriant. À quel jeu pervers jouez-vous ?

Et soudain, tout se mit en place pour Sergent, grâce à l'instinct développé à force de répondre à des dizaines d'appels du même genre : il n'y avait rien de vraiment grave, mais le type essayait de le forcer à monter au créneau. Ce genre de confrontation dégénérait tout le temps, sans aucune raison.

— Monsieur Taylor, je dois juste m'assurer que votre femme est ici, saine et sauve, et ensuite je pourrai m'en aller et vous laisser tranquille, entendu ? Désolé, mais nous avons tous des règles dans notre boulot, et celles-là sont les miennes.

— J'adore vous entendre parler, vous autres, railla Barrett. Chérie ? Viens ici, l'Officier Aimable doit s'assurer que tu n'as rien.

Il écarta la porte d'une dizaine de centimètres supplémentaires et la tête de sa femme apparut sous son bras. Elle avait le visage rouge, mais ça aurait pu être pour un tas de raisons.

— Mec, casse-toi, dit-elle.

Son mari sourit fièrement.

— Madame, avez-vous appelé le 911…

— Ça doit être notre salope de voisine. C'est elle qu'il faut arrêter si vous avez tellement envie d'arrêter quelqu'un. Vous voyez, c'est ça le problème aujourd'hui. Tout le monde se sent obligé de fourrer son nez dans vos affaires.

— Madame, avez-vous bu ?

— C'est pas vos putains d'oignons, hurla-t-elle. Vous n'avez pas honte de faire ce boulot ?

Son mari laissa légèrement tomber sa main sur son épaule. Sergent essaya, tant bien que mal, de jeter un œil derrière eux, dans le salon. Il vit des vêtements, des assiettes sales et un sac de sport, mais aucun attirail pour consommer de la drogue et rien du tout qui indiquât la présence d'enfants.

— Comme vous pouvez le constater, fit Barrett, elle ne vous l'envoie pas dire.

— Je déteste les flics, putain ! beugla-t-elle.

Elle se saisit de la porte que tenait son mari et la claqua au nez de Sergent. Il ne bougea pas. Il y avait tout lieu, à n'en pas douter, d'entrer à l'intérieur de leur domicile. Et à n'en pas douter, il finirait par menotter et embarquer l'un des deux ou les deux à la fois. Ce qui lui prendrait plusieurs heures. Et pour quel résultat ? Ils avaient raison : quel besoin avait-il d'être là ? Pour le compte de qui ? Que cette racaille aille se faire foutre. Ils pouvaient rester derrière leur porte fermée, à se tirer l'un l'autre vers le bas en privé. L'idée que leurs problèmes personnels le concernaient d'une façon ou d'une autre était une pensée magique, une construction de l'esprit, une merde à faire pleurer dans les chaumières, qui cessait d'être vraie dès qu'on cessait d'y croire. Dans le clair de lune glacé, il envoya un message radio annonçant que l'urgence était résolue et il rentra chez lui retrouver sa propre famille avant que ses enfants ne soient allés se coucher.

3

Mars : navets, carottes, panais, roquette, mâche, blettes multicolores, agneaux du Dorset, porc Tamworth, endives belges, cardons, miel.

Le restaurant était rarement réservé à plus des deux tiers, mais Todd aimait que les choses soient ainsi. Quand il régnait une bonne ambiance dans la salle, le rythme et l'attitude en cuisine se mettaient au diapason. Le climat était davantage dévolu à l'apprentissage, tel un hôpital universitaire par opposition à un champ de bataille, un hôpital de campagne. Il avait le temps et la patience d'expliquer ce qu'il faisait, pas seulement aux dîneurs mais aux jeunes sous-chefs, aux cuisiniers et aux apprentis cuisiniers en stage. Des étudiants de l'École américaine de cuisine, à soixante ou soixante-quinze kilomètres au sud de l'Hudson, pouvaient maintenant signer avec lui un contrat de stage équivalent à une année, alors pourquoi pas ? Il faisait ici œuvre de pionnier – non pas en termes de technique, devenue de toute façon une sorte de cul-de-sac suspect, mais en termes de philosophie – et la campagne était belle, même en hiver, surtout pour ceux qui n'en avaient pas l'habitude.

Quant aux conséquences financières qu'entraînait une salle aux deux tiers pleine, celles-ci ne l'inquiétaient pas. Les prix n'étaient pas un problème. Le restaurant ne proposait pas de carte, mais un dîner à prix fixe où Todd servait ce qu'il lui prenait envie de préparer ; en ce moment, il coûtait 195 dollars, mais il aurait pu demander le double. Il ne souhaitait pas exclure complètement les gens d'ici. Qu'ils viennent lors d'occasions spéciales. Mais il se rendait compte au cours de son tour de tables – en leur parlant, bien qu'il l'eût deviné simplement en les regardant – qu'il ne servait presque plus désormais que des étrangers. Le restaurant était devenu une destination. Le maître d'hôtel disposait d'une liste d'hôtels et de B&B locaux pour les clients de New York qui demandaient une réservation et qui n'imaginaient pas à quel point il serait hasardeux de reprendre la longue route du retour après avoir été nourris de cette façon.

Et les journalistes commençaient à flairer la piste, les critiques du *Times*, de *Gourmet*. Dès qu'ils se seraient donné le mot, le restaurant serait complet tous les soirs. Il devait profiter de ces services tranquilles tant qu'il le pouvait.

Avril : poireaux sauvages, champignons shiitaké,
crosses de fougère, cresson, asperges, rhubarbe, blettes, rattes,
agneaux du Dorset, oison de Toulouse, porc Tamworth,
poireau, raifort, mâche, feuilles de pissenlit.

Les dîneurs recevaient, au lieu d'un menu traditionnel, un petit livret présentant, chaque mois, la liste des ingrédients de saison qui composeraient le repas du soir. Ils recevaient également un petit crayon, au cas où ils souhaiteraient rédiger, pour mémoire, quelques observations ou impressions. Le dîner comptait généralement de seize à dix-sept plats, et il voyait bien que les gens appréciaient l'attention consistant à leur ménager le temps de prendre quelques notes.

Il voulait leur servir des produits de saison, des produits locaux – les restreindre et les intéresser, ce que la plupart des restaurants gastronomiques ne se donnaient pas la peine de faire, au lieu particulier où ils se trouvaient, et aux cycles temporels – mais il fallait également apprendre aux producteurs locaux à cultiver d'autres légumes : à cultiver ceux qui pourraient prospérer ici, et que de rares fermes familiales du Berkshire connaissaient. Les produits que lui vendait Jack Whalen, par exemple – les betteraves, les asperges –, étaient magnifiques. Todd en savait assez sur le terroir pour affirmer que le chou-rave rouge donnerait très bien aussi sur son sol. Mais Jack ne connaissait rien au chou-rave parce que personne ici n'en mangeait, et il se demandait si ce n'était pas un genre d'hybride ou le résultat d'une expérimentation génétique moderne. Todd ne lui mettait pas la pression. Il venait à la ferme une fois ou deux par semaine, en bon voisin ou pour voir ce qui poussait. Même ainsi il avait l'impression d'imposer sa présence ; la femme de Jack, Joanna, qui avait été victime d'une attaque et qui marchait et parlait avec difficulté, insistait toujours pour lui offrir le café – ils étaient de la vieille école – même si ses efforts nécessaires pour circuler dans la cuisine entraînaient une souffrance visible à la fois chez elle et chez son mari. Un jour, pour finir, Todd lâcha qu'il ne buvait plus de café, forcé ensuite d'entretenir son mensonge éhonté. Il craignit que Jack n'aperçoive le gobelet portatif qui se trouvait toujours dans sa voiture.

Aujourd'hui, au mois d'avril, il leur apportait une boîte en plastique remplie d'une sorte de bonbons de navet – il ne savait pas comment l'appeler autrement – qu'il avait réalisés en utilisant de l'azote liquide et la caissette de navets que Jack avait placée la semaine précédente sur la plate-forme de son camion.

— Je les ai servis samedi en dessert, leur dit-il. Les gens sont devenus fous. Impossible de dire ce que c'est avant de mordre dedans.

Jack en goûta un, et mâcha avec une étrange expression professionnelle et soucieuse ; Todd crut qu'il s'efforçait de distinguer les différents goûts, mais il se tourna vers sa femme et secoua la tête, de façon à peine perceptible :

— Trop dur à mâcher pour Jo. Mais c'est intéressant. Merci.

Les deux hommes allèrent dans les champs. Todd s'accroupit et écrasa un peu de terre entre ses doigts. Il goûta légèrement la pulpe d'un index. Presque gêné, Jack regarda au loin, vers les collines. Le ciel avait la belle qualité d'un début de printemps, froid quand un nuage couvrait le soleil, vif et stimulant, récuré par le vent. Todd reparla du chou-rave, donnant quelques chiffres qu'il avait en tête sur l'équilibre du pH qu'il entraînait dans les sols, disant qu'il connaissait d'autres restaurants dans l'ouest du Massachusetts qui en achèteraient aussi s'ils savaient qu'il était produit localement, et qu'il ne s'y opposerait pas même s'il aurait préféré en avoir l'exclusivité. Il comprenait qu'un agriculteur devait gagner sa vie.

— Il en a toujours été ainsi, comme le disait mon père, observa Jack.

Todd promit de financer les premiers semis, si Jack voulait bien lui dire combien il lui en coûterait. Rien que pour prouver qu'il avait raison, que ça pousserait très bien ici.

— Si vous le dites.

Todd lui adressa un grand sourire :

— Heureux de vous voir aussi excité que moi, fit-il sur le ton de la plaisanterie.

— Oh, ce que je plante n'a plus beaucoup d'importance. L'argent, c'est l'argent.

Attitude que Todd jugea un peu décevante. Il n'existait rien de plus excitant, de plus fondamental que la collaboration entre Jack et lui. Il quitta la ferme avec, comme d'habitude, un mélange d'énergie et de désolation. C'était triste à voir, ce vieux fermier et sa femme, plus jeune, handicapée. Elle s'efforça de sortir sur la véranda, au moins, pour lui dire au revoir, même si c'était visiblement dur pour elle. Pas douloureux, espérait-il. Elle avait toujours la même expression, une sorte d'inquiétude ou de confusion figée ; il ignorait si c'était l'attaque qui avait pétrifié ses traits ou si c'était simplement la façon dont elle ressentait les choses à présent. Il en avait conscience, ils n'aimaient pas le voir là, ils n'aimaient recevoir aucune visite. Mais il ne pouvait s'en empêcher. Jack et lui étaient maintenant comme des associés. Et le vrai rêve de Todd, qu'il lui semblait encore trop tôt pour formuler, était d'acheter la ferme et de produire exclusivement pour le restaurant – d'en faire en quelque sorte une exploitation transparente, fournissant le restaurant en direct, et un centre d'apprentissage destiné aux chefs et aux enfants, ou aux personnes intéressées par son approche globale et novatrice. C'était pour l'instant un sujet trop sensible pour l'aborder avec Jack, et pourtant chaque fois qu'il remontait l'allée pour regagner la route, Todd imaginait cette conversation dans sa tête, et chaque fois, leurs visages – celui de Joanna aussi – exprimaient le soulagement.

Mai : ail nouveau, asperges, rhubarbe, betteraves, carde jaune, maïs corné, tomates, poivrons, bulbes de fenouil, germes de soja, poireaux, aubergines, poussins, fleurs de moutarde, pousses de petits pois, vaches Lakenvelder, vaches normandes, porcs Tamworth, orties, carottes nouvelles, beurre.

La philosophie était la suivante : Nous, c'est-à-dire les Américains – les autres aussi, mais il fallait se concentrer sur son pays afin d'instiller un sentiment de fierté et d'identité à votre public –, sommes devenus étrangers à ce que nous mangeons. Où la nourriture est produite, où elle est préparée, comment elle parvient jusqu'à nous. Le simple fait de pouvoir livrer des bananes en plein hiver et à n'importe quel prix afin d'en couvrir le coût ne signifie pas que ce soit une bonne idée ni une idée productive. Nous sommes coupés de l'expérience la plus fondamentale et la plus caractéristique du vivant, de l'humain, du sens même de la survie. Todd rêvait de bâtir une structure en mesure de montrer au monde tout ce qu'il est possible de réaliser dans le cadre de son concept – un restaurant qui s'enorgueillirait non pas du narcissisme de la technique, mais de sa relation harmonieuse avec la terre, le climat, les saisons. Il pouvait, au point où il en était de sa carrière, préparer ce qu'il voulait, n'importe où dans le monde ; mais il rêvait de se plier aux particularités de l'époque et du lieu, et à partir de ce serment d'humilité, les autres apprendraient ce qui était possible. Une autre manière de cuisiner, de se nourrir, de créer de la beauté et du raffinement en continuant à vivre en harmonie avec la planète, avant qu'il soit trop tard pour changer les choses.

Et ce coin du Berkshire était parfait. Il ne pouvait pas être plus rural – la Nouvelle-Angleterre, c'était, si vous aviez un peu le sens de l'histoire, le berceau de l'Amérique – mais il se trouvait assez près pour faire venir les New-Yorkais, s'ils cherchaient véritablement à s'engager. Jusqu'ici, l'accueil avait été triomphal. Il attendait une visite du Michelin dès cette année.

Vers la fin du mois de mai, la salle à manger commença à se remplir sérieusement. C'était la haute saison ici ; les gens venaient passer l'été, des gens avec les moyens nécessaires pour dîner ici assez régulièrement. À l'occasion, une célébrité. En tant que restaurateur, vous aviez besoin qu'ils viennent un peu, mais pas trop. Si une absence était notable, c'était celle de Hadi, une célébrité, certes, mais surtout le Premier Élu de la ville dans laquelle Todd plantait les racines de son projet. Todd n'avait nul besoin, ni l'envie, de copiner avec lui, il avait l'impression qu'ils étaient un peu comme des associés, des âmes sœurs qui avaient vu la promesse de ce petit endroit resté intact ; mais Hadi n'était jamais venu au restaurant, pas une fois. Même quand Todd l'avait invité. Il était connu pour sa frugalité, Todd le savait, et il s'efforçait de ne pas le prendre pour lui. Quand Hadi sortait dîner, c'était généralement à l'Undermountain, la gargote située au bout de la rue de l'Hôtel-de-Ville. Il commandait toujours le croque-monsieur au bœuf haché. Tous les jours. De la même façon qu'il portait les mêmes vêtements. Il était un peu obsessionnel, disaient les gens. Après la dixième ou la quinzième fois, ils avaient rebaptisé à son nom le croque-monsieur au bœuf haché – imprimé un nouveau menu et tout – mais il ne réclamait jamais le menu de toute façon, et ils ne savaient donc même pas s'il était au courant.

Les saisies immobilières, même si elles n'étaient guère nombreuses dans le voisinage immédiat, semblaient un bon point de départ – moins d'argent à avancer, plus de profit au bout du compte –, et quand Mark en parla à Gerry, Gerry eut une idée géniale. La liste des ventes aux enchères était publiée dans la *Gazette* ; la *Gazette* paraissait tous les jeudis, ce qui signifiait qu'Abigail Bogert disposait de l'information quelques jours avant. Les deux frères Firth l'invitèrent à déjeuner pour plaider leur cause : des entrepreneurs locaux, non des spéculateurs venus de Dieu sait où, et si par hasard la liste publiée par la *Gazette* comportait une ou deux lignes de moins, cela ne pouvait que donner une meilleure image de Howland, non ? Mark avait prévu de tout expliquer lui-même au cours du déjeuner – il plaisait aux femmes mûres, et il savait d'expérience comment charmer les clients – mais il n'avait jamais vu son frère en mode travail. À la fin de ce déjeuner, la petite dame était tellement rouge d'avoir reçu autant d'attention qu'elle aurait probablement accepté de réécrire la une s'ils le lui avaient demandé. Ils pensaient de façon différente, ils parlaient de façon différente, les deux frères : la vie de Mark n'avait été qu'une suite de frustrations, mais c'était désormais un avantage. En juin, ils revendaient leur première acquisition, avec un bénéfice modeste de 2 000 dollars dont il donna vingt pour cent à Gerry.

Un matin d'août, Mark voulut aller visiter à Egremont une maison détenue par une banque. Il s'y rendit en voiture après le petit déjeuner, mais, exaspéré, il ne put même pas en voir l'intérieur : quelqu'un – un fou, le propriétaire expulsé, très probablement – avait pris une décision extrêmement hostile, celle de peindre toutes les fenêtres en noir. Mark retourna à Howland et retrouva Gerry pour déjeuner, s'attendant à un peu de commisération, mais Gerry lui rit au nez.

— Il y a ce truc maintenant. Ça s'appelle Internet !

Et comme de juste, dès son retour, il ne fallut à Mark que quelques minutes pour trouver des photos de l'intérieur ainsi qu'un plan des lieux. Il entendait encore la voix moqueuse de son frère, qui adorait le faire passer pour un idiot. Mais c'était son affaire, et quand on payait les gens pour travailler pour vous, leurs bonnes idées devenaient les vôtres.

Ils firent l'acquisition de la maison à Egremont en hypothéquant leurs trois autres, et ces photos trouvées sur Internet, si elles reflétaient la réalité structurelle, se révélèrent cruellement obsolètes. Un genre de désastre intime ou personnel s'était produit dans cette maison. Il y avait des dégâts des eaux partout, y compris sur presque toute la surface du parquet du salon, qui était déformé.

L'une des cuvettes des toilettes était fendue jusqu'au milieu – surprenant, mais pas si grave – mais le tuyau d'évacuation avait également été abîmé. Les placards étaient couverts de moisissures, les châssis de fenêtres semblaient avoir été attaqués au couteau ou aux ciseaux. Pourquoi ? Il ne savait rien des propriétaires précédents sinon qu'ils avaient cessé de rembourser leur prêt. Leur triste histoire circulait peut-être aussi sur Internet, comme tout, semblait-il, mais si c'était le cas, Mark n'avait aucune envie de la lire. Une maison, c'était une valeur, pas une histoire.

La maison d'Egremont était plus vaste qu'elle ne semblait, vue de la rue, avec un escalier extérieur conduisant à l'entrée et une chaufferie couverte qu'on pouvait convertir en deuxième cuisine ; pour Mark, le mieux consistait à la diviser en deux logements. Plus rentable de cette façon, certainement pour le genre de locataires qu'ils visaient. Les travaux, il aurait pu les effectuer lui-même, mais il aurait perdu un mois, peut-être plus, selon ce qu'il trouverait sous ce parquet. Il avait gardé le numéro de Barrett Taylor, il l'appela. Barrett dit qu'il ferait le travail puisqu'il pouvait réenclencher son chômage quand il aurait fini. Mark pensa qu'il avait l'air soûl. C'était un chieur, mais aussi l'un des rares types de sa connaissance capables de bien faire plusieurs choses différentes. Et ce chantier était parfait pour Barrett, parce que s'il voulait bien s'en donner la peine, il ferait un excellent travail et que, dans le cas contraire, il n'aurait pas de propriétaire sur le dos et Mark non plus. Barrett avait le chic de blesser les clients – un mécanisme inconscient, peut-être. Mark avait un jour été obligé de le virer sur-le-champ. Les riches ne l'aimaient pas, expliquait Barrett, parce qu'il les éclairait sur leur propre connerie.

Cinq semaines plus tard, Mark demanda à Gerry de venir voir les travaux de Barrett dans la maison avant de la proposer à la location. Gerry connaissait parfaitement les prix du marché local. Il fit les présentations et les deux hommes échangèrent une poignée de main.

— Vous m'avez payé une bière une fois, rappela Barrett, au Ship.

— Je crois bien m'en souvenir.

— Oui. C'était juste après la dernière fois que votre frère m'a licencié.

Mark leva les yeux au ciel.

— Bon, il y aura du travail régulier maintenant, dit Gerry. Ces parquets sont superbes, en tout cas.

Barrett sourit :

— Extraordinaire tout ce qu'on réussit à faire quand le patron reste loin du chantier. Mais alors vraiment loin.

— Très marrant, fit Mark. Alors écoutez. Voilà ce que je voulais vous demander. En hiver, avec cet escalier extérieur, le procès nous pendra au nez, et en plus on dirait une entrée de service, alors je me dis qu'il y a assez de place pour un escalier intérieur, juste derrière la porte d'entrée. Ce que je voudrais savoir, Gerry, c'est si masquer la vue sur la rue depuis ce qui est maintenant le salon pour mettre un escalier risque d'affecter...

— Et si une telle installation est simplement possible, coupa Barrett. L'escalier sera étroit.

— Elle est possible.

— D'après qui ?

— D'après moi. Et...

— Oh, alors vous m'excuserez. Je pensais que vous étiez là pour vérifier la largeur légale de l'escalier...

Le portable de Mark sonna. Il le sortit de sa poche, il affichait un numéro commençant par 212.

— Une minute, dit-il.

— Oui, ça baissera la valeur de la maison, sans aucun doute. En cas de revente, bien sûr. Mais ce n'est pas une raison...

— J'ai vérifié la largeur légale, dit Mark, c'est tout ce que je...

— Revente ? intervint Barrett. Dans ce cas pourquoi...

— Une petite minute, interrompit Mark, je dois répondre.

Il franchit la porte, descendit l'escalier et s'arrêta sur la pelouse envahie par la végétation.

— Mark Firth.

— Monsieur Firth ? Un instant, je vous passe Greg Towles.

Mark traversa le jardin vers la chaussée et attendit. Un semi-remorque – techniquement interdit sur cette route de campagne et cherchant à éviter la circulation sur la 7 – passa lentement en répandant son odeur. En face, il y avait un double garage, portes grandes ouvertes et rempli de vieilleries jusqu'au plafond ; au-delà, les arbres automnaux ondulaient dans l'ombre de la vallée.

— Mark ! La route a été longue et dure et vous vous êtes montré très patient, mais je suis heureux de vous annoncer de bonnes nouvelles. Il y a un accord. Le juge désigné dans cette affaire a nommé ce qu'on appelle un Avocat Spécialisé, une sorte de gestionnaire en charge de distribuer le moindre cent récupérable que notre ami Spalding a tenté de dissimuler. En contrepartie, nous avons accepté une formule de compensation, c'est-à-dire, en gros, le pourcentage que vous récupérez sur chaque dollar, sur la base des pertes que vous avez déclarées.

— Et c'est combien ?

— Dans votre cas, environ quarante-trois pour cent. Ce qui est très bien comparé à hier où vous ne receviez que dalle, non ?

— Avant ou après votre commission ?

— Avant. Si vous me permettez, je crois que nous l'avons bien gagnée. Vous ne pouvez pas savoir comme nous sommes contents. On saute de joie, ici.

— Qu'est-il arrivé… je veux dire, je ne voudrais pas me montrer ingrat ni rien, mais par pure curiosité, qu'est-il arrivé au reste de l'argent ?

— Ces types-là – en d'autres termes ces voleurs – savent très bien dissimuler leurs avoirs. Vous ne croirez jamais quelle quantité de travail cela représente d'en retrouver autant. Il y en a partout dans le monde. Nous avons fouillé jusque dans les plans d'épargne de ses enfants ! Nous avons été impitoyables. Le reste, il l'a dépensé, ou perdu, ou donné.

— Comment cela, donné ?

— À des œuvres de charité. Un tas d'argent à des œuvres de charité. Allez comprendre. Très difficile de récupérer ces sommes, même si nous l'avions voulu.

— Ouah, fit Mark. Je n'aurais pas deviné.

— Je sais, hein ? Mauvaise conscience, peut-être ? Ou peut-être sachant qu'on le tenait, a-t-il voulu les rendre inaccessibles. Bon, même s'il avait de mauvaises intentions, ce que personne ne sait, nous pouvons au moins nous consoler en pensant que l'argent sert à quelque chose de bien dans le monde. Non ? Et donc, le mieux, si vous pouviez juste faire un saut en ville, serait de venir lire l'accord, signer une déclaration de consentement, après quoi nous pourrons entamer les démarches pour vous rendre votre argent. Quand cela serait-il possible ?

— N'importe quand. Je suis très flexible en ce moment. J'ai du mal à croire à tout ça.

Towles éclata de rire :

— C'est toujours comme ça, hein ? Rien ne se passe, rien ne se passe et brusquement tout arrive.

De retour dans le salon vide, Gerry observait son frère par la fenêtre, furieux à cause de cette interruption qui traînait en longueur. Ce Barrett, il ne voulait pas la fermer. Il parlait sans arrêt, du lycée d'abord avant de glisser dans une sorte de tirade bizarre sur le fait qu'il détestait travailler pour Mark mais que tous les autres entrepreneurs du Berkshire menaient une vendetta contre lui.

— Je dis des trucs. Pas moyen de me taire alors que je devrais.

— Ah oui ? dit Gerry.

— Des trucs politiques parfois. Genre, des trucs interdits.

Gerry tourna son regard vers lui.

— C'est cette ambiance, on n'a plus le droit de parler. Parfois je ne peux pas m'empêcher de dire ce que je pense. Mais on ne peut même pas dire ce qui est vrai parfois, parce que soudain, ça devient tabou.

— Oui, c'est sûr, approuva Gerry.

Il regarda son frère remettre son téléphone dans sa poche et faire un petit geste du poing, comme pour dire Trop fort ! avant de revenir vers la maison. Putain, prends ton temps, majesté.

— Oui, les gens ne veulent pas qu'on parle, sauf d'une certaine façon. Quelqu'un peut déclarer qu'il va nous tuer tous, mais il ne faut surtout pas risquer de l'offenser.

— Les gens font de la lèche à leurs ennemis, confirma Barrett. Tout le temps.

Gerry le considéra soudain avec un nouvel intérêt.

— C'est vrai. C'est tout à fait vrai. Mais pourquoi ils font ça ?

— Aucune idée.

Mark entra et dit à Gerry que les autres décisions en matière de construction et de travaux lui revenaient entièrement. Ce qu'il jugerait le mieux adapté, Mark lui donnait carte blanche, et Barrett devait se mettre aussitôt au travail. Ils pouvaient discuter de sa paie. Maintenant il prenait le reste de la semaine. En souriant, il leur donna à chacun une tape dans le dos et se dirigea vers son camion.

— Abruti, dit Barrett.

Gerry voulut le remettre à sa place, lui rappeler la hiérarchie que Mark venait lui-même de saper en leur donnant à tous les deux les mêmes ordres péremptoires ; mais tout en sachant qu'il devait manifester sa réprobation, il ne parvenait pas à juger qu'il avait tort.

— Vous avez des frères et sœurs ? lança-t-il.

— Oui. Plutôt me couper le bras que de travailler pour eux. Hé, je peux vous poser une question ?

Gerry ne savait pas bien si ce type croyait vraiment qu'ils étaient potes à présent, ou s'il voulait voir sa réaction. Les hommes comme Barrett pouvaient parfois se montrer agressivement amicaux, intimes, comme s'ils essayaient de vous pousser à dire que vous vous pensiez meilleur qu'eux. Généralement, ce genre de chose se produisait dans un bar, où il pouvait se révéler difficile de trouver une porte de sortie.

— Allez-y.

— Vous faites quoi tous les deux ? En achetant ces maisons de merde. Je croyais que Mark se considérait comme un putain d'artiste. Je veux dire, je m'en fous, il fait ce qu'il veut, mais je n'arrive pas à comprendre en quoi ça rapporte plus que de faire des rénovations pour des connards de riches à qui on peut facturer n'importe quoi.

Gerry soupira :

— Si on loue à des gens en dessous d'un certain niveau de revenus, le gouvernement fédéral subventionne le loyer. Et par-dessus le marché, on détient ces propriétés achetées pour rien, à zéro pour cent d'intérêt. Ce sont donc des biens que nous pouvons hypothéquer, des biens qui valent deux ou trois fois ce que nous les avons payés. Nous prenons des emprunts pour acheter d'autres maisons. Si on le fait avec une seule maison, le retour sur investissement est assez maigre. Mais plus il y a de maisons, plus il y a d'argent, en résumé. Et grâce au gouvernement fédéral, tout est fait en sorte qu'on ne puisse pas perdre.

— Ha ! Moi qui croyais que c'était chez les riches qu'il y avait tout l'argent. Mais c'est chez les pauvres, c'est ça ?

— C'est chez le gouvernement qu'est tout l'argent, répliqua Gerry avec humeur. On ne peut pas le battre, mais on peut l'exploiter.

— Putain de Mark, commenta Barrett.

Mark rentra chez lui et prépara un sac. Il ne se donna même pas la peine de vérifier les horaires des trains ; s'il devait attendre à la gare de Wassaic, il attendrait. En semaine, il y avait un train environ toutes les deux heures. Karen était au bureau, à Caldwell House ; il s'assit dans la cuisine vide et lui téléphona pour lui apprendre la nouvelle.

— Et Haley ? dit-elle.

— Quoi ?

— Elle descend du bus à quatre heures. Je travaille.

— Pars plus tôt. Qu'est-ce qu'ils vont faire, te virer ?

— Peut-être, oui ! Ce que je veux dire, c'est que je vais pas...

— De toute façon, tu n'as plus besoin de ce travail. Voilà ce que je veux dire.

— Ne me dis pas de quoi j'ai besoin. Si tu attends un jour ou deux pour y aller, ça ne changera rien. Non ?

Ça ne changerait rien. Et maintenant qu'il faisait le calcul, il n'était pas sûr de pouvoir se présenter dans les bureaux de Towles avant cinq heures. Porté par son excitation, il n'avait réfléchi à aucun détail. Mais il n'allait pas admettre ce genre d'erreur.

— Très bien. J'irai demain, alors. Je voulais juste t'annoncer la bonne nouvelle.

Le lendemain, il se rendit à Wassaic et prit le premier train. Il aurait pu faire tout le trajet en voiture, mais il avait essayé quelques années auparavant et cela avait mal tourné : il s'était perdu, on l'avait klaxonné, il s'était fait coller une amende pour s'être garé là où d'autres voitures étaient pourtant garées aussi. Il regarda, deux heures et demie durant, défiler par la fenêtre le brouillard vert pâle. À un certain moment, une idée germa dans sa tête. Ce mec, ce petit mec louche, cette autre victime de Garrett Spalding, celui qu'il avait rencontré dans le bureau de Towles la dernière fois qu'il était venu – il y avait trois années pleines, maintenant –, peut-être serait-il là aussi aujourd'hui. Pourquoi pas ? S'ils avaient besoin de la signature de Mark, ils auraient aussi besoin de la sienne. Plus son cauchemar de crédit compromis et de vol d'identité traînait en longueur – et il n'était pas terminé, il y avait à peine une semaine ou deux il avait été obligé d'expliquer à une folle d'un bureau de recouvrement qu'il existait un vrai et un faux Mark Firth –, plus il finissait par se convaincre que ce petit mec était derrière tout ça, que toute cette journée et toute cette nuit à l'hôtel pendant que le mec répétait combien il était traumatisé, étaient une arnaque, une escroquerie, dès le début. Quand il se repassait le film de toutes ces heures, quand il se rappelait ce qu'ils s'étaient dit, il avait l'impression d'être un imbécile.

Et il ferait quoi s'il croisait de nouveau ce type aujourd'hui ? « Avez-vous volé ma carte de crédit dans mon portefeuille ? — Non. — Et je suppose que vous n'avez pas pris non plus la photo de ma femme et de ma fille que je vous ai montrée ? — Non, pourquoi est-ce que j'aurais fait ça ? Je vous ai pris pour un type bien, j'ai cru que nous avions eu ensemble un moment privilégié, que quelque chose était passé entre nous, mais j'ai dû me tromper, hein ? » Et cela les mènerait à quoi ? En dernier ressort, il pourrait tenter de lui extorquer des aveux, ou au moins le menacer ; ce n'était pas vraiment le genre de chose dont Mark était capable, et de toute façon, autant se l'avouer, il n'aurait jamais aucune certitude, il n'aurait aucun moyen de prouver quoi que ce soit, pas même à ses propres yeux. Le petit mec lui rirait au nez.

Mais l'idée n'en continuait pas moins à consumer Mark tandis que le train traversait les banlieues, ralentissait dans le Bronx, se glissait dans le tunnel : l'idée de faire peur à ce type, de l'intimider, qui se transformait en une image où il le faisait pour de bon, où il l'agrippait, où il le frappait jusqu'à ce qu'il avoue ses fautes. Mark se perdit en quittant Grand Central et dut faire tout le tour de la gare avant d'être sûr qu'il prenait la direction de l'ouest et du cabinet d'avocats. Les rues de la ville formaient un quadrillage mais il ne parvenait à s'orienter que lorsque le soleil se couchait. Elles étaient tellement bondées. Ce n'était même pas l'heure de pointe. Les gens s'énervaient rien que parce que vous restiez debout. Il avait emporté avec lui son dernier souvenir de la ville, sidérée et paralysée, donnant une impression de vide ; et donc le paysage urbain d'un jour de travail ordinaire, les incessants coups de klaxon et les vagues de piétons qui déferlaient sur vous sans vous voir le déstabilisaient. Il avait toujours détesté être ici, vraiment, d'autant plus qu'il lui semblait être entouré de gens qui savaient quelque chose qu'il ignorait.

Le somptueux siège de Rice and Powers était resté le même que trois ans auparavant, seuls les visages des agents de sécurité et des réceptionnistes avaient changé. L'entreprise de Mark avait toujours été synonyme de sa personne, mais il en existait d'autres, celle-ci par exemple, plus grandes que la somme des gens qui occupaient les bureaux et les fauteuils : des institutions tellement solides qu'elles ne dépendaient pas du tout de vous. Ce fut un soulagement de voir Towles et d'être de nouveau introduit dans son bureau minimaliste.

— Vous avez une mine splendide ! s'exclama Towles. L'air de la campagne ! Alors, c'est une nouvelle incroyable, n'est-ce pas ? L'arc de l'univers moral est long, comme disait l'autre. Je vous avais prévenu dès le départ qu'il nous fallait être patient, et maintenant nous y voilà.

— Combien avez-vous récupéré en tout ?

— Eh bien, cela prend du temps. Nous découvrons sans cesse de petits trous dans la plinthe. Et de nouvelles victimes, en fait, ce qui oblige à recalculer les pourcentages. Mais ça, c'est le travail de l'avocat spécialisé, Dieu merci, pas le mien. Donc, dès que nous aurons votre signature ici, tout le processus pourra s'enclencher.

S'enclencher ! Le visage de Mark se couvrit de rouge. Il pensait repartir avec un chèque, un chèque qu'il pourrait montrer à Karen, la forçant à capituler d'un sourire.

— Vous ne me remettez donc pas d'argent aujourd'hui ? demanda-t-il en s'obligeant à garder un ton léger, à ne pas laisser sa voix exprimer son anxiété.

— Pas aujourd'hui, reconnut Towles en riant, mais ça vient. La restitution est un long chemin. Pas pour les âmes sensibles. Vous et les autres plaignants avez été extrêmement patients.

Mark soupira :

— Justement, à propos des autres plaignants. Je suis intrigué par le type que j'ai rencontré ici, la première fois. Vous vous rappelez ?

Towles s'éclaircit la gorge :

— Eh bien, je n'étais pas présent ce jour-là...

— Ah, oui ! J'ai oublié son nom. Drôle de bonhomme, il habitait ici en ville, travaillait dans un labo à Columbia, je crois bien ?

— Ça ne me dit rien. Ah, si, attendez, je sais de qui vous parlez ! Parce que nous étions justement en train de parler de lui. Vous ne sauriez pas comment le trouver, par hasard ?

— Moi ? Non, aucune idée. Nous n'avons pas échangé nos numéros ni rien. C'était juste ce jour-là.

— Oui. Nous n'arrivons pas à le joindre. C'est bizarre. Aucune de ses anciennes coordonnées n'est valable. Nous essayons de le faire venir pour signer cet accord. Mais pas d'inquiétude, il finira par réapparaître, personne ne s'évanouit dans la nature aujourd'hui. Même s'il est mort, ne parlons pas de malheur, nous le retrouverons. Mon meilleur juriste est sur le coup. Pourquoi cette question, voulez-vous lui laisser un message, ou quelque chose ?

— Non, répondit Mark.

Et voilà. Il allait être obligé de laisser tomber, à jamais – même si ça ne le laisserait jamais tomber : l'agence de crédit lui avait expliqué qu'à ce stade, à moins de changer d'identité, Mark ne pouvait rien faire de concret – et tout cela parce que raconter son histoire serait trop humiliant. Il prit le stylo que Towles lui tendait patiemment :

— J'étais juste curieux. Nous nous sommes rencontrés ce jour-là, c'est tout. C'était un jour particulièrement étrange. En fait, je pense qu'il m'a volé quelque chose.

PROCÈS-VERBAL DE LA RÉUNION
DU CONSEIL MUNICIPAL

24 octobre 2004, 16 heures

Présents : M. Allerton, M. Waltz,
Mme Burrows (sec.)
Absent : M. Hadi

La réunion s'est ouverte par le Serment d'Allégeance. M. Waltz a demandé la liste des recouvrements. M. Allerton a présenté les chiffres montrant que le recouvrement pour l'eau et les taxes foncières se montait à 72 %, avec deux mois d'attente avant de pouvoir déclarer les arrérages officiels. M. Waltz a demandé s'il était probable que la liste des arrérages soit la même que les années précédentes. M. Allerton a émis l'hypothèse que oui, mais que cette liste risquait de s'allonger un peu, à cause d'un « sentiment anti-taxes » grandissant. Il a dit ensuite que, même sans l'augmentation de cette délinquance, les revenus directs tomberaient vraisemblablement à 12-15 %, à cause des réductions d'impôts « décrétées » par le Premier Élu. M. Waltz a corrigé M. Allerton sur l'emploi du mot « décrétées », et M. Allerton a déclaré « (s'être) trompé ».

M. Waltz a indiqué que les réserves destinées à la déneigeuse et au sel de voirie étaient les mêmes qu'en 2003, bien que les prix de l'entreprise aient augmenté. M. Waltz a dit que les prévisions anticipaient un hiver doux. M. Allerton a dit qu'il avait parlé avec M. Hadi et reçu l'assurance que tout déficit de trésorerie serait couvert en cas d'urgence.

M. Allerton a soulevé d'autres questions. M. Waltz a fait état d'un projet de célébration de la Fête du Train, indiquant que la Chambre de Commerce avait retenu les dates du 16 au 18 septembre. M. Allerton a voulu savoir pourquoi ces dates se situaient après la Fête du Travail, période où de toute évidence ceux qui n'étaient pas d'ici seraient présents en grand nombre. M. Waltz a expliqué que les commerçants locaux avaient spécifiquement réclamé une mesure de relance du commerce au cours de ce temps mort habituel, et que la Fête du Train relevait quoi qu'il en soit davantage d'une tradition locale, qu'elle célébrait l'histoire de Howland et avait peu à voir avec le tourisme en tant que tel. M. Allerton a demandé ce que la Chambre attendait de la Ville. M. Waltz a répondu qu'il ne faudrait qu'une levée des interdits de circulation, des heures supplémentaires pour l'Officier Sergent, et l'approbation d'une signalétique. M. Waltz a ajouté que les dates avaient déjà reçu l'approbation directe, et orale, de M. Hadi. M. Allerton a répondu que, dans ce cas, ce débat pouvait être clos.

La réunion s'est conclue sur une résolution officielle ayant trait au soutien à nos forces armées à l'étranger.

Soumis pour approbation,
Anne Marie Burrows
29/10/2004

Un jour de novembre pluvieux, le genre de jour qui semble, *a posteriori*, expliquer et excuser la mauvaise humeur générale, Candace perdit patience et dit à une élève quelque chose qu'elle n'aurait pas dû. C'était bien beau d'affirmer que les enfants sont les enfants et qu'on ne doit pas les laisser vous atteindre. Mais Candace n'avait pas l'arrogance d'exiger la perfection pour elle-même ; quand elle dérapa et fit pleurer l'une des élèves du cours de biologie humaine de quatrième, elle s'excusa dès que l'occasion s'en présenta, reconnut que c'était entièrement sa faute et suggéra d'oublier tout ça et d'avancer. Ce que, naturellement, la fille refusa de faire. La position de victime agissait sur elle comme une drogue au point qu'elle ne cessait de chercher le moyen de prolonger cet état.

Qu'il s'agît de Bayley Kimball n'était pas la faute de Candace. L'incident avait, indiscutablement, été provoqué par la jeune fille qui aurait dû, et certainement aurait pu, ne rien dire en voyant que Mme Firth portait sa chemise à l'envers. Quand elle attira l'attention là-dessus, la classe éclata de rire, ce qui de toute évidence enchanta Bayley puisqu'elle le répéta trois fois. Candace sourit et s'efforça de rire à son tour ; elle n'avait pas d'autre choix puisqu'elle n'allait pas retirer sa chemise et la remettre devant une classe remplie d'élèves de quatrième. Bayley, pour susciter le rire de nouveau, devait faire de la surenchère, parce que les autres se lassaient également de la blague ; elle lança – à son professeur :

— Vous devriez aller vivre chez votre mère pour qu'elle puisse vérifier comment vous êtes habillée avant de vous laisser sortir comme ça.

Candace se retourna et répliqua :

— Ma mère, au moins, ne me laisse pas sortir avec le mot « Juicy[1] » imprimé sur le cul.

Toute la classe poussa un « Ohhhhhhh » et Candace comprit qu'elle avait merdé. Bayley, Candace pensait que c'était à porter à son crédit, retint ses larmes jusqu'à la sonnerie.

Ce n'était même pas si grave que ça, se disait-elle sans pouvoir l'exprimer à voix haute, sauf peut-être pour son emploi peu judicieux du mot « cul ». Ses professeurs lui avaient dit des choses plus méchantes ; ne pas pouvoir se rappeler les circonstances particulières prouvait bien que se faire un peu taper sur les doigts par un enseignant ne signifiait pas la fin de tout. Mais la mère de Bayley alla voir le principal ; le principal s'entretint avec elle, puis avec Candace, puis avec elle et Candace et Patrick, et, ainsi que le principal prit la peine de le lui préciser plus tard, cela faisait un total de trois entretiens supplémentaires dont il aurait pu se passer. Il avait toujours montré qu'il pouvait être quelqu'un de sympathique, pensait Candace – il avait même sans doute, en dehors du travail, un solide sens de l'humour – mais dans sa vie professionnelle, seul l'intéressait le fait de savoir si vous étiez le genre de personne qui lui compliquait les choses ou plutôt le genre qui les lui facilitait.

La mère de Bayley exigeait que Candace soit renvoyée. Le principal fit valoir que c'était impossible. La mère voulut savoir s'il s'agissait d'une règle syndicale et le principal répondit que non, mais qu'il n'avait littéralement personne pour la remplacer,

1. « Juteuse ».

l'année scolaire étant si avancée. Tout ce temps-là, Patrick resta assis près de sa femme, l'air malheureux et impuissant. Personne ne lui demanda son opinion. Un seul mot, une seule révélation, et je pourrais changer les vies de tout le monde dans ce bureau, se répétait Candace. Elle en avait la nausée d'imaginer ce qu'elle risquait de trouver ce soir chez elle à son retour, quand elle aurait assez bu pour consulter son compte Hotmail. Pour finir, la mère de Bayley se contenta d'une vague promesse que Candace serait officiellement sanctionnée et d'une lettre d'excuse à la jeune fille.

Tout était résolu, mais Candace, se découvrant à présent elle-même incapable de lâcher prise, se rendit imprudemment dans le bureau du principal, sans rendez-vous, à l'heure du déjeuner.

— Bill, j'ai un peu réfléchi. J'ai obéi comme un bon soldat quand il a fallu retourner en classe après que Jo Whalen... quand c'est arrivé. Mais cela devait être provisoire et je voudrais officiellement demander à réintégrer mon ancien poste.

Bill mangeait des plats de la cafétéria sur un plateau de cafétéria, dans son bureau. Il s'essuya la bouche.

— Vous n'aimez pas l'enseignement ?

Elle voulait faire l'effort de s'ouvrir à lui, à quelqu'un – dire non, pas vraiment, plus du tout, ce qui explique sans doute pourquoi je ne réussis pas très bien – mais elle se rappela le lieu où ils se trouvaient, et quels rapports hiérarchiques il entraînait.

— Ça ne me déplaît pas. Là n'est pas la question. Il s'agit d'une rétrogradation, que j'ai acceptée à titre provisoire afin d'aider l'école à traverser une crise. Je ne veux pas que cela devienne permanent. Ma demande est parfaitement légitime.

— Tout à fait. Je vais la soumettre au district. Mais il faudra aller au bout du trimestre. C'est bien clair ?

C'était clair. Il n'y avait plus aucun problème avec Bayley, mais Candace se surprit néanmoins à compter les jours. Les années de collège étaient une période de souffrance et, à sa grande honte, elle ne voulait pas y être mêlée, ça la déprimait. Ils étaient tous si incurablement méchants les uns envers les autres. Elle les voyait apprendre tout ce dont ils avaient besoin pour devenir des adultes hypocrites, égoïstes, conscients de leur statut social, et il n'y avait rien à faire, autant s'évertuer à les empêcher de grandir. Elle essayait de les plaindre, mais essentiellement, elle ne les aimait pas. Elle sortait avec un homme – ils allaient boire un verre ou dîner avant de rentrer chez elle une ou deux fois par semaine – mais elle ne pouvait rien lui dire de tout cela. Quand elle s'y risquait, elle voyait bien qu'il croyait à une blague.

Au moins, c'était bien utile d'avoir des rapports sexuels réguliers : difficile d'imaginer son humeur massacrante si elle n'avait pas eu ça. Andrew, héritier du magasin d'articles de sport de Howland où entre autres Candace achetait ses baskets, était un type d'ici bien classique. Il croyait tout savoir : trop sûr de lui, condescendant, peut-être deux fois moins beau qu'il ne le pensait, il obtenait toujours ce qu'il désirait parce qu'il était trop bête pour comprendre tout ce qu'il y avait d'autre à désirer en dehors de la vie qu'il vivait, de la vie qu'il avait toujours vécue. Moins il en savait sur quelque chose ou sur quelqu'un, plus il se sentait supérieur. Elle voulait le briser. Elle le narguait et le provoquait jusqu'à la cruauté – parfois au-delà, mais jamais délibérément. Les facteurs régissant sa propre excitation sexuelle étaient compliqués. Son objectif, toujours, était de l'inciter à craquer, de l'inciter à fendre l'armure, de l'inciter à essayer de la dompter, à essayer de la faire taire. C'était comme un jeu, de l'amener à ça. Elle avait conscience d'exercer son emprise sur lui et en même temps de lui être soumise.

Il faisait chaud pour un mois de décembre, mais ils avaient gardé les fenêtres fermées à cause des voisins. Cessant de le chevaucher, elle retomba sur le côté en posant la tête et une main sur son ventre tandis qu'ils reprenaient leur souffle. Elle n'aimait pas regarder son visage quand elle avait joui, du moins pas tout de suite. C'était une bonne chose, se dit-elle, qu'il s'escrime à garder un ventre aussi plat. C'était, bien sûr, davantage par coquetterie que pour lui faire plaisir, mais quand même.

Inutile de faire le tour complet de Howland pour constater que ce genre de coquetterie masculine n'était pas monnaie courante.

— C'était génial, dit-il en manque d'inspiration.

Elle ouvrit les yeux et examina de tout près sa bite, une bite assez parfaite, sans lui en accorder aucun crédit, puisque c'était le fruit d'un heureux hasard. Il enchaînait les séances d'entraînement, mais ça n'en faisait pas partie.

Dans la pièce fermée leur parvint le bruit d'un téléphone sur vibreur.

— Le tien ou le mien ? questionna Andrew. Si c'est le mien, rien à foutre.

Candace leva les yeux et vit son téléphone glisser sur la surface stratifiée de la coiffeuse.

— Je ferais mieux de répondre, dit-elle du ton le plus sincère possible.

C'était sa mère.

— Bonjour, chérie. Je ne t'ai pas vue depuis un moment.

— Je suis venue il y a trois jours.

— Ah oui ? Bon, il y a des choses ici pour lesquelles j'aurais besoin d'aide.

— Je suis un peu débordée aujourd'hui.

Candace toisa Andrew sur le lit, l'exhortant en silence à bouger, à poser les pieds par terre et à aller se doucher.

— Je peux te rappeler ?

Elle raccrocha. En souriant, Andrew croisa les doigts derrière la tête :

— Alors ce matin j'ai eu ce mec de New York City, commença-t-il.

Il disait toujours ça – « New York City » – d'une voix moqueuse, faussement timide, que Candace avait depuis longtemps cessé de trouver drôle.

— Il m'explique qu'il est un spécialiste des skis en fibre de carbone, qu'il a fait beaucoup de recherches sur Internet.

Elle se sentit gagnée par le découragement : ce genre d'histoire ne pouvait aller que dans une seule direction. C'était l'essence même des hommes de sa vie. Toujours les personnages les plus intelligents de leur roman personnel. Toujours au-dessus de la mêlée. L'autodérision, voilà une qualité dont ils n'avaient jamais entendu parler.

Son téléphone recommença à vibrer. L'écran indiquait *Maman*.

— Bonjour, chérie.

— Maman. Tu viens de m'appeler.

— Quoi ?

— Il y a cinq minutes. Ne me dis pas que tu ne t'en souviens pas.

— Eh bien, si tu le dis, répondit sa mère avec douceur, comme on ferait avec un enfant.

Andrew posa les pieds par terre et s'éloigna vers la douche.

— Bon, je voulais juste te dire qu'il y avait certaines choses ici pour lesquelles nous avons besoin d'aide.

Elle attendit qu'Andrew soit sorti de la salle de bains, lui dit au revoir, se rinça de lui sous la douche, et monta dans sa voiture pour se rendre à Pittsfield. Il faisait une chaleur anormale et il y avait de la boue partout. Elle prit les petites routes aussi longtemps qu'elle put afin d'éviter les pièges que la Route 7 leur réserverait jusqu'au Nouvel An. Aux rares panneaux Stop, vitres baissées, elle entendait les craquements des arbres nus et puis son moteur les noyait aussitôt.

Personne ne voulait admettre que Maman avait un problème, il ne s'agissait pas d'un trop-plein d'émotion, de peur ou de déni, c'était surtout parce que l'admettre signifiait être obligé de faire quelque chose.

— Bonjour, chérie ! s'exclama sa mère en ouvrant la porte de la cuisine. Quelle agréable surprise !

Malgré son embonpoint, son corps vieillissait bien. Elle avait un visage pratiquement sans rides et son auréole de cheveux blancs était venue accentuer son éternelle expression de passivité douce, résignée, enjouée, une expression guère très différente de celle qui était déjà la sienne vingt ou trente ans auparavant.

— Maman, dit Candace sans irritation, mais d'un ton glacé, je t'ai dit que je venais. Nous nous sommes parlé il y a quatre-vingt-dix minutes. Et encore deux minutes avant.

Cette idée balaya le visage de sa mère comme un phare de voiture.

— Tu as déjà dîné ?

Le dîner consistait en un plat en aluminium contenant du poulet marsala ; il eut pour effet d'attirer son père des profondeurs de la maison, alors qu'il devait savoir que Candace était là depuis un moment. Quelqu'un qui ne les connaîtrait pas aurait pensé que c'était lui qui avait besoin d'attention. Il semblait le penser, lui aussi. Son attitude maussade, torturée, suggérait qu'on le négligeait totalement, que sa femme, et presque le monde entier avec elle, avait déserté son poste. Il aurait pu s'occuper d'elle – il aurait pu faire pour elle pratiquement tout ce que faisait Candace – mais il s'y refusait. Il voyait dans son foyer, comme dans le monde extérieur, un lieu damné sans espoir de salut.

— Alors, Maman, questionna Candace, tu m'as parlé de certaines choses pour lesquelles tu avais besoin d'un coup de main ?

Son père releva brusquement les yeux de son assiette.

— J'ai dit ça ?

— Par exemple, j'ai remarqué que le réfrigérateur est presque vide, poursuivit Candace comme elle n'ajoutait rien. Veux-tu que j'aille faire des courses ?

— C'est parce que ta mère a encore perdu ses cartes, intervint-il. Les cartes de crédit, les cartes de retrait. Il a donc fallu les annuler, et ensuite ils vous font attendre je ne sais combien de jours ouvrables pour recevoir les nouvelles.

Sa femme souriait comme s'il s'agissait d'une histoire concernant des inconnus.

— Bon Dieu ! fit Candace. Écoute, si tu préfères, je peux les garder pour elle, puisqu'elle a du mal à les retrouver. Et lui donner des espèces quand elle en a besoin.

— Il ne manquerait plus que ça ! maugréa son père.

— Chéri ! lui dit sa mère avec un regard de reproche.

Chéri. Un de ces jours, elle finirait sans doute par appeler tout le monde comme ça.

— Oui, Papa, c'est exactement ce que j'ai prévu, rétorqua Candace. Faire main basse sur vos millions.

Après le dîner, la lune éclairait encore assez pour lui permettre de sortir et de débarrasser des broussailles qui gênaient l'accès à la boîte aux lettres. Ensuite, elle fit la vaisselle. Obéissant à un pressentiment, elle monta dans la chambre de ses parents : de toute évidence, les draps n'avaient pas été changés depuis longtemps. Ou bien Maman avait commencé à les changer, puis ayant perdu le fil elle avait remis les sales. C'était déjà arrivé. Le père de Candace aurait parfaitement pu s'en charger. Mais c'était un travail de femme, et sa vie lui infligeait déjà assez d'humiliations pour se résigner à subir celle-là.

Il suivit Candace dans la chambre, n'appréciant pas du tout de la voir là. En bas, le poste de télévision continuait à glapir ses informations.

— Je dors là-dedans depuis la fête du Travail, dit-il. Elle s'en fiche.

— Papa. Elle oublie.

— Crois-moi, grogna-t-il en se tournant pour partir, il y a des choses que j'aimerais bien pouvoir oublier. Mais je ne peux pas me permettre ce luxe.

Elle rentra lentement dans l'obscurité, en empruntant les mêmes petites routes, à présent tranquilles. Ses lèvres remuèrent en silence durant tout le trajet. Comment toute cette responsabilité – non seulement sa part, mais aussi celle de ses frères, celle de sa sœur absente, tout cela – comment tout cela lui était-il retombé sur les épaules ? Où était l'équité là-dedans ? Mais surtout, le plus troublant, comment et quand cela était-il arrivé ? Ces gens qui avaient empoisonné son enfance, qui avaient systématiquement étouffé chez elle toute manifestation d'assurance, qui l'avaient vaccinée contre l'idée même du mariage (et c'était encore vrai, elle n'en avait jamais voulu, l'idée de mourir seule ne lui faisait pas plus peur que la perspective de mourir étouffée par quelqu'un qu'on déteste et sur qui on rejette toutes les fautes) : comment ces gens étaient-ils devenus son fardeau ? Chaque fois qu'elle appelait Gerry ou Mark pour leur demander de se manifester auprès des parents, ou d'y aller, ils le faisaient. En cas de dépense, ils voulaient savoir combien, rédigeaient un chèque et le lui envoyaient. Autrement, elle le savait, ils n'y pensaient même pas. Elle aussi désirait ardemment ne plus y penser, les oublier complètement comme s'ils étaient morts. Mais c'était devenu impossible et bien sûr elle ne pouvait pas revenir en arrière, au moment où cet accord tacite avait été scellé, quand, pas la moindre idée.

Le lendemain, le principal fit convoquer Candace dans son bureau par sa secrétaire. Il lui apprit que sa requête de promotion hors de la classe à un poste de principale adjointe avait été refusée par le district.

— Je n'ai pas demandé une promotion, protesta Candace. Je travaillais déjà à ce poste, j'ai accepté volontairement cette rétrogradation pour aider tout le monde – pour vous aider – et maintenant je veux le récupérer.

— Eh bien, ils ne voient pas les choses ainsi. Quand vous avez cédé ce poste, celui-ci a techniquement cessé d'exister, et de ce fait un poste d'adjointe doit de nouveau obtenir leur accord. Ils ont demandé un rapport et décidé que ce poste ne répondait à aucun besoin, traduisez : il n'y avait pas assez d'argent disponible pour ça. Cela entraîne une surcharge de travail pour moi, soit dit en passant. Je le déplore autant que vous.

Elle s'arrêta sur le seuil ; elle voyait, bien qu'il restât assis, que toutes les fibres de son corps désiraient la fin de cet entretien.

— Je démissionne, dit-elle.

Et c'est ce quelle fit ; son cours de biologie animale de cinquième commençait dans douze minutes, mais elle ne l'assura pas. Elle n'entra même pas dans la classe. Elle sortit du bâtiment, monta dans sa voiture et quitta les lieux.

Elle songea à entrer dans un bar – c'était semblait-il ce que faisaient les gens juste après ce genre d'action d'éclat – mais aucun n'était encore ouvert et de toute façon elle n'était pas vraiment d'humeur. Elle rentra donc chez elle, s'allongea sur son lit, et son adrénaline reflua comme la marée.

Comment en était-elle arrivée là ? Elle n'avait pas, comme sa sœur, déployé tous les efforts nécessaires pour partir : elle était restée, elle avait pris un travail qui la forçait à faire semblant de croire que les fils et les filles des gens qu'elle connaissait depuis son enfance avaient le désir d'être meilleurs que leurs parents. Ses vies non vécues, tous les cadavres des possibles, la hantaient. Peu importait sous quelle forme. Rien dans sa vie ne serait plus qualifié de temporaire, de provisoire, d'expérimental. C'était fini.

Ce qui avait pu donner à Renee l'élan nécessaire pour fuir et vivre une vie coupée de Howland – le narcissisme, l'assurance oublieuse, le don éhonté de se faire aimer des hommes –, Candace le voyait maintenant comme une addition de qualités horribles et détestables, mais pour la première fois elle regrettait de ne pas les posséder aussi. Ce devait être agréable de méconnaître à ce point la notion de tracas et de passer ses journées à transférer des mails à propos d'Agenda 21 ou ce genre de conneries.

Elle avait trente-quatre ans. De temps à autre, elle avait l'intuition qu'une thérapie ne serait pas inutile, que ses actes étaient déterminés par une part d'elle-même qu'elle ne comprenait pas ; mais il lui fallait quelques minutes à peine pour écarter cette idée. Parce que sur quel genre de psy pouvait-on tomber par ici, au milieu de nulle part ? Le genre pas assez bon pour réussir ailleurs, ce genre-là. Un raté amer, sur la défensive, comme elle, comme la plupart des gens qu'elle croisait tous les jours. Et elle allait demander à ce genre de personne de lui expliquer ce qu'elle était ? Non, merci.

De toute façon, pour l'instant, elle pouvait laisser de côté un sujet aussi trouble que sa santé mentale. La question à présent, c'était : vers quoi vais-je aller, où vais-je trouver un autre travail ?

Elle attendit jusqu'à cinq heures, heure à laquelle elle rentrait d'habitude, et traversa la rue pour acheter un litre de chardonnay chez son propriétaire. Ils n'échangèrent aucun regard.

Elle s'enivra et eut une révélation. Elle voulait apporter quelque chose au monde. C'était dans ce but qu'elle avait choisi l'enseignement public au départ. Dans son esprit, elle avait éliminé tout ce qui n'avait pas trait aux enfants, mais un grand nombre d'adultes avaient besoin d'aide, non ? Elle travaillerait dans une association ou un organisme caritatif. Nourrir les affamés, aider les pauvres. Même dans le Berkshire, vous aviez vos affamés et vos pauvres. Mais en cherchant sur Google, elle ne trouva que des organismes affiliés à diverses églises locales, et ça – travailler pour une église –, elle s'y refusait. Quand ils étaient petits, leur grand-mère maternelle avait tenté de les endoctriner religieusement, en leur faisant miroiter un McDonald's, mais ce compromis avait à peine duré un an que Mark et Gerry avaient déjà été renvoyés de la messe pour avoir craché l'un sur l'autre, et Grand-Mère avait déclaré qu'ils pouvaient bien poursuivre leur chemin vers l'enfer, elle s'en fichait.

Il fallait donc voir plus loin – ou pas plus loin nécessairement, mais en dehors des structures existantes. Si ce que vous vouliez n'existait pas encore, où aller pour le faire exister ? À un certain moment, au cours de la nuit, une idée germa. Elle était alors passablement ivre, mais à son réveil, le lendemain matin, celle-ci lui paraissait encore intéressante. En sortant de la douche, elle entendit sonner son portable ; c'était l'école, elle ne répondit pas. Elle appela plutôt le standard de l'hôtel de ville de Howland. Comme son appel était redirigé vers une boîte vocale, elle vérifia l'heure et constata qu'il n'était que huit heures vingt. Elle laissa un message en demandant un rendez-vous avec le Premier Élu afin de discuter d'un nouveau projet ; elle épela son nom en ajoutant que son frère était un de ses amis. Après cinq heures sans réponse, Candace décida d'y aller en voiture. Dans une ville d'aussi petite taille, la bureaucratie était un état d'esprit.

Elle était déjà entrée dans le bâtiment, mais deux ou trois fois seulement, pour des réunions de budget scolaire. Dans le hall d'entrée, juste avant le couloir conduisant au vieux gymnase, elle vit quelque chose d'étrange, pas moins étrange du fait d'avoir toujours été là : une « Banque alimentaire », plus exactement une table à jouer présentant l'éventail de boîtes de conserve et de provisions proposé aux plus nécessiteux. Elle semblait provisoire mais Candace se rappelait l'avoir déjà vue lors de visites précédentes. Peut-être les mêmes boîtes, comme dans un abri anti-atomique. Il n'y avait même pas de quoi tenir plus de deux ou trois jours pour une seule famille. Sans oublier que quelqu'un d'ici préférerait crever de faim plutôt que d'accepter une charité publique de cette espèce.

Hadi avait fait venir de New York sa propre secrétaire personnelle – l'ayant persuadée de s'installer à Howland, disait-on, avec mari et enfants, en échange d'un salaire qui ne se refusait pas. Il émanait d'elle une aura professionnelle intimidante, même derrière le minuscule bureau placé dans l'antichambre devant la porte fermée du bureau du Premier Élu. Candace demanda à le voir et crut déjouer la secrétaire en ajoutant :

— Je n'ai pas rendez-vous.

— Je regrette, dit la secrétaire, il n'est pas là.

La plaque sur sa petite table indiquait Mme Burrows. Elle avait cinq ou six ans de plus que Candace, huit au maximum.

— La tradition locale, la coutume, veut qu'on puisse s'entretenir avec les élus en personne, improvisa aussitôt Candace. Vous savez, ma porte est toujours ouverte. La transparence devant les administrés.

— Intéressant à savoir, fit la femme. Il n'en demeure pas moins qu'il n'est pas là, malheureusement.

Coincée, Candace regagna le hall désert. Elle commençait à voir dans son comportement les symptômes d'une sorte de dépression. Moins de vingt-quatre heures auparavant, elle avait un travail, elle enseignait. Debout près de l'étrange et solitaire banque alimentaire, elle pianota sur un coin vide de la table à jeu. C'était une nourriture atroce dont personne ne voulait, destinée, semblait-il, à punir l'échec. Asperges en conserve, un bocal de poivrons, un pack de six bouteilles d'eau aromatisée. On aurait dit que tous se satisfaisaient d'un simple étalage, à quoi bon gâcher d'excellents produits, autant réunir ceux dont personne ne veut et cela représentera ce que nous voulons que cette banque alimentaire représente.

Candace quitta le bâtiment et descendit la rue principale jusqu'à l'Undermountain pour s'asseoir et boire un café : nul besoin de se dépêcher de rentrer. Elle prit un tabouret au comptoir, sous les décorations de Noël fanées, et quand elle leva les yeux de la liste des plats du jour accrochée au distributeur de serviettes, elle le vit : Hadi, seul dans une alcôve, un demi-sandwich au fromage dans une main et, de l'autre, faisant défiler des messages sur son BlackBerry.

Pour Dieu sait quelle raison, il n'avait pas enlevé son duvet Canada Goose. Candace songea qu'aucun homme ne porterait ce genre de chose à moins que sa femme ne le lui ait acheté. Soudain, elle se rendit compte qu'il la regardait, et parce qu'elle le fixait depuis longtemps. Le restaurant était pratiquement désert – ce n'était plus l'heure du déjeuner – et elle put donc s'adresser à lui d'une voix normale depuis son tabouret.

— Ne m'en voulez pas si je vous prends une minute de votre temps, lâcha-t-elle en se levant et en allant se glisser sur la banquette en face de lui.

Il cessa de mastiquer. Elle avait l'impression d'avoir violé la sécurité alors que les serveuses et le caissier ne lui prêtaient pas attention. Une aura émanait de Hadi, indiscutablement. Il ne présentait pas ce dehors hérissé, cette couche de protection qu'opposaient d'ordinaire les gens d'ici. C'était inutile, supposait-elle – il menait une existence dans laquelle les choses se réalisaient parce qu'il faisait en sorte qu'elles se réalisent.

— Je déjeune, dit-il simplement. Qui êtes-vous ?

— Candace Firth. Jusqu'à... jusqu'à tout récemment j'étais principale ajointe du groupe scolaire de Howland.

Il y eut un temps d'arrêt vide de sens.

— Mon frère est Mark Firth, ajouta-t-elle en grimaçant intérieurement. Il est votre voisin sur la Route 4, il a fait des travaux chez vous il y a quelques années ?

— Oui, sourit Hadi.

— Sachez que j'ai d'abord essayé à votre bureau, je ne pensais pas vous trouver ici, mais puisque vous êtes là... je voulais vous proposer une idée. Howland ne dispose d'aucune structure destinée aux femmes, ni abri, ni foyer pour les victimes de violences conjugales principalement. Celui de Hillsdale n'est pas loin, mais il est en dehors de l'État, et deux États différents, cela entraîne des difficultés en termes d'aide publique. Dans le Massachusetts, le foyer le plus proche est tout là-haut, à Pittsfield. Encore trop loin et pas pratique pour les femmes qui travaillent, qui ont des enfants. Il m'a semblé qu'un refuge, pour des gens qui n'ont pas d'autre option, est nécessaire dans une ville comme la nôtre.

Hadi posa la moitié de sandwich qu'il avait à la main et s'essuya les doigts.

— Où le voyez-vous, ce refuge ?

— Je ne sais pas.

— Si je comprends bien, il faudrait un endroit disposant d'un certain nombre de places où dormir. Exact ? Une maison. Une maison déjà existante, probablement.

Candace déploya un effort surhumain pour ne pas devenir écarlate.

— Et la violence conjugale est-elle un problème dont souffre particulièrement Howland ? demanda-t-il, sans malice, dans un souci rationnel, presque comme si Candace n'était plus là. Bien sûr, j'en ai conscience, c'est un fléau général. Absolument. Mais, avons-nous des chiffres, un moyen de mesurer le besoin évoqué ?

— Ce projet en est pour l'instant aux stades préliminaires.

Il la considéra, sans impatience, mais de façon prolongée et déstabilisante.

— Le système scolaire public est une vraie catastrophe, dit-il pour finir. C'est pour cette raison que vous êtes partie ?

— Je ne sais pas trop, admit-elle.

La chaleur lui montait au visage. Qui était ce type ? Elle avait l'impression – elle reconnaissait que c'était une impression – que son regard plongeait en elle. Quelque chose qui avait trait à son argent – car c'était cela, bien sûr : l'argent – semblait le placer hors d'atteinte des habituelles contingences sociales, lui prêter une sorte de neutralité. Ou peut-être était-ce simplement sa façon d'être, de manifester le peu d'intérêt qu'elle éveillait en lui. Ce qui, en quelque sorte, le plaçait en position de juge. Elle n'avait rien à lui offrir.

— Quand êtes-vous partie ?

— Hier. Vous avez raison, je suis venue trop tôt. Sans compter que je n'habite pas ici, j'habite à Great Barrington. Mais j'ai pensé que vous... En ce moment, je me trouve à la croisée des chemins, je voudrais contribuer, à la hauteur de mes moyens, à rendre le monde meilleur. Donc rien d'insurmontable, vraiment, puisque le monde est vraiment un endroit horrible. Non ? Sérieusement. Mais bon, j'ai été heureuse de faire votre connaissance et je suis désolée d'avoir interrompu votre déjeuner.

Elle redescendit lentement à pied la rue principale jusqu'à sa voiture garée dans le parking de l'hôtel de ville, puis elle rentra chez elle, calme, démunie, au bord de l'effondrement. Elle googla « Comment s'inscrire au chômage » et le lendemain se rendit à Pittsfield remplir les premiers formulaires. Elle préféra s'y prendre ainsi, plutôt que de demander à Gerry, pour que sa famille ne l'apprenne que lorsqu'elle serait prête à le dire – idéalement une fois qu'un autre emploi se présenterait –, mais il en alla autrement, son téléphone et son compte de messagerie professionnels furent déconnectés, et c'est de cette façon que Renee d'abord, puis ses frères devinèrent tout de suite. Ils commencèrent par la plaindre puis ils s'y habituèrent. Elle postula pour deux ou trois emplois sans grand enthousiasme et ne les obtint pas. Elle s'obligeait chaque jour à quitter son appartement au moins une fois, sauf s'il faisait trop froid. Elle fit savoir à Andrew, par mail, qu'elle ne voulait plus le voir et la cruauté de sa réponse l'empêcha d'en rire. Trente-neuf, tel était le nombre de semaines pendant lesquelles elle conservait sa couverture santé ; de quoi tenir jusqu'au mois d'août, peut-être jusqu'à septembre. Elle se dit qu'elle ne ferait le calcul qu'à l'approche du moment fatidique. Mais, avant d'être parvenue à mi-chemin, elle reçut un appel du secrétariat de Hadi à l'hôtel de ville. Le Premier Élu, qui était en déplacement, lui demandait néanmoins de postuler pour la direction de la bibliothèque publique de Howland, sur Mill Street. La bibliothécaire titulaire venait d'annoncer son intention de prendre sa retraite.

Bibliothécaire ? Ce n'était pas ce qu'elle avait en tête quand elle était venue lui parler, quand elle n'avait encore rien de précis en tête. La bibliothèque de Howland, minuscule, se résumait à deux salles et un bureau. Candace ne l'avait aperçue qu'à travers les vitrines. Elle ignorait qui la fréquentait. Peut-être, comme la banque alimentaire, n'existait-elle que pour maintenir une réputation flatteuse. Mais quelle importance, elle n'avait pas le choix. Et il lui fallait l'admettre, cela cadrait bien avec la vie de vieille fille de province à laquelle il était temps pour elle de se résigner.

Tous les ans, Caldwell House restait ouverte au public jusqu'au 1er novembre ; après cette date, seuls les bureaux étaient chauffés, dans le labyrinthe de pièces rénovées près de la cuisine. L'endroit, avait-on expliqué à Karen, pouvait entraîner une sorte de délire hallucinatoire, surtout les jours où elle seule venait travailler. En fait, celle qui l'avait précédée à ce poste avait été renvoyée parce qu'elle faisait transférer chez elle ses appels professionnels ; nullement par paresse, s'était-elle justifiée, mais parce qu'elle ne cessait d'entendre là-haut des bruits terrifiants.

La demeure et le parc rouvraient après Memorial Day, mais ce serait seulement dans quelques semaines ; il fallait préparer la réunion annuelle du conseil d'administration qui se tenait au milieu du mois de mai. Les membres du conseil, tous de Boston ou de New York, aimaient le faire coïncider avec le retour de la douceur printanière et de ses agréments visuels. Le trajet aller et retour en voiture en devenait moins pesant. Karen trouva une chambre pour ceux qui le désiraient, passa commande auprès d'un traiteur en veillant à satisfaire les besoins ou les exigences diététiques de chacun, imprima les rapports annuels et les prévisions de recettes trimestrielles – c'était beaucoup de travail et elle comprenait que les erreurs irritaient ce genre de personnages. Mais elle se sentit vraiment au pied du mur lorsque, ayant demandé à Mme van Aswegen qui serait chargé de prendre des notes au cours de la réunion, celle-ci, pour toute réponse, sourit et haussa un sourcil. Karen n'avait aucune compétence en secrétariat, et elle n'avait même pas été obligée de mentir là-dessus dans son CV. Sa patronne lui dit simplement de faire au mieux sans trop s'inquiéter.

Elle se tourmenta au point de ne pas parvenir à dormir la nuit précédant la réunion, mais la tâche se révéla peu exigeante. Les six membres du conseil, tous âgés – quatre femmes, deux hommes –, s'exprimaient lentement et tendaient à répéter sans cesse la même chose ; après quoi, pendant de longs moments, ils ne discutaient d'aucun sujet en rapport avec la fondation, plutôt de lieux de vacances, d'immobilier et du fait que l'administration ne maîtrisait plus rien. M. Peck, qui portait un nœud papillon, disserta près de dix minutes sur la taxe foncière ; Karen posa son stylo aussi discrètement que possible. Puis ils abordèrent la question du budget de fonctionnement, en bougonnant, intéressés seulement par des postes de dépenses ponctuels. M. Peck désirait savoir pourquoi ils avaient acheté un nouveau panneau, le précédent ayant été payé deux ans auparavant ; la directrice s'éclaircit la gorge et expliqua que l'ancien nouveau panneau avait été renversé par la déneigeuse municipale. Eh bien, la municipalité devait le rembourser, dit M. Peck, et la directrice indiqua que oui, la municipalité avait accepté, mais que ces choses prenaient du temps. Maussade, son point de vue confirmé, M. Peck se radossa à son fauteuil. Et puis, alors que l'après-midi semblait tirer sur sa fin et que Mme van Aswegen les félicitait une fois de plus pour une année d'excellente et sage gestion, celle-ci s'interrompit et tout le monde remarqua que Mme Elliot, qui s'était fait conduire depuis Brookline, levait sa main pâle comme une écolière.

— J'ai un point à soumettre, dit la vieille dame, si tout le monde en a terminé.

Karen ôta le capuchon de son stylo, plia les doigts, à la fois sur la déconvenue et curieuse.

— J'ai décidé de démissionner du conseil d'administration, déclara Mme Elliot, en reposant lentement sa main sur ses genoux. À partir d'aujourd'hui. J'ai préféré attendre la fin de la réunion pour ne pas la perturber.

Il y eut un silence confus.

— Mais pourquoi ? demanda M. Peck pour finir, sincèrement inquiet.

— J'ai un cancer. Je ne souhaite pas dire de quel type il s'agit.

Karen ne savait pas si ces gens se parlaient ou se voyaient en dehors de cette journée, une fois l'an. Tout de même, ce n'était pas rien, car au moins trois des membres actuels siégeaient à ce conseil depuis plus de vingt ans. M. Peck paraissait complètement bouleversé. Un court instant, la pièce lambrissée de bois sombre prit une couleur dans laquelle se concentraient toutes les mauvaises nouvelles jamais annoncées entre ses murs.

— Veuillez noter dans le procès-verbal, dit M. Peck d'une voix rauque, sans un seul regard en direction de Karen, la résolution unanime du conseil de remercier Deirdre Elliot pour ses années de services dévoués, et de lui adresser nos vœux de rapide et totale guérison.

— Oui, dit Mme Elliot. Je vous en remercie. À présent, le nouveau point, naturellement, est la nomination de mon successeur.

— Je ne crois pas, dit Mme van Aswegen avec beaucoup d'émotion, qu'il soit nécessaire de hâter les choses.

Mais un regard de Mme Elliot la réduisit au silence.

— Je voudrais être remplacée par une femme, dit-elle sans plus de détail. Cela étant considéré, je pense que nous avons ici en ville une personne toute désignée.

Elle marqua deux secondes d'arrêt au cours desquelles tous, y compris Karen, devinèrent qu'elle parlait de Rachel Hadi. La proposition fut approuvée sur le principe ; Karen perçut l'enthousiasme des autres, masqué cependant par respect pour Mme Elliot, alors qu'elle était à l'initiative de cette résolution précipitée.

— Je ne l'ai jamais rencontrée personnellement. Mais quelqu'un ici doit la connaître.

Or personne ne la connaissait. Ils échangèrent des regards penauds. Même les membres venus de New York ne semblaient pas en mesure de revendiquer une appartenance à un réseau social commun ; « une autre génération », regretta M. Peck avec une moue de tristesse. Karen faillit lever la main à son tour – elles s'étaient rencontrées, elles s'étaient parlé, leurs enfants allaient dans la même école – mais elle sentait bien que cela ne fournirait pas de solution à leur problème d'étiquette. En l'absence d'une autre option, plus socialement acceptable, Mme van Aswegen proposa d'introduire la demande, discrètement, au nom du conseil. La réunion fut close. Lentement, en lui offrant son bras, M. Peck raccompagna Mme Elliot jusqu'au portique pour y attendre sa voiture.

Karen ouvrit le réfrigérateur et emporta son déjeuner dans son bureau. Sa fenêtre donnait sur le parc et non sur le parking, elle ne put donc voir tout le monde partir, mais en l'espace d'une demi-heure, le silence retomba sur l'immense bâtisse derrière elle. Depuis sa table, elle put observer un ou deux membres du conseil marcher dans les jardins bordés d'une cordelette, lire les brochures, les plier et les glisser dans leurs poches. Elle en avait retouché certaines parties elle-même. C'était une journée ensoleillée, l'une des premières. Quelques parterres de fleurs dormaient encore sous des bâches.

Au mois d'octobre, Haley et sa classe de CM2 étaient venues pique-niquer à Caldwell House. Haley était déjà entrée dans le bureau de sa mère et elle se rappelait où se trouvait sa fenêtre ; elle lui adressa un signe de la main en passant avec les autres, mais elles avaient déjà décidé qu'elle ne pénétrerait pas dans la maison et que Karen ne sortirait pas. Trop gênant. Ces derniers temps, Karen souffrait pour Haley presque en permanence. Elle ne semblait plus avoir beaucoup d'amis. Il n'y avait pas de bonne façon d'aborder ce sujet, car le simple fait de l'évoquer aurait été cruel. Non que Haley parût visiblement malheureuse ou angoissée ; elle était aussi autonome qu'à son habitude. Elle parlait moins, cependant. C'étaient les prémices des années de collège, l'âge des complexes, surtout chez les filles, et Karen voyait avec inquiétude sa fille unique apprendre à garder pour elle ses pensées intimes.

Une semaine après la réunion du conseil d'administration – la maison était encore fermée au public et à cause de l'air glacé qui régnait dans toutes les pièces on avait plus froid dedans que dehors –, Mme van Aswegen demanda à Karen de les accompagner, elle et Rachel Hadi, au cours d'une visite de la maison. La directrice était dans ses petits souliers. Elle avait souhaité la présence de Karen pour le cas où elle aurait un blanc et oublierait certains détails de son histoire.

— Prenez sur vous, dit sa patronne lorsque Karen apparut à la porte de son bureau, vêtue de son manteau. On cherche à impressionner quelqu'un, là. Il ne faudrait pas qu'elle ait le sentiment de visiter une ruine.

Ce n'est pas comme si elle voulait acheter la maison, pensa Karen. Ou bien était-ce le but du jeu ? Mais bon, très bien, elle laissa son manteau dans son petit bureau chauffé et s'assura qu'il y avait au moins du café pour tout le monde. Rachel Hadi arriva à l'heure, dans sa 4×4 noire, et traversa le parking de graviers sans même une veste ; c'était une femme frêle, mais bien constituée, et elle ne semblait pas du tout sentir le froid.

— Je vous connais, dit-elle à Karen.

Rien de particulièrement chaleureux dans son expression : plutôt contrariée de ne pas se souvenir d'où. Elle portait un cabas en toile d'Asana, une sorte de centre de méditation ou de retraite spirituelle, très luxueux, à Stockbridge. Il se situait exactement à égale distance de nombreuses petites villes, mais Karen ne connaissait personne qui l'ait vu de l'intérieur.

— Karen Firth, dit Mme van Aswegen, ma secrétaire. J'ai pensé que nous pourrions commencer par la maison, puis faire un tour rapide des jardins, si vous le voulez bien ?

Karen, et ce n'était pas la première fois, remarqua que quelque chose dans cette maison obligeait les gens à adopter un ton solennel, plus obséquieux, et aussi moins cordial. D'ordinaire, la directrice se montrait assez chaleureuse avec elle.

— La fondation Caldwell House a été créée en 1938, l'année de la mort de Winston Caldwell, entonna-t-elle tandis qu'elles gravissaient l'escalier principal jusqu'au premier étage, où il faisait encore plus froid. Depuis, la maison et les célèbres jardins sont ouverts au public tous les ans. L'investissement avisé, par le conseil d'administration, des intérêts produits par le fonds d'origine nous a permis non seulement de préserver l'état du parc tel qu'il était du vivant de M. Caldwell, mais aussi de l'ouvrir au public à un prix d'entrée le plus bas possible.

Rachel Hadi ne regardait pas la directrice pendant qu'elle parlait, ce qui, pensa Karen, expliquait sans doute la fluidité de son discours. Elles entrèrent ensuite dans la chambre principale, avec son magnifique lit, nu, en bois sculpté, ses deux armoires et son unique fauteuil inconfortable.

— Voici la chambre principale, ne put s'empêcher de dire Mme van Aswegen.

Rachel enjamba la fine cordelette censée interdire aux visiteurs de s'allonger sur le lit et, admirative, fit courir son doigt sur le bois.

— On m'a raconté l'histoire, dit-elle. Ils n'ont pas pu avoir d'enfants, n'est-ce pas ?

— Eh bien, ce n'est pas qu'ils n'ont pas pu, répondit la directrice. C'est dans ce lit qu'ils ont dormi à Venise pendant leur voyage de noces. M. Caldwell l'a fait expédier ici à grands frais après la mort de sa femme.

Mais leur visiteuse s'était déjà éloignée et se dirigeait vers le palier.

— De nombreuses fleurs ont également été envoyées d'Europe, reprit Mme van Aswegen, la voix maintenant un peu plus aiguë, du moins aux oreilles de Karen. Certaines, les vivaces, fleurissent encore aujourd'hui. La maison tout entière est... eh bien, j'aime y voir une histoire d'amour.

Rachel s'était arrêtée devant la petite fenêtre cathédrale au bout du long couloir, celle que Caldwell avait fait installer pour que sa femme puisse regarder ses jardins et donner ses ordres aux jardiniers quand elle était trop malade pour descendre. Karen restait discrètement en arrière. Elle gelait. Elle songea à demander si quelqu'un voulait encore du café, mais le silence qui régnait à ce moment-là semblait difficile à rompre.

Rachel se retourna avec un sourire franc et gracieux qui parut clouer la directrice sur place.

— Vous vouliez me montrer autre chose ?

Elles firent le tour du rez-de-chaussée : la salle à manger aux plafonds richement peints, avec sa table démesurée, la salle de bal de dimensions modestes où les invités dansaient et où plus tard les habitants de la ville vinrent s'incliner devant le corps exposé de Mme Caldwell (mais la directrice laissa ce détail de côté), les bureaux, petits et sans caractère, la vieille cuisine dans laquelle seul un réfrigérateur fonctionnait encore. Quelque chose avait mal tourné, mais Karen ne pouvait dire quoi ni quand ; elle en avait conscience surtout à cause de la voix tremblante de la directrice qui parlait de plus en plus fort. Peut-être était-ce l'absence de visiteurs, ou peut-être le temps qu'il faisait dehors, la lumière naturelle qui déclinait déjà alors qu'une demi-journée à peine s'était écoulée, mais la maison tout entière, que Mme van Aswegen s'évertuait à présenter comme un sanctuaire de beauté et de raffinement, comme un lien vital du Berkshire avec son histoire, était associée à la mort. Les trois femmes sortirent, frissonnèrent un moment sur la grande véranda de derrière, où par le passé on donnait des fêtes pour une centaine d'invités et qui pendant des années avait été louée pour des mariages jusqu'au jour où, dix ans auparavant, un accident malheureux s'était produit.

— Eh bien, merci, dit brusquement Rachel. Ce fut un privilège de faire votre connaissance et de bénéficier d'une visite privée de cette belle demeure.

La directrice haussa les sourcils :

— Naturellement, le vrai joyau, que nous n'avons encore pas vu, ce sont les jardins.

— Oh, certainement, dit Rachel.

Mais elle ne bougea pas.

— Écoutez, je ne voudrais pas vous donner de faux espoirs. Je me suis renseignée, cet endroit semble fonctionner sans heurts. Vous bénéficiez d'une exonération fiscale depuis 2002, n'est-ce pas ?

La directrice sourit vaillamment.

— Comme vous l'imaginez, j'ai déjà pris un certain nombre d'engagements. Nous avons quitté l'appartement où nous vivions à New York, mais je n'ai pas voulu abandonner aussi nos associations caritatives. Je suis vraiment désolée de décliner cette offre si généreuse, mais vous trouverez sans mal une personne prête à assumer une responsabilité aussi prestigieuse.

Au milieu de ce discours, la directrice avait déjà commencé à hocher la tête et celui-ci à présent terminé, elle semblait incapable d'arrêter.

— Oui, naturellement, nous vous remercions, nous comprenons tout à fait, naturellement. Karen, pourriez-vous raccompagner Mme Hadi à sa voiture ?

— Pardon ? dit Karen.

Mais c'était trop tard, sa patronne avait déjà échangé une poignée de main avec Rachel Hadi et disparaissait derrière la porte de la véranda.

Elles la regardèrent partir.

— Mince, dit Rachel. On ne peut jamais dire non aux gens d'ici ? Il me semblait avoir été aimable.

Elle se tourna et posa son regard sur Karen, comme si elle la voyait pour la première fois :

— Vous vous appelez Firth ? Je vous ai vue à l'école, je crois. Votre mari est ce fameux entrepreneur.

— Oui, répondit Karen d'un ton glacial, mue par un sentiment de loyauté. Nos enfants sont dans la même classe.

— Il faudrait nous couvrir, poursuivit Rachel. Il fait un froid de gueux ici. Vous ne fumez pas, par hasard ?

Karen secoua la tête.

— Non, bien sûr. Personne ne fume ici. Question idiote. Bon, éh bien, inutile de me raccompagner à ma voiture, je suis certaine de...

— Non, ça va, répliqua Karen qui ne contrôlait pas vraiment ce qu'elle disait.

Elle alla dans le hall d'entrée, ouvrit la porte et par le geste l'invita à sortir.

Elles marchèrent jusqu'au parking, tandis qu'une pluie fine leur mouillait le visage. Karen ne détestait pas complètement cette femme – en tant que personne, c'était quelqu'un de dominant et qui n'avait peur de rien, loin de ce que Mark l'avait entraînée à croire – mais elle ressentait en même temps l'envie de la provoquer, juste un peu, en marchant ainsi, ostensiblement à côté d'elle, comme si elles étaient des amies. Quand elles furent parvenues à la voiture, Karen indiqua le sac Asana.

— C'est comment là-bas ? s'enquit-elle de but en blanc. J'ai toujours eu envie d'y aller, mais c'est trop cher.

Rachel la dévisagea un moment :

— C'est très spirituel, dit-elle enfin. Je pense que vous aimeriez beaucoup.

Elle se glissa dans la circulation et disparut presque avant que Karen prît conscience qu'elle restait là, debout, à la suivre des yeux. Elle regagna l'intérieur de la maison où elle enfila son manteau et ses gants ; van Aswegen, semblait-il, était déjà partie. Caldwell House, il fallait l'admettre, n'avait pas vraiment besoin d'argent. Peut-être s'agissait-il plutôt du désir qu'on prenne l'endroit au sérieux, qu'on le considère, vu d'en haut, comme socialement intéressant. En tout état de cause, Karen et sa patronne ne reparlèrent jamais de cet après-midi – du moins entre elles – pas même une semaine plus tard, quand arriva par la poste, signé non pas de Rachel, mais du Premier Élu en personne, un chèque de vingt-cinq mille dollars, libellé à l'ordre des Amis de Caldwell House.

ON EST HEUREUX ?
POSTÉ LE 5/7/2005 À 00 H 49

Un vieux chef d'orchestre de jazz nommé Ted Louis était célèbre pour dire ça. À une époque, c'était une immense star – on a fait un film sur lui. Sur scène il se coiffait d'un vieux chapeau haut-de-forme. Il se surnommait lui-même « Le Tragédien de la Chanson en haut-de-forme ». C'était un clarinettiste passable, et il ne chantait pas si bien que ça, mais les gens l'adoraient, en partie parce qu'il ne craignait pas les clichés. Pendant toute la Dépression, il jouait ces airs de la malchance – il est devenu N° 1 avec une chanson appelée « Dans une Bicoque du Vieux Bidonville » – et sur scène, entre les morceaux, ou parfois pendant les morceaux, il se retournait vers le public avec un grand sourire et lançait :

« On Est Heureux ? »

Je repense sans arrêt à cette phrase. Elle me vient quand je marche sur Main Street à Howland ; elle me vient quand j'entre chez Daisy pour boire un café ; elle me vient quand je roule à travers la campagne pour mon travail, et que je vois les collines des Berkshires si vertes et captivantes, comme elles l'étaient probablement il y a cent ou deux cents ans. Et elle me revient quand je reçois mon avis annuel d'impôt foncier. Je pense que le vôtre doit ressembler au mien, enfin si vous habitez Howland. Il est moins élevé. L'argent que j'ai durement gagné reste dans ma poche, comme il se doit. Cet argent, je le dépense en ville, il bénéficie à l'économie locale et tout le monde y gagne – simple, simple vérité que les libéraux friands d'impôts et de dépenses se bouchent les oreilles pour ne pas entendre.

Et je me pose la question : On est heureux ?

La réponse semble être oui, mais je me le demande. N'oublions pas pourquoi tout cela est possible. Nous avons accepté de revenir à l'époque coloniale : nous sommes à la merci du Roi Philip. Le Roi Philip paie le déficit du budget scolaire, il paie le déficit de l'entretien des routes, il paie le déficit des activités culturelles. Je ne crois pas que la ville de Howland soit mieux dirigée – ou même qu'elle soit moins dirigée, vraiment – que précédemment, avant que nous l'ayons élu Roi. Je crois simplement que nous ne nous en soucions pas autant, parce que nous ne sommes plus obligés de payer nous-mêmes. Nous lui avons vendu l'administration. Nous lui avons vendu la ville.

Et si nous la lui avons vendue, il est en droit de faire comme il veut, non ?

Peut-être ne veut-il rien du tout. Peut-être est-il vraiment un type bien, qui prend nos intérêts à cœur. C'est vrai, les milliardaires des fonds spéculatifs sont connus pour prendre à cœur les intérêts des pas-grand-chose.

C'était du sarcasme, au cas où vous n'auriez pas compris.

Voici où je veux en venir : ce qui de l'extérieur peut sembler une sorte de paradis libertarien est en réalité l'État providence par excellence. Vous ne me croyez pas ? Il se dit déjà que le Roi Philip veut imposer un couvre-feu en remplacement du règlement municipal interdisant aux bars de servir de l'alcool après deux heures du matin. Et alors, dites-vous. Je ne vais même pas dans les bars, où est le problème ? Eh bien, demandez-vous quel recours vous auriez s'il décidait d'étendre ce couvre-feu à tous les citoyens de Howland. Parce qu'il est en position de le faire. Ici, il contrôle tout désormais. Non pas parce qu'il a pris le pouvoir, mais parce que nous le lui avons donné.

Citoyens, n'oubliez pas : en matière de gouvernement, l'ennemi n'est pas l'impôt.

L'ennemi, c'est la dépendance !

PC Barnum

> [Commentaires (6)]
> *— Premier !*
> *— Putain, ces connards de libertariens sont jamais contents. Ça ressemble à un rêve érotique d'Ayn Rand ?*
> *— Je ne sais pas PC... il a baissé les impôts... tout se passe bien... je ne vois pas de quoi vous vous plaignez*
> *— Non, mais vous avez vu ce crétin avec son gilet ? Qui mange au restaurant tous les jours tout seul ? mdr*
> *— Rencontrez des célibataires sexy dans votre région : (lien)*
> *— Complètement d'accord, PC. J'adore cette idée que les milliardaires sont moralement incorruptibles. P... comment croyez-vous qu'ils sont devenus milliardaires ? Contrepartie, mon chou !*
> *— Continue à dire les choses comme elles sont, PC ! Ici, dans le Colorado, on suit tous tes posts !*

FÊTE DU TRAIN
UN SUCCÈS À TOUTE VAPEUR

Une chaleur inhabituelle a attiré plus de monde que prévu

PAR ABIGAIL BOGERT

Le week-end dernier, à Howland, le commerce local a bénéficié d'un gros coup de pouce d'avant-saison grâce à la première fête annuelle du Train. Selon un porte-parole du Conseil des Élus l'événement a connu un grand succès et sera certainement reconduit l'an prochain.

La relance de la fête du Train, une tradition de Howland datant des années cinquante, a été organisée par Andrew Durning, propriétaire du magasin de sport Mountain Range sur Melville Road. « Cette région a une histoire que même les plus anciens résidents ne connaissent pas, dit-il. J'ai pensé que nous devions la faire revivre. Et en même temps, j'ai pensé que les commerces bénéficieraient d'une nouvelle impulsion au cours de cette période généralement creuse entre la fête du Travail et la saison de ski. »

Dans le vieux dépôt ferroviaire, situé derrière les parkings à l'ouest de la Route 41, des bénévoles en costumes d'époque ont promené les enfants (de 7 à 77 ans) sur les voies de garage dans une authentique locomotive à vapeur restaurée. L'ancienne ligne du Berkshire a cessé de s'arrêter en gare de Howland en 1977 ; en 1995, le défunt Premier Élu, Marty Solomon, a sauvé le dépôt et supervisé sa reconversion en minicentre commercial couvert. Dans les boutiques du Dépôt, les vendeurs ont revêtu de vrais costumes du XIXe siècle. L'attention aux détails, grâce à l'aimable participation de Corinne Butler et de son équipe de la Société d'Histoire du Berkshire, a été remarquable.

Partout ailleurs en ville, la plupart des commerces ont proposé une activité d'extérieur ou une braderie. C'était une merveille de voir la rue telle qu'elle devait être un siècle ou plus auparavant, Main Street – fermée à la circulation pour la journée – redevenue une rue piétonne et un lieu de sociabilité. Les activités se sont prolongées après la tombée de la nuit, par un concert de l'orchestre du lycée donné dans le kiosque à musique, et une projection du *Chant du Missouri* sur le mur de la vieille usine Foster, une proposition ingénieuse de la Bibliothèque !

Le seul point noir du week-end a été la fermeture officielle des festivités. Plusieurs vitrines ont alors été vandalisées sur Main Street, et des graffitis sont apparus. Les boutiques concernées sont Vins et Liqueurs du Berkshire, Diabolique et Artistes en Herbe. L'officier Sergent a déclaré qu'une enquête serait diligentée.

Malgré cela, tous ont été comme jamais gagnés par l'entrain de la première fête du Train ! Grâce aux foules grossies par les curieux venus d'autres villes avoisinantes, l'économie locale a bénéficié d'un coup de pouce bienvenu et doublé d'une leçon d'histoire. Un commerçant de la ville a estimé sa recette du week-end à « peut-être deux cent cinquante pour cent » de plus que celle du week-end précédent. À toute vapeur vers les Fêtes de fin d'année !

Afin de bénéficier de la caution gouvernementale exigée par les banques pour vous prêter le maximum d'argent en prenant une hypothèque sur un bien, vous deviez vous engager à le louer à des personnes aux revenus inférieurs à un certain plafond. Mark n'aimait pas réduire les gens à des stéréotypes, mais il y avait les stéréotypes et l'expérience directe, et il apprit à ses dépens qu'il existait un lien, qu'on le veuille ou non, entre la quantité d'argent qu'ils gagnaient et leurs responsabilités en tant que locataires. Pas dans tous les cas, mais dans beaucoup. Et le problème n'était pas toujours le loyer lui-même. Mais plutôt les plaintes de voisinage, les amendes pour non-respect des règles du ramassage des poubelles quand ils ne déposaient pas leurs ordures dans le conteneur de la bonne couleur, voire dans aucun conteneur. Les pannes d'installations dont ils exigeaient la réparation alors qu'ils étaient de toute évidence responsables des dégâts. D'une façon générale, ils – ou certains d'entre eux, pas tous – refusaient de considérer l'appartement comme le leur, ce qui naturellement, vu sous un certain angle, était la réalité.

Un dénommé Gage emménagea dans l'un des deux logements d'Egremont ; c'était un père célibataire avec deux garçons, il avait un emploi décent à la décharge et il plut tout de suite à Mark. Moins de deux semaines plus tard, Gage l'appela à dix heures du soir en expliquant que le robinet de la salle de bains fuyait. Mon gosse n'arrive pas à dormir, dit-il. Comment pouvait-on être un homme adulte et ne pas savoir réparer une fuite de robinet, voilà une chose que Mark ne parvenait pas à comprendre. Sans compter que l'installation était toute neuve, ce qui laissait imaginer que

Gage ou ses fils avaient réussi à la bousiller. Il promit au locataire de passer le lendemain, le locataire dit parfait, et une demi-heure après il appela de nouveau. Le pire, c'est que Karen était furieuse : « Tu n'as pas rencontré ce type avant de lui louer ? Tu n'as pas vu que c'était un tordu ? » Non, je n'avais pas vu, pensa Mark, mais à quoi bon le lui dire, car si cela mettait un terme au récit qui se déroulait dans sa tête, genre mon-mari-le-type-qui-se-fait-avoir, elle ne l'écouterait même pas.

Ce n'était pas une question de revenu, il s'agissait plutôt de ce que vous valiez ; et il valait beaucoup à présent. Elle ne voulait pas admettre la vérité parce que, selon lui, cela aurait signifié admettre qu'elle l'avait mal jugé. Il avait été arnaqué par un escroc, mais une seule fois, n'importe qui aurait pu en être victime et en effet c'était arrivé à plein d'autres dont certains connaissaient la finance beaucoup mieux que lui. Pourquoi ne *voudrait*-elle pas s'être trompée ? Quand on aime quelqu'un, comment ne pas vouloir que cette personne justifie votre amour en réussissant ? Il ne comprenait pas. Une fois ou deux, les choses s'étaient envenimées au point qu'il aurait juré qu'Haley les avait entendus. Il n'en avait pas la certitude, mais il le pensait. Le son se propageait dans cette maison. Ce qui expliquait sans doute l'attitude distante que Haley avait adoptée avec lui depuis peu, alors que pour Karen c'était une simple question d'âge, elle apprenait à voir ses parents non plus tels des héros mais tels qu'ils étaient vraiment. Il n'empêche, il se jura de mieux garder le contrôle.

Un des aspects du succès, dans son nouveau domaine, c'était qu'il n'avait pas toujours beaucoup à faire au quotidien. L'inverse de ce à quoi il était habitué ; dans son ancienne vie, le succès était assimilé à une activité fébrile, à des contraintes de temps accablantes. Les petites réparations, il les confiait à Barrett. Il aurait pu s'en occuper lui-même et économiser un peu d'argent, mais il ne se voyait plus déboucher une canalisation ou remplacer une charnière. Néanmoins il recevait toujours les plaintes lui-même. Il aurait pu se contenter de donner aux locataires le numéro de Barrett, mais la chose lui paraissait risquée.

Il proposa de conduire Haley à l'école, mais l'autobus, semblait-il, était désormais une sorte de terrain social qu'elle ne pouvait pas déserter. Il allait chez Daisy tôt le matin, à la même heure qu'au temps où il se rendait sur un chantier, mais il restait plus longtemps et rentrait à la maison une fois certain que Karen était en route pour son travail à Caldwell House. Il commit un jour l'erreur d'observer – juste pour faire la conversation – qu'il n'avait pas la moindre idée de ce qu'elle faisait là-bas toute la journée, et elle répondit que c'était ce qu'elle préférait dans son travail. Un matin, il invita sa sœur à le retrouver chez Daisy pour le petit déjeuner, il avait envie de prendre de ses nouvelles, mais là non plus, le moment ne fut guère agréable.

— Je ne vois pas pourquoi tu aimes cet endroit, dit Candace. C'est horrible.

— Je ne trouve pas, rétorqua Mark en regardant autour de lui pour s'assurer que personne n'avait entendu. C'est bien, ici. Ça ne change pas, et c'est ce qui me plaît. Qu'est-ce que tu as contre cette vieille Daisy ?

Elle pointa le doigt, sans aucune discrétion, au-dessus de son épaule ; il se retourna et comprit qu'elle lui montrait une nouvelle affichette écrite à la main, accrochée au milieu de toutes les autres affichettes ringardes. Celle-ci déclarait : SI VOUS N'ÊTES PAS INDIGNÉ, C'EST QUE VOUS ÊTES NÉGLIGENT.

— Non mais, c'est quoi cette merde ? pesta Candace. Indigné pourquoi ?

— Je ne sais pas. Quoi, tu penses que c'est politique ?

— Seigneur !

— Alors comment se passe ton nouveau travail ? J'ai encore du mal à t'imaginer en gentille bibliothécaire de province. J'en aurais des histoires à raconter !

Candace fronça les sourcils :

— Ça va, c'est un travail comme un autre. Des trucs simples, en général. Plus de paperasse qu'on ne le pense. Mais je n'ai pas de patron, du moins pas un patron que je vois tous les jours, alors ça me change.

Elle posa sur lui son regard pénétrant :

— Et toi ? Tu organises ta vie de marchand de sommeil ?

Tous le prenaient de haut, lui manquaient de respect. Sa propre famille. C'était exaspérant parce qu'ils ne rechignaient pourtant pas à dépendre de lui : sa femme, son frère qui en serait Dieu sait où si Mark ne lui avait pas proposé de s'associer avec lui, son père, à qui il donnait de l'argent tous les deux mois pour le dépanner et qui le remerciait par un sarcasme. Même Candace : il lui avait donné de l'argent quand elle attendait de trouver un travail et elle n'avait jamais laissé entendre qu'elle le lui rendrait. De fait, il était le patriarche, le chef de famille, mais personne ne le traitait comme tel. Heureux de profiter de son succès, du moment qu'ils n'étaient pas obligés de le reconnaître. Hypocrites.

De retour chez lui, dans son bureau, il surfait sur Internet, tantôt sur des listes de biens immobiliers, tantôt sur des vidéos de sports extrêmes, lorsque son téléphone sonna. Le nom de Philip Hadi s'afficha sur son écran. Il n'avait jamais supprimé le contact ; il gardait toujours les coordonnées de ses clients, même quand le chantier était terminé. Il inspira deux fois avant de répondre :

— Mark ? C'est Philip Hadi. Écoutez, je voudrais vous parler de quelque chose. Pourriez-vous venir me voir ? À l'hôtel de ville, je veux dire.

— Oui, monsieur, fit Mark en se reprochant sa réponse. Bien sûr. À quel moment ?

— Je pensais tout de suite, rétorqua Hadi, trahissant un certain trouble.

Un instant, Mark commença à s'offusquer, ou à vouloir s'offusquer qu'on puisse le convoquer sans prévenir au milieu de la journée, voire à n'importe quelle heure. Mais c'était la façon d'être de Hadi, plutôt une candide absence de savoir-vivre qu'un jeu de pouvoir arrogant. Et Mark n'avait réellement rien prévu d'autre ce jour-là. Et bien sûr, il était curieux.

— Je termine quelque chose, et je viens dès que je peux.

Une fois arrivé, malgré la convocation, Mark dut attendre dix minutes pour voir le Premier Élu. Comme il n'y avait pas véritablement de salle d'attente – l'endroit n'avait pas été prévu pour ça –, il s'assit sur une chaise en chrome et plastique placée contre le mur, près de la banque alimentaire. Pour finir, la secrétaire de Hadi, celle qui venait de New York et qu'il avait selon la légende attirée jusqu'ici en lui promettant un salaire mirobolant, passa la tête dans le couloir et lui adressa un petit sourire pour l'inviter à entrer. La porte du cabinet privé était ouverte. Mark la franchit et elle la referma en silence derrière lui.

Un dessin encadré du sceau de la ville était accroché au mur. Autrement, il n'y avait ni images ni objets d'aucune sorte, rien de nature personnelle sur le bureau – hormis un ordinateur portable et plusieurs tas de papiers bien rangés. Hadi n'avait ajouté aucune touche personnelle, ce que Mark trouva admirable – comme s'il mettait l'accent sur la fonction plutôt que sur l'homme. La table en elle-même était disgracieuse, robuste, métal et peinture grise, à peine plus petite qu'une table de billard. Les deux seuls objets qui ne semblaient pas dater du temps d'Eisenhower étaient l'ordinateur et le fauteuil ergonomique de Hadi.

— Mark. Vous allez bien ?

— Oui. Je dois vous avouer, la petite conversation que nous avons eue la dernière fois que je vous ai vu a vraiment eu une énorme répercussion sur ma vie, pour le meilleur. Je ne suis plus entrepreneur en bâtiment.

— Vous n'êtes *plus* entrepreneur ? fit Hadi, visiblement déconfit. Pourquoi pas ?

Mark se troubla :

— Je suis plus dans l'immobilier maintenant. L'immobilier local. Vous disiez qu'il fallait les considérer comme des valeurs, être davantage dans l'abstrait. Les maisons, bien sûr. Et vous aviez raison.

— Oh, eh bien, cela pourrait changer les choses, ou peut-être pas. Vous ne faites plus de travaux de bâtiment ? Construction ou installation ?

Mark se sentit soudain humilié et la soudaineté de cette impression lui fit adopter une attitude défensive.

— Pas vraiment. Je suis passé à autre chose.

— Parce que ce que je voulais vous proposer est un travail plutôt simple. J'ai besoin de deux caméras de vidéosurveillance. Elles doivent être placées à une certaine hauteur.

— Chez vous ?

— Non. Aux deux extrémités de Main Street. Deux devraient suffire à couvrir toute sa longueur, à moins qu'il n'y ait quelque chose, un obstacle auquel je ne pense pas, et dans ce cas, je suppose qu'il en faudrait une troisième. Pas très différent de ce que vous avez fait dans la maison, c'est pourquoi j'ai pensé à vous. Combien prendriez-vous pour ce genre de travail ?

— Je ne comprends pas.

— Vous vous souvenez des actes de vandalisme au mois de septembre ? La fête du Train ? Juste au cas où pareille chose se reproduirait. Un seul policier est affecté à Howland, il ne peut pas être partout. Il s'agit donc d'un moyen bon marché de faire respecter la loi. Un deuxième policier serait excessif et bien plus cher en outre. Bon, c'est moi qui le paierais, pas la ville, mais quand même.

Ils restèrent assis un moment en observant un silence dont Hadi semblait attendre quelque chose.

— Pourquoi moi ? demanda Mark.

— Parce que vous êtes mon homme, dit Hadi.

Mark se vit sur une plate-forme élévatrice, sur Main Street, en train de câbler et de poser des caméras de vidéosurveillance. Il imagina ses voisins passant en voiture, ou debout en dessous, en train de lui demander des explications.

— C'est gentil de penser à moi, mais comme je l'ai dit, je ne suis plus dans cette partie. Il m'a fallu beaucoup de temps pour faire décoller ma nouvelle activité. Je ne crois pas pouvoir trouver le temps de le faire, même pour vous rendre service.

— Oh, d'accord. Dommage. Je chercherai quelqu'un d'autre. Merci d'être venu.

S'il ne le connaissait pas, Mark aurait pu interpréter sa sécheresse de ton comme de la colère ou de la grossièreté. En sortant, il adressa un grand sourire à la secrétaire, après quoi il monta dans son camion et arriva chez lui avant l'autobus scolaire. Il ne parla pas à Karen de cet entretien ; en fait, il n'en parla à personne, ce qui l'aida à l'effacer de sa mémoire, et une fois les caméras installées aux deux extrémités de Main Street – l'une sur un poteau télégraphique, l'autre sur la corniche de la vieille usine Holbeck –, il mit longtemps à les remarquer.

LARCIN

GREAT BARRINGTON - Un jeune de New Malborough, 17 ans, s'est rendu aux policiers le 8 février au Poste B où il a été arrêté pour vol simple, agissement criminel et entrave. Le jeune, remis en liberté sur caution garantie de 10 000 dollars, a comparu devant la Cour Supérieure de Justice de Pittsfield le 10 février

ALCOOL AU VOLANT

STOCKBRIDGE - Brendon Davis, de Stockbridge, a été arrêté le 4 février, accusé de conduite en état d'ivresse et usage abusif des feux de route. Davis a été arrêté pour avoir suivi l'agent qui l'a arrêté, feux de route allumés, sur dix kilomètres. Davis a été remis en liberté sur caution non garantie de 500 dollars et devra se présenter devant la Cour Supérieure de Justice de Pittsfield le 27 février.

ATTEINTE À L'ORDRE PUBLIC

STOCKBRIDGE - Molly Clayton, 418 Lime Rock Rd, New Marlborough, a été arrêtée le 3 février à la suite d'un incident ayant eu lieu le 14 janvier et inculpée d'atteinte à l'ordre public. Clayton a été remise en liberté sur caution de

1 000 dollars en espèces et devra comparaître devant la Cour Supérieure de Justice de Pittsfield le 27 février.

ALCOOL AU VOLANT

LENOX - Kenneth W. Novak, 38 ans, 255 Newfield Rd, a été arrêté pour conduite en état d'ivresse, tentative de fuite, non-respect d'un panneau Stop et conduite dangereuse dans une zone scolaire le 7 février. Novak a été remis en liberté sur caution non garantie de 500 dollars et devra comparaître devant la Cour Supérieure de Justice de Pittsfield le 21 février

ALCOOL AU VOLANT

HOWLAND - Penny Batchelder, 38 ans, 711 Melville Rd, a été arrêtée et inculpée de conduite en état d'ivresse, tentative de fuite, non-respect des feux de circulation et non respect des signaux d'un agent à la suite d'un accident de la route le 4 février devant un Applebee. Batchelder a été remise en liberté sur caution non garantie de 500 dollars et devra comparaître devant la Cour Supérieure de Justice de Pittsfield le 14 février.

ALCOOL AU VOLANT

GREAT BARRINGTON - Richard Morey, 53 ans, 52 Clark St, a été arrêté pour conduite en état d'ivresse, feux éteints, pour conduite sans permis et entrave, au cours d'un incident survenu le 11 février. Morey a été remis en liberté sur caution de 2 500 dollars et devra comparaître devant la Cour Supérieure de Justice de Pittsfield le 21 février.

Son « boulot » était tellement nébuleux et le travail exigé si irrégulier que ses heures passées sur Internet commencèrent à sembler plus réelles aux yeux de Gerry. Quand il n'était pas sur son blog (où le trafic n'était jamais aussi important qu'il l'avait espéré, mais se maintenait), sur HotAir, Pajamas Media ou d'autres sites qu'il adorait ou détestait avec une passion égale, ses pensées se tournaient vers les femmes. Il existait plusieurs façons de rencontrer des femmes sur Internet : la plus simple et la plus immédiate, bien sûr, était les sites porno, qu'il matait de temps à autre, plutôt par curiosité que pour l'excitation sexuelle. Dieu merci, pensait-il, il n'était pas né au cours de ce siècle, mais au cours du précédent. Comme il avait fallu se démener, quels risques il avait fallu prendre rien que pour ouvrir un *Penthouse* ou regarder une cassette ! L'une des bagarres les plus sanglantes entre Mark et lui avait eu lieu pour un vieux numéro de *Hustler* qu'ils ne cessaient de se voler mutuellement, parce qu'ils avaient tout simplement trop honte de demander à l'emprunter. Leur père s'était mis dans une telle colère parce qu'ils ne voulaient pas lui donner les raisons de cette bagarre qu'il les avait obligés à nettoyer le sol du garage. Et ça en avait valu la peine. À présent, la pornographie la plus extrême et la plus spécialisée était disponible gratuitement et aussi vite que vous pouviez taper une requête pour la voir. Ses parents, s'il avait eu treize ans aujourd'hui, n'auraient jamais réussi à le faire sortir de sa chambre. Les pompiers n'auraient pas réussi à le faire sortir de sa chambre.

Il y avait d'autres moyens, moins extrêmes, mais au caractère scabreux et plus près de chez soi. Une imitation de Craigslist, soberklive.com, offrait des vieilleries à vendre ou à échanger, mais aussi un onglet « Rencontres » où des femmes anonymes proposaient des massages. Des massages ! C'étaient des putes, voilà ce que cela voulait dire, ici dans le sud du Berkshire, peut-être ici même, dans Howland. Gerry n'avait aucune envie d'un massage, euphémique ou autre, mais il faillit répondre malgré tout à quelques annonces juste parce qu'il mourait d'envie de voir s'il reconnaissait l'une de ces femmes qui menaient une vie secrète. Il était peut-être allé au lycée avec elle, il avait pris une bière avec son mari ou il leur avait vendu une maison à l'époque où il gagnait sa vie comme ça. L'idée qu'il pourrait connaître quelqu'un, une femme d'ici, respectable, poussée par la perversité ou les vicissitudes dans les bas-fonds de la prostitution : voilà qui était excitant.

Pareil, en moins lubrique, avec les sites de rencontres. Le plus amusant consistait à décrypter les identités des gens en ligne ; parfois ils ne se donnaient même pas la peine de rendre la tâche ardue. Certaines femmes mettaient de vraies photos, et de temps à autre, en naviguant, il en voyait une qu'il croyait reconnaître. Avaient-elles conscience d'exposer leurs désirs publiquement ? Peut-être s'en fichaient-elles. Il reconnut une femme qui travaillait comme barmaid au Ship. Petite, frisée. Il ne lui avait jamais accordé un regard à l'époque, mais s'il avait su qu'elle était en demande, il aurait peut-être tenté le coup.

Il songea à s'inscrire sur le site, à créer un profil – il choisit même une photo miniature, un vieux portrait noir et blanc de George Orwell aux yeux fous – mais à la fin, malgré ce paravent derrière lequel se dissimuler, il n'alla pas jusqu'au bout. Il craignait trop de voir quelqu'un lui répondre : « Gerry Firth, c'est toi ? » Il se répéta qu'il était un type de la vieille école, doté d'un beau record en matière de femmes, selon la manière dont on souhaitait le mesurer, et s'il éprouvait le besoin de rencontrer quelqu'un – pas nécessairement un plan d'un soir, mais avec l'objectif de passer moins de temps seul –, il n'avait qu'une chose à faire, sortir. Premier arrêt, le Ship, naturellement ; il savait que la barmaid frisée n'y travaillait plus, mais il se surprit à la chercher derrière le bar.

Il se promit de rester patient, d'attendre et de ne pas trop s'enivrer pour pouvoir aller dans un ou deux autres endroits ; mais arrivé à vingt-deux heures trente, il discutait avec une certaine Penny, de Howland même, sortie toute seule parce qu'elle était trop déprimée le mardi soir quand ses deux fils se rendaient chez leur père, pour rester dans sa maison vide. Une mère ayant vécu dans un monde de mères et d'enfants, ce qui expliquait sans doute, songea Gerry, pourquoi il ne l'avait jamais vue.

— Vous avez grandi ici ? s'enquit-il.

Approche délicate pour deviner son âge. Elle venait en fait de l'ouest de Chicopee et s'était installée ici à l'initiative de son ex-mari, qui cherchait un bon endroit où ouvrir une cave. Il pensait que les billets tombaient des poches des riches tels des fruits mûrs. Mais au bout du compte, il s'agissait d'un commerce et il fallait savoir le gérer. Il n'avait aucune idée de ce qu'il faisait. Il n'aimait même pas le vin. Gerry demanda ce qui s'était passé ensuite, et elle se contenta de sourire et de poser son verre pour faire un geste imitant une explosion.

Elle voulut savoir comment il gagnait sa vie et il répondit qu'il travaillait dans l'immobilier avec son frère. Plus vieux ou plus jeune ? fut tout ce qu'elle voulut savoir. Il ne lui raconta ni comment il s'était lancé dans l'immobilier pour commencer ni comment sa première expérience s'était achevée. Quand elle lui demanda s'il avait été marié, il ne lui raconta pas qu'il avait rebroussé chemin le jour de la cérémonie. L'idée lui traversa l'esprit qu'il y avait très peu de chose, en matière d'autobiographie, qu'il accepterait de partager avec une femme s'il avait envie de la séduire.

Mais elle savait, semblait-il, quelles questions il valait mieux ne pas poser. Elle était mince, un peu plus mince que ce qu'il aimait d'ordinaire. Elle portait une robe légère – calicot, voulait-il dire, mais il ne connaissait guère le mot exact –, de vieilles bottes et une veste en jean. Ne fais pas ça, se surprit-il à penser. Pas la première venue, au premier endroit venu. Tu vas te ridiculiser.

— Je vais vous dire la vérité, dit Penny, comme si elle avait deviné ses pensées, et c'est la pure vérité. Je ne veux pas rentrer chez moi. Parce que je n'aime pas ma maison. D'une certaine manière, c'est l'endroit que j'aime le moins au monde.

— Je ressens la même chose, murmura Gerry, à voix si basse qu'il ne pouvait affirmer qu'elle l'avait entendu.

— C'est différent quand les garçons sont là. Ne vous méprenez pas.

— Oui. Bien sûr.

— Mais quand ils ne sont pas là. Quand je suis toute seule. Parfois, je suis un peu inquiète, vous savez...

Elle se tourna pour le regarder, un petit sourire aux lèvres, et elle ouvrit la bouche en forme de O. Après quoi, elle enfonça son index, pouce dehors. Elle plia le pouce et rejeta la tête en arrière.

Gerry l'observa reprendre son verre de vin.

— Moi aussi, chuchota-t-il.

Cela lui semblait vrai, même si cette pensée venait seulement de le traverser.

Elle rit, sans cruauté.

— Alors, vous faites quoi quand vous avez peur de vous-même ? Vous venez ici ?

Ils étaient assis au bar, côte à côte, le regard dirigé devant eux plutôt que l'un vers l'autre. Celui de Gerry passa sur les tables en bois pratiquement désertes, derrière le visage barbu du barman, sur le mot Narragansett imprimé à l'envers et s'arrêta sur sa voiture rouillée garée dans le parking.

— Rien de ce que je fais n'a aucun sens, dit-il brusquement. Je veux juste signifier quelque chose. Représenter quelque chose. Mais il n'y a pas que moi. J'ai l'impression que tout a été... je ne trouve pas le mot. Comme avec l'essence ?

— Vidé ?

— Siphonné ! Que tout a été siphonné. Mais par quoi ? Par qui, plutôt. Je veux vivre une vie qui soit plus...

— Comme celle de votre père ? fit-elle, malicieuse.

— Mon Dieu, non. Mais c'est pas loin, oui. Dans le passé. Ce n'est pas là en ce moment, mais je sais que ça a existé. Parce que sinon, comment est-ce que je saurais que ça me manque ?

Elle le regardait avec suspicion, mais elle le regardait. Il n'aurait pas su dire si elle le prenait au sérieux ou non.

— Personne n'a envie de chercher ce qui manque à l'intérieur de soi. Ils préfèrent tous jouer les victimes. Mais notre première obligation est à l'égard de nous-même, non ? C'est vrai, c'est notre première obligation à l'égard de l'*autre*, s'occuper de soi. Ça paraît pourtant simple.

— On n'est pas dans un monde d'hommes, murmura-t-elle, et il écarquilla les yeux.

Il paya sa note puis la suivit en voiture – lentement, au cas où le policier serait de sortie – jusqu'à ce qu'elle soit en sécurité dans son allée. Il avait décidé de repartir à ce moment-là, mais il resta. Ils firent l'amour, techniquement parlant, mais sans aller bien loin ; ils étaient trop déchirés. Et puis, il ressentait quelque chose dont il ne voulait pas se laisser détourner par le sexe. Pas de l'amour – de toute évidence ce n'était pas de l'amour. Quand elle s'endormit, il se promit de rester éveillé jusqu'au lever du soleil, juste pour la contempler et réfléchir, mais il tint cinq minutes avant de sombrer à son tour. Au matin, Dieu merci, elle semblait toujours la même personne. Quand elle sortit de la salle de bains, il pensa qu'elle avait enfilé un pantalon de pyjama par erreur, mais c'était un uniforme – elle était infirmière, ou quelque chose.

Des photos de ses fils étaient accrochées dans le couloir entre la cuisine et sa porte d'entrée, en grand nombre, sans ordre précis. Il s'arrêta pour les examiner, cherchant les plus récentes. Elle l'observa, la main posée sur la poignée.

— Je suis sortie avec un type. Les garçons se sont attachés à lui. Encore une erreur de ma part.

— Que s'est-il passé ?

— Il s'est blessé au travail et il s'est mis en congé d'invalidité. Ça l'a rendu fou de joie. De ne plus être obligé de travailler, tout en continuant à être payé. Après ça, je ne l'ai plus vu de la même façon.

— Que faisait-il ?

— Il était fonctionnaire, répondit-elle, évasive.

Il la fixa en glissant les mains dans ses poches ; il avait déjà mis son manteau.

— Tu te sens en colère, parfois ? Contre des gens comme ça, qui se laissent glisser ?

Penny haussa les épaules d'une façon qui signifiait oui.

— C'est juste que personne n'a jamais levé le petit doigt pour m'aider. Et je ne le souhaite pas. Je dirais non si quelqu'un me le proposait.

— Je tiens un blog, dit Gerry. Surtout pour moi, je crois, mais il y a un tas de gens qui le lisent. Et justement, il m'arrive d'écrire sur ce genre de trucs. Ce dont tu parles, me semble-t-il.

— Oh, sourit-elle. Un blogueur.

— Je ne voulais pas dire que c'était important...

— Non, c'est intéressant. Alors, je te cherche sur Google et je le trouve ?

— Pas tout à fait, mon nom n'apparaît pas.

— Pourquoi ?

Gerry haussa les épaules, mais une chaleur se répandit en lui ; il se demanda s'il rougissait.

— L'autre jour, enchaîna Penny, je lisais quelque chose, sur un blog quelque part, à propos des privilèges. L'idée de privilège. En apparence nous en avons toutes les caractéristiques.

— Qui, nous ?

— Les Blancs, j'imagine. Toi et moi. Mais toi peut-être plus que moi, bien sûr, parce que tu es un homme.

— Tiens donc. Et tu te sens privilégiée ?

— Oui, répondit-elle en riant. Tous les matins, quand je me réveille, je me sens vachement privilégiée.

— Je vais te dire comment je me sens, fit Gerry en s'efforçant de garder la même légèreté, mais sans succès. Je sens que le monde cherche à m'évincer. Je me sens menacé, mais ce n'est pas le pire, le pire c'est que tout le monde crie que c'est moi qui menace, que blanc c'est noir, que le haut est en bas. Comme chez Orwell. Ils croient qu'en affirmant assez souvent, et assez fort, que le haut est en bas, nous finirons par le croire. J'ai l'impression de commencer à comprendre ce qui se passe vraiment.

— Eh bien, dit Penny en lui caressant le bras, et en le rapprochant de la porte dans le même mouvement. On ne peut pas changer le monde, n'est-ce pas ? Mais on peut parfaitement défendre ce qui est à soi.

Ce soir-là – cette nuit même – il se surprit à barrer d'un X tous les vendredis, samedis, dimanches et lundis sur son agenda pour les deux mois à venir. C'étaient les nuits où les enfants de Penny dormaient chez elle. Les X étaient là pour lui rappeler de ne pas l'appeler. Au milieu de la semaine, ils sortirent ensemble. C'était à marquer d'une pierre blanche, car pour Gerry, emmener une petite amie dans un bar du coin plutôt que de rester à la maison signifiait assurément que leur relation touchait à sa fin. Mais cette fois c'était différent. Il trouvait agréable d'aller quelque part en couple, sachant que c'est en couple qu'ils s'en iraient. Ils buvaient beaucoup, certes, mais en même temps, ils avaient l'impression d'être parfaitement sobres, en sécurité. Ivre, elle conduisait presque aussi bien que lui, mais quand il apprit qu'elle avait été arrêtée pour conduite en état d'ivresse, il ne la laissa plus prendre le volant à la fin de la soirée. Ils s'en voulaient de craindre l'officier Sergent, ce crétin au visage aplati, à la coupe en brosse, auquel le gouvernement donnait le pouvoir de détruire leurs vies. Dans la voiture, ils riaient aux larmes à force de se moquer de lui. Le sexe atteignit rapidement cette tension fiévreuse qui plaisait à Gerry, avant d'aller plus loin. Il se sentit déstabilisé, nerveux, mais dans le bon sens : au bord de quelque chose. Le matin, il retrouvait Mark chez lui ou sur un chantier, avec une gueule de bois trop persistante pour faire semblant, et même s'il savait que Mark l'imaginait en train de boire seul chez lui les soirs de semaine, comme un pauvre nul pathétique, Gerry ne disait rien pour corriger cette impression ; il préférait que Mark le voie comme désespéré et courant à sa perte plutôt que de lui avouer ce qu'il ressentait réellement.

Il croyait en l'existence, à portée de main, d'un Gerry meilleur et plus discipliné. Mais il était difficile de l'atteindre. Il songea même à aller à l'église, à faire un essai, mais il ne s'y serait risqué qu'avec Penny et il ne pouvait jamais la voir le week-end. Entrer seul dans l'église eût été comme de se rendre à une réunion des Alcooliques Anonymes, ou quelque chose de ce genre.

Un matin, Mark demanda son avis à Gerry à propos d'un problème avec un locataire d'Egremont. Mark envisageait même qu'il pût y avoir des dégâts, mais l'occupant de l'appartement refusait de le laisser entrer. Refusait ? fit Gerry. Le locataire avait fait changer les serrures, ce qui constituait une violation de son contrat. Mais expulser les gens se révélait une affaire compliquée même quand les motifs étaient clairs. La loi jouait sur les ambiguïtés. Gerry suggéra de laisser Barrett avoir une petite conversation avec le gars, à quoi Mark répondit que Barrett risquait plutôt de prendre son parti contre lui. Le petit déjeuner chez Daisy terminé, Mark donna à son frère une enveloppe contenant ses dividendes trimestriels, sept mille deux cents dollars. Ce n'était pas grand-chose, mais il n'avait pas fait grand-chose pour les gagner.

Au lit, les choses allèrent assez loin. Verbalement aussi, terrain sur lequel il ne s'était jamais vraiment aventuré. Le plus bizarre, c'est que cela lui semblait une bonne chose : il s'agissait moins de mettre un masque que de laisser tomber le masque. Il avait adoré, mais il accueillit le week-end comme un moment de répit loin de toute cette intensité.

Un samedi soir de juin chauffé à blanc, il y eut un nouveau cas de vandalisme sur Main Street – deux vitrines brisées, celle du kiosque à journaux et à tabac et celle d'Artistes en Herbe. Trois adolescents du coin furent arrêtés dans les vingt-quatre heures, et c'est dans l'article de la *Gazette* paru la semaine suivante que Gerry et la plupart des habitants de la ville apprirent l'existence des caméras de vidéosurveillance.

595 Housatonic Rd, Howland, 1,7 ha, 5 ch, 2 Sb moderne. Demandé : 1,40 $. Vendue : 1,5 m$. Sur le marché : deux semaines. Agent : Reynolds & Ives, New York City.

1080 RR #7, Lenox, 0,243 ha, 2 ch 1 Sb style ranch. Demandé : 140 000 $, Vendue : 121 000 $. Sur le marché : 15 mois. Agent : Al Kimbrough, Kimbrough Century 21, Stockbridge.

228 Bluebell Lane, Howland, 0,446 ha, 2ch, 1,5 Sb style colonial. Demandé : 249 000 $. Vendue : 194 500 $. Sur le marché : 9 mois. Agent : C. J. Glassberg, Glassberg Immobilier, Stockbridge.

2080 Route 343, Becket, 4 ch, 2Sb, style ranch. Demandé : 310 000 $. Vendue : 45 000 $. Sur le marché : 6 mois Agent : aucun (saisie bancaire).

9 Red Lion Rd, West Stockbridge, 4,452 ha, 8 ch, 3,5 Sb moderne. Demandé : 2,9 m$. Vendue : 3,3 m$. Sur le marché : 3 jours. Agent : Thomas Gibbons, New York City.

PROCÈS-VERBAL DU CONSEIL DES ÉLUS

17 juillet 2006, 16 heures

Présents : M. Hadi, M. Allerton, M. Waltz, Mme Burrows (sec.)
Absent : aucun

La réunion a été déclarée ouverte. M. Allerton a laissé entendre que le Conseil devait s'attendre à une session d'une longueur inhabituelle. M. Waltz a proposé que l'on commande des plats à emporter pour le dîner. Motion approuvée à l'unanimité.

Il a été proposé au Conseil un projet de Festival du Film de Howland, devant se tenir à l'automne, afin d'accroître les recettes durant la saison creuse ainsi que la notoriété régionale et nationale de Howland. Selon les auteurs du projet, des festivals similaires, à Long Island et dans le New Jersey, ont généré des revenus locaux à hauteur de dizaines de milliers de dollars. La discussion a porté principalement sur le fait que de tels festivals bénéficient de lieux de projection multiples, tandis que Howland n'en possède qu'un, le Movie House, qui n'offre qu'un seul écran. Le projet a été soumis par un résident secondaire ayant proposé sa maison pour accueillir les soirées d'ouverture et de clôture. La question d'associer certaines villes voisines a été évoquée. Le Conseil a décidé de ne pas voter sur ce projet. M. Hadi, qui connaît la personne ayant soumis le projet, a déclaré qu'il lui ferait directement part des conclusions du conseil.

Un débat a été proposé par M. Hadi quant à une opposition à la construction d'une cimenterie à Hillsdale, NY. L'usine est discutable d'un point de vue écologique, mais promet, selon le maire de Hillsdale, la création de 78 nouveaux emplois, à temps partiel et à temps plein. M. Allerton s'est interrogé sur le bien-fondé d'un débat sur une question qui n'est pas du ressort des services administratifs. Après une courte délibération, la motion a été repoussée.

Les plats sont arrivés et il a été décidé d'un ajournement de trente minutes.

M. Hadi a présenté deux nouvelles motions concernant les deux débits de boissons exploités dans les limites de la ville : d'abord, une fermeture à minuit, et ensuite l'interdiction de fumer à l'intérieur. Un débat s'est ensuivi. M. Hadi a souligné, à propos du couvre-feu, le fait qu'à ce jour des 17 actes criminels recensés à Howland cette année (3 cas de vandalisme, 4 cambriolages, 10 infractions au code de la route dont 6 conduites en état d'ivresse), tous sauf 3 avaient été perpétrés après une heure du matin le jour en question. M. Waltz a déclaré que si on fermait les débits de boissons de Howland à minuit, les gens conduiraient en état d'ivresse pour se rendre dans les bars des villes voisines, puis rentreraient chez eux à la fermeture de ces bars, augmentant ainsi le nombre de personnes ivres au volant dans Howland. Aucune décision n'a été prise sur ce point. Les services administratifs sont revenus sur la proposition d'interdire la cigarette : si les bénéfices pour la santé de tous sont unanimement reconnus, M. Allerton a plaidé en faveur de la tradition et de l'importance des libertés individuelles, demandant que soit portée au procès-verbal sa remarque selon laquelle « nous ne sommes pas à New York ». M. Hadi a fait part de son intention de voir s'il lui est possible d'imposer de façon unilatérale ces nouvelles mesures qui n'ont pas été rejetées officiellement.

M. Waltz a déclaré que les dépenses de la ville au cours du trimestre précédent avaient été les plus basses depuis plus de dix ans, en grande partie grâce à la forte augmentation des dons privés aux différentes institutions de la ville. M. Allerton a proposé que le surplus soit redistribué aux contribuables sous la forme d'un dégrèvement. M. Waltz a proposé de porter au procès-verbal la fable de La Cigale et la Fourmi. Il a ensuite retiré cette demande. La mesure en faveur du dégrèvement a été approuvée lors d'un vote 3-0.

Le Conseil s'est achevé sur une résolution officielle de soutien à nos troupes engagées à l'étranger.

Soumis pour approbation,
Anne Marie Burrows
18/7/2006

Candace voulait parler à ses frères et leur demanda de la retrouver à l'heure du petit déjeuner ; elle ne disposait plus d'heure de déjeuner et il n'y avait pas vraiment assez de place chez elle pour dîner à trois. Mark écrivit un mail proposant d'aller chez Daisy ; non, n'importe où sauf là, dit-elle. Quand il lui demanda de lui jurer qu'il ne s'agissait pas de politique, elle répondit que bien sûr il s'agissait de politique. Cette vieille est une Ostrogoth et son laideron de fille est pire encore. Sérieusement, tu as vu sa page Facebook ?

Il ne l'avait pas vue ; il ne pouvait pas comprendre pourquoi sa sœur l'avait vue, sauf si elle cherchait vraiment à trouver des raisons de s'offusquer. « Candy, tu plaisantes ou quoi ? On va manger un sandwich à l'œuf. Manger un sandwich à l'œuf n'a rien d'un geste politique. » Mais elle refusa de céder sur la question cruciale de savoir qui leur servirait le petit déjeuner ; pour changer de sujet, il se rangea à l'idée d'aller jusqu'à Great Barrington, dans un endroit appelé Grindhouse.

— Je connais. C'est ce café de lesbiennes, c'est ça ?

— Arrête, bon sang ! dit Candace.

Elle ne commençait à travailler qu'à neuf heures ; lui, maintenant, commençait quand il le décidait. En arrivant, elle le trouva déjà assis, renfrogné, devant un cappuccino avec un dessin floral sur la mousse.

— Tu ne manges rien ?

— Il n'y a que des scones. Zéro protéines dans un scone.

Les murs du café faiblement éclairé étaient décorés de gravures sur bois, toutes dans des cadres identiques, toutes de la main du même artiste. Près de la cuisine, une feuille de papier collée au mur indiquait le titre des gravures et leur prix, variables selon des critères incompréhensibles pour Mark.

— C'est une galerie, expliqua Candace en voyant son expression. Enfin, c'est aussi une galerie. L'exposition tourne toutes les deux semaines. Un moyen pour les artistes d'ici d'être vus, peut-être même par des gens de New York.

— Des artistes d'ici, fit Mark.

— Oh, mon Dieu, j'ai bien cru entendre Papa, là.

Pour se lancer dans sa discussion, elle préférait attendre l'arrivée de Gerry. Mais il ne venait pas. Elle sortit son portable et lui laissa un message. Ils sirotèrent leur café, le terminèrent.

— Bon sang, je vais devoir y aller bientôt, s'impatienta Candace.

— Et si la bibliothèque ouvre avec quelques minutes de retard ? Qui va le remarquer ?

— Bon, eh bien, en fait tu serais surpris.

Mais elle n'avait pas envie de lui raconter. Une bonne part de sa clientèle quotidienne se composait de jeunes enfants et de leurs mères dépassées, bizarrement convaincues qu'une fois leurs enfants à l'intérieur, elles pouvaient fermer les yeux et s'absenter mentalement. Comme si elle était une sorte de nounou ou quelque chose. Certains enfants étaient adorables, d'autres de vraies petites machines à produire des problèmes et de la destruction. L'ironie de l'histoire, qu'elle ne goûtait pas spécialement et que son frère ne manquerait pas de remarquer, c'était que partout où elle allait, quoi qu'elle essayât de faire, elle se retrouvait toujours en train de s'occuper des enfants des autres.

— Et toi ? demanda-t-elle plutôt. Tu ne vas nulle part ce matin ?

Il sembla piqué au vif par sa question, alors qu'elle n'y avait mis aucun sous-entendu.

— Oh, il faut que je prenne une décision pour ce locataire, dans une maison d'Egremont, qui fait tout pour me rendre la vie insupportable. Il m'a appelé l'autre soir parce qu'il veut que je fasse repeindre la chambre de son fils. Il dit que la couleur ne lui plaît pas, qu'elle l'empêche de dormir.

— Et pourquoi ne la repeint-il pas lui-même ?

— Eh bien, il ne peut pas, parce que son bail indique qu'il n'en a pas le droit. J'en ai eu tellement marre que je lui ai donné le numéro de Barrett Taylor, mais il refuse d'appeler, il tient absolument à m'appeler même pour les choses les plus courantes.

— Barrett Taylor ? Le même Barrett Taylor ?

— Oui, tu te souviens de lui ? Il est un peu comme mon concierge maintenant. Mais bon, Karen ça la rend folle que ce type appelle tout le temps, alors j'essaie de trouver le moyen de l'expulser sans passer ma vie au tribunal. Je n'en peux plus. On n'en fait jamais assez avec ce genre de type.

— Eh bien, c'est peut-être vrai.

— Qu'est-ce qui est vrai ?

— Que tu n'en fais pas assez.

Mark s'empourpra.

— Tu ne comprends pas. Le problème, c'est que quoi que tu fasses, dès que c'est réglé, il t'appelle aussitôt pour autre chose. C'est sans fin.

— Il a un fils, tu as dit ?

— Deux fils, plus exactement.

— Et le premier, celui qui ne peut pas dormir, c'est quoi son problème en réalité ?

Mark se radossa et croisa les bras. Il voyait où elle voulait en venir.

— Je ne sais pas quel est son problème, parce que son problème n'est pas mon problème.

— Ah.

Elle porta à ses lèvres la tasse qu'elle venait de vider une minute auparavant, essayant d'en extraire une dernière goutte.

— Eh bien, tu sais ce qu'on dit, une grande richesse sur le papier implique de grandes responsabilités.

— Mais de quoi parles-tu ?

— Parlons plutôt d'autre chose, dit-elle d'une voix calme. Tu es allé voir Papa et Maman récemment ?

— C'est pour ça que tu m'as fait venir au petit déjeuner ? Pour me culpabiliser ?

— Un peu, oui.

Dans le silence qui retomba, les bruits ambiants du café insistaient : le gargouillement éraillé du lait qu'on chauffait à la vapeur, les murmures étouffés des petites conversations en tête à tête, la musique, à peine audible, agressivement obscure, rébarbative, qui jouait en boucle.

— Ils ne vont pas si mal, argua Mark. C'est dans ta tête.

— Ils n'arrivent plus à se débrouiller tout seuls. Tu ne le vois pas, parce que tu refuses de le voir. Tu vis dans cette maison gigantesque avec toutes ces pièces vides… tu devrais les prendre chez toi.

— Non. Tu plaisantes ? Non ! D'abord, Karen péterait un câble. Et ils n'accepteront jamais de toute manière. Et pour être franc, je ne veux pas de cette atmosphère négative autour de Haley tous les jours.

— Eh bien, moi je ne les prends pas. Et Gerry ne les prend pas. Et tu sais qu'ils ne vont pas déménager dans le Colorado. Et ils n'ont pas d'argent. Alors si tu ne réfléchis pas à quoi tout ça nous mène, c'est que tu te débrouilles pour ne pas y réfléchir.

— Baisse la voix, s'il te plaît.

— Tu parlais tout le temps de la famille. J'en avais la nausée, pour être franche. Mais tout ça, c'était de la frime, point barre.

— Tu sais quoi ? Il faut que je file.

— Moi aussi. Je dois préparer un panneau de feuilles d'automne. Je te laisse payer les cafés.

Elle vida sa tasse une troisième fois, se leva et sortit. La cloche de la porte tinta derrière elle.

Il rentra chez lui en remuant les lèvres avec colère, heureux de savoir que la maison serait vide à cette heure. Il avait osé faire ce qu'aucun d'entre eux ne pouvait supporter : il avait réussi. À Howland, il s'arrêta dans Main Street pour acheter le journal. Il remontait en voiture quand quelque chose attira son attention, un imperceptible changement dans le décor qui était vaguement mais profondément gravé dans sa mémoire, une rayure blanche. Il leva les yeux en direction de la vieille usine Holbeck. Quelqu'un avait grimpé là-haut – ça n'avait pas dû être facile – et peint le mot CAMÉRA accompagné d'une flèche dont la pointe indiquait efficacement l'endroit sur la corniche où on avait accroché la caméra de vidéosurveillance.

BIG BROTHER ARRIVE À HOWLAND
POSTÉ LE 1/10/2006 À 01 H 04

Citoyens, si l'histoire nous a appris quelque chose, c'est que plus on nous dit de chercher nos ennemis au-delà des frontières, au-delà des océans, mieux nous devenons les proies de l'ennemi intérieur, de l'ennemi qui se trouve juste sous notre nez.

Qui a remarqué qu'un beau jour – je ne sais pas quand, ça a pu arriver à n'importe quel moment, parce que personne ne nous en a parlé, encore moins demandé notre accord – le Milliardaire Désintéressé qui nous gouverne a placé des caméras de surveillance au-dessus de nos têtes ? Eh bien, oui, quelqu'un a dû le remarquer, car il a peint là-haut un graffiti de protestation qui a tenu un jour ou deux. Un seul mot – littéralement un seul mot de protestation – mais naturellement, c'était trop pour eux, et les nettoyeurs à haute pression se sont activés pratiquement dès le lendemain.

Les caméras, en revanche, n'ont pas disparu, naturellement. Deux que j'ai repérées, peut-être plus. (Pourquoi pas cent de plus, si c'est ce qu'il veut ? Il en a les moyens.) Elles sont placées à chaque extrémité de Main Street. Elles ne sont pas difficiles à trouver à partir du moment où on les cherche.

Alors cherchez-les. Et demandez-vous ensuite pourquoi elles sont là. Sur ordre de qui ? Pour surveiller quoi ? Où se trouvent les informations collectées par ces appareils, des informations qui vous concernent, qui sont conservées et dans quel but ? Si vous tombez sur quelqu'un à l'hôtel de ville en mesure de fournir une réponse à ces questions, je vous parie cent dollars que je suis capable de la deviner :

« Sécurité ! »

Vous tous, allez-vous comprendre ? Cela fait des années qu'ils nous serinent ça, tout en s'attaquant à nos droits : Sécurité ! Nos ennemis nous menacent ! Faites ce qu'on vous dit, abandonnez toute autonomie, toute protection constitutionnelle, on vous dit d'abandonner. Parce que : sécurité !

En attendant, votre ennemi véritable est celui qui prétend que lui seul peut vous protéger. Il est là, à côté de vous. Peut-être dans l'alcôve voisine, au restaurant...

C'était plus facile de fermer les yeux sur l'invasion de votre vie privée quand celle-ci se manifestait surtout à la télévision. Ou sur votre ordinateur. Oui, nous savons qu'on lit nos mails, mais cela reste encore trop abstrait, cela se passe en un lieu que nous ne pouvons pas voir et probablement même pas imaginer.

Mais maintenant c'est chez vous, les gars. Sur Main Street. Pas une Main Street, USA, abstraite, Main Street ici, à Howland. La prochaine fois, en achetant votre carton de lait, un pack de six, un livre ou un magazine, souvenez-vous que vous êtes surveillé – filmé – et demandez-vous pourquoi vous laissez faire ça.

Je suis tellement fatigué d'entendre cette histoire de milliardaires tellement purs, et donc incorruptibles ! Il y a eu Ross Perot, puis Bloomberg à New York... On n'achète pas les riches, parce que les riches se moquent de l'argent ! Avez-vous déjà entendu quelque chose de plus orwellien dans votre vie ? Nul, les amis, n'est plus esclave de l'argent, et des intérêts représentés par l'argent, qu'un milliardaire. Et aucun sentiment de toute-puissance n'égale celui qu'on éprouve en achetant les gens avec son argent. « Quelle est sa motivation ? diront ses défenseurs. Quel bénéfice peut-il en tirer ? Nous ne le rendrons pas plus riche qu'il ne l'est déjà. » Le milliardaire altruiste ! Quand vous le défendez ainsi, vous donnez vous-même la réponse à votre question, parce que VOUS êtes le bénéfice qu'il en tire. Le pouvoir est sa propre fin. Et que représente un million de dollars sur le papier comparé à l'excitation de posséder une maison, une ville, une population ? C'est avant tout une question de pouvoir.

Les caméras sont le couronnement. Il ne sera satisfait qu'une fois Howland devenu un royaume.

Êtes-vous prêts à être ses sujets ?

On parle également de couvre-feu en ville (le jouet favori des dictateurs où qu'ils soient : le couvre-feu !), d'une interdiction de fumer, pas seulement à l'intérieur de l'hôtel de ville, mais partout, dans les restaurants, dans les bars, jusque dans vos foyers. Vous croyez que je plaisante ? Quand ça arrivera, souvenez-vous que je vous ai prévenus et que vous avez fait la sourde oreille.

Ou alors : prouvez-moi que vous êtes là. Que vous m'entendez. Que vous êtes vivants et que vous n'êtes pas prêts à vous laisser faire par ceux qui n'hésitent pas à consolider leur pouvoir en vous prenant tout ce que vous avez. Et je dis bien tout.

Prouvez-moi que vous n'avez pas baissé les bras

RASSEMBLEMENT POUR EXIGER LA SUPPRESSION IMMÉDIATE
DU SYSTÈME MUNICIPAL DE VIDÉOSURVEILLANCE DE HOWLAND

MERCREDI 11 OCTOBRE, 17 HEURES
MAIN STREET, HOWLAND, MA

Il y en a qui diront qu'il ne faut pas dramatiser. Deux caméras, cela représente quoi ? Elles découragent la criminalité ! Deux choses : une, la « sécurité » est toujours le faux prétexte grâce auquel les puissants parviennent à s'introduire dans votre vie ; deux : pourquoi attendre que le système de sécurité mis en place par notre Bien-Aimé Leader devienne plus fort, plus étendu, plus profondément ancré ? Pourquoi ne pas lui faire savoir dès à présent que c'est inacceptable, que nous sommes encore des Américains ?

Car ne l'oublions pas : nous vivons dans le Massachusetts, l'orgueilleux berceau de la lutte américaine contre la tyrannie. Non pas de la révolution, malgré le nom attaché à cette guerre, mais du refus pur et simple – du refus de laisser une petite classe puissante s'enrichir en dépouillant les hommes de peu de leurs libertés, de leurs droits, au premier rang desquels un droit inaliénable, un droit divin : qu'on lui foute la paix. En quoi ça vous regarde, ce que je fais ? Tel est le principe sur lequel repose la création de notre pays, et si quiconque renie ce principe, comment justifier l'existence même de ce pays ?

MERCREDI 11 OCTOBRE, 17 HEURES, MAIN STREET

Soyez là. Montrez au monde que vous êtes nombreux ! Ayez le courage de vos opinions ! Il n'est pas impossible que votre humble correspondant soit là aussi, marchant parmi vous.

PC Barnum

Comme c'était arrivé une ou deux fois déjà, il pleurait un peu au moment de cliquer sur Envoyer. Il corrigeait ou relisait rarement ce qu'il avait rédigé. C'était public et privé à la fois. Comme quand une célébrité, un immortel, écrit son journal : un journal intime et destiné à la postérité – on savait qu'il mènerait une existence en dehors de soi sans se représenter précisément de quelle manière. Internet, c'était comme la postérité inscrite au présent. Comme d'assister à ses propres funérailles. Vous preniez vos passions, dépouillées de toute inhibition sociale, et les jetiez dans un invisible obscur et habité. Vous pouviez consulter un petit hit-parade pour connaître le nombre de gens qui visitaient votre blog, mais il ne le regardait plus. Il ne voulait pas savoir.

Sergent arrêtait quatre ou cinq voitures par semaine sur présomption de conduite en état d'ivresse, « présomption » étant ici un euphémisme légal, car il ne se serait pas donné la peine de mettre ses sirènes lumineuses à moins d'avoir vu quelqu'un conduire d'une manière qui lui laissait peu de doute – sur la mauvaise voie, en heurtant le rail de sécurité ou en marquant l'arrêt à un panneau Stop une minute entière. Il les laissait généralement partir avec une réprimande sauf quand il s'agissait de multirécidivistes. Le simple fait de voir les feux d'un véhicule de police dans le rétroviseur suffisait à la plupart des gens à retrouver leurs esprits.

Il tâchait toujours de ne pas laisser d'autres sentiments influencer son jugement, par exemple si le conducteur était, ou non, quelqu'un qu'il connaissait, qu'il aimait bien ou non, qui montrait un minimum de respect pour son devoir ou qui l'engueulait. À son avis, il possédait un jugement équitable et il s'efforçait de maintenir cet équilibre même quand les gens se comportaient de façon absurde. Vous arrêtiez une femme que vous aviez vue faire marche arrière sur une bretelle d'accès à l'autoroute du Massachusetts, après quoi vous lui disiez qu'elle allait s'en tirer avec un avertissement et, au lieu de vous remercier, elle hurlait des trucs à propos de l'État policier et vous faisait un doigt d'honneur en remontant sa vitre. Mais depuis quelque temps chacun semblait plus tendancieux sur tout. Il s'était fait mettre en pièces l'autre jour par un citadin en week-end dont la maison avait été cambriolée et vandalisée ; Sergent lui avait expliqué que les coupables devaient êtres des gosses et que des caméras de vidéosurveillance (que ce richard de New York au crâne d'œuf pouvait se payer mille fois) constituaient la meilleure façon d'empêcher que cela se reproduise, mais le type s'était lancé dans une diatribe à propos de ses impôts. Ils allaient où, tous ses impôts ?

Et une fois de temps en temps il se produisait le contraire, quelqu'un que vous laissiez partir ou même que vous ne laissiez pas partir, se prenait d'une étrange affection pour vous, allant par exemple jusqu'à vous remercier pour vos services et faire acte de flagornerie quand ils vous revoyaient. Rien à dire contre ça – Sergent appréciait tout ce qui lui facilitait le travail – mais les gens allaient trop loin, ils essayaient de jouer les indics, lui donnaient un tuyau sur un voisin en train de se soûler au Ship, ou sur un employé payé au noir au Price Chopper, questions qui n'étaient pas de sa compétence, ou qui ne l'intéressaient pas.

Un homme qu'il avait arrêté une troisième fois pour conduite en état d'ivresse – en pleine journée, il avait ses enfants dans la voiture, le type avait fini par purger dix jours dans la prison de Pittsfield en attendant son procès et on lui avait retiré le permis pour un an – lui avait transféré, sur son adresse mail professionnelle qu'il croyait secrète, un blog anonyme annonçant un rassemblement ou une manifestation ou quelque chose d'approchant sur Main Street à Howland le 11 octobre. Le type avait mis en objet : *Vous avez vu ça ???* Sergent ne l'avait pas vu et il n'avait pas été d'avis qu'il fallait s'en inquiéter. Ça avait un côté tristement artisanal. Sans doute un dingue d'ici. Il se demandait vaguement qui c'était, plus par curiosité que parce que c'était du ressort de la loi. Le blogueur s'attaquait aux caméras de vidéosurveillance, qui, ainsi que Sergent l'avait dit au Premier Élu, étaient une très mauvaise idée dès le départ. En fait non, se corrigea-t-il, il n'avait dit cela à personne, sur le moment ; il l'avait seulement pensé. Il l'avait reçue comme un message passif-agressif destiné à lui faire comprendre que le Conseil jugeait qu'il n'accomplissait pas assez bien son travail. Ils n'avaient qu'à essayer un peu, ne fût-ce qu'une nuit, s'ils pensaient que c'était tellement facile.

Il googla ce prétendu rassemblement pour voir si d'autres sites ou d'autres journaux le relayaient, mais il ne trouva rien. Avant de rentrer chez lui ce soir-là, il recommença sa recherche et obtint le même résultat négatif.

Mais après avoir quitté son travail et rejoint maison et famille, il eut plus de mal à chasser cette préoccupation de son esprit. Il doutait de sa réalité, mais comment affirmer quand la colère était réelle ou non ? Si vous étiez un bon flic, vous saviez, ou deviniez, la différence entre l'intuition et la simple paranoïa. Il se connecta au blog et le relut : dans l'intimité plutôt qu'au travail il s'en dégageait l'impression d'un langage plus inquiétant. Pour finir, il décida d'en informer la hiérarchie – de le montrer à Hadi, pour ne mériter aucun reproche, du moins qu'il ne soit pas le seul, si cette supposée manifestation prenait une forme à laquelle il aurait dû être mieux préparé.

En uniforme complet, qu'il ne portait pas d'ordinaire lorsqu'il patrouillait, il se rendit à l'hôtel de ville et demanda à cette dame aux yeux de tortue que personne ne connaissait s'il pouvait voir son patron quelques minutes à propos d'une affaire urgente.

— Je suis sûre que c'est possible, dit la dame, sans sourire, mais d'une voix calme.

Il préférait que des expressions telles que « affaire urgente » fassent perdre aux gens un peu de leur flegme.

— Seulement il n'est pas à son bureau ce matin.

— Quand sera-t-il là ?

Cette question, bizarrement, provoqua un sourire.

— Je suis certaine de ne pas le savoir. Il n'a aucun rendez-vous aujourd'hui, il viendra donc quand il l'aura décidé.

— Dois-je attendre ?

— Vous voulez dire attendre ici ? Oh, à votre place je ne le ferais pas. Impossible de dire combien de temps cela peut durer.

Elle lui adressa le genre de regard que les professionnels vous adressaient pour vous signaler courtoisement la fin d'un entretien.

Il entra donc à l'Undermountain, en face, et commanda un café et une omelette western. Il choisit un tabouret au comptoir où, en se penchant un peu en arrière, il pouvait apercevoir l'entrée du parking de l'hôtel de ville. Les gens entraient et sortaient, plutôt pressés à cette heure de la matinée, et tous le regardaient avec curiosité à cause de son uniforme au complet, en se demandant ce qui n'allait pas. L'uniforme avait toujours cet effet-là : à la fois aimant et bouclier. Dans le restaurant les clients étaient assez mélangés, entre les gens d'ici et les touristes, surtout parce qu'il bénéficiait d'un emplacement de choix ; il y avait d'autres endroits où on pouvait manger une omelette sans se faire entôler comme ici, mais les touristes ne les connaissaient pas.

La ville commençait à changer, pensa Sergent. Il suffisait de voir l'allure des gens. Ceux d'ici cherchaient à attirer en priorité les grosses fortunes, et ensuite, une fois installées, ils les trouvaient insupportables. Les riches venaient chercher ici une atmosphère bucolique dont ils semblaient aussitôt vouloir se protéger, en érigeant un mur pour les isoler de ce qu'ils étaient supposés apprécier ou adopter. Ces sentiments avaient toujours existé, mais on aurait dit qu'ils remontaient à la surface. C'est vrai, se disait-il, ce couple aux cheveux blancs, par exemple, au visage buriné, aux vêtements pastel et cabas en toile marqué Tanglewood, en train de discuter secrètement du pourboire à laisser pour un muffin partagé. Machinalement, Sergent lui-même ressentait du mépris pour eux. Et pourtant, que Dieu vienne en aide à cette ville s'ils partaient pour ne plus revenir.

C'est alors qu'il vit un 4×4 noir pénétrer dans le parking de l'hôtel de ville et disparaître derrière le bâtiment. Il demanda l'addition à la serveuse qui lui sourit et refusa discrètement ; il laissa cinq dollars de pourboire. En s'efforçant de ne pas se hâter, il traversa de nouveau Main Street.

La secrétaire l'invita aussitôt à entrer, et il attendit devant le bureau de Hadi que celui-ci lève les yeux de ce qui l'absorbait sur l'écran de son ordinateur. Sergent se tenait au garde-à-vous, mais Hadi ne devait même pas s'en rendre compte. Singulièrement distrait pour un Premier Élu, avait-il toujours pensé. Le fait de posséder beaucoup d'argent – quelque chose d'essentiel chez lui qu'on ne voyait pas mais qu'on sentait quand même – donnait à penser qu'il opérait en coulisses, à un autre niveau que celui qu'il vous laissait entrevoir, comme un espion.

Pour finir, le Premier Élu leva la tête. Sergent expliqua la raison de sa visite, et regarda Hadi se connecter au blog Workingman's Dread. Il le parcourut rapidement.

— D'accord, dit-il en posant sur Sergent un regard impavide.

— Je ne crois pas qu'il y ait de quoi s'inquiéter. Je veux dire, Internet, ce sont d'abord des mots. Les gens ont le droit de dire ce qu'ils veulent. Ça ne signifie pas que ce soit vrai.

— C'est sans doute exact.

— Je voulais juste vous avertir que j'en avais connaissance. Et, bien sûr, recueillir vos instructions sur la manière de traiter l'événement, s'il s'avère réel.

— Je ne vois rien à traiter. Les gens sont libres de se réunir. Y a-t-il un problème d'autorisation ou quelque chose ? Sommes-nous même en position d'en accorder ?

Sergent répondit que sans doute non, mais qu'il pouvait vérifier.

— Inutile. Clairement, si des actes de vandalisme ou ce genre de chose ont lieu, vous devrez arrêter les coupables, comme vous le feriez en temps normal.

— Je redoute qu'ils s'en prennent aux caméras.

Hadi agita la main :

— Elles ne coûtent rien.

Un silence s'installa alors durant lequel Sergent put voir, ou sentir, fonctionner le moteur cérébral de Hadi.

— Pourquoi êtes-vous venu me trouver avec ça ? dit-il enfin. C'était juste, allez, pour protéger vos arrières ?

— Pardon ?

— Ce n'est pas grave, je peux comprendre ça. Mais pourquoi à votre avis, ce type s'imagine-t-il que je l'observe ? Quel besoin a-t-il d'utiliser un faux nom ?

Hadi parlait d'une voix blanche et calme.

— Les projets vont et viennent. Les intérêts vont et viennent. J'ai pris ces responsabilités parce que j'éprouve une véritable affection pour cette ville, et parce que franchement la démocratie ne fonctionne plus – une chose, à mon sens, qu'il vaut mieux ne pas dire en bonne compagnie, mais qui, objectivement, est vraie. J'avais envie d'aider à ma manière. J'en ai les moyens, mais cela ne fait pas de moi un dictateur fou. J'ai des moyens, c'est tout. Vous voyez ?

Sergent eut une expression neutre, car il ne savait pas trop ce que demandait son patron.

Le Premier Élu se redressa un peu dans son fauteuil.

— On peut taxer un homme d'égoïsme, mais il existe dans la nature humaine des principes qui entraînent chez lui de l'intérêt à l'égard des autres, et qui lui rendent nécessaire leur bonheur, sans qu'il en tire aucun bénéfice, hormis le plaisir de le constater.

Quoi qu'ils aient voulu dire, Hadi prononça ces mots d'une voix différente : plus lente, presque théâtrale. Il y eut de nouveau un long silence, si long que Sergent craignit qu'on ne s'attendît à ce qu'il dise quelque chose.

— Alors merci de m'avoir reçu, offrit-il en faisant mine de se diriger vers la porte.

— Rappelez-moi combien vous touchez ?

— Je vous demande pardon ?

— Quel est votre salaire. Nous vous payons combien ?

La bouche de Sergent remua sans bruit.

— Je pose la question parce que je m'interroge sur la possibilité d'en recruter d'autres... comme vous. Je m'interroge à haute voix sur ce que cela pourrait coûter.

La porte de l'antichambre était ouverte, elle était restée ouverte tout le temps.

— Trente-neuf mille quatre cents dollars, répondit Sergent, humilié, mais pas par le montant. Plus les primes.

Hadi sembla soulagé.

— Très bien alors, parfait. Bon à savoir. Je ne veux pas dire que vous ne faites pas à vous seul un excellent travail. Mais la situation pourrait évoluer. Merci.

Sergent salua et retourna s'asseoir un moment dans le petit bureau – en vérité une simple table, un fauteuil et une porte qui fermait – que l'hôtel de ville réservait à son officier de police résident.

Le 11, il veilla à prendre position sur le trottoir de Main Street à un endroit qui lui assurait une bonne visibilité d'un bout à l'autre de la rue, d'où il pouvait voir les caméras et où les caméras pouvaient le voir. Quelques passants s'arrêtèrent pour lui demander avec un sourire ce qu'il faisait là. À chaque instant, tout au long de l'après-midi, il s'attendit à voir apparaître une pancarte, à entendre un slogan ou un mégaphone, ou à assister à l'irruption d'un groupe de gens d'ici ou venus de l'extérieur, tournant en grappes l'un ou l'autre coin. Le flux des piétons lui parut tel qu'il était d'ordinaire, un jour de semaine, en basse saison, après le travail. Impossible de dire ce qu'ils avaient dans le cœur, bien sûr, même pour le seul homme d'âge mûr qui s'avança jusqu'à lui pour lui demander s'il se passait quelque chose d'inhabituel. Peut-être les curieux étaient-ils sortis et sa présence ici, l'autorité de son uniforme, les avaient-ils chassés comme ferait un épouvantail. Ou bien tout cela, cette idée même de troubles, n'était-il qu'une illusion, et à mesure que s'achevait l'après-midi et que tombait le soir, personne ne remarquait plus la présence de Sergent, hormis bien sûr les caméras.

De toute évidence, l'un des fils de Gage avait bouché l'évier de la cuisine et laissé couler l'eau la nuit entière. Le placard et le sol en dessous étaient fichus, expliqua Barrett, et le sous-plancher aussi, certainement. Mark voulait-il qu'il démonte tout ou qu'il aille dans la nouvelle maison à Sheffield, comme prévu, pour continuer les travaux de rénovation ? Mark l'envoya à Sheffield et se rendit à Egremont pour constater lui-même les dégâts des eaux, en s'efforçant, sans succès, de se calmer au cours du trajet. Qu'est-ce qui n'allait pas chez les gens ? C'était là où ça coinçait dans ce métier : pour le loyer, il était protégé contre les mauvais payeurs, mais il n'y avait rien contre le manque absolu d'implication. Comment pouvait-on laisser ses gosses faire n'importe quoi ? Là-dessus, Mark en savait quelque chose. Il avait une fille. Elle ne vandalisait pas la maison. Rien de très compliqué.

Il frappa à la porte et Gage ouvrit de trois centimètres. Il y avait une chaîne que Mark n'avait pas fait poser. Avec un temps de retard, il s'étonna de le trouver là ; pourquoi n'êtes-vous pas au travail, avait-il envie de lui demander.

— Bonjour, dit Mark, courtois. Puis-je entrer ?

— Pourquoi ?

Pourquoi ? Mark, qui peinait souvent à s'imposer, sentit cette fois l'autorité du propriétaire s'emparer de lui très naturellement.

— J'ai appris que vous avez abîmé – abîmé davantage – cette maison et je dois la voir. Laissez-moi entrer.

— Je ne préfère vraiment pas, dit Gage. Je veux dire, c'est devenu un gros problème. Et vous êtes, vous savez, le propriétaire.

— Vous avez laissé entrer Barrett, n'est-ce pas ?

— Qui est Barrett ? Oh, ce type. Oui, il est entré. C'est différent.

Mark voulait lui demander pourquoi, mais le locataire ne devait pas établir les termes du débat.

— Écoutez, tout ça est ridicule. Ouvrez la porte, s'il vous plaît. Je ne vois pas comment estimer les réparations des dommages que vous avez provoqués si je ne les vois pas.

— Je ne les ai pas provoqués. C'est mon fils.

— N'êtes-vous pas responsable de votre fils ?

— N'êtes-vous pas responsable de moi ? Vous me louez la maison, à moi et à toute ma famille, nous n'avons pas d'autre endroit où aller, vous avez le pouvoir de nous jeter à la rue, ou non. Donc, vous êtes responsable de nous.

— Qu'est-ce que vous racontez ? Je parle de vous en tant que père, mec, qui doit s'occuper de son propre fils.

— Mon fils a des problèmes. Je suis sûr que vos enfants, eux, sont parfaits.

— Vous savez quoi ? J'en ai rien à foutre des problèmes de votre fils.

— Et voilà, dit Gage.

Il soupira et se passa la langue sur les lèvres. Ils se dévisagèrent à travers l'entrebâillement de la porte.

— Je vous le demande une seconde fois, dit Mark.

— Non. Vous pouvez revenir avec le shérif, à vous de voir. Si vous avez envie de passer à l'étape supérieure.

— Mais c'est absurde !

— Oui, je sais. Mais j'ai encore ma fierté.

Ce que Mark avait envie de faire, c'était d'enfoncer la porte. Une envie furieuse, presque irrésistible. Il sentait que le bien-fondé moral de ce cas devait le doter de la force nécessaire. C'était sa maison, et le type refusait de le laisser entrer. Il en savait assez ; la loi, il la connaissait, elle était du côté des locataires. La loi était toujours de leur côté.

Il prit une profonde inspiration.

— La prochaine fois, je viendrai accompagné de l'officier de police. Une notification d'expulsion vous sera remise, vous disposerez d'un délai pour vider entièrement l'appartement, et en cas de refus l'officier viendra vous mettre, vous, votre famille et vos effets personnels, sur le trottoir.

Il ne savait pas trop si c'était vrai, n'ayant jamais encore procédé ainsi, mais ça lui paraissait crédible.

— Vous comprenez ?

— Je croyais que vous étiez un type bien, dit Gage tristement. Je croyais que vous aviez mon intérêt à cœur. Réfléchissez, mec, à ce que cela signifie quand le gars qui possède le toit au-dessus de la tête de vos enfants est, disons, votre ennemi. Mais, vous savez quoi, faites ce que vous avez à faire.

Il referma doucement la porte et la verrouilla.

Mark remonta dans son camion. Il devait se rendre à Sheffield pour vérifier l'avancée des travaux de séparation des appartements. Sur le trajet, il essaya de se faire une idée des démarches préalables à une expulsion – à quelle juridiction s'adresser à Egremont, appeler l'avocat qu'il avait pris pour créer son entreprise et voir s'il traitait ce genre de cas ou connaissait quelqu'un qui le faisait – mais il n'y parvint pas : son esprit ne cessait plutôt de revenir à des fantasmes, à des rêves éveillés et détaillés, dans lesquels l'entrevue à peine terminée s'était soldée par une confrontation physique, et où Mark, privé d'autre choix, reprenait sa maison par la force. Dans son imagination, le locataire tentait de lui donner un coup de poing qu'il réussissait à esquiver, après quoi il lui disait en reculant : « On ne va tout de même pas en arriver là », mais Gage l'entraînait dans un coin ou contre la balustrade de la véranda, levait le poing de nouveau, et à ce moment-là Mark l'étendait raide d'un direct à la mâchoire. La scène était si vivante pour lui qu'il ne remarqua pas le panneau Céder le passage et se fit klaxonner par une Lexus qui prenait la Route 7 juste au nord de Great Barrington. Il vit le conducteur l'insulter. Mark était complètement en tort, mais il lui fit tout de même un doigt d'honneur.

Le mur que Barrett avait monté pour diviser la salle de séjour à Sheffield lui sembla convenir ; il ne serait jamais très beau du point de vue de l'architecture intérieure, il manquait totalement de sens, mais il était solide et Barrett avait probablement fait au mieux. Celui-ci, ayant discerné dans son regard le manque d'enthousiasme de Mark, y vit une critique de son travail.

— Bon, on peut ajouter des moulages par exemple.

— Non, dit Mark.

— Pour souligner la nouvelle ligne, tu vois. Pas beaucoup de travail en plus, vraiment. J'aurais dû te demander avant.

— Non, répéta Mark. Putain.

Il sortit sur la véranda qui n'avait pas encore perdu sa beauté et s'assit sur la première marche. Barrett l'imita. Il s'installa en poussant un grognement synonyme de détente et ouvrit une canette de bière. Il était dix heures du matin.

— Putain, quoi ?

Mark regarda la bière et appuya le menton dans sa main. Une part de lui se sentait blessée parce que Barrett ne lui avait pas aussi proposé une bière. Il raconta son petit voyage à Egremont, que Gage ne l'avait pas laissé franchir la porte. Barrett écouta avec attention en vidant sa bière.

— Le plus bizarre, c'est que je n'arrive pas à me calmer, fit Mark. Je m'imagine tout le temps en train de le tabasser. Mais la violence n'est pas une solution.

— Les gens disent toujours ça, observa Barrett. Et si, finalement, la violence était la solution ?

Mark fit la sourde oreille.

— Mais d'où ça vient chez vous autres ? C'est quoi ce sentiment que tout vous est dû ? Tu as été élevé comme ça ? Moi, je n'ai pas été élevé comme ça. Aucun respect pour la moindre chose. Rien d'autre que l'intérêt personnel.

Barrett le scruta du regard :

— Le respect. C'est le mot-clef. Tu as tapé dans le mille, mec. Ce que les gens oublient, c'est qu'il y a un élément physique là-dedans, tu peux essayer de le nier mais ça reste là. Il ne faut pas chercher plus loin. L'instinct, mec. L'instinct. C'est ce qui nous détermine.

Mark fronça les sourcils :

— Mais qu'est-ce que tu racontes ?

— Je reviens à cette idée que tu aurais dû le frapper.

— Allez.

— Pourquoi pas ?

— Pourquoi pas ? Parce que d'abord, il me collerait un procès, ou je me ferais arrêter, ou les deux.

— Et c'est vraiment ça qui te dicte ta conduite, même là, dans une affaire entre hommes ? La peur de la loi ? Est-ce que tu penses à la loi, en ce moment, pendant qu'on parle, toi et moi ?

— Non. Mais, simple curiosité, c'est ta première bière de la journée ?

— Parce que je te crois plus viril que ça. Même moi, qui ne t'aime pas tellement, je vois bien qu'il y a un homme, un vrai, tout au fond de toi, qui a été inhibé par ça, par le monde moderne. Lève-toi.

Il saisit le bras de Mark, sans brutalité, et Mark, trop déconcerté pour résister, se leva avec lui sur la plus haute marche de la véranda.

— Je vais te dire, mec. Tu as besoin de taper sur quelqu'un, c'est clair. Et je sais ce que tu ressens. J'en ai fait l'expérience. J'en fais tout le temps l'expérience. Alors vas-y. Frappe-moi. Ne te prive pas.

— Quoi ?

— Vas-y, dit doucement Barrett. Ça va, je te le jure. Je n'aurai pas mal.

— Mais qu'est-ce qui te prend ?

Mark se retourna vers le garage, les sous-bois, les fleurs sauvages. Ses yeux le piquaient.

— Je vais t'aider, dit Barrett. Regarde-moi.

Mark se retourna et Barrett le gifla violemment.

— Ça va, assura Barrett pour l'encourager, laissant ses bras retomber le long du corps. Je sais que tu en as envie. Allez, lâche-toi. Je te jure, ça va.

Mark était incapable de parler. Il sentait une rougeur se répandre sur le côté gauche de son visage. Avec précaution, il descendit les marches et, une fois à bonne distance de Barrett, il se retourna et dirigea son regard vers lui.

— T'es cinglé, putain ! T'es viré.

Barrett soupira et secoua la tête :

— Je suis écœuré, tiens. J'y ai vraiment cru une seconde.

4

Une part de la mythologie interne de Mullins, c'est que la difficulté allait toujours en grandissant. Tous les ans, on vous disait, les élèves des classes supérieures comme les professeurs, que l'année suivante représentait un tournant dans la scolarité, celle où la charge de travail deviendrait écrasante, qu'il n'y aurait pas de retour en arrière, et que par conséquent mieux valait profiter du paradis de l'enfance tant que c'était possible ; mais pour Haley cette transition ne s'était jamais produite. Non qu'elle fût un prodige ou un génie incompris. Elle avait toujours de bonnes notes. Il y avait un tableau d'honneur et elle ne trouvait pas difficile d'y figurer, mais elle n'était jamais première de la classe, loin de là. Elle détestait les classements de toute manière. Ils semblaient créés pour encourager la compétition entre élèves, mais ceux-ci ne se laissaient pas leurrer par ce genre de tactique. Il était bien vu de se moquer des classements (le bureau du collège avait même cessé de les afficher sur le panneau principal parce qu'ils étaient régulièrement dégradés) et on disait que Grace Waltz avait l'intention de refuser cette année le premier prix, en signe de protestation. Le premier prix n'avait pas encore été attribué – on n'était qu'en mars – mais tout le monde savait qu'il reviendrait à Grace.

Parvenue en cinquième, Haley commença à soupçonner que la condamnation aux travaux forcés ne serait jamais prononcée, que les résultats exigés étaient progressifs, sans être écrasants, et qu'il devait s'agir d'une stratégie bien rodée. Elle comprit alors une vérité fondamentale concernant Mullins dont tout le monde affirmait qu'elle comptait parmi les trois meilleures écoles privées les plus prestigieuses et certainement les plus chères du Berkshire, de la maternelle à la terminale, et qu'elle envoyait chaque année certains de ses diplômés dans les universités de l'Ivy League (même si c'était moins qu'à l'époque d'avant la politique de la diversité) : tout l'intérêt de Mullins n'était pas d'y aller, mais d'y être allé, d'en sortir.

Et donc, d'une certaine manière, le plus gros du travail était déjà fait. Sa vision des choses changea du tout au tout. Après le concert de fin d'année au mois de décembre, ayant pris sa place dans le chœur du collège et chanté des morceaux issus d'une diversité culturelle ostensible devant un groupe de parents et de professeurs dont peut-être un ou deux visages n'étaient pas blancs, elle s'était esquivée par l'issue de secours en compagnie de Tom Kerrigan, Boyd McDowell, Amy Andersen et Dustin Cates, et ils avaient partagé un joint derrière le théâtre dans un froid de gueux. Ils n'en avaient qu'un seul : que Tom s'était procuré auprès de son frère aîné, un élève de troisième. Haley était pratiquement sûre que Tom le lui avait volé. Peut-être nourrissait-il le fantasme qu'avec un joint les filles enlevaient leur chemise et jugeait-il par conséquent que cela vaudrait la peine de se faire démolir dès que son frère s'en serait aperçu en comptant ses réserves.

Ils se le passaient, se brûlant les lèvres, tâchant sans succès d'inhaler, quand survint quelque chose d'extraordinaire. Un adulte ouvrit la porte de secours, à peut-être dix mètres de là ; la lumière qui brillait à l'intérieur laissait son visage dans l'ombre, mais il leur sembla, surtout parce qu'il était resté figé sur place, qu'il observait la scène. Ils s'immobilisèrent – Boyd tenta de cacher dans sa poche le joint allumé, ce qui, en d'autres circonstances les aurait fait hurler de rire – mais au bout de quelques secondes, l'homme se retourna et rentra à l'intérieur du théâtre, sans un mot, et la porte se referma derrière lui avec un clic.

Amy commença à pleurer. « C'est cool, dit Tom, tout est cool », mais le ton apeuré qu'il avait adopté aggrava davantage la situation que s'il n'avait rien dit. Haley se fit déposer chez elle, comme prévu, par les parents d'Amy, et ne put fermer l'œil de la nuit ; les vacances d'hiver commençaient le lendemain, elle ne savait pas à quoi s'attendre, ni quand s'y attendre. Elle était trop anxieuse pour appeler Amy, Tom ou les autres, même sachant qu'elle était folle de penser qu'on les avait peut-être surpris.

Ils attendirent la fin des vacances, Noël et le Nouvel An, puis le premier jour de classe en janvier, et le lendemain seulement ils s'autorisèrent pour la première fois à penser qu'ils ne risquaient rien.

— Il nous a vus, c'est sûr, dit Tom à l'heure du déjeuner, avec un sourire ironique mais en chuchotant. Impossible qu'il ne nous ait pas vus.

— Et ? fit Amy.

— Et il a décidé qu'il n'avait rien vu, expliqua Haley tout en tâchant de comprendre jusqu'où allait son idée. Il l'a vu par hasard, il aurait préféré ne pas l'avoir vu, il fera comme s'il ne l'avait jamais vu.

Dans cette école, ils n'avaient pas envie de s'attaquer aux problèmes. Ils voulaient qu'il n'y ait aucun problème. Ils ne voulaient pas être un établissement où des cinquièmes se faisaient renvoyer pour avoir fumé un joint le soir du concert de fin d'année. Par conséquent, on ne les renvoyait pas. Pouf ! Tout tournait autour de ça : voir ce que vous vouliez voir afin de provoquer ce que vous vouliez qu'il arrive.

— C'est comme avec l'Irak, poursuivit Haley.

Tous la dévisagèrent puis explosèrent d'un rire libérateur, ils avaient l'habitude de ses raisonnements sans logique.

— Mais bordel de Dieu, qu'est-ce que tu racontes ? dit Tom.

Plus elle s'efforçait de développer sa comparaison, plus ils riaient. Elle n'était pas passionnée de politique, mais elle était effarée par le peu d'intérêt de ses camarades à l'égard du monde extérieur à leur propre monde. C'était comme s'ils s'évertuaient sciemment à s'en détacher.

Cette attitude, ce sentiment de satisfaction inné et d'ignorance orgueilleuse à l'égard de tout ce qui ne les touchait pas directement, restait acceptable quand ils étaient tous à l'école, mais dès qu'elle rejoignait, au-dehors, dans le monde réel, en week-end ou pendant les vacances, ses meilleurs amis de Mullins, elle éprouvait une certaine gêne et tout perdait sa saveur. Dès qu'ils se retrouvaient à plus de deux, ils n'étaient pas longs à manifester leur élitisme. Dans leur langage corporel, dans ce qu'ils disaient. Même assis devant la télévision chez Boyd, ou réunis chez Allegra Durning, où ses parents, semblait-il, ne faisaient que passer. Même en regardant un film, ou en faisant semblant d'apprécier un cocktail que quelqu'un avait préparé, un Negroni, un Black Russian, tout ce qu'on pouvait concocter avec une bouteille dont personne ne vérifiait vraiment le niveau.

— Oh, mon Dieu, la fille qui travaille à la poste en ce moment ? lança Amy. Ce qu'elle est grosse. Tellement grosse que même debout, là, elle pouvait à peine respirer. Elle n'a pas de poignets, on dirait.

— Elle n'a pas de poignets ? interrogea Boyd. Je suis sûr que tu te trompes.

— Tu sais un truc ? rétorqua Amy. Je ne me trompe jamais. Tu devrais avoir pigé ça depuis longtemps.

Sans vraiment que ce soit le résultat d'une décision, Haley commença à chercher des excuses pour ne pas s'attarder avec eux devant l'école. Ils firent d'abord comme si de rien n'était, puis ils jouèrent les offensés, et de nouveau firent comme si de rien n'était. Cela signifiait plus de temps passé à la maison : davantage de samedis soir, de jours de vacances à paresser et à essayer de dormir le plus longtemps possible. Sa mère ne parvenait pas à croire que tout allait bien. « Qu'est-ce que tu as ? Je me suis mal exprimée ; je veux dire, qu'est-ce qui ne va pas, il est arrivé quelque chose ? Toi et tes amis vous êtes disputés ? Il y a eu quelque chose avec un garçon ? Pourquoi ne vois-tu plus tes amis ? »

Elle n'avait pas envie de voir ses amis, ou alors seulement dans le bon contexte, à l'intérieur de l'écosystème particulier de leur amitié. Sa mère déclara qu'elle s'inquiétait, évoquant une dépression – tout le monde savait à quel point ces années étaient décisives et semées d'embûches, spécialement pour les filles – et elle exaspérait Haley en surveillant tous ses repas, pour s'assurer qu'elle mangeait normalement, si cela voulait dire quelque chose. Haley savait que sa mère éprouvait une angoisse bien réelle, mais elle savait aussi que les sources de cette angoisse étaient multiples. Elle le comprenait obscurément, mais mieux que sa mère. Sa mère ne voulait pas avoir un enfant à problèmes. Non qu'elle fût superficielle, pas vraiment, du moins pas davantage que n'importe qui. Elle devait plutôt penser que Haley représentait le visage que la famille offrait au monde. Ce n'était pas le genre de mère qui exigeait la perfection en tout ; mais elle se disait certainement, si nous n'élevons pas ensemble une enfant heureuse, à quoi bon même rester ensemble ?

Parce qu'ils se disputaient beaucoup. Ils se le reprochaient, mais ils ne pouvaient plus s'en empêcher. Papa se plaignait de tout faire, d'être pourvoyeur de ressources et chargé de toutes les corvées domestiques ; Maman avait répliqué qu'il travaillait à la maison et que cela lui laissait beaucoup de temps libre, alors qu'elle allait au travail ; il avait répondu que dans ce cas, rien ne l'empêchait de le quitter puisqu'ils n'avaient pas besoin de cet argent et qu'il ne comprenait pas pourquoi elle y tenait autant ; elle avait refusé ; il arrivait que l'un d'eux se plaigne en évoquant un événement vieux de plusieurs années et l'autre s'écriait : « Tu remets encore ça sur le tapis, je ne peux pas le croire », et les portes claquaient.

Parfois, rien que pour sortir, elle allait à la bibliothèque publique de Howland et passait un moment avec sa tante

Candace, ou non loin d'elle. C'était en général assez mort, là-dedans, mais dans le bon sens. Il y avait la section Jeunesse avec une porte insonorisée, souvent bondée les jours de semaine, surtout en cas de mauvais temps. Les mères s'installaient dans le bruit, l'air épuisé. Dans la salle de lecture principale Haley regardait surtout les magazines ou surfait sur Internet. Candace lisait derrière le bureau de prêt, levant parfois la tête pour observer les passants par la fenêtre. De temps à autre, elle donnait à Haley un billet de cinq dollars pour aller au bout de la rue dans un nouvel endroit appelé The Beanery chercher un café digne de ce nom.

L'attirance qu'exerçait sur elle Tante Candace était difficile à expliquer. Pour incarner un modèle féminin dans la famille, il n'y avait qu'elle ou sa mère, mais il ne s'agissait pas vraiment de ça, Candace ne représentait pas tout à fait un modèle. Il émanait d'elle une vague insatisfaction. Elle était sarcastique, mais ne se plaignait pas. Elle se fichait, ou du moins donnait-elle cette impression, de son aspect extérieur. Une seule fois, elle avait demandé à Haley ce qu'elle venait faire à la bibliothèque.

— Rien, avait-t-elle répondu, un peu sur la défensive.

— C'est ce que je vois.

Sa tante l'avait examinée :

— Tout va bien à la maison ?

— Quoi ? Oui. Ça va. Je peux m'en aller si je dérange.

Mais elle était restée immobile. Pour finir, Candace avait haussé les épaules :

— Bon, écoute, si tu restes ici, il faut au moins que tu lises un peu. Quelque chose de sérieux. Lis le journal ou quelque chose.

Haley lut le journal. Une certaine angoisse l'envahit, non à cause de son contenu, mais parce qu'il était impossible de le lire en totalité et que vous aviez toujours le sentiment d'être paresseuse ou de rater quelque chose d'important. Le *Globe*, de ce point de vue, était moins stressant que le *Times*, mais à peine.

Un mardi du mois de mars, elle revint avec deux grands cafés allongés et vit deux jeunes d'à peu près son âge, une fille et un garçon, assis dans la salle des périodiques, non pas pour lire des périodiques mais parce que c'était là que se trouvaient les fauteuils les plus confortables.

— Rien pour moi ? lui lança le garçon en souriant.

La fille lui donna une tape sur le bras. Il restait un fauteuil vide à côté d'eux, mais Haley craignit de se sentir ridicule en s'y installant quand toute la bibliothèque était déserte. Elle fit les cent pas le long des étagères en regardant discrètement pardessus le bord de son gobelet. De temps à autre ils se chuchotaient quelque chose, mais la plupart du temps ils gardaient le silence, comme si le silence expliquait leur présence. Sous certains angles, elle croyait reconnaître la fille, et pas sous d'autres. Ce qui était sûr, c'est qu'ils n'allaient pas dans son école. Ils ne semblaient pas, à voir leur langage corporel, être autre chose que des amis. Il portait un bonnet de ski en laine et un vieux blouson militaire. Elle avait les cheveux très courts, quatre boucles d'oreille et des mitaines qu'elle n'ôtait pas.

Le lendemain ils étaient de retour. Il leur arrivait de scruter leurs téléphones, mais ils passèrent le reste du temps assis, côte à côte, tranquillement, comme un frère et une sœur, sans pourtant avoir un air de ressemblance.

— Des amis à toi ? chuchota Candace.

Haley secoua la tête.

— Il y a six fauteuils là-bas, tu sais. Ne va pas t'imaginer qu'ils ont marqué un territoire.

Sa tante, songea Haley, paraissait très à l'aise à l'intérieur de la bibliothèque. Il y régnait une tiédeur et un calme lénifiants et il ne semblait pas y avoir trop de travail. Quand Haley articula en silence : « Du café ? », Candace sourit et prit son portemonnaie. Sur le chemin de la sortie, Haley ralentit devant la section des périodiques et lança, s'essayant au sarcasme :

— Rien pour vous ?

Le garçon et la fille levèrent la tête.

— Non, merci, dit la fille.

— Un grand crème ? suggéra le garçon.

Haley attendit qu'il ait glissé la main dans sa poche et sorti quatre dollars.

— Cool, la bibliothèque, fit-il.

Elle revint avec trois cafés, en donna un à sa tante et regagna la section des périodiques.

— Tu viens souvent, constata le garçon.

— Vous aussi, dit Haley, mais vous ne lisez rien.

— On est dans un pays libre.

Pour une raison inconnue, il fit rire la fille, comme si c'était une blague entre eux.

— Toi et la bibliothécaire, vous avez l'air de vous connaître. Comment ça se fait ?

— C'est ma tante.

— Pas possible. Comment elle s'appelle ?

— Candace.

Il hocha la tête :

— Très cool.

— Si vous avez envie de parler, lança Candace derrière son bureau, allez peut-être dans la section Jeunesse ?

Ils la regardèrent sans comprendre.

— Je parle sérieusement, insista-t-elle d'une voix douce. Je dois veiller à garder une certaine atmosphère ici. Il n'est pas exclu que quelqu'un vienne.

Ils allèrent donc dans la section Jeunesse, laissant la lourde porte se refermer derrière eux. Mais il y avait une mère assise près de la fenêtre, qui surveillait son fils occupé à monter des rails Duplo, des écouteurs dans les oreilles.

— Je me souviens de ça, dit le garçon en indiquant les rails. Alors tu viens traîner ici et tu sers le café à ta tante ?

— Oui et ça me permet de sortir de la maison, dit Haley, pensant peut-être l'impressionner, mais sans succès. Et vous ?

— On tue le temps. Bon, c'est sympa ici, on est à l'aise. Mais en fait on attend juste de retrouver des gens.

La fille lui adressa un regard furieux.

— Du calme, dit-il.

— Vous allez à quelle école ? s'enquit-elle en se maudissant d'avoir posé une question stupide.

— À l'école publique.

Ils ne cherchèrent pas à savoir quelle école Haley fréquentait. C'était sans doute marqué sur son front, songea-t-elle.

— Et vous tuez le temps jusqu'à quand ?

— On attend le dîner progressif.

Cette fois quand la fille eut ce regard noir, il se pencha un peu plus en avant sans se tourner vers elle.

— C'est genre deux fois par semaine. Tu sais ce que c'est, un dîner progressif ?

— Je crois. On change d'endroit pour manger chaque plat, c'est ça ?

— Exact. Tu vois, Becca. Je te l'avais dit, je suis très bon juge. À propos, je m'appelle Walker.

Il expliqua qu'il ne pouvait pas inviter Haley ce soir parce que c'était grossier de ne pas prévenir à l'avance ; mais un autre était prévu mercredi prochain. Sans trop savoir de quoi il parlait, elle demanda tout de même à sa mère la permission de sortir le mercredi et celle-ci sembla soulagée de la lui accorder, bien qu'elle eût cours le lendemain. Elle dut marcher longtemps pour les rejoindre, presque jusqu'à l'intersection triangulaire devant chez Daisy.

Bizarrement, Walker était seul, et elle eut peur un instant : dans quel scénario de film d'horreur s'était-elle égarée par naïveté ? Mais il eut son sourire un peu planant :

— Viens, tous les autres sont dans le bois.

Et il se glissa entre deux arbres et prit ce qui ressemblait à un sentier ; il faisait déjà trop sombre, elle n'avait plus qu'à le suivre. Quand ses yeux furent habitués à l'obscurité, il s'arrêta et elle vit qu'ils se trouvaient dans une sorte de clairière circulaire où l'herbe avait été piétinée. Il y avait quatre ou cinq autres personnes, assises ou allongées par terre, mais il faisait trop noir pour distinguer leurs traits. Une fois de plus, elle se vit dans une sorte d'avance rapide, on la violait ou on la tuait.

Elle faillit tourner les talons et fuir en courant. Elle entendit quelqu'un écraser une canette.

— Bon, annonça Walker de sa voix normale qui la fit sursauter. Dîner progressif ?

Tous se levèrent en grommelant. La lune s'était levée, et elle pouvait suivre les torses des jeunes silencieux devant elle, et même repérer la seule autre fille (qui n'était pas Becca) au milieu des garçons. Ils marchèrent avec assurance entre les bouleaux et les pins, et quand ils ressortirent du bois, Haley commença à voir une vague lumière.

Ils se trouvaient derrière une maison, une belle maison, silencieuse et baignée de lune. Aucune fenêtre allumée, allée déserte : une résidence secondaire, sans aucun doute. La pelouse était soigneusement ratissée, mais les propriétaires de ce genre de maison payaient des gens d'ici pour le faire, et attendaient les beaux jours pour revenir.

Elle avait envie de demander qui habitait là, mais tous les six étaient plongés dans le silence. Ils traversèrent rapidement la pelouse et, parvenus devant la maison, ils se collèrent contre le mur, sous l'avant-toit, comme pour se protéger de la pluie. Walker retira son bonnet, avec une telle solennité que Haley s'attendit presque à ce que les autres en fassent autant, mais il s'en enveloppa le poing et cassa l'un des petits carreaux à côté de la porte. Tous tendirent l'oreille, aucun bruit ne parvint de l'intérieur. Walker ôta le bonnet de sa main, la passa avec précaution dans le trou, déverrouilla la porte, et ils entrèrent.

La maison était vaste, mais pas aussi immense que celle dans laquelle vivait Haley. Tel un portail ouvrant sur un autre monde, elle offrait la vision de moyens illimités permettant une attention aux détails tout aussi illimitée. Chaque meuble, chaque assiette, chaque accessoire, en harmonie parfaite, resplendissait. Décorée, pensa-elle, ou plutôt mise en scène, plus qu'habitée – et cependant des gens y habitaient parfois ; leurs photos encadrées ornaient le mur triangulaire entre le palier et l'étage, des photos que Haley ne pouvait se résoudre à regarder. Ce qu'ils étaient peut-être venus faire ici la terrifiait – voler, détruire, mettre le feu – mais la réponse se révéla peu de chose. Ils se contentèrent de rester un certain temps, et certains d'entre eux ouvrirent leurs sacs à dos et en sortirent de la nourriture à partager. Quelqu'un ouvrit le réfrigérateur et s'écria : « Connards », en le trouvant vide, mais dans le rai de lumière qui s'échappa de la porte elle put apercevoir presque tous les visages, des visages plutôt normaux, des visages de gosses amusés. Deux d'entre eux sortirent des cigarettes, une pipe, une bouteille de Jager. Ils s'installèrent dans le salon de ces inconnus riches et absents, se défoncèrent, parlèrent. En riant, presque comme s'ils jouaient sur une scène de théâtre. Haley se dit que ces gens allaient ressentir comme un viol terrible de leur maison (enfin, d'une de leurs maisons) le fait que des inconnus y aient pénétré par effraction, qu'ils s'y soient promenés. Ils chercheraient désespérément ce qui manquait. Elle avait presque envie de leur laisser un message, pour dire non, ne paniquez pas, il ne s'agit pas de ce que vous croyez.

Quand il ne resta plus ni drogue, ni alcool, ni nourriture, ils se lancèrent dans une visite faussement organisée :

— Voici les restes de nos ancêtres, dit Walker en imitant l'accent britannique, et à gauche, les chiottes, spécialement dessinées par Frank Lloyd Wright.

Mais personne n'abîma ou ne cassa rien. Leur présence, comprit-elle, constituait la seule profanation. Tout joyeux, écrasant les éclats de verre sous leurs bottes, ils regagnèrent la porte de derrière et la refermèrent derrière eux.

Quand ils furent engagés sur le sentier et bien enfoncés dans le bois, Haley eut le courage de risquer :

— Alors, une seule maison par soir, c'est ça ?

— Oui, s'esclaffa Walker. « Progressif », dans le sens de, je sais pas, une vie entière.

À la lumière de sa propre véranda, épuisée, Haley vérifia qu'il n'y avait pas de terre sur ses bottes et son pantalon. Elle entra chez elle par la cuisine ; il était tard mais son père lui demanda seulement si elle n'avait pas eu froid, et sa mère ne lui dit rien du tout.

Le Daisy, un établissement dont la marge bénéficiaire était étroite depuis deux générations, commençait à prendre l'allure d'une entreprise aux abois. Il y avait toujours quelque chose d'agressif dans les relations avec les clients – le service était revêche et les menus, usant de sarcasme, vous prévenaient que, si vous aviez l'intention de vous plaindre de sa lenteur, le Golden Arches vous attendait à moins de sept cents mètres sur la Route 7. Le charme incontestablement intemporel du lieu s'était transformé en déclin. Les tasses à café et les soucoupes ébréchées servaient toujours, celles qui se cassaient n'étaient pas remplacées. Les fins rideaux blancs jaunissaient. Chase, la fille de Daisy, travaillait avec une réticence croissante, et les tables et les chaises vides semblaient susciter un soulagement plutôt qu'une raison de s'inquiéter. Quant à Horace, à demi invisible dans l'ouverture de service de sa cuisine, même les habitués fidèles tels que Mark se demandaient pour combien de temps il en avait encore.

Un soir d'hiver, le chauffage tomba en panne, les conduites gelèrent et les réparations nécessitèrent deux semaines de fermeture. Les travaux enclenchèrent la visite des services d'hygiène. Daisy demanda, et obtint, un délai de grâce évitant une nouvelle fermeture, seulement voilà, il fallait remplacer la friteuse et le grill. En mars, un panneau À VENDRE apparut, enfoncé dans le parking devant l'entrée côté Route 4. Aucun des habitués, y compris Mark, n'en toucha mot à Chase. Elle avait peu de chances qu'on lui fasse une offre. À lui seul, ce panneau planté au bord d'une route peu fréquentée, et encore surtout par des gens d'ici, représentait un signe de désespoir. L'emplacement était vraiment, ou il l'était devenu avec les années, très mal choisi pour un restaurant.

Et puis, un jour d'avril, le panneau disparut. Mark se retrouva en train d'échanger des regards interrogateurs avec quatre autres ouvriers, des habitués du cru qui prenaient leur petit déjeuner en silence, mais personne ne dit rien. Chase s'approcha de la table de Mark et lui resservit du café sans un mot. En le buvant, il regarda par la fenêtre les petits brins d'herbe et les pousses vertes qui émergeaient du sol sur la parcelle située de l'autre côté de la rue, et qui appartenait sans doute à la fiducie foncière car elle était restée en l'état depuis aussi loin que remontaient ses souvenirs. Dix minutes plus tard, son sandwich à l'œuf arriva. Il essaya de scruter discrètement le visage de Chase mais il n'y décela aucun changement. En payant à la caisse, il avait déjà remis son manteau, il y eut un moment où il pensa : C'est absurde, et il dit à haute voix :

— Je vois que le panneau À VENDRE a été enlevé.

— Exact, dit Chase.

— Comment se fait-il ?

— Sans doute parce que nous ne sommes plus à vendre.

— Ah, oui, je...

Les gens faisaient ça ici, c'était un vieux truc de Yankee, jouer sur les mots avec vous, et alors vous vous sentiez idiot quand bien même ils savaient ce que vous attendiez d'eux. Son père maîtrisait cela à la perfection.

— Tu as trouvé un acheteur, Chase ?

— Non. Ta monnaie, cinq dollars dix-huit.

— Tu me rends toujours cinq dollars dix-huit, bon sang. Tu peux la garder si tu me dis ce qui se passe.

Elle finit par lever les yeux et soupira. Il devinait son soulagement, même si elle tâchait de ne pas le montrer.

— C'est ton ami, là. Celui qui est riche. Le Milliardaire Désintéressé.

— Hadi ? Il a racheté le restaurant ?

— Non. Il nous a juste donné de l'argent.

Mark avait conscience, sans regarder, que les autres, assis derrière lui, avaient cessé de mastiquer et s'efforçaient d'écouter la conversation.

— Il vous a donné de l'argent ?

Elle ne sentit pas le besoin de confirmer ce qu'elle venait de dire.

— Quoi ? fit Mark. Un genre de subvention ?

— Si tu veux, s'esclaffa Chase. Il a juste dit qu'on était importants pour la ville et qu'il voulait faire le maximum pour qu'on reste.

Mark crut déceler de la fierté dans sa voix ; de toute évidence, elle le citait directement.

— Je ne vais pas demander combien, dit-il en empochant sa monnaie, mais je suis curieux de savoir.

— Pas assez pour creuser un trou dans son budget, assura Daisy.

Mark ne parvint à assimiler tout ça qu'une fois remonté dans sa voiture et en route pour chez lui. Est-ce qu'une grande fortune vous permettait de laisser émerger ce qu'il y avait de plus généreux dans votre nature, ou est-ce que le fait de posséder cette nature – cette compréhension magnanime du bien commun – entraînait la richesse ? La maison était vide, comme toujours à cette heure en semaine. Le vide et le silence le plongeaient dans la réflexion, et à un certain moment, il lui vint à l'esprit que Daisy rendait peut-être Hadi nostalgique pour des raisons sentimentales : c'était là que Mark et lui s'étaient rencontrés, que les premiers projets de travaux sur sa maison avaient pris forme et lui avaient permis de s'enraciner, de devenir un citoyen de Howland à plein temps et enfin son édile. Non que leur amitié fût si importante pour Hadi – Mark ne se berçait pas d'illusions à ce point – mais leur vie avait indéniablement connu un tournant décisif, et cela s'était produit là-bas.

Quand le mandat de Hadi toucha à sa fin, il ne lança pas de campagne pour sa réélection et sa présence en ville se fit plus rare. Il vint de moins en moins à l'hôtel de ville ; il y avait des semaines où on ne l'apercevait jamais. Sa secrétaire expliquait tantôt que ses affaires personnelles l'appelaient en dehors de la ville, tantôt qu'il travaillait depuis son bureau, chez lui (ce que, après tout, Marty Solomon avait toujours fait, sans que personne à l'époque ne s'en inquiète), ou bien elle avouait avec un grand sourire n'avoir aucune idée de l'endroit où il se trouvait à ce moment-là. Elle-même occupait son petit bureau devant le cabinet de Hadi aux heures d'ouverture de l'hôtel de ville. Elle apportait même son déjeuner.

En septembre, la *Gazette* publia en une un entretien avec Hadi, dans lequel il confiait qu'il serait heureux si les habitants de Howland lui renouvelaient son mandat de quatre ans, s'ils en manifestaient le désir. (Les lecteurs qui connaissaient la timidité d'Abigail eurent du mal à imaginer le contexte de cet « entretien » et en déduisirent qu'il s'agissait plutôt d'un communiqué de presse rédigé par Hadi sous la forme d'une interview et que sa secrétaire avait sur son ordre apporté à la *Gazette*.) Il développait quelques projets pour assurer la richesse et la prospérité futures de la ville et il expliquait qu'il serait disposé à les mettre en œuvre. Mais il ne voulait pas faire campagne – il ne prononcerait aucun discours, il n'irait pas serrer les mains des électeurs dans des restaurants. Il jugeait bien assez – il l'estimait juste – de laisser son bilan parler de lui-même.

Et quel était ce bilan, selon Hadi ? « Tous les services municipaux fonctionnent bien et sont financés. La taxe foncière a été réduite à des niveaux historiquement bas. Le taux de faillite a été réduit. Est-ce une nouvelle façon de diriger ? Peut-être, mais il faut reconnaître que les anciennes manières ne marchent plus depuis un certain temps, pas seulement à Howland, mais dans tout le pays. »

Lors de la traditionnelle assemblée préélectorale, à laquelle Gerry assista, Hadi n'apparut pas ; et lorsqu'on demanda aux personnes présentes ce qu'elles avaient à opposer à la nomination pour réélection des élus et des officiers municipaux actuellement en poste, nul ne se leva ni ne demanda à prendre la parole. Le mardi suivant, Hadi fut réélu par 231 voix contre 79. Le taux de participation électorale fut le plus bas jamais enregistré dans l'histoire de Howland.

Un après-midi de semaine en octobre, dans le bus scolaire, émergeant de son habituelle distraction, Haley s'était aperçue qu'il y avait un arrêt sur Melville Road, à quelques centaines de mètres de Main ; elle n'aurait qu'à marcher deux minutes pour aller à la bibliothèque, et passerait devant The Beanery. Et donc, le lundi suivant, elle se leva et descendit à cet arrêt plutôt que de continuer dix minutes pour se retrouver devant sa maison. Elle expliqua au chauffeur qu'elle se rendait à la bibliothèque, ce qui lui suffit et était techniquement vrai. Elle se glissa entre deux petits enfants étonnés et leur mère qui montaient chaque jour à cet arrêt, et commanda deux cafés allongés, un pour elle, un pour Candace.

Ce lieu exerçait une attirance sur elle, elle ignorait pourquoi. Elle et sa tante ne se parlaient pas beaucoup – c'était une bibliothèque, après tout. Peut-être aimait-elle le silence, justement : pas celui des autres, mais le sien ; dans bien des situations, on ne pouvait rester longtemps silencieux sans qu'on commence à vous demander ce qui n'allait pas. C'était comme une bulle temporelle, à l'image de ces forteresses en coussins dans lesquelles, enfant, on s'abritait, un endroit où se soustraire aux regards même si personne ne vous cherchait, juste pour le simple plaisir de se cacher. Elle n'y allait certainement pas dans l'espoir de tomber sur Walker et Becca. Ils venaient encore de temps à autre, et certains de leurs amis aussi, surtout quand il faisait mauvais temps. Ils éprouvaient une petite gêne depuis que Haley avait poliment refusé de participer à d'autres dîners progressifs, pour autant qu'ils aient poursuivi l'aventure, et elle imaginait que oui. Elle n'y voyait pas d'autre objectif que celui de ne pas se faire prendre, et elle savait donc comment tout cela allait se terminer. C'est pourquoi elle voulait en parler avec Candace – elle croyait savoir que sa tante trouverait cela drôle, ou même l'approuverait, et l'approuverait, elle, d'avoir osé – mais elle ne voulait courir aucun risque. Elle lisait assidûment toutes les nouvelles du monde, toujours avec l'espoir que Tante Candace lui demande son avis motivé sur ceci ou cela, mais ce n'était jamais arrivé.

Sa nouvelle routine après l'école ne dura pas un mois : un jeudi soir, au dîner, Haley évoqua un contrôle de maths le lendemain et sa mère s'étonna qu'elle n'ait pas révisé depuis son retour.

— Elle est rentrée cinq minutes après toi, dit son père, laisse-la tranquille.

Il avait cherché à la défendre, mais sa mère voulut savoir de quoi il parlait. À la fin de cette conversation, elle avait avoué qu'elle passait ses après-midi à la bibliothèque et inventa, pour se justifier, un exposé à préparer, ce qui signifiait que tout ça devait de toute manière finir, et le plus tôt serait le mieux.

— Ils laissent les enfants descendre du bus quand ils veulent ? fit Karen, qui fulminait encore tandis que Haley débarrassait la table. On s'en fiche où ils vont, c'est pas notre problème !

Naturellement, il ne s'agissait pas du bus et, les jours suivants, Karen eut beau s'efforcer de se calmer elle n'y parvint pas. Elle soupçonnait que Haley mentait, mais pas assez fortement pour se risquer à l'accuser de front, et d'ailleurs pourquoi mentir ? Pourquoi inventer une raison pour ne pas rentrer ? Les choses n'allaient pas si mal : elle entendait le son de sa voix au moment où elle disait ça, même intérieurement, pourtant, objectivement, cela restait vrai, les choses n'allaient pas si mal. À moins que Candace ne cherchât à se mettre Haley dans la poche, à la lui enlever pour ainsi dire. Elle ne s'en rendait sans doute même pas compte ; elle avait peut-être, sans le savoir, cédé à l'attrait qu'exerçait ce genre d'intimité, une femme de son âge sans enfant. Une solution aurait pu consister à confronter Candace, même si à aucun moment Karen ne décida véritablement d'agir ainsi. Son inspiration surgit d'ailleurs à un niveau où les obstacles éventuels ne réussirent pas à brouiller ses réflexions, parce qu'elle ne s'accorda pas vraiment le temps de la réflexion. Elle partit pour Caldwell House plus tôt que nécessaire, s'arrêta boire un café, après quoi, comme si elle avait la bonne surprise de disposer d'un peu de temps, elle se rendit à la bibliothèque à 9 h 02, deux minutes après l'ouverture.

Sauf qu'elle n'était pas ouverte. Karen frappa à la porte et colla son visage contre la vitre. Elle frappa de nouveau, et cette fois la porte intérieure marquée PRIVÉ pivota et Candace courut vers l'entrée, fronçant les sourcils puis écarquillant les yeux sans se départir de son air contrarié quand elle reconnut sa belle-sœur. Un de ses souliers n'était pas attaché. Sa chemise n'était pas rentrée, mais elle s'habillait peut-être toujours ainsi, et elle avait les cheveux en pétard.

— Karen, bonjour, quelle surprise, dit-elle, confuse. Pardon, je ne pensais pas qu'on viendrait si tôt.

Elle se retourna et commença à allumer les lumières.

Karen se sentit désarmée. De toute évidence, Candace avait dormi dans la bibliothèque. Elle avait été trop assommée pour fermer la porte du bureau derrière elle et Karen apercevait un coin de ce qui ressemblait à un lit pliant ou d'appoint.

— Que puis-je faire pour toi ? s'enquit Candace avec, selon Karen, une certaine désinvolture. Tu as besoin d'un livre en particulier ?

— Candace ?

— C'est du café, à propos ? Parce que je t'en offre cinq dollars. Pour la moitié.

— Candace ? Ça va ? s'inquiéta Karen. C'est quoi le problème ?

C'est alors que la porte de la section Jeunesse s'ouvrit, de l'intérieur, et qu'un adolescent coiffé d'un bonnet de ski marron passa la tête dans l'entrebâillement. Trop désorientée maintenant pour y voir clair, Karen poussa un cri.

— Bon sang, Karen, dit Candace.

— Tout va bien ? fit le garçon, parfaitement calme.

— Oui, tout va bien, mais il va falloir ramasser vos affaires, vous devriez être sortis depuis quatre minutes, répondit Candace sans le regarder. Il y a l'Heure du Conte ce matin.

Elle posa un œil sévère sur sa belle-sœur :

— Va t'asseoir dans la salle des périodiques, je viens te parler dans deux minutes.

Karen obéit. Elle ne prit pas de magazine. Au bout de quelques minutes, la porte de la section Jeunesse s'ouvrit et le garçon en bonnet de ski sortit, accompagné d'une fille à l'air maussade, aux cheveux courts. Avec un sourire aimable, il lui fit un geste de la main, après quoi ils quittèrent ensemble la bibliothèque. Recoiffée, Candace sortit de son bureau et s'installa dans l'autre fauteuil-club.

— Alors, que puis-je pour toi ?

Karen, un peu perdue, se contenta de la fixer.

— Écoute, dit Candace. Toutes les familles ne sont pas l'incarnation du bonheur domestique, d'accord ? Le père de ce garçon boit et nettoie ses fusils en engueulant la télévision. Tu l'as reconnu ? J'aurais dû te le demander d'abord, parce que si tu l'as reconnu, j'ai trahi un...

— Non. Je ne sais pas du tout qui c'était.

— Très bien. En bref, certains jeunes du coin ont commencé à venir traîner ici, d'abord parce qu'ils trouvaient ça amusant, je crois. Et en toute légalité, parce que qui va dire qu'il y a quelque chose de suspect ? Des jeunes qui viennent à la bibliothèque ? Et donc ils parlent entre eux, et j'entends des choses, et pour finir, ils me parlent. Ils font confiance à un adulte qui n'est pas un parent, qui n'a aucune implication.

Elle dévisagea Karen calmement, avec bravoure, comme quelqu'un qui a décidé d'avoir une belle mort. Un moment Karen pensa avec horreur qu'elle faisait indirectement référence à elle. Haley avait-elle dit quelque chose à son propos ? Elle essaya de se rappeler la dernière fois que sa fille n'avait pas dormi à la maison, et où elle avait dit être allée.

— Alors ils savent que c'est un abri sûr, si ça tourne mal, dit Candace. Hier soir, les choses ont mal tourné chez ce garçon, et il m'a appelée.

— Mais pourquoi as-tu dormi là ?

— Je ne dors là que lorsque quelqu'un d'autre y dort. Je ne vais pas les laisser seuls. Ce sont des adolescents, ce sont des animaux, ils pourraient mettre le feu.

— Est-ce que les gens… est-ce que quelqu'un est au courant ?

— Toi. Personne d'autre, pour ce que j'en sais.

— Je…

Karen leva les bras au-dessus des accoudoirs :

— Tu ne crois pas que ces jeunes devraient être chez leurs parents ? Où leurs parents croient-ils qu'ils sont ?

— Pour certains, la famille est un cauchemar. La famille, certains doivent en être protégés. Tu crois que ça n'arrive pas ici. Et c'est ce que tout le monde pense. Mais tout le monde n'a pas la chance de connaître le même bonheur familial que toi.

Karen ne pouvait apprécier son degré de sarcasme ; si elle ne sentait pas le sarcasme, elle supposait qu'il y en avait.

— Mais dis-moi, pourquoi es-tu venue ce matin de si bonne heure, il doit bien y avoir une raison ?

— Pourquoi Haley passe-t-elle autant de temps avec toi ? dit Karen qui, à la fois étonnée et furieuse, se mit à pleurer. Sans rien nous dire ?

Candace chercha du regard une boîte de mouchoirs en papier ; n'en trouvant pas, elle se pencha et tapota le genou de Karen.

— Je ne peux pas te dire pourquoi. Mais j'aime bien quand elle est là. Et tu te trompes Karen, dit-elle doucement, si tu crois que les problèmes de Haley sont un tant soit peu de vrais problèmes. Rassure-toi. Ils ont tendance, à cet âge, à entretenir un certain mystère. Elle ne vient pas pour se plaindre de toi, rien de tout ça.

Karen, pas vraiment convaincue, hocha la tête et se leva. Elle se rendit à son travail et, assise derrière son écran d'ordinateur, elle contempla la fenêtre en pensant aux autres questions qu'elle aurait pu poser, probablement dû poser : Si le garçon t'a appelée, que faisait la fille là-bas ? Quand sais-tu qu'ils disent la vérité et quand ils mentent ? Pouvait-elle être sûre qu'ils ne venaient pas pour faire l'amour ? La question pouvait sembler outrancière, mais on ne pensait pas de la même façon quand on était parent, surtout le parent d'une fille. Dehors, le sol était friable, et le brouillard flottait au-dessus des plaques de gel sur les bâches noires qui recouvraient les parterres.

Ce soir-là, au dîner, elle annonça que Haley viendrait à Caldwell House après l'école le lundi suivant, jour dédié à un événement baptisé Nos Filles sur Notre Lieu de Travail.

— Ce n'était pas au mois d'avril ? s'étonna Mark.

— Maman, non, plaida Haley.

Mais elle insista. Le jour dit, elle vint chercher Haley à la sortie de l'école et partit aussitôt pour le manoir. Elle avait emporté un pique-nique acheté à l'épicerie fine de Stockbridge ; mais comme il tombait une pluie fine, elles durent manger à l'intérieur.

— Là, c'est mon bureau, expliqua Karen.

— Maman, je suis déjà venue.

— Maintenant, je suis chargée de la paie de tous les employés, et j'organise les levées de fonds, les réunions du conseil d'administration, et je suis disponible pour répondre à toutes les questions qui peuvent intéresser le public, au téléphone ou par mail.

— Pourquoi est-ce que tu me racontes tout ça ?

De nouveau, Karen sentit les larmes lui monter aux yeux. Pour que tu me respectes, s'apprêta-t-elle à dire, mais ce n'était pas quelque chose qu'elle pouvait prononcer à voix haute, c'était un aveu de faiblesse.

Haley avait pris un dépliant annonçant une conférence donnée à Caldwell House par la Société d'histoire du Berkshire dans quelques semaines : Horticulture et Féminisme dans la Nouvelle-Angleterre Fin de Siècle[1].

— Quel *drôle* d'endroit pour travailler, fit-elle.

Le marché immobilier avait maintenant explosé, localement et à travers tout le pays. La valeur de la première maison que Mark avait achetée, à Becket, à la suite d'une saisie, avait augmenté de soixante pour cent en deux ans. Le conservatisme en apparence si vital au début de cette entreprise semblait désormais non

1. En français dans le texte.

seulement inutile mais stupide – rester sur la touche équivalait à perdre de l'argent, à le jeter par les fenêtres. Mais s'impliquer davantage exigeait une mise de fonds plus importante. Les prix montaient, et pour ce qui était des bonnes affaires, aucune vente sur saisie n'avait eu lieu dans la région de Howland depuis neuf ou dix mois. Il fallait une certaine expérience, tout à coup, pour savoir ce que signifiait payer trop cher. Il pouvait essayer de convertir en espèces certaines de ses propriétés pendant qu'elles gardaient une valeur élevée. Mais elles étaient pour la plupart occupées par des locataires.

Il avait retrouvé son frère chez Daisy pour examiner ces questions, laissant Chase remplir encore et encore leurs tasses de café, sans mot dire tandis qu'ils parlaient de l'avenir.

— Le marché le plus dynamique de l'ouest du Massachusetts est ici même à Howland, dit Gerry. Tu sais pourquoi ?

— À cause du bruit autour de Hadi ?

Gerry secoua la tête, puis se ravisa :

— Eh bien, oui et non. Les prix montent parce que les taxes ici sont très basses, et c'est lui qui les a baissées, c'est vrai. L'augmentation des prix de l'immobilier ferait plus que compenser les taxes qu'on paierait sur un bien identique à Lenox, Stockbridge ou ailleurs, beaucoup plus. Seulement les gens détestent payer des taxes. Putain, ils détestent ça.

— Il faut le reconnaître, il a dit vouloir protéger le caractère de cette ville, et il a tenu sa promesse. Tiens, cet endroit en est l'illustration parfaite.

Gerry, qui écoutait d'une oreille distraite, grimaça. Il examinait un nouvel exemple de travaux d'aiguille encadrés et accrochés sur le mur, derrière la caisse : une reproduction brodée à la main du vieil étendard Gadsden, avec le serpent et sa devise NE ME MARCHE PAS DESSUS.

— Attends, quoi ?

Mark regarda autour de lui pour s'assurer que Chase ne pouvait l'entendre et, plus ou moins en chuchotant, lui résuma la manière dont Hadi était intervenu pour empêcher Daisy de couler.

— L'endroit lui appartient maintenant ?

— Non, il a seulement donné l'argent à Daisy.

— Comment ça, « l'argent » ? L'argent de quoi ? Combien ?

— Aucune idée. Peu importe ! Bon sang, il n'y a rien sur quoi tu ne chies pas ? Il l'a peut-être fait juste par, je ne sais pas...

— Si tu dis « par bonté de cœur », je te jure, ma tête explose.

— Mais pourquoi ? fit Mark un peu trop fort. Pourquoi ? Pourquoi est-ce impossible à imaginer pour toi ?

— C'est marrant. C'est exactement la question que tu ne veux pas te poser. Pourquoi ?

— Sûrement pas pour faire bonne impression, parce qu'il n'en a jamais parlé. Ce qui laisse à penser que ce n'est peut-être pas la seule fois qu'il a aidé quelqu'un.

— Exactement, dit son frère. C'est la putain de vérité.

— Laisse tomber, dit Mark, parlons d'autre chose.

Ils n'avaient pas beaucoup d'autres sujets à régler. Mark avait recommencé à s'occuper des travaux d'entretien et de réparations auparavant dévolus à Barrett, non par souci d'économie mais parce que le petit nombre de tâches ne justifiait pas d'employer quelqu'un à temps plein – ni même à mi-temps. Ils n'avaient pas encore de date d'audience pour l'expulsion de Gage et ses vandales de fils. Le tribunal ne semblait guère pressé d'accélérer le processus.

— Bon, très bien, conclut Gerry. Suis-je encore censé payer mon omelette ou est-ce que j'envoie la note à l'hôtel de ville ?

— Tu peux aussi payer pour moi, répondit Mark, rien que pour éviter toute allégation de corruption.

Et ils sortirent sur le parking d'où ils partirent chacun de leur côté. C'était un mercredi et Gerry n'avait rien à faire avant de rejoindre Penny chez elle après son travail. Il réveilla son ordinateur d'un coup sur la barre d'espace, passa quelques heures sur Internet, fit une petite sieste puis se prépara un sandwich. Il n'avait jamais été ce genre d'homme qui doit absolument travailler – il détestait particulièrement travailler de ses mains, ce qui rendait son père fou de rage –, et à bien des égards la vie qu'il menait maintenant ressemblait à celle dont il avait toujours rêvé : quelques décisions bien pensées, et ensuite, tranquille, ramasser l'argent. Son compte d'épargne était mieux garni que jamais. Et cependant quelque chose n'allait pas, quelque chose faisait obstacle entre lui et ce qui logiquement aurait dû être le bonheur ou du moins un sentiment plus profond de satisfaction. Peut-être était-ce son frère, si naïf et moralisateur, à la fois si sûr de lui et incompétent. Gerry avait presque envie de le voir se casser la gueule, mais leurs destins étaient maintenant si enchevêtrés qu'il avait l'impression de ne plus pouvoir rien désirer de simple.

Combien d'autres endroits en ville, voire dans les villes avoisinantes, Hadi s'était-il appropriés ? Était-ce pour s'amuser ou pour une autre raison plus difficile à cerner, pour autant qu'on soit assez curieux pour vouloir la cerner, ce qui ne semblait pas être le cas de la plupart des habitants de Howland ? Et quelle différence y avait-il entre travailler dur et ne pas travailler dur, entre réussir et ne pas réussir, si ce qui vous attendait au bout de la route, c'était un mec armé de son chéquier qui vous tirait d'affaire, qui vous garantissait les résultats ?

Il emmena Penny au cinéma, après quoi ils prirent la Route 7 pour dîner au Snack Shack. Le restaurant grouillait de familles ; ils étaient les seuls sans enfants. Il était prêt à dépenser de l'argent pour elle – il en avait envie, surtout depuis qu'il avait un peu d'argent pour changer – mais ça ne l'intéressait pas. À l'époque où il croyait pouvoir l'impressionner, il l'avait invitée dans ce nouveau restaurant huppé qui avait remplacé le Benihana. Il avait eu du mal à trouver une table, alors qu'il ne connaissait personne qui y soit allé plus d'une fois ; on disait que des gens de New York ou même de plus loin venaient dans le Berkshire et y passaient la nuit rien que pour dîner. Gerry avait casqué quatre cents dollars pour un repas à deux sans le vin. Ils vous servaient des trucs qui ressemblaient à ce qui poussait dans les bois derrière chez vous, et pas dans des assiettes. Un des plats, il s'en souvenait, était piqué sur une fourche. Et, cerise sur ce gâteau prétentieux, ils vous remettaient un petit carnet et un crayon, pour que vous puissiez écrire Dieu sait quoi. Vers la fin du repas, Penny, pince-sans-rire, lui avait montré ce qu'elle avait dessiné dans son carnet à l'aide de son petit crayon : une part de pizza et un martini, sans oublier l'olive. À des moments pareils, il regrettait de ne pas oser la demander en mariage.

Il avait cru pouvoir oublier cette histoire avec Daisy, jusqu'au jour où il participa à la cérémonie annuelle de la Journée des Fondateurs de Howland. Cette petite célébration un peu fantaisiste rendait hommage au jour où avait été signée la charte originale de la ville, et ne s'adressait vraiment qu'aux gens d'ici, la saison n'étant pas assez avancée pour les résidents secondaires ; le Premier Élu lisait une proclamation humoristique, l'orchestre de cuivres du conservatoire jouait une ou deux marches, et cela s'arrêtait là. Marty Solomon avait coutume de revêtir un vague costume de Ben Franklin, même si cela n'avait guère de sens. La célébration avait lieu dehors dans le kiosque si le temps le permettait, ou dans l'auditorium de l'école publique en cas de neige, mais il n'avait pas neigé si tôt depuis plusieurs années. Cette fois, il faisait si chaud que des gens avaient emporté des couvertures et des glacières pour pique-niquer. Penny était venue, mais comme on était un samedi, ils n'y assistèrent pas ensemble ; ses fils et elle, installés sur une couverture pour déguster des plats cuisinés avec des fourchettes en plastique, passèrent un bon moment tandis que Gerry les regardait, debout, une tasse de café à la main, à six mètres de là. En vérité, il n'était venu que pour les apercevoir – les garçons avec leur mère. Il n'avait pas assisté à ces cérémonies depuis des années.

Le chef d'orchestre cria : « Chers amis ! » et le cria encore deux fois avant que la foule comprenne qu'il s'efforçait de demander le silence. Il restait deux semaines avant Thanksgiving mais cela ne l'empêcha pas de leur souhaiter par avance de bonnes fêtes dans le Berkshire. Il remercia les musiciens de l'orchestre et leur directeur musical, ainsi que les Amis de la Fanfare. Il pria les personnes assises de se lever pour l'hymne national ; après l'avoir joué, avec dans le public des gens qui le chantaient et d'autres pas, l'orchestre enchaîna directement avec une de ces marches de Sousa que tout le monde connaissait mais dont personne ne pouvait donner le nom et qui vous mettaient tout de suite de bonne humeur.

À l'exception de Gerry, qui scrutait les visages dans le kiosque et dans la foule pour voir si quiconque partageait ses pensées. Où se trouvait Hadi ? Il n'avait pas daigné venir ? Quel genre de Premier Élu était-il ? Quand on voulait gouverner, dans cette partie du monde, mieux valait commencer par un peu d'humilité, reconnaître que vous n'étiez au-dessus de quiconque et que vous ne nourrissiez aucune illusion du contraire. Quelle meilleure preuve pouvait-on avoir que Hadi se croyait trop bien pour eux tous que son absence lors d'une des fêtes les plus traditionnelles de la ville ? Administrer ne se résumait pas à rédiger des chèques. Gerry regarda du côté de Penny, si absorbée par les garçons – même quand ils commencèrent à échanger des coups de poing sans raison, par impatience, tout comme Mark et lui autrefois – qu'elle semblait totalement indifférente à ce qui se passait autour d'elle. Quand l'orchestre entama un nouveau morceau – « Stars and Stripes for Ever », il en était presque sûr –, il s'éloigna discrètement dans la foule et regagna sa voiture.

Comme deux de ses fenêtres avaient besoin de nouvelles moustiquaires, il se rendit dans le courant de la semaine au True Value, et devant lui, à la caisse, il reconnut Tom Allerton, un des officiers municipaux, celui qui aurait dû succéder à Maeve Brennan si Hadi ne s'était pas présenté, et à qui Gerry avait vendu une maison à l'époque lointaine où il travaillait pour Century 21, au siècle XX. Il ressentit une brusque excitation nerveuse, comme si une occasion lui était fournie, mais de quoi, il l'ignorait.

— Tom ! Je ne sais pas si vous vous souvenez de moi.

— Mais bien sûr, dit Allerton en lui prenant la main.

Il y eut un silence.

— Gerald Firth. J'étais votre agent quand vous avez acheté votre maison sur… c'était Beacon Road ?

— Très bel endroit. Et un très bon investissement, étant donné la tournure des événements.

Allerton souriait distraitement en attendant de récupérer sa carte de crédit.

— Deux personnes sont venues au cours des six derniers mois, comme ça, frapper à ma porte et proposer d'acheter ma maison. Insensé.

— Exubérance irrationnelle.

— C'est ce qu'on dit.

Il glissa sa carte dans son portefeuille et prit son sac ; Gerry résista à la tentation de se pencher pour en voir le contenu. Quelque chose le poussait à se conduire de façon intrépide, au moment où cette rencontre, ou du moins ce qu'elle semblait avoir de naturel, n'en avait plus que pour une seconde.

— Écoutez, dit-il, je dois vous parler de quelque chose. Vous êtes libre ce soir pour dîner ?

Allerton parut perplexe. C'était un homme élancé, il avait bien quinze centimètres de plus que la plupart des autres, Gerry y compris.

— Vous connaissez Talbot's Inn, à Hillsdale ? demanda Gerry.

— Hillsdale, dans l'État de New York ? fit Allerton, incrédule.

— Oui, je sais. Mais là-bas personne ne nous connaît.

Sans baisser les yeux, Allerton avait commencé à se diriger vers la porte. Gerry, sentant qu'il n'avait pas d'autre choix que de le suivre, laissa ses rouleaux de moustiquaire par terre avant de franchir le seuil et d'aller sur le trottoir. Allerton posa son sac sur le toit de sa voiture et chercha ses clefs.

— Si c'est en relation avec la municipalité, ou avec l'administration, vous savez qu'une assemblée ouverte a lieu tous les premiers jeudis du mois. Je vous inviterais à soulever la question à ce moment-là.

Gerry, en secouant la tête, avait conscience de son sourire indécis. Il se voyait, dans les yeux baissés d'Allerton, comme un importun, un cinglé. Mais il n'était ni l'un ni l'autre. Et le créneau offert par sa rencontre fortuite et officieuse se refermait.

— J'ai juste le sentiment que vous et moi pensons la même chose. Que nous ne croyons pas à la potion magique.

— Et de quelle potion s'agit-il ?

Gerry attendit impatiemment que deux inconnus se soient éloignés sur le trottoir.

— Je me demande seulement si vous savez, si les autres officiers municipaux de Howland savent, que Hadi a personnellement tiré d'affaire le restaurant Chez Daisy qui était à vendre. Son argent, l'argent de la ville, quelle est la différence à ce stade ? J'ignore pourquoi il fait ça. Il dit qu'il veut préserver l'endroit, comme si on vivait dans un genre de parc à thème de ploucs, mais l'économie de marché, ça existe encore.

Il s'interrompit, et comme la pause durait assez longtemps pour qu'Allerton comprenne que Gerry avait tout dit, il éclata de rire sans beaucoup de clémence.

— Chez Daisy. Celui-là, je ne savais pas.

— Celui-là ?

— Mon vieux, les gens viennent dans son bureau toutes les semaines. Des commerces. Des œuvres caritatives. Même des propriétaires privés. Ce n'est pas un secret. Je veux dire, qu'ils éprouvent un sentiment de gêne ou pas, je l'ignore. Mais ce n'est pas un secret.

Gerry ne répliqua rien. Il sentait que son visage se colorait, non sous l'effet de la colère mais de la honte.

— Qu'est-ce qu'il fait ? Quel... quelles sont ses intentions ? Quel est son but ?

— Pas la moindre idée, et ça m'est vraiment égal. Il est ce qu'il est. Ce sont les gens qui vont le voir qui me sidèrent.

Il ouvrit sa portière et commença à replier son corps à l'intérieur.

— Je ne sais pas, poursuivit Gerry distraitement, calmement, les yeux baissés, presque comme si Allerton avait déjà réussi à lui échapper. On dirait qu'il n'y a plus rien à faire. On vous retire tout pouvoir, et même pas par la force, on lâche prise, on s'empresse de tout leur donner et on les remercie. Comment fait-on pour réveiller les gens ? J'avais ce blog sur lequel j'exprimais mes doléances. Ça me paraît tellement puéril maintenant, mais j'ai cru que les idées pouvaient faire changer les choses. Je me suis donné un pseudonyme tout mignon, PC Barnum. J'ai dénoncé Hadi comme si ça allait avoir un impact, comme si les mots allaient avoir un impact. Naïf ! Mais à quoi bon, hein ?

Allerton lâcha le volant :

— Sans blague, dit-il, l'air un peu plus intéressé, mais aussi indéniablement déçu. C'était vous ?

Le virus, c'était la dépendance. Ce à quoi vous étiez dépendant – ça ne comptait pas, c'était une diversion. La terre sous les roues de Gerry était envahie, retournée, et consacrée par des hommes convaincus que seule la poursuite de leurs propres intérêts pouvait accroître le bien commun.

Barrett ne travaillait pas depuis le mois d'août, plus de cinq mois maintenant. Sa période de chômage ne tarderait pas à expirer. Calculer le jour exact n'aurait entraîné que découragement sans rien changer à sa situation, donc il ne s'y risquait pas. Sa femme, Stevie, faisait des heures dans la maison de retraite de North Adams, ce qui représentait une trotte, mais elle ne se plaignait pas pour autant et puis, de temps à autre, elle s'octroyait une petite prime sous forme de médicaments prélevés à la pharmacie. Elle aurait pu voler les vieux aussi – c'était trop facile, selon elle, ils n'avaient vraiment plus toute leur tête, si vous leur disiez qu'ils vous devaient vingt dollars, ils vous les donnaient, beaucoup de ceux qui travaillaient la nuit le faisaient –, mais cela, elle se l'interdisait. Voler la société, c'était autre chose. Elle croyait au karma, elle ne touchait pas aux résidents et à leurs biens.

Cela suffisait à les maintenir à flot, elle et Barrett, tant qu'il ne sortait pas, donc il ne sortait pas. Le plus souvent, il restait à la maison devant la télévision et se contentait de boire de la bière. Son ami Kurt, au bout de la rue, le laissa utiliser des poids qu'il avait trouvés quelque part et Barrett s'en servit un certain temps pour ne pas se transformer en gros porc à force de passer ses journées sur le canapé, mais sa motivation finit elle aussi par disparaître. Il chercha du travail, mais il n'y avait guère de constructions neuves dans le coin, et il semblait que c'étaient toujours les mêmes cinq ou six hommes qui embauchaient. Il avait brûlé pas mal de ponts, sans se rappeler lesquels.

Certains après-midi, le soleil étincelait si fort sur la neige qu'il devait se lever et baisser les stores, en plein jour. Ensuite, la neige fondait, et quand il s'aperçut que même les parties du terrain qui ne recevaient jamais le soleil baignaient dans la boue, il mit ses bottes et sortit nettoyer le jardin. Il était encore dehors quand il entendit, puis vit, la voiture de Stevie remonter l'allée. À deux heures de l'après-midi. Mauvais présage.

Son visage exprimait une telle colère tandis qu'elle traversait l'allée pour entrer dans la maison qu'il lui accorda une minute. Une fois à l'intérieur, il la trouva à la table de la cuisine où, sans avoir ôté sa parka verte à capuche bordée de fausse fourrure, elle avait bu la moitié d'une bière.

— Ils m'ont accusée de vol, marmonna-t-elle. Ces fils de pute. Bon, c'est vrai, j'ai volé, mais pas ce qu'ils disent.

— Tu leur as bien expliqué que ce n'était pas toi ? dit Barrett, calme, s'efforçant de créer une atmosphère dans laquelle il pourrait sans risque poser la main sur sa tête, ou sur son épaule.

— Les choses ont un peu dégénéré.

Ils touchèrent des aides publiques, mais cela ne pouvait pas durer. Et lorsque, pour la première fois, leur compte bancaire descendit sous la barre du zéro, Barrett se décida à comprendre que la situation risquait de leur coûter la maison. Si seulement il n'avait pas giflé Mark Firth ce jour-là. Pour rien, et même pas assez fort pour en tirer satisfaction. Mais Barrett savait éloigner ses pensées du passé. Et du futur. Quand Stevie et lui se disputaient, il allait parfois chez Kurt, au bout de la rue, boire les bières de Kurt, ce qui était une manière d'économiser. Lors d'une de ces visites, Kurt lui demanda s'il était allé à l'hôtel de ville.

— Pour quoi faire ?

Kurt lui dit que le maire, ou ce qu'il avait comme titre, Hadi, donnait de l'argent aux gens pour leur éviter de perdre leurs maisons en cas de mauvaise passe. Il fallait lui raconter sa triste histoire et il allongeait l'argent, comme ça.

— Un genre de prêt ? voulut savoir Barrett.

Kurt haussa les épaules avec un sourire énigmatique.

— Quoi, putain ? fit Barrett, stupéfait, avant de se rappeler enfin le nom du type. Ce mec, j'ai travaillé sur sa maison. Il y a cinq, six ans. Il est dingue.

— Dingue et plein aux as, dit Kurt. Génial, tu as déjà un lien avec lui, c'est encore mieux. Essaie de le taper, n'hésite pas.

Mais c'était impensable. Il avait plus de fierté que ça, pour le meilleur ou pour le pire. Cela allait même au-delà de la fierté, car il savait que s'il avait eu, mettons, un père ou un frère avec qui il aurait été en bons termes, il leur aurait emprunté de l'argent le temps nécessaire, ou en aurait accepté en cadeau. Rien de mal à s'entraider en famille. Ça pouvait vous rapprocher, vous donner une leçon d'humilité. Il aurait même sollicité l'aide de Kurt, mais il savait que lui aussi vivotait. Non : il haïssait ce Hadi et rien ne l'aurait plus avili en tant qu'homme que d'agir sans égard pour cette haine pure et dure. Bien pire que d'accepter l'aumône. Il pouvait apprendre l'humilité, mais pas se trahir lui-même.

Pour les mêmes raisons, la lui aurait-il offerte, il n'aurait jamais accepté la charité de Mark Firth. Mais tout de même, ce chantier avait été son dernier en date, il travaillait bien, et il n'était pas impossible que Mark se soit un peu calmé depuis l'épisode qui avait entraîné son renvoi. Il ne pouvait se résoudre à aller voir Mark directement, mais la meilleure approche, peut-être, consistait-elle à passer par son frère Gerry, un type un peu bizarre et hostile mais qui ne le prenait pas de haut et, pour ce qu'en savait Barrett, n'avait jamais eu de dent contre lui. Il avait perdu son numéro de téléphone mais il savait où se trouvait sa maison : il plia un message avec son propre numéro et le glissa dans la porte-moustiquaire de Gerry. Gerry l'appela et lui proposa de boire un verre au Ship.

Cet endroit ne changeait pas, ni les gens qui venaient là à trois heures de l'après-midi. Ils commandèrent deux Narragansett et, comme le proposait Gerry, ils emportèrent leurs bières et s'installèrent à une table plutôt qu'au bar. Barrett ne tourna pas autour du pot, il répéta ce qu'il avait écrit dans son message, à savoir qu'il espérait que le passé était le passé et qu'il pourrait reprendre son ancien boulot.

— Je doute que Mark accepte, dit Gerry, mais pour être franc, inutile d'essayer parce qu'il cherche à limiter les rénovations et les locations. Il ne va plus renouveler les baux. Pour l'instant, ce qu'il veut, c'est acheter et revendre.

— Oh.

Barrett passait et repassait son doigt sur la bouteille. Il se sentait envahi par une humeur noire, comme, lui semblait-il, chaque fois qu'il remettait son sort entre les mains de ces types-là.

— Alors, pourquoi vous ne me l'avez pas dit tout de suite au téléphone ?

— Les temps sont durs, à vous entendre. J'ai pensé que je pouvais au moins vous payer une bière et compatir. Et parce qu'il existe peut-être un autre moyen de vous aider.

— Hadi, c'est ça ? grogna Barrett d'un air sombre.

Gerry haussa les sourcils.

— Parce que je n'irai jamais, point barre.

— Non, bien sûr. Et pourquoi ?

— Je ne sais pas.

— Si, vous le savez.

— Les riches. Ils pensent que leur argent les purifie. Voilà ce qu'ils croient. Si je lui demande un service et qu'il accepte, je participe au scénario. Je le rends concret, j'y adhère. Je suis sûr qu'il se fout de mon opinion, mais tout de même, c'est autre chose que de le laisser s'imaginer qu'il est mon père, même si ça m'aiderait.

— Mais vous feriez quoi plutôt ?

— Je ne sais pas, mon vieux. Mourir de faim. Couler. C'est stupide, je sais. Mais je suis comme le scorpion, hein ? C'est ma nature.

— Vous êtes marié ?

— Pourquoi vous me posez cette question ?

— Des enfants ?

Barrett secoua la tête.

— Je vais vous dire un truc, quelque chose que, je pense, vous savez déjà. Personne ne croit plus au paradis et à l'enfer. Alors rien n'empêche les riches et les puissants de faire de nous ce qu'ils veulent. Rien, sauf ce que nous faisons pour les en empêcher. Vous voyez ce que je veux dire ? Vous ne vous laissez pas acheter, c'est admirable. Mais plus son projet avance, moins nous pouvons nous contenter de rester passivement en dehors. Vous voyez ce que je veux dire ?

— Pas vraiment, confessa Barrett sans quitter la table.

À la fin, Gerry sortit un chéquier de sa poche intérieure :

— J'ai gagné un peu d'argent grâce à la combine de mon frère. Il se trouve que ça ne me plaît pas trop, toutes ces couleuvres que j'ai dû avaler. J'arrête. Il me rachètera mes parts, j'en suis sûr, et j'aurai encore plus d'argent, alors écoutez, acceptez ça. Rien que pour aider votre famille ? Sans condition. Je veux juste... Il faut s'entraider, il faut se serrer les coudes, pour résister aux étrangers. Contre un étranger en particulier. Il y a chez lui quelque chose que nous ignorons.

Gerry plia le chèque en deux et chercha un endroit sec où le poser. Sa présence sur la table était compromettante, et Barrett n'attendit pas trop longtemps pour le prendre et le glisser dans sa poche, sans le regarder ni le déplier. Ils finirent leurs bières sans ajouter un seul mot.

Allerton était à son bureau de l'hôtel de ville, les pieds sur sa table, naviguant de site sportif en site sportif, quand il reçut un message de cette casse-couilles de secrétaire. Hadi voulait savoir s'il se trouvait dans le bâtiment. Il ne pouvait pas dire non. Même si elle ne l'avait pas vu entrer, sa voiture était garée juste à côté de celle de Hadi. Elle le priait d'assister à une réunion dans la salle de conférences dans quinze minutes. Dieu savait à quel nouvel enthousiasme était due cette convocation ; la seule façon de les éviter, et de l'éviter lui, c'était de ne plus venir à l'hôtel de ville, mais cela revenait à retirer un nouveau ralentisseur de vitesse entre le Premier Élu et tout ce qui lui passait par la tête.

Il n'avait jamais éprouvé beaucoup de sympathie pour Hadi, et dans son souvenir cette répugnance datait de bien avant cette soirée, il y avait de cela quatre ans et demi, où Hadi s'était levé au cours de l'assemblée préélectorale et lui avait ravi la place de Premier Élu qui lui revenait. Tout, chez lui, puait la grande ville. Il ne cherchait pas à tromper son monde – Hadi était qui il était authentiquement et catégoriquement –, mais les gens de Manhattan surtout semblaient mus par la conviction erronée que leur vie était la seule réelle, importante, la seule influente, que les autres, les provinciaux, vivaient déconnectés de la réalité. Alors que c'était tout le contraire : sur terre, aucune espèce n'était plus déconnectée qu'un New-Yorkais. Des insulaires qui payaient un studio un million de dollars et passaient leurs journées à créer des programmes informatiques pour s'échanger des choses qui n'existaient pas – des gens réels, ça ? Comme la grande majorité des habitants du Berkshire, Tom détectait tout de suite la condescendance, et dans chacune de ses remarques, dans chacun de ses regards complices, jusqu'au fait qu'il ait décidé de résider dans cette ville, il ressentait le paternalisme de Hadi.

Il descendit le couloir et se dirigea vers la salle de réunion où il fut le dernier à entrer. Hadi prit la parole sans même attendre qu'il fût assis.

— J'ai un projet à vous soumettre. Une ville du Massachusetts, Westhaven, vous savez où c'est ? Je ne le savais pas, il m'a fallu la chercher. Bref, on y a interdit la vente de tabac à l'intérieur de la ville. C'est une excellente idée. Je voudrais faire adopter cette interdiction ici. Vous en dites quoi ?

Tous le regardèrent en écarquillant les yeux, y compris Waltz. Peut-être Waltz et Hadi en avaient-ils déjà discuté pendant qu'Allerton, bougon, décidé à arriver en retard, attendait dans son bureau.

— Waouh ! fit-il. Voilà un geste courageux.

Il s'escrimait à y comprendre quelque chose. À n'en pas douter, ses voisins, ses électeurs, s'en prendraient aussitôt à Hadi si l'interdiction était adoptée et il éprouvait donc une furieuse envie de l'adopter ; le problème, s'il la votait, c'est qu'il y serait également associé. Ce serait plus facile si Waltz votait oui, mais jamais Waltz ne voterait ce genre d'interdiction. Pour commencer, le bonhomme fumait comme un sapeur. Et il manquait de jugeote pour se laisser convaincre par un de ces arguments machiavéliques, à savoir qu'à long terme la sagesse recommandait de voter une loi qui finirait par se retourner contre le chef qu'ils désiraient détrôner. Et puis, le dessein de Waltz n'était peut-être pas vraiment de détrôner Hadi. Non que Waltz eût la moindre affection pour lui – ils avaient trop peu en commun – mais la manière de gouverner de Hadi, à la fois paresseuse et autocratique, rendait le travail des autres élus beaucoup moins exigeant.

— Peut-être à soumettre lors de la prochaine assemblée générale des habitants ? proposa enfin Allerton. Ceux-ci voudront entendre vos arguments.

Et c'est alors qu'il comprit à quel point il avait vu juste à propos de Hadi, et même au-delà, à savoir que celui-ci voulait toujours imposer ce que son instinct lui dictait de pire, de plus égoïste.

— Je ne crois pas, rétorqua Hadi. Votons en séance. Je ne pense pas qu'obtenir une quantité d'avis, les avis des électeurs, sur ce genre de question sera productif.

— Non ? protesta Tom.

Hadi secoua la tête et sourit :

— Le consensus n'est pas si intéressant qu'on le dit. Tel était mon sentiment en devenant votre Premier Élu. Et je crois que nos résultats, ces dernières années, l'ont bien prouvé, n'est-ce pas ? Si on laisse tout le monde voter tout le temps, il n'en sortira que des compromis et des demi-mesures aux effets dévastateurs.

Allerton se tourna vers Waltz pour voir s'ils avaient bien entendu la même chose, mais Waltz affichait son air habituel, un air qui ne trahissait que son désir de voir cette réunion, comme toutes les autres, se terminer au plus vite. Quant à la greffière, crayon en suspens dans le silence qui suivit, elle aurait sans doute fait une nazie exceptionnelle.

— Je voudrais souligner une évidence, contra Allerton. Votre absence de considération pour la résistance populaire crée une résistance populaire. Je sais, par exemple, qu'il existe ici un blog très visité conçu pour former une opposition contre... eh bien, contre vous. Quelqu'un, en ville, en parlait justement l'autre jour.

— Anonyme, dit Hadi. Je l'ai vu.

Il réussit à éveiller l'intérêt de Waltz :

— Savez-vous qui c'est ?

— Non, répondit Allerton, sur un ton trop théâtral à son goût. Je ne sais pas.

— Je m'occupe de la réalité, asséna Hadi, et Dieu a créé les blogs pour occuper les imbéciles. La réunion est donc close et nous proposerons cette mesure au vote dans une semaine lors de la reprise de nos travaux ?

— Parfait, conclut Waltz.

Allerton hocha la tête, ne fût-ce que pour prendre acte de ce qui avait été dit, puis il regagna son bureau à l'arrière du bâtiment et ferma sa porte. Sa force, il l'avait toujours su, résidait dans le fait qu'il n'était pas un politique. Politique au sens d'idéologie, s'entend, Républicain ou Démocrate, conservateur ou libéral. Mais pour autant il ne manquait pas d'assise. Au contraire : il était un homme et il voulait qu'on le considère comme un homme. Peut-être ce Firth, ce petit agent immobilier flagorneur, avait-il mis le doigt sur quelque chose. On s'attaquait à eux ; la seule manière de s'unir était de refuser qu'on les traite comme du bétail. La meilleure façon de se protéger les uns les autres était de veiller à ce que chacun soit libre de prendre toutes les décisions égoïstes et stupides qu'il voulait. Il ne fumait pas, mais il avait envie de commencer rien que pour prouver ce qu'il avançait.

Cela étant, il devait faire preuve de finesse. La ville de Howland possédait un registre numérique de tous ses citoyens, mentionnant leur état civil et leurs coordonnées. Allerton copia le numéro de téléphone de Gerry Firth sur un Post-it qu'il colla dans son portefeuille, et ce soir-là, de chez lui, il appela :

— J'ai pensé à notre conversation de l'autre jour, et je dois vous dire quelque chose. Hadi connaît votre blog, mais il sait aussi qui vous êtes, il sait que vous en êtes l'auteur. Ne me demandez pas comment, je n'en ai pas la moindre idée, et je parie que vous non plus. Mais bon, il vous voit, il sait que vous êtes là, alors inutile de garder l'anonymat, semble-t-il. Sans oublier que les gens réclament un chef. L'opposition à Hadi a besoin d'un visage. Parce qu'il va bientôt falloir se battre. Écoutez ce que nous avons entendu lors de la réunion d'aujourd'hui.

Il lui dessina alors les grandes lignes du projet d'interdire la vente de cigarettes et de tabac à l'intérieur de la ville de Howland.

Gerry raccrocha. On était mardi, un soir réservé à Penny. Son instinct lui dictait de lui cacher ce qui le préoccupait, mais que ce fût ou courageux ou non, il ne lui obéit pas, c'était un poids trop lourd à porter. Elle débarrassa les assiettes de la table de cuisine, alluma une cigarette et lui demanda ce qui n'allait pas.

— Tu te souviens de ce blog dont je t'ai parlé ? Le fait qu'il soit anonyme, tu en pensais quoi ?

Elle pencha la tête sur le côté.

— Est-ce que… est-ce que pour toi, c'était, mettons, lâche, ou autre chose ?

— Je n'y ai jamais vraiment réfléchi.

— J'essaie… j'essaie de faire ce qui est juste, dit Gerry en tordant sa serviette, et pour être franc, je cherche ce qui fera en sorte que tu me respectes davantage, que tu me laisses entrer un peu dans ta vie. C'est idiot ?

Elle secoua la tête, mais son visage n'exprimait rien.

— Peut-être trouves-tu pathétique de défendre ce à quoi l'on croit. Peut-être trouves-tu pathétique l'homme qui tire sur une cible sans dévoiler son identité, alors que le monde s'écroule autour de lui. Peut-être est-ce la raison pour laquelle tu ne me permets pas de rencontrer tes fils. Voilà en gros ce qui me préoccupe.

Elle soupira, fuma lentement sa cigarette jusqu'au bout avant de l'éteindre, puis posa la main sur la sienne :

— Je ne sais pas vraiment de quoi tu parles. Mais écoute, comme ça, tu sauras : je me suis juré une chose. Plus d'hommes dans la vie des garçons, au moins jusqu'au moment où ils seront devenus des hommes eux-mêmes, et où je pourrai m'en laver les mains. Rien à voir avec toi. Ou avec le fait de haïr les hommes. C'est que je ne me fie pas à mon jugement pour savoir qui est un type bien ou pas. Jusque-là, il s'est révélé très mauvais et mes fils en ont assez payé le prix. Alors le fait que tu as l'air d'un type bien est plutôt un signal d'alarme, tu vois ce que je veux dire ?

Il passa la nuit avec elle, et au matin, quand elle se rendit à son travail, il rentra chez lui, se prépara du café, tapa sur la barre d'espace de son clavier et attendit que la lumière de l'écran lui inonde le visage. Il veilla à faire court et à rester courtois : il décrivit le projet d'interdiction de vendre du tabac à Howland puis s'identifia sous le nom de Gérald Firth, né dans le sud du Berckhire où il avait grandi, et lança une pétition visant à annuler l'élection de Philip Hadi au siège de Premier Élu. Il ne prit pas la peine de se demander si la charte de la ville prévoyait la possibilité de voter une révocation. Plus inquiétant, il n'avait rédigé aucun post depuis près d'un an ; ses abonnés, quel que soit leur nombre, s'étaient vraisemblablement dispersés, et peut-être ne s'adressait-il plus à personne.

Il avait encore le numéro d'Allerton dans son téléphone, après l'appel d'hier ; il laissa un message. Allerton l'écouta dans son bureau, après le déjeuner, et l'effaça aussitôt. Il attendit d'être rentré chez lui pour se connecter au blog Workingman's Dread et lire le nouveau post. Il le relut pour s'assurer qu'il n'y avait ni référence à lui ni mention de son nom. Jamais, depuis le lycée, il n'avait aussi parfaitement réussi à pousser quelqu'un à prendre le risque qu'il voulait lui faire prendre. Il avait l'impression d'avoir raté sa vocation, sans pour autant savoir exactement de quoi il s'agissait. Au matin, à l'hôtel de ville, il se rendit de nouveau sur la base de données des citoyens et passa la journée à recopier à la main plus de six cents adresses mail, celle de chaque contribuable et propriétaire foncier, hormis la poignée de vieux et de technophobes qui n'avaient pas de messagerie. Il emporta les adresses avec lui ; après le dîner, il créa un nouveau compte Gmail et, jusqu'à l'aube, il tapa toutes ces adresses dans la fenêtre Cci d'un nouveau message contenant un lien vers le blog de Gerry Firth. Quand il entendit sa femme s'activer dans la cuisine, préparer du café, il cliqua sur Envoyer. Il avait fait tout ce qui était en son pouvoir pour que son implication n'apparaisse pas, mais il pensait que tout finirait très probablement par remonter jusqu'à lui. Il n'était pas un expert en informatique. Il avait lu que rien, sur Internet, n'était vraiment privé, que rien ne s'effaçait jamais, que tout ce qu'on faisait, tout ce qu'on écrivait ou même regardait laissait une trace qui ramenait toujours à soi, et c'était précisément parce qu'il ne comprenait pas comment cela fonctionnait qu'il y croyait.

Gerry fut long à comprendre ce qui s'était passé. Quand il trouva dans sa boîte un message anonyme le renvoyant à son propre blog, sa première pensée fut que quelqu'un avait démasqué son auteur. Avant de se rappeler qu'il s'en était chargé tout seul. Il s'installa dans son fauteuil de bureau en buvant le café préparé le matin et réchauffé au micro-ondes, et réfléchit. Puis il se connecta à Internet et ouvrit le blog. Cent vingt visiteurs. Il cliqua sur Rafraîchir et le nombre passa à 124.

La section commentaires, qui n'avait encore jamais atteint les deux chiffres, en affichait maintenant vingt-huit, mais bon nombre d'entre eux, à sa grande déception, étaient négatifs – ils lui reprochaient soit de s'imaginer que quiconque allait s'intéresser à ce qu'il avait à dire, soit d'inonder leur boîte de réception de messages indésirables. Tous croyaient qu'il avait lui-même transféré le lien, alors que ça n'avait aucun sens : pourquoi aurait-il, de façon anonyme, distribué un post dans lequel il abandonnait son anonymat ? « Comment avez-vous eu mon adresse privée ? » était la question récurrente. C'était déprimant et blessant. Parmi ceux qui lui disaient de la fermer et de s'occuper de ses oignons, certains employaient aussi leurs vrais noms.

Ensuite, les mails commencèrent à tomber dans sa messagerie, l'un des premiers provenant de son frère. *Mais, putain,* écrivait Mark, *qu'est-ce que tu fous, tu peux me le dire ?*

Il se rendit chez Mark après le dîner. Haley n'était pas couchée et comme, pour une raison ou pour une autre, Mark ne voulait pas que Karen les entende, ils prirent deux bières, descendirent les marches de la véranda pour aller dans le jardin, alors que la température était descendue à cinq. La maison de Hadi, avec son éclairage de sécurité, brillait à travers les arbres telle une cour de prison.

— Qu'est-ce que tu nous as fait ? dit Mark.

— Comment ça ?

— Comment ça ? Eh bien, d'abord, sous l'angle de l'intérêt personnel, est-ce une idée géniale pour nos affaires de se mettre à dos le type qui gouverne la ville ? Pourquoi fais-tu ça ? Quel bénéfice imagines-tu que nous allons en tirer ?

— Je n'imaginais pas...

— Et deux, peut-être plus précisément, qui en a à foutre de ce que tu penses de lui de toute façon ? Qu'est-ce que tu connais en politique de la ville, en politique point barre ? De quel droit est-ce que tu...

— De quel *droit* ?

— Tu as toujours été comme ça, poursuivit Mark, presque en sifflant, pour ne pas être entendu à l'intérieur. Tu t'es toujours fait une haute idée de toi-même, le grand rebelle, le génie mal compris. Mais non, t'es un raté. Un raté paranoïaque. Tu crois en savoir plus que tu ne sais. Et maintenant tu vas foutre ça en l'air aussi.

Il prononça tout cela d'une voix tremblante, presque comme s'il était au bord des larmes, et plus que tout Gerry sentait la peur et la panique de son frère.

— Je suis content que ça sorte, s'entêta Gerry à voix basse. C'est tout ce que je voulais. En finir avec les beaux discours. Mettre cartes sur table.

— Tu n'habites même pas Howland depuis longtemps. Tu es venu t'installer après moi. Et tu décides que tu es son gardien ? Ton problème, c'est que tu ne fais confiance à personne, tu ne crois en rien. Tu ne peux pas croire que ce type puisse vraiment être ce qu'il dit, parce que s'il existe des hommes comme lui sur la terre et que tu n'es pas l'un d'entre eux, tu es quoi ?

Il faisait trop sombre à présent pour distinguer les traits de Mark. Il n'y avait que les lumières aux fenêtres de la maison de Hadi et celles de Mark derrière eux. Gerry avait rarement vu son frère comme ça, même si dans leur enfance, il l'avait souvent désiré, rêvé, même s'il s'était escrimé à le provoquer. Mais il ne ressentait guère de satisfaction. Les gens ne se montraient tels qu'ils étaient que lorsqu'on menaçait leurs croyances.

— Ça doit être le bon moment pour aborder un autre sujet, enchaîna Gerry. Je suis de plus en plus mal à l'aise avec cette affaire, avec ce que nous faisons, toi et moi. Je ne crois pas que ce soit honnête.

— Oh, tu ne crois pas. Quel...

— Non, le mot est mal choisi. Pas « honnête ». « Honorable. » D'abord, ça dépend trop du gouvernement. De toute façon, je me retire.

— Ça me va parfaitement. Pour moi, tu es devenu un fardeau. La seule raison pour laquelle tu y es associé, c'est que je pensais faire un geste généreux, pour t'aider quand tu avais tout perdu. Mais bien sûr, tu ne m'accordes aucun mérite. C'est à moi de m'excuser parce que tu te sens sale. Eh bien, c'est ma faute, j'espérais autre chose de cette putain de famille.

— Pas besoin de t'excuser. Il te suffit de me racheter mes parts.

— Absolument aucun problème.

Il y avait pourtant un petit problème, en termes de liquidités disponibles, mais Mark le fit quand même ; il ne se voyait pas, après cette conversation, retourner voir Gerry pour solliciter un délai. Après avoir douloureusement pesé le pour et le contre, il décida d'avertir Karen que le solde de leurs comptes serait bas pendant un certain temps ; cela entraînerait une conversation pénible, mais celle qui s'ensuivrait, si, à son insu, elle laissait un chèque sans provision dans un magasin de la ville, serait certainement pire.

— Tu es tout seul maintenant ? conclut-elle, sans aucune méchanceté, mais il n'apprécia pas qu'elle le dise.

— J'ai toujours été tout seul, en réalité.

— Et pour l'argent, on fait comment ?

— Ça change un peu le calendrier pour ce qui est de vendre certains biens. Mais il faut le faire et je le ferai. Et puis, à court terme, nous avons ton salaire.

Il avait dit cela pour qu'elle se sente mieux – plus impliquée, plus responsable – mais il n'avait pas obtenu l'effet recherché, à en juger par son expression et par le fait qu'elle ne lui adressa pas la parole le reste de la matinée.

Les commentaires sur Workingman's Dread dépassaient désormais en longueur le dernier post. Un grand nombre demandait, souvent de façon assez peu amène, où se trouvait cette pétition de révocation dont parlait Gerry. Pourquoi aucun lien ? Il ne rédigea pas de post, insérant plutôt son propre commentaire, avec un lien vers une pétition de forme simple à laquelle les gens pouvaient joindre leurs noms. Très peu le firent, alors qu'il avait laissé volontairement dans le vague les arguments pour révoquer Hadi. En partie, parce qu'il sentait qu'intervenaient dorénavant des considérations légales qu'il n'avait pas étudiées en profondeur. À ce sujet, il voulait demander l'aide d'Allerton avant de rédiger la pétition, mais celui-ci, pour une raison ou une autre, ne répondait pas à ses messages, alors même qu'il veillait à l'appeler sur son portable et pas à son bureau de l'hôtel de ville.

Pas même une dizaine de signatures virtuelles. Et pas moins de deux cents commentaires sur le post. Gerry était déçu. Les gens, décidément, n'aimaient pas mettre leur nom en ligne. Comme il avait précisément fait cela, il se sentait ridicule et écœuré.

Il y avait des noms qu'il ne reconnaissait pas, laissant supposer qu'ils étaient faux. Il ne vit pas celui de Penny. Il redoutait d'en parler avec elle. Il présumait qu'elle savait, qu'elle avait fait partie des destinataires du premier envoi de mails en masse, étant propriétaire et contribuable.

Il sentait le regard des gens quand il descendait en ville, il devinait les conversations derrière son dos. Il cessa donc pratiquement d'y aller. Même le Ship n'était plus un abri confortable. Il était facile de faire ses achats d'épicerie et d'alcool à quelques kilomètres de là, à Stockbridge ou à Great Barrington, où il n'était personne et où son nom ne signifiait rien. Un après-midi, de retour du Price Chopper, il vit que quelqu'un avait écrit TA GUEULE à la craie de couleur sur l'asphalte fissuré de son allée. Il l'effaça à coups d'arrosoir et n'en parla jamais, à personne, mais c'était inutile, quelque chose se préparait.

Une semaine plus tard, Mark regardait un documentaire sur le sommet du K2 quand de faibles lumières tournoyantes, si faibles qu'on aurait dit des ombres, commencèrent à balayer le mur derrière la télévision. Il fut incapable d'en comprendre la source.

Il ouvrit la porte d'entrée et vit les mêmes lumières clignoter sous le feuillage, au-dessus des seigles qui bordaient sa pelouse. Dans un silence seulement interrompu par le vent, il se dirigea vers les bois. Peut-être une bande de jeunes s'était-elle installée là-bas ? Il avait entendu parler – comme tout le monde en ville – de groupes de jeunes qui se retrouvaient dans les bois, buvaient, se droguaient et s'introduisaient dans des maisons. Parvenu à la limite des arbres, Mark écarta les branches : il entendit le crépitement électronique d'un émetteur-récepteur et vit les lumières plus distinctement. Une voiture de patrouille était garée dans l'allée de Hadi. Plutôt que rebrousser chemin, prendre ses clefs et revenir en voiture, Mark préféra traverser les bois, ce qu'il n'avait encore jamais fait, et suivre la lumière tournoyante et silencieuse.

Sergent, debout dans l'allée, sursauta au moment où il entendit Mark, puis le vit surgir des bois – surpris et aussi un peu vexé, car comment les gens savaient-ils qu'il ne porterait pas la main à son arme dans une telle situation ?

— Pardon, dit Mark en levant les mains, pardon, je suis son voisin, j'ai vu les lumières, c'était le chemin le plus court.

Il connaissait le prénom de Sergent, il l'avait souvent employé, mais maintenant, devant ce qui ressemblait à une mission officielle, il ne se sentait pas assez à l'aise pour ça. Il ne pouvait pas davantage se résoudre à l'appeler « officier », ou « monsieur l'agent ». Il aurait pu l'entendre comme un sarcasme.

— Que se passe-t-il ? Tout le monde va bien ?

— Ils ne sont pas là, répondit Sergent. Ils sont en voyage, en Europe, ou je ne sais où. J'ai appelé le Premier Élu sur son portable, ils vont tous bien.

— Alors pourquoi êtes-vous là ?

— L'alarme s'est déclenchée.

— Laquelle ? questionna Mark et Sergent écarquilla les yeux. Oui, c'est moi qui ai installé les alarmes ici. Sur sa demande. Il y a des années. Quelqu'un s'est introduit dans la maison ?

Sergent fit le tour en direction de la porte d'entrée et attendit que Mark le suive. Quand ils atteignirent le coin, Mark sentit le gravier de l'allée sous ses pieds. Le véhicule de patrouille, dont les lumières clignotaient, était garé là, mais Mark dut attendre que Sergent glisse le bras par la vitre ouverte côté conducteur et allume ses phares pour voir qu'on avait vandalisé la porte et le mur qui l'entourait. Sur la façade de la maison, à la peinture noire, on avait tracé les mots LAISSEZ-NOUS TRANQUILLES.

Mark sentit son visage s'enflammer comme c'était toujours le cas quand il voyait qu'on abîmait quelque chose de valeur. Il pensa aussitôt à son frère : non qu'il l'eût fait, mais qu'il en était néanmoins un peu responsable.

— Il y a des caméras de surveillance, apprit-il à Sergent. Elles filment tout.

Les données s'enregistraient directement sur le disque dur de Hadi et s'effaçaient au bout de vingt-quatre heures. Sergent expliqua les choses au Premier Élu et demanda l'autorisation, au vu de la situation, d'entrer dans sa maison et d'accéder à son disque dur. Hadi refusa. Sergent fit état de l'évidence : quiconque avait vandalisé la maison de Hadi ne serait pas arrêté, et celui-ci répondit qu'il n'y avait pas de problème, il ne s'agissait en fin de compte que de repasser une couche de peinture. Sergent raccrocha le téléphone dans le petit cabinet de l'hôtel de ville qui lui tenait lieu de bureau. Il était venu au départ en pensant que Hadi confiait peut-être sa clef à Anne Marie. Il songea à se rendre à Pittsfield pour obtenir d'un juge un mandat de perquisition. Mais, il le savait, c'était une réaction provoquée par l'orgueil plutôt qu'une quête de justice. Il risquait, dans cette affaire, de perdre son poste, et pourquoi ? Pour arrêter un môme qui de toute façon n'écoperait que de travaux d'intérêt général. Il laissa s'écouler vingt-quatre heures et finit par accéder à l'autre requête de Hadi, ne pas inscrire l'incident au registre de police officiel hebdomadaire.

Pour Allerton, la manœuvre avait réussi au-delà de toute espérance. Le projet d'interdiction du tabac étant devenu public, il pouvait maintenant voter contre et passer pour un héros. Ils tenaient leur conseil législatif mensuel dans la salle de réunion de l'hôtel de ville – eux trois et Anne Marie, la secrétaire de Hadi. Quand la séance fut déclarée ouverte, elle laissa son stylo flotter à quelques millimètres au-dessus de son bloc, tandis qu'ils parlaient de tout et de rien – principalement du restaurant où Waltz désirait commander à manger. Tom s'efforça de ne pas trahir son impatience. Il était décidé à ne pas aborder avant Hadi la question de l'interdiction. Au bout d'environ une demi-heure au cours de laquelle ils débattirent surtout de la nécessité de repeindre le kiosque à musique, sa patience fut récompensée.

— Si nous en avons terminé, déclara Hadi, il y a un nouveau point à examiner.

— Cette histoire de tabac, dit Waltz. Bon, je sais, vous aimeriez un oui unanime, mais je serai franc avec vous, quiconque me connaît ici sait que je n'accepterai en aucun cas. Ce serait voter pour m'obliger à aller à Great Barrington chaque fois que je voudrais un paquet de cigarettes. Et en gros, tuer le kiosque à journaux de Hank sur Main Street.

— L'autre option serait d'arrêter de fumer. Mais de toute façon, c'est inutile, car je ne mets pas cette question au vote.

— Non ?

— Non. Comme je l'ai dit, un nouveau point. J'ai déjà donné à Anne Marie, et je vous la remets également, une lettre qui sera insérée dans le procès-verbal de la réunion.

Il fit glisser deux feuillets sur la table vernie. Allerton lut le sien et sentit son visage s'empourprer. C'était une lettre de démission. Redoutant une mauvaise réaction, il garda la tête baissée, les traits figés, et relut la lettre.

— Mais qu'est-ce que c'est que ça ? s'exclama Waltz.

Allerton leva les yeux sur Anne Marie, dont le stylo flottait toujours au-dessus du papier, et qui attendait que quelqu'un dise quelque chose de substantiel. Elle restait impassible. Elle devait le savoir pourtant, avant tous les autres, peut-être depuis plusieurs jours. Elle sait où sont les corps, voilà l'expression qui lui traversa l'esprit, il ignorait pourquoi. Elle se retrouvait probablement sans travail elle aussi – pas question pour elle de travailler pour lui, sûr et certain –, mais ce qu'elle pouvait bien éprouver, si elle éprouvait quoi que ce soit, resterait enfoui. Il ne comprenait pas les gens comme elle. Flippant.

— Le message est clair, fit Hadi d'un ton calme. Je crois que le moment est venu, à la fois pour moi, professionnellement, et pour la ville. Ce fut une expérience passionnante et je crois qu'elle a pour une grande part été très utile, mais à présent de nouveaux défis se présentent.

— Vous restez ici ? demanda Allerton. Je veux dire, habiter ici ?

— Non.

— Où allez-vous ?

— Je rentre à New York. Et ma famille s'en félicite. Je leur dois bien cela, vraiment.

Le silence retomba dans la salle, un silence qui aussitôt, et de façon visible, agaça Hadi.

— Votre décision prend effet quand ?

— Tout de suite, John. C'est dit là, dès la première phrase.

— Ah oui, fit Waltz.

— Ça ne marche pas comme ça, repartit sèchement Allerton. Il ne savait pas trop ce qu'il ressentait en ce moment précis, si cet événement jouait ou non en sa faveur, et voilà ce qui l'enrageait, cette impression d'être dépassé.

— Nous avons des élections. Une élection vient d'avoir lieu. Vous ne pouvez pas abandonner comme ça.

— La transition a été harmonieuse lors du décès de Marty Solomon, et elle le sera cette fois encore. J'ai aidé la ville à traverser une période difficile. John et vous êtes parfaitement capables de prendre les choses en main sans moi. Je ne crois pas que vous serez en désaccord, Tom ?

— Marty Solomon est mort, rappela Allerton. Il ne s'est pas simplement lassé de son jouet.

— Oh, je n'ai pas perdu tout intérêt. Cette région gardera toujours une place dans mon cœur.

— Est-ce parce que vous ne vous sentez pas suffisamment apprécié ? On ne vous lèche pas le cul, on n'exprime pas assez de gratitude, c'est ça ?

Anne Marie, il le vit tout de suite, n'avait nullement l'intention de noter un seul mot. Elle écrirait ce qu'elle aurait décidé d'écrire et le procès-verbal en resterait là.

— Tom, dit Hadi, vous raisonnez à l'envers. Écoutez, je suis parfaitement conscient que la ville se rebelle un peu contre moi. En réalité, c'est inéluctable et c'est pourquoi il est important de ne pas s'accrocher au pouvoir trop longtemps. L'autorité conférée par les élections et la charte de la ville m'autorise à ne pas en tenir compte. Je peux légitimement continuer à gouverner jusqu'au terme de mon mandat. Mais pourquoi ferais-je pareille chose ? Je ne suis pas un tyran. Je n'ai nulle volonté de gouverner sans le consentement entier des administrés.

— Comment..., commença Waltz qui sembla ensuite chercher ses mots. Comment allons-nous en informer les gens ?

— Demain, je vais remettre ma lettre à la *Gazette* et leur demander, ou lui demander n'est-ce pas, de la publier telle quelle. De la reproduire. Pas d'interview, ni rien de tel. Je ne tiens pas à donner l'impression d'en faire une montagne. Et, comme je l'ai dit, au vu de l'histoire de cette ville dans son entier, ce n'est pas une affaire d'État.

— La *Gazette* paraît demain, souligna Allerton. La lettre n'y sera donc pas avant une semaine. Pendant ce temps, nous faisons quoi ?

— Pendant ce temps, je pense que vous devez remettre l'annonce à plus tard si vous le pouvez. Je sais que le moment choisi n'est pas parfait, mais la seule autre option aurait été de donner la lettre à la *Gazette* avant de vous la donner à vous. Je n'ai pas trouvé que ce serait une bonne idée.

Il embrassa la table du regard, posant les yeux sur chacun d'eux, ainsi que sur Anne Marie qui l'observait aussi.

— À dire vrai, je parie que beaucoup de gens s'en réjouiront. Moi, je m'en réjouis. C'est gagnant-gagnant. Maintenant, si nous en avons terminé ?

Allerton jugeait irréaliste que l'annonce de la démission de Hadi ne soit pas connue avant d'apparaître dans le journal. Finie l'époque où l'on apprenait les nouvelles, même les nouvelles locales, dans un hebdomadaire. Lui-même ne pouvait jurer de garder un tel secret. Mais il le garda, ainsi que les autres. Moins pour honorer la dernière requête de Hadi que parce qu'ils en redoutaient les conséquences et ne pouvaient se résoudre à les provoquer.

Car s'il le savait de façon un peu nébuleuse, il ne comprit pleinement à quel point les finances de Howland dépendaient de la fortune personnelle de Hadi que lorsqu'il se réunit avec le trésorier et un Waltz en partie inutile pour examiner les comptes.

Hadi avait accordé une augmentation aux deux chauffeurs de bus scolaires sous forme de primes annuelles. L'an dernier, il avait réglé toutes les dépenses liées à l'entretien des jardins du parc public, du monument aux morts et du stade de la Ligue Babe Ruth. Il avait payé le salaire entier de l'agent de la fourrière, en dépit du fait que l'agent, pour ce qu'en savait Tom, ne fournissait plus aucune prestation, hormis remplir des papiers, depuis plusieurs années. Il avait payé les décorations florales sur Main Street lors de chaque Memorial Day, 4 Juillet et fête du Travail. Il avait remis un chèque personnel à l'entreprise de feux d'artifice. Il avait payé les travaux d'épuration du lycée, sans qu'Allerton en eût jamais entendu parler.

Quant aux autres petits chèques qu'il aurait pu rédiger pour dépanner des commerces, des œuvres de charité, voire des propriétaires individuels, ils n'entraient pas dans les comptes officiels de la ville et n'apparaissaient donc nulle part.

Et naturellement, il avait fait tout cela en baissant les impôts locaux à un niveau encore jamais atteint depuis que la plupart des habitants s'étaient installés ici. Par conséquent – ainsi qu'Allerton s'efforçait de le faire valoir à son coassesseur – ils allaient à présent devoir augmenter ces impôts fonciers, très vite, fortement, et engager une réévaluation de chaque bien immobilier à usage commercial ou résidentiel.

— Pas question ! fit Waltz. Ils vont nous massacrer.

— D'accord, mais il faut bien trouver l'argent quelque part. Que suggérez-vous ?

— Sortir un Hadi du chapeau ?

Dans sa fureur, Mark ne put même pas se résoudre à appeler son frère au téléphone. Il lui envoya plutôt un mail : *Beau travail, connard. Heureux maintenant ?*

Paie-moi ce que tu me dois, répondit Gerry. *Si chacun dans cette ville se décidait à payer aux uns et aux autres ce qu'il doit, au lieu de chercher des excuses pour ne pas le faire, les choses s'arrangeraient d'elles-mêmes assez vite.*

Deux semaines après la parution de la lettre, en fac-similé comme l'avait souhaité Hadi, en une de la *Gazette*, se tint l'assemblée mensuelle des citoyens. Dans son bureau, assis sur son fauteuil, Allerton regarda le parking se remplir. Il chercha un prétexte pour annuler, alors même qu'il entendait les pas dans les couloirs, mais cela n'aurait pu qu'entraîner des dissensions. Certes, ces réunions ne rimaient à rien, mais elles représentaient une tradition. De toute façon, même s'il avait attendu l'arrivée du dernier citoyen avant de s'éclipser et de rentrer chez lui, Waltz serait resté seul aux commandes et Dieu seul savait ce qu'il en sortirait.

Il entra dans l'auditorium et s'assit à la table pliante devant la vieille estrade. Il n'y avait pas assez de chaises pour tout le monde. Les biscuits avaient déjà disparu. Un peu tard, il s'apercevait qu'il n'y avait personne pour servir de secrétaire de séance. Anne Marie avait levé le camp avec son patron. Il n'y aurait aucun procès-verbal des débats.

— Avant les propositions de motions, dit Allerton dans le micro, comme c'est la tradition lors de ces assemblées, je voudrais rappeler quelques faits.

Déjà, on lui lançait des regards furieux.

— L'ancien Premier Élu, selon sa promesse de campagne, finançait personnellement une bonne part des services municipaux essentiels. Certainement bien plus que vous – ou nous d'ailleurs – pouviez vous en douter.

— Il va arrêter ? cria quelqu'un. On en est sûr ?

Allerton ferma les yeux, s'efforça de ne pas céder à l'impatience.

— Oui, évidemment, il va arrêter. Il a démissionné, il a quitté la ville, il va trouver, je présume, un autre centre d'intérêt. Mais Howland s'est très bien débrouillée pendant longtemps avant son arrivée et elle se débrouillera très bien après. Il a été un épiphénomène. Et a provoqué des dégâts qu'il nous reviendra de réparer (dans la foule, l'hostilité se manifestait par des bruits effrayants, gutturaux), mais essentiellement, dans l'ensemble, la situation n'a pas vraiment changé, poursuivit-il.

Il marqua un temps d'arrêt. Des mains se levaient, mais pour des raisons de procédure, il passa outre.

— En accord avec le trésorier et le collecteur des impôts, reprit-il, nous avons des comptes à vous présenter qui vous permettront de constater le défi à relever. Nous sommes ici pour continuer à assurer le financement des services municipaux...

— Il n'exige pas d'être remboursé, non ? questionna quelqu'un.

— Non, il ne l'a jamais évoqué. Et je crois qu'il l'aurait fait si telle avait été son intention. Quoi qu'il en soit, si nos dépenses restent à leur niveau actuel, et les recettes à leur niveau actuel, nous aurons d'ici un an accumulé un déficit d'environ quatre cent quatre-vingt-cinq mille dollars.

Consternation dans l'assemblée.

— Vous voulez dire que nous avons quatre cent quatre-vingt-cinq mille dollars de dettes ?

— Non, ce n'est pas ce que j'ai dit.

— Vous dites quoi ?

— Je dis que si nous voulons continuer à fournir certains services, le budget nécessaire pour ces services, qui provenait auparavant d'une source privée, va devoir provenir d'ailleurs.

— Et d'où par exemple ?

— De nous tous, ensemble. Comme il en a toujours été.

— Le mot vous écorche la bouche, n'est-ce pas ?

— De moi, comme de vous tous. Moi aussi, je suis citoyen de cette ville.

— Oui, mais on paie votre salaire ! Hadi ne recevait *aucun* salaire !

— Vous me paierez le salaire que vous avez toujours payé. À l'inverse de mon prédécesseur, je ne peux pas travailler bénévolement. J'ai une famille.

— Oh, pardon, vous avez une *famille* !

— On ne parle vraiment que de revenir à l'ancien état des choses. On n'augmente pas les choses.

— Les choses ! Parlez donc clairement. Vous ne pouvez même pas le dire.

— Cela va être douloureux, mais nous répartirons le fardeau de façon équitable.

— Oh, mon Dieu, Tom, vous devriez travailler à Washington. Vous avez ça dans le sang. De ma vie, je n'ai entendu de telles foutaises dans une si belle leçon d'éloquence ! Comment pouvez-vous augmenter nos impôts ? Nous ne vous avons même pas élu !

— Mais si, bien sûr ! Vous croyez que j'ai envie de me retrouver là en ce moment ? Je n'ai pas le choix.

Il jeta un regard hostile au président de séance qui l'observait, les yeux écarquillés.

— Bon sang ! chuchota Allerton, pas assez bas. Vous allez rester sans rien faire ? Il n'y a pas une procédure quelconque à invoquer ? Poursuivons.

Le président contempla son marteau un moment comme s'il en avait peur, comme si on le lui avait déposé là, tel un poisson enveloppé dans du papier journal, pour le mettre au parfum, puis il le saisit et en frappa la table jusqu'à obtenir un silence quasi total.

— J'invite à passer aux motions, cria-t-il d'une voix rauque.

En prévision, un homme patientait déjà au micro, les mains jointes devant lui, et Allerton reconnut Gerry Firth. Très bien, pensa-t-il, laissons ce crétin encaisser les premiers coups ; directement ou indirectement, il l'avait cherché. Allerton le désigna du doigt pour lui donner la parole.

— Tout le monde est assez perturbé, commença-t-il.

Allerton scrutait les autres visages dans la foule. Pour ce qu'il en savait, et longtemps avant ce soir, les gens n'aimaient pas particulièrement Gerry ni son frère.

— Mais je crois que nous devrions au contraire voir là une opportunité. Le régime Hadi a toujours été un leurre, non ? Je veux dire, on en a profité le temps que ça a duré, et si nous avons cru que ce serait éternel, tant pis pour nous.

» Mais, fût-ce incidemment, il a servi à une chose. À casser l'administration de notre ville. Je crois que nous sommes tous d'accord sur le fait que le gouvernement de Howland, du Massachusetts, des États-Unis, est devenu bien trop puissant et arrogant, qu'il échappe à tout contrôle ? Je vous vois hocher la tête. Je vois presque tout le monde hocher la tête. Bon, alors, voici une occasion en or, ici même, de repartir de zéro. Notre régime de taxation n'existe plus. Réfléchissons bien une minute avant de voter pour le rétablir tel qu'il était. En étions-nous satisfaits ? Le système des services – comme la maison des jeunes, les navettes, la décoration florale sur Main Street – dont bon nombre ont été inventés précisément pour justifier les impôts : cela aussi, c'est fini. Toutes ces choses, au cours des cinq dernières années, constituaient une image qu'on nous projetait, mais à présent le projecteur s'est retourné et nous voyons la réalité, c'est-à-dire, en un mot, des décombres. Et je dis très bien. Le pouvoir nous a rendus trop dépendants. Nous ne sommes plus dépendants de personne. Si nous échouons, nous échouons, mais si nous réussissons, nous réussissons de la seule manière qui en vaille la peine.

Il n'y avait pas d'autre candidat à la parole, et Allerton ne savait pas comment faire admettre à Gerry que son temps était écoulé. Il était plongé dans cette pensée quand leurs regards se croisèrent.

— Tom Allerton est quelqu'un de bien, poursuivit Gerry, et je crois qu'il a conscience de devoir la place qu'il occupe aujourd'hui à une succession de hasards, qu'il désire être réactif, mettre en œuvre nos décisions plutôt que de passer outre ou de les écarter. Demandons-lui aujourd'hui, ainsi qu'à M. Waltz, de prendre un engagement : pas de nouvel impôt sans référendum pour l'approuver. Aucune dépense nouvelle sans argent disponible. Pas de déficit. Nous nous occuperons de nos affaires sans demander à personne de le faire à notre place. D'abord l'argent, et ensuite la décision sur la manière de le dépenser. De la même façon que nous le faisons tous pour nous-mêmes. Nous nous en sortirons très bien. Nous ferons le ménage devant notre porte. Nous enlèverons la neige devant chez nous et nous conduirons nous-mêmes nos enfants à l'école. Il est temps de nous rendre autonomes. Et si nous y parvenons, nous enverrons un message au Berkshire et bien au-delà.

Gerry s'assit. Il n'y eut pas un murmure. Il se retourna, regarda derrière lui, espérant voir Penny – il lui semblait avoir aperçu sa voiture dans le parking – mais s'il ne reconnut pas son visage, il sentit sa présence.

Hilarante, cette idée de soumettre les nouveaux impôts au référendum, songea Allerton. Comme si un vote de ce type pouvait se conclure par l'affirmative. Mais quelle chose déroutante – cette notion de véritable volonté populaire. L'énergie négative qu'elle pouvait libérer. Waltz et lui seraient appuyés par la loi dans toute sa rigueur si, pour financer les services que tous attendaient de la municipalité, ils augmentaient les impôts fonciers du jour au lendemain. Mais cela ne signifiait pas qu'il allait en prendre le risque. Et le risque ne comportait rien d'aussi terre à terre que sa réélection. La réélection, c'était bien la dernière chose à laquelle il pensait pour l'instant.

Dans la ville l'humeur était sombre ; chacun se sentait agressé. Tous réagissaient non pas en réunissant leurs efforts, mais en protégeant ce qu'ils avaient des déprédations des autres, réelles ou imaginées. Les gens devinrent férocement, dogmatiquement, centrés sur eux-mêmes. Si vous aviez un problème, il trouvait son origine en vous, et c'est pourquoi, ainsi qu'Allerton finit par le comprendre, votre problème n'était pas mon problème.

Toute forme d'action collective devenait automatiquement suspecte, suspecte par définition. Ça ne pouvait pas marcher. Parce que si ça marchait, n'est-ce pas, nous ne serions pas dans ce pétrin. L'idée même d'altruisme était discréditée, honteuse.

Les gens voulaient donc l'austérité, ils allaient l'avoir et juger sur pièces. Pour autant, il restait, du moins aux yeux d'Allerton, une différence entre austérité et anarchie. Il existait d'autres moyens de générer des recettes que d'augmenter les impôts. Le problème avec les impôts en général, c'était qu'ils étaient trop justes, trop équitables et trop démocratiques : pour justifier de prendre l'argent de vos administrés, il fallait les considérer comme des individus, introduire un élément moral, un élément de sanction. Allerton examina donc tous les permis existants – pour les étalages sur la voie publique, pour l'affichage, pour l'utilisation du kiosque à musique, pour les vide-greniers – et doubla les redevances. Il étudia la liste des permis de construire et en fit autant. Waltz n'était bon à rien, il était prêt à accepter n'importe quoi plutôt que de trouver des arguments à lui opposer. Certains délits mineurs étaient punis d'amendes ; Allerton augmenta celles-ci également, puis demanda à l'officier Sergent de l'accompagner pour une tournée en ville.

Ils descendirent Main Street en direction de Melville ; c'était un jour de juin anormalement chaud et ils fendaient la foule. À pied, ils allaient plus vite qu'en voiture. Deux magasins sur Main Street – Diabolique et Artistes en Herbe – affichaient en vitrine un panneau À VENDRE OU À LOUER, des panneaux qui, semblait-il à Allerton, dépassaient la taille strictement nécessaire.

— Ce n'est pas une bonne image, dit-il. Pour la ville.

— Non, monsieur, concéda Sergent.

— Et en pleine Route 7. Comme une publicité. Écoutez, je voulais vous parler de quelque chose. D'une initiative nouvelle, disons. Il existe des règles de stationnement assez strictes à Howland, vous le saviez ?

— Oui.

— Des règles de territoire. Littéralement.

Sergent hocha la tête.

— Mais vous ne les faites pas appliquer. Comprenez-moi, je ne vous jette pas la pierre, je dis seulement qu'elles ne sont pas appliquées assez strictement.

— Depuis toujours la tradition veut que je ne dresse un procès-verbal qu'en cas de plainte d'un commerçant – si par exemple la même voiture est garée devant sa vitrine depuis deux jours, ce genre de chose.

— Oui, d'accord. Eh bien, cela va changer. Les amendes pour délit de stationnement quel qu'il soit viennent d'augmenter. Et je vous donne l'ordre de les faire appliquer rigoureusement. D'ailleurs, je vous fixe un objectif sur le nombre d'infractions que vous devez constater. Un objectif mensuel.

— Un quota.

— Pas un quota en soi. Appelons ça un objectif. Des éléments comme votre évaluation professionnelle tiendront compte de ces objectifs.

— Pourquoi ne pas installer des parcmètres ? fit Sergent, le visage rouge.

— Avec quel argent ? Alors que vous, nous vous payons déjà. Et puis, tout le monde doit mettre de l'argent dans un parcmètre, alors que seuls les contrevenants paient l'amende. C'est plus juste.

— J'ai d'autres missions, dit Sergent en s'efforçant de garder un ton respectueux. Des missions plus importantes.

— Je ne vous demande pas de faire quoi que ce soit d'illégal. Pour tout vous dire, je n'apprécie pas l'idée. Je vous demande de faire appliquer les règles existantes, ce qui, soyons honnêtes, est votre putain de boulot. Si vous considérez que certaines missions sont en dessous de vous, ou qu'il existe des lois que vous ne ferez pas appliquer parce que vous ne les approuvez pas, je suis sûr qu'on pourra trouver quelqu'un de moins radical. Mais il me faudra vous remplacer par cette personne, car ce n'est pas vraiment le bon moment pour augmenter la masse salariale de la ville.

Ils vont me détester, voilà ce que pensait Sergent – en se renfrognant car il savait qu'il n'aurait pas dû se soucier de cela d'un point de vue professionnel, mais il s'en souciait –, et c'est ce qui se passa au cours de l'été et de l'automne. Des gens qu'il connaissait depuis des années, du moins superficiellement, juraient ouvertement devant lui quand ils le voyaient patrouiller dans la rue à pied. Il avait conscience qu'il ne fallait ni s'excuser ni hausser les épaules. Il leur disait sèchement que, si cela ne leur plaisait pas, ils devaient veiller à ne pas commettre d'infraction. Le plus extraordinaire, c'est qu'ils s'y refusaient. Ils ne voulaient pas changer leurs habitudes. De fait, le quota financier imposé par l'édile se révéla trop bas, mais Sergent cessait de verbaliser dès qu'il l'avait atteint, en un acte de solidarité passive et sans témoin.

Noël n'annonçait rien d'agréable parce que Mark et Gerry ne s'adressaient pas la parole. Ni l'un ni l'autre n'en parla avec Candace, n'escomptant aucune sympathie de ce côté-là. Le peu qu'elle savait, elle l'obtenait surtout de Haley. Quant à Karen, la perplexité la frappait de paralysie : pourquoi lui faudrait-il préparer un repas de fête élaboré pour un groupe de gens qui, semblait-il, appréciaient encore moins le plaisir d'être ensemble qu'elle leur compagnie.

— C'est la tradition, dit Mark sèchement.

— S'il te plaît ! C'était la tradition d'aller chez tes parents avant qu'ils vendent leur ancienne maison, et avant cela, c'était la tradition de passer Noël dans ma famille.

— Tu ne penses tout de même pas que nous allons tous aller là-haut ?

— Essaie de comprendre, une tradition n'en est une que si tu le décides. Parfois c'est juste une habitude. Ces choses ont une fin pour toutes sortes de raisons. Une maison en vaut une autre, une table en vaut une autre.

— Ils doivent venir ici. C'est là qu'il y a le plus d'espace. Et si ça ne leur plaît pas, tant pis.

— Oui, répliqua Karen d'un ton acide, tant que nous sommes tous ensemble.

Elle n'avait jamais dit à son mari qu'elle avait découvert le genre d'auberge de jeunesse foireuse et clandestine que sa sœur avait installée dans la bibliothèque publique de Howland. Si elle avait jamais existé, l'époque où elle partageait aussitôt avec lui la moindre chose intéressante vue ou apprise était depuis longtemps révolue. Elle ne cherchait pas à le lui dissimuler, simplement elle n'avait aucune envie d'assister à un nouveau drame familial chez les Firth. Et elle ne pouvait écarter le sentiment que cette histoire, du moins en ce qui concernait Haley, symbolisait un échec personnel, un échec qui aurait donné à Mark, qu'il voulût l'admettre ou non, une petite satisfaction. Elle pensait pouvoir y remédier.

De ce côté-là, les choses ne se déroulaient pas vraiment bien. Haley avait un instinct animal pour détecter chez sa mère toute tentative de Rapprochement ou de Confidences et elle l'évitait alors avec une fin de non-recevoir impitoyable qui laissait Karen frustrée et inquiète. Elle parcourait Internet à la recherche de signaux d'alerte dans le comportement de sa fille, mais elle devait bien constater qu'il n'y en avait aucun. Elle semblait simplement avoir trouvé ses propres centres d'intérêt. Extérieurement, elle ne se rebellait pas. Karen connaissait des mères qui éprouvaient des difficultés à garder leurs enfants à la maison la nuit ; Haley n'était pas ainsi, mais Karen l'aurait presque regretté, car verrouiller une porte de l'extérieur ou surveiller une fenêtre lui paraissait plus simple que d'amener son enfant à ne plus vous contredire. On pouvait dire n'importe quoi, elle persévérait à imaginer le point de vue opposé et à le défendre comme si c'était le sien. Artistes en Herbe avait mis la clef sous la porte, disait Karen, tu te souviens comme tu aimais ce magasin ? et Haley répondait, faussement, qu'elle avait toujours détesté cet endroit, avec ses jeux « intelligents » de designers hors de prix qui se résumaient à un entraînement en vue des contrôles de connaissances, mais elle était désolée pour les caissières et les manutentionnaires maintenant au chômage et auxquels personne ne pensait. Karen ne les avait même pas évoqués, elle parlait de tout autre chose ! Elle ne pouvait plus aborder un sujet sans se faire rabrouer pour un autre qu'elle n'avait même pas effleuré.

Candace arriva en retard, tellement en retard qu'ils avaient ouvert les cadeaux sans l'attendre. Comme la tradition l'avait instauré, tous étaient destinés à Haley et ce ne fut pas long. Karen, debout devant le fourneau, s'apprêtait à se dire et puis merde et à servir le dîner quand sa belle-sœur se présenta à la porte accompagnée de ses parents.

— Joyeux lendemain de Noël ! lança Mark.

— Très drôle, commenta Candace en montrant du pouce leur père et mère, tous deux debout, hésitants, dans le hall, en manteaux et chapeaux comme s'ils venaient pour la première fois.

Karen, qui avait pourtant une foule d'autres choses sur le feu, finit par aller s'occuper d'eux puisque personne ne s'en donnait la peine.

— Pas facile de leur faire quitter la maison, dit Candace à ses frères, sans se soucier de la discrétion.

— Pas de fêtes pour les grincheux, fit Gerry.

Ils s'assirent et mangèrent. Sans dire aucune action de grâces, hormis un toast, limité à deux mots « Joyeux Noël », proposé par Mark qui présidait la table et qui réussit pourtant à irriter ses frères et sœurs avec son ton condescendant et patriarcal, comme si Noël était une fête qui avait lieu sous les auspices de Mark. Leurs parents, ayant tous deux décliné un verre de vin, ne se joignirent pas à eux.

Karen avait commandé un jambon par correspondance, déjà cuit et découpé, dans un fumoir situé dans le Vermont. Nul ne le lui reprocha, car aucun des membres de la famille ne se distinguait par ses talents en cuisine. Il y avait des petits pains, des petits pois et du gratin dauphinois qui, au grand soulagement de Karen, se révéla plutôt réussi – elle avait déjà eu du succès avec ce plat. Ils mangèrent dans un silence seulement ponctué de bruits de satisfaction inarticulés. Son beau-père se contenta de pousser la nourriture dans son assiette.

— Tu es sûr de ne pas vouloir un peu de vin au moins, Papa ? proposa-t-elle.

Mark la regarda avec étonnement. Il était rare que Karen l'appelât Papa, si rare qu'il y vit un sarcasme plutôt qu'un terme affectueux.

— Oh, et puis après ! fit le vieil homme en versant un peu de chardonnay dans son verre.

Il reposa la bouteille entre son assiette et celle de sa femme. Celle-ci la contempla pendant que les autres continuaient à manger. Puis elle tendit une main hésitante, la recula, la tendit de nouveau et, l'ayant saisie par le col, elle la versa dans son assiette sur le jambon et les pommes de terre.

— Maman !

Candace repoussa sa chaise et contourna la table.

— Oh, fit sa mère.

— Tu tiens peut-être quelque chose, là, Maman, dit Gerry en souriant.

— Là, donne-moi ça. Haley, veux-tu emporter l'assiette de Grand-Mère à la cuisine et lui en apporter une propre ? demanda Candace.

Haley l'avait entendue, mais elle ne quittait pas son grand-père du regard. Il semblait furieux. Contre qui ? On aurait dit qu'il risquait d'exploser à la moindre remarque, au moindre contact.

— J'y vais, intervint Karen.

Elle débarrassa entièrement le couvert de sa belle-mère, heureuse d'avoir un prétexte pour quitter la pièce. La vieille dame resta assise, le visage impassible, les mains sur les genoux. Candace retourna à sa place, en face de sa mère, et s'assit, la respiration haletante.

Mark, après un silence si long et gêné qu'il eût été grossier de ne pas l'interrompre, se mit à couper une autre bouchée de jambon.

— Personne va rien dire, c'est ça ? lança Candace.

— Pour l'amour du ciel, pesta son père. Tais-toi.

— Papa ! fit Mark.

— Vous m'épatez, tous les deux, dit Candace.

Haley comprit en suivant le regard de sa tante qu'elle ne parlait pas à ses grands-parents mais à son oncle et à son père.

— Cela se passe sous vos yeux, mais vous êtes prêts à tout pour ne pas le voir.

— Le voir et faire quoi ensuite ? intervint Gerry. Faire quoi ?

— Parce que si je suis la seule à le voir, insista Candace, c'est mon problème.

— Mais pas du tout, enfin, ce n'est pas ton problème, contra son père.

— Les gens âgés font des bêtises, dit Mark. Tu deviens hystérique chaque fois. À croire que ce sont les premiers de l'histoire du monde à devenir vieux.

— Allez-vous vous taire, tous autant que vous êtes ! s'exclama leur père.

Gerry se leva pour atteindre la bouteille de vin posée devant sa mère et se servit un autre verre.

— Maintenant c'est tous les jours qu'il arrive ce genre de chose. Comme ça ou pire.

— Tu l'humilies, dit Mark.

— Vous êtes leurs fils. Vous devez faire quelque chose.

— Quand est-ce que vient Renee ? demanda leur mère.

— Nom de Dieu ! rugit leur père.

Ni le ton ni le volume de sa voix n'entraînèrent la moindre réaction chez sa femme.

— Non, Maman, répondit Candace. Je te l'ai dit dans la voiture. Renee ne vient pas. Renee habite trop loin.

Elle lança un regard à Haley, presque comme si elle regrettait que celle-ci assiste à tout cela.

— Je ne vous laisserai pas vous en laver les mains, espèces de connards sexistes, dit-elle en baissant les yeux sur ses genoux. Il s'agit de votre mère et de votre père. Vous avez des devoirs envers eux. Vous ne pouvez pas tirer un trait dessus. Ce n'est pas juste.

— Que les choses soient claires, rétorqua le grand-père de Haley. Personne à cette table n'a le moindre devoir envers moi.

Quand le chauffeur du bus cessa de venir travailler parce qu'il n'avait pas été payé, Waltz mit la main sur un vieux pote retraité qui accepta de le remplacer, bénévolement, par devoir civique ; mais cette solution prit fin à Noël parce qu'il passait l'hiver à Fort Lauderdale. Les commerçants se plaignaient encore au conseil, des mois plus tard, de la fête du Train, parce que leurs recettes supplémentaires excédaient à peine les différentes nouvelles redevances dues au titre du stationnement, de l'affichage, des braderies, etc. Tout ce ressentiment venait assombrir la délicieuse atmosphère d'époque.

Pour autant, Allerton avait calculé que l'augmentation des recettes provenant des redevances et des amendes, si ingénieuse fût-elle (le commissaire à l'aménagement ne lui adressait plus la parole), ne leur suffirait pas pour l'hiver. La ville de Howland appointait un avocat, et ce depuis au moins les années soixante-dix – un vieux type sympathique de Springfield membre d'un gros cabinet d'entreprise –, et Allerton prévoyait de se passer de ses services pour économiser les 16 000 dollars annuels de provision, mais avant cela, il demanda à l'avocat de se pencher sur un problème particulier qui l'occupait depuis un moment, la manière dont on pouvait dissoudre ou faire disparaître la fiducie foncière de la ville.

— Il doit y avoir un moyen, le pressa Allerton. Voyons !

Cette parcelle d'un seul tenant était, de loin, la plus grande *intra muros*, et le revenu qu'on pouvait retirer en la vendant, ajouté aux impôts supplémentaires générés par les constructions prévisibles, les sortirait d'un seul coup de l'ornière.

L'avocat le rappela une semaine plus tard en disant qu'il n'y avait pas moyen. La fiducie avait été élaborée par les hommes les plus illustres de Boston, autrement dit du monde, et en des termes interdisant toute ambiguïté.

— C'est même assez impressionnant, dit l'avocat. Je suis heureux d'avoir pu mettre mon nez là-dedans ; j'enseigne à l'école de droit de UMass à Springfield et je pourrais...

— Qui en est le bénéficiaire ? demanda Allerton.

— Pardon ?

— À qui est destinée cette fiducie ? Qu'est-ce qui en assure le fonctionnement ? À qui fait-elle plaisir, si vous voyez ce que je veux dire ?

L'avocat réfléchit :

— Au public. À la ville. C'était son ambition.

— Donc, les gens que la création de cette fiducie gratifiait sont morts depuis longtemps. Mais celle-ci poursuit sa course, pour l'éternité, tel un débris spatial ou je ne sais quoi.

— Pour ainsi dire, fit sèchement l'avocat.

— Les avocats ! pesta Allerton en raccrochant.

Deux jours plus tard, il rappela pour le virer, sans effort particulier pour corriger l'impression que son échec dans l'affaire de la fiducie foncière y était pour quelque chose. Venait ensuite sur sa liste – une liste mentale, il veillait à ne rien écrire s'il pouvait l'éviter – la bibliothèque. Un sujet sensible. Mais plus il y pensait, moins il comprenait pourquoi : les gens estimaient qu'une petite ville devait posséder une bibliothèque, c'était une marque de civilisation et Howland, sous une forme ou une autre, avait eu une bibliothèque dès avant la guerre de Sécession. Mais les calculs de Tom ne laissaient aucune place au symbole. La bibliothèque était en elle-même la propriété de Howland. Son budget de fonctionnement paraissait modeste jusqu'au moment où on se rendait compte que l'endroit n'était presque pas fréquenté, hormis par des mères en quête de garderie gratuite et de vieux Yankees trop avares pour payer leur journal. Et la bibliothécaire recevait un salaire – le cinquième salaire le plus élevé de la ville. Hadi avait engagé une personne dépourvue du diplôme de bibliothéconomie (allez savoir ce que signifiait ce truc), d'expérience antérieure appropriée, et sans qualification d'aucune sorte, il lui avait confié le boulot parce que ça lui chantait, de la même façon qu'il justifiait tout. Elle s'appelait Firth, mais elle ne pouvait pas faire partie de la même famille, ou alors de loin. Il y avait des Firth dans tout l'ouest du Massachusetts.

Alors qu'il n'y avait jamais mis les pieds auparavant, il se rendit à la bibliothèque deux fois en deux semaines, et Candace était assez maligne pour deviner pourquoi. Elle ne pouvait pas perdre aussi ce travail. Elle ne pouvait pas tout recommencer ; elle n'avait pas assez confiance en l'avenir pour recommencer. Tandis qu'Haley la regardait depuis la salle de lecture principale, Candace appela Gerry dès l'instant où l'édile partit la seconde fois.

— Il faut que tu parles à ton pote. Il a l'intention de fermer la bibliothèque. Pour y installer une pharmacie, sans doute. Et me jeter à la rue par la même occasion.

— Il n'est pas mon pote. Nous ne nous adressons même pas la parole. Je ne lui ai pas parlé depuis des mois.

— Eh bien, tu devrais peut-être aller le voir. C'est ça que tu veux ? Pourquoi ne pas nous retrancher derrière des fossés et creuser des pièges tant que nous y sommes ?

— Et d'un, le fait que personne ne va dans cette bibliothèque est assez éloquent. J'admire ce qu'il fait, s'il fait vraiment ce que tu dis. On n'est pas dans *La Petite Maison dans la Prairie*. Il y a d'autres endroits où se procurer des livres, si on tient encore absolument à lire. C'est une vision périmée. On ne va pas exiger que la municipalité continue à prévoir un budget particulier rien que parce qu'elle l'a *toujours* fait.

— D'accord. Super. Génial. Et de deux ?

— Et de deux, qui est « nous » ? Techniquement tu n'habites pas ici.

Haley avait entendu une si bonne part de la conversation que Candace ne voyait pas de raison de ne pas lui raconter le reste. Elle le fit. Haley s'affola, pas tant à l'idée de ne plus pouvoir accéder à la bibliothèque qu'à la perspective angoissante de voir sa tante perdre un travail devenu un vrai foyer. Encore en troisième, elle n'avait qu'une vague notion du sort des gens au chômage, et elle s'en effrayait de façon d'autant plus atavique. Elle était bouleversée au point d'en parler le soir à table, sachant pourtant que la simple évocation du nom de Tante Candace risquait de provoquer chez ses parents une humeur conflictuelle.

— Ils veulent fermer la bibliothèque et la vendre, s'indigna-t-elle. Mais où vivons-nous ? Faut être taré.

— Pas de grossièretés ! dit Mark.

— Qui sont « Ils » ? interrogea Karen.

— Comment ça ? Eux ! La municipalité.

— C'est nous qui le faisons, c'est ce que j'essaie de dire. La municipalité, *c'est nous*, comme disait je ne sais qui. C'est notre œuvre !

— Bon, alors arrêtez !

— Je reviens toujours au fait, commenta Mark en s'essuyant la bouche, que tout allait très bien ici jusqu'à ce qu'un petit groupe d'agitateurs, dont mon idiot de frère, décide qu'il faut toujours être en état d'opposition, qu'un type ne peut pas être riche sans être malfaisant.

— Oh, je t'en prie, s'énerva Karen.

— Je t'en prie, quoi ?

— Est-ce qu'on pourrait continuer sur le même sujet ? dit Haley, la gorge nouée bien malgré elle. C'est important pour moi !

Karen serra les dents ; elle se cuirassait, dedans comme dehors, contre cet étalage de sentiments.

— Eh bien, finit-elle par dire, cette ville va à la dérive, c'est vrai, mais désolée, je ne vais pas prendre la défense de la bibliothèque de Howland. Croyez-moi, si tout le monde savait ce que je sais sur ce qui se trame là-dedans, le budget de la ville ne serait pas son principal souci.

— Quoi ? fit Haley.

— Quoi ? fit Mark.

— Croyez-moi, conclut Karen.

Après le dîner, quand Haley eut débarrassé la table et se fut retirée dans sa chambre, Mark se tourna vers Karen :

— Tu devrais éviter de faire ça.

— De faire quoi ?

Mark commença à jeter des choses dans le mixer pour se préparer un de ses smoothies horripilants. Il n'avait guère mangé au dîner. Elle pouvait préparer un dîner que Haley mangerait ou un dîner que Mark mangerait, mais de plus en plus souvent, pas les deux.

— Dire que la ville va à la dérive.

— Quoi ? Pourquoi pas ? C'est vrai.

— Eh bien, quoi que tu penses, t'entendre parler de façon aussi négative ne communique rien de bon aux gens, et même pour toi, penser ainsi n'a rien de constructif.

— Aux gens ? Qu'est-ce que tu racontes ? Je suis chez moi !

— Quand même.

Il poussa le bouton du mixer et, le temps qu'il l'arrête, au cours de ce rugissement aigu et grinçant, elle crut comprendre ce qui était en jeu.

— Comment vont tes affaires ?

Il la regarda au-dessus de sa boisson. Il était tellement obnubilé par sa santé. Toute cette vanité. Pour quel bénéfice, en fin de compte.

— Bien. Très bien.

— Ces mauvaises nouvelles que je lis tout le temps, elles n'ont aucun effet négatif sur toi ?

— Je ne sais pas ce que tu veux dire exactement par mauvaises nouvelles.

— La crise, ou la bulle, ou le nom que tu voudras lui donner.

Son regard se perdit sur le côté, de façon un peu trop théâtrale, pensa-t-elle.

— Le fait est, dit-il, que l'optimisme dans un marché donné a un effet positif sur le marché en question. Ça peut te paraître stupide, je n'invente rien. Mais bon, mes affaires vont très bien, toutes ces histoires de types qui s'échangent les prêts ne m'affectent pas vraiment, inutile de t'inquiéter pour ça.

Elle secoua la tête, comme pour y voir clair :

— Donc l'optimisme agit sur la valeur. Et le pessimisme aussi.

— Exact.

— Et c'est justement ce qui règne partout, à propos de l'immobilier : le pessimisme. Et tu es dedans. Dans l'immobilier.

— Plus ou moins, oui.

— Donc la valeur de tes propriétés a baissé. Et pourtant, tout va très bien.

Mark se mordit la lèvre :

— Tu as envie que les choses aillent mal ? Tu as envie que je rate tout ? C'est ça ?

— Ce que je veux, c'est que tu ne me racontes pas d'histoires !

— Je ne savais pas que te demander de me faire confiance signifiait te raconter des histoires.

Ils entendirent du bruit à l'étage, une simple chaise qu'on déplaçait, mais ils levèrent les yeux vers le plafond.

— C'est plus fort que moi, se défendit Karen en baissant la voix. Je suis désolée. J'essaie juste cette fois de me préparer au choc. Ce sera moins dur pour moi, si je suis prête. Voilà ce que je pense.

— Il faut couper avec le passé, dit Mark. On ne peut pas le laisser nous terroriser. Sinon, on est mort. Tout le secret est là.

Il l'avait dit avec tant de passion qu'elle voulait le croire, mais au matin, elle recommençait à redouter d'être mariée à un fou dépourvu de tout sens des limites, capable sur un pari de jouer le toit qu'ils avaient sur la tête. Elle décida, non sans une touche de perversité pour ne pas avoir l'impression de se trahir, de vérifier ce qu'il avançait, de le prendre au mot. Elle appela Asana, la retraite de yoga à Stockbridge, et demanda à s'inscrire un week-end. Les arrhes à elles seules auraient suffi à faire griller une de leurs cartes bancaires.

Mais la première date disponible pour un séjour de trois jours était dans onze mois. Karen en aurait pleuré – pas parce qu'elle avait tellement envie d'y aller, mais parce qu'elle révélait sa naïveté, son ignorance, en imaginant ce qu'une personne périphérique et insignifiante comme elle pouvait imaginer. Mais la jeune femme à l'autre bout du fil, percevant la détresse et la gêne dans la voix de Karen, demanda si elle serait intéressée par un pass d'une journée. Bien sûr, vous ne pourriez pas vivre l'expérience pleinement, du fait de ne pas vous endormir dans cet environnement, de ne pas vous y réveiller. Mais elle pouvait participer à tous les ateliers et aux séances de méditation, en disposant du temps nécessaire pour explorer les lieux, rencontrer des gens attirés comme elle par la spiritualité, et communier avec elle-même et les autres à son gré.

Rencontrer des gens attirés comme elle par la spiritualité, songea Karen : exactement. Elle n'espérait pas communiquer avec eux, plutôt se faire passer pour l'une des leurs ; ce serait amusant, pensait-elle. Du simple fait de sa présence, ils verraient en elle une de ces femmes oisives de New York ou de Boston, libre de disposer de son temps et de son argent, et non pas quelqu'un d'ici, une mère qui travaille, une secrétaire sans riche patron, l'épouse d'un ancien entrepreneur en bâtiment habile de ses mains mais qui se faisait de lui-même une image mouvante. Peut-être allait-elle tomber sur Rachel. Ce serait la meilleure chose. Mais fort improbable. Les Hadi étaient partis pour de bon, dans un royaume où nul ne pouvait les suivre.

Elle accepta le pass d'une journée et l'acheta au téléphone. Modifier ses plans n'avait qu'un seul inconvénient, la réaction de Mark serait moins extrême. Pendant plusieurs nuits, elle s'était entraînée à lui annoncer son séjour à Asana, le prix qu'il allait coûter, et à le convaincre qu'elle espérait laisser derrière elle toute cette maudite énergie négative ; il chercherait les raisons pour lesquelles il ne pourrait pas s'occuper de Haley tout seul parce qu'il avait tellement à faire, alors que ce n'était pas le cas, il semblait avoir tout son temps. Mais là, personne ne s'apercevrait de son absence. Il pourrait même se réjouir, déclarer que c'était une excellente idée, et ainsi tout lui gâcher.

À son arrivée, le parking était à moitié désert. Il faisait un temps bizarre pour un mois de janvier. Elle ne portait pas de manteau, juste un long cardigan ceinturé ; ce matin, elle s'était efforcée de réfléchir le moins possible à sa tenue, à son allure. Plus elle approchait de l'endroit – comme cela s'était passé à mesure que la date du séjour approchait – moins toute l'aventure lui paraissait un geste de revanche ou une revendication domestique grinçante. On allait lui demander de méditer, et elle se sentait intimidée. Méditer sur quoi ? Ce n'était pas dans sa nature. Et pourtant elle avait très peur d'échouer.

La journée commençait par une séance de yoga ; on lui avait assuré qu'il s'agissait d'un cours pour débutants, mais elle n'en avait pas l'impression. Elle se faisait une vague idée du yoga : une sorte de suite de contorsions, sans public pour applaudir. La coach, maigre, cheveux coupés comme un garçon, se montra très encourageante, mais Karen n'avait même pas songé qu'il lui faudrait ensuite se changer – l'activité ne semblait pas si intense, même de près. Il y avait quelque chose d'évidemment sexuel dans certaines des postures que les femmes prenaient. C'étaient toutes des femmes. Hormis les employés d'Asana, elle ne vit pas un seul homme de la journée.

Elle suivit le flot pour aller au réfectoire – on lui avait fourni les instructions, mais elle avait oublié : comme le jour de la rentrée des classes – et elle vit presque tout le monde entrer dans le Centre et en ressortir avec un plateau. Des tables de pique-nique et des fauteuils Adirondack parsemaient la grande pelouse donnant sur le lac. À l'intérieur, le Centre offrait un mélange curieux, agréable et cool, d'éléments rénovés et laissés en l'état, de moderne et de vintage : il y avait par exemple une rangée de vieilles cabines téléphoniques, celles avec des portes en accordéon, dans le hall juste à côté des cuisines. Karen avait laissé son portable à la maison, comme on le lui avait recommandé. Les cabines proposaient même des annuaires. Elle essaya de voir si les téléphones avaient des cadrans rotatifs – peut-être ne fonctionnaient-ils plus, peut-être n'étaient-ils que des pièces de musée – mais ils n'étaient pas si anciens que ça.

On servait un déjeuner végétarien – normal. Elle ne reconnaissait pas tout, mais certains compartiments du plateau étaient raisonnablement délicieux. Elle le posa sur l'herbe à côté de son fauteuil et presque aussitôt quelqu'un vint discrètement l'emporter. Karen se sentit un peu coupable – avait-elle à son insu envoyé un signal dont elle ignorait tout, parce qu'elle était nouvelle ? Elle aurait pu débarrasser son plateau elle-même. Elle s'efforça de ne plus y penser et contempla le lac. Il scintillait au soleil. Il inspirait un sentiment de calme, exactement comme décrit dans la brochure.

Elle refusait de tout perdre. Elle refusait de manquer d'argent de nouveau et d'avoir des dettes, et même si elle n'était plus capable d'aimer son mari, elle ne voulait pas non plus le haïr – ou du moins le haïr au point de le redouter, lui, sa façon de louvoyer, son assurance, son incapacité à se connaître. Elle se sentait en danger, sur la défensive, jusque dans le sanctuaire de son propre foyer.

C'était cela, la méditation ? Toutes les conditions nécessaires étaient réunies, le décor paisible, mais livrées à elles-mêmes ses pensées prenaient la direction du doute, de la peur, et de l'instinct de survie. Voilà ce qu'il y avait en elle. Un esprit pollué, ou corrompu, ou peut-être pas, peut-être était-elle simplement elle-même. Terrifiée à l'idée de perdre une vie qu'elle ne pouvait pas défendre et qu'elle n'appréciait pas tant que ça finalement.

À deux heures, elle se présenta au pavillon, afin d'apprendre à méditer de manière appropriée. La présence des autres l'intimidait. Mais qui étaient-ils ? Elle ne pouvait s'empêcher de les observer. Des riches qui menaient des existences remplies de tensions créées de toutes pièces. Des femmes qui travaillaient plus dur que nécessaire, ou qui ne travaillaient pas du tout. Leurs problèmes hyper-raffinés se moulaient dans des formes adaptées aux solutions coûteuses. Comme cet endroit. Elle n'était pas comme eux. Elle s'acharna, s'acharna, s'acharna à vider ses pensées comme les y invitait la coach aux cheveux argentés, mais son esprit n'était pas vide, c'était un trou : toutes sortes de trucs se précipitaient dedans. Elle n'avait qu'une envie, retourner dans ce fauteuil, devant le lac, même si, là aussi, le malaise ne l'avait pas quittée.

— N'abandonnez pas, dit la coach avant de partir, en prenant les mains de Karen dans les siennes. Personne n'y parvient la première fois. Revenez souvent. J'espère vous revoir.

Revenez souvent ! C'était un simple argument de vente, pour finir et, de retour sur la pelouse – plus fraîche, maintenant que s'y projetaient les ombres de l'après-midi –, Karen se sentit au bord des larmes. Peut-être, après tout, ne suis-je pas une bonne personne, se dit-elle. Peut-être est-ce l'origine du problème. Mais on ne change pas qui l'on est. Et d'ailleurs, toutes ces pétasses béates réagiraient aux menaces de la même manière que moi. Quand quelqu'un se présente chez vous pour réclamer ce qui vous appartient, l'instinct prend le dessus. Tout ce que vous avez, tout ce que vous êtes, devient pire qu'inutile si vous ne pouvez pas le transmettre. Personne n'a le droit de vous le retirer. Si on touche à la famille, le sang coule.

Elle regagna l'intérieur du Centre, passa devant la cafétéria assoupie et s'enferma dans l'une des cabines téléphoniques. Elle chercha dans l'annuaire le numéro de téléphone de l'hôtel de ville de Howland. Elle demanda à la secrétaire de la mettre en relation avec le bureau d'Allerton. « Pas d'inquiétude, dit-elle, il ne s'agit pas d'une plainte. » Allerton finit par répondre avec un bonjour hésitant.

— Je suis une citoyenne concernée, déclara Karen. Je sais que vous vous intéressez au sort de la bibliothèque. Je vais vous donner un tuyau : la prochaine fois que vous irez à la bibliothèque, n'y allez pas lorsqu'elle est entre guillemets ouverte. Allez-y quand elle est censée être fermée. Tôt le matin, par exemple. Je crois que vous serez surpris de voir ce qui s'y passe. Vous aurez les arguments nécessaires pour agir.

Elle raccrocha, haletante, mais moins d'une minute après, elle se sentit plus calme qu'elle ne l'avait été de toute la journée. Elle rentra à temps pour préparer le dîner familial.

Barrett en avait la certitude, il prenait le bon chemin, il allait devenir quelqu'un de meilleur. Il avait commis beaucoup d'erreurs. Et il continuait à merder, pas beaucoup, et jamais une bonne fois pour toutes. C'était comme avec ces panneaux dans les usines – il n'avait jamais travaillé à l'usine, n'en avait jamais même vu une de l'intérieur, mais il avait vu ça à la télévision, au cinéma ou dans un dessin animé – qui indiquaient qu'il y avait eu tant de jours sans accident. Et puis un mec distrait se coupait un doigt, ou se broyait un orteil, et le nombre sur le panneau dégringolait à zéro. C'était ça, la vie de Barrett.

Il avait trouvé un boulot chez un nouveau patron, de l'autre côté, à Hillsdale, et le mec avait dit qu'il n'avait jamais vu personne faire un si bon travail sur une toiture en ardoise ; il l'avait donc embauché une deuxième fois, mais ils s'étaient querellés, de but en blanc, à propos d'émigration – sur le chantier, devant le client –, et Barrett, qui voulait laisser tomber et reprendre le travail, s'était rendu compte qu'il ne pouvait plus et l'avait planté là. Réaction stupide. Chacun avait droit à ses opinions – ainsi que sa femme ne cessait de le lui répéter parfois haut et fort.

Vraiment, chacun avait-il droit à ses opinions quand celles-ci entraînaient de réels préjudices ? Et si quelqu'un mettait la main dans votre poche pour vous voler votre portefeuille, vos clefs, vos papiers, tout, et que l'« opinion » d'un connard, c'était qu'il faudrait que les poches de tout le monde soient plus grandes, plus ouvertes et plus accessibles ? Vous ne faisiez que faciliter les choses pour ces barboteurs, qui ne peuvent pas vous saquer et qui veulent ce que vous avez. Si vous avez envie de donner votre pognon sans lever le petit doigt, très bien, à vous de voir, sauf que ça rend les barboteurs encore plus avides, et quand ils ont claqué votre argent, ils s'en prennent au mien. Alors, tout ça, ça n'a rien à voir avec la courtoisie ou la tolérance, autrement dit le politiquement correct. Ça a à voir avec le bien et le mal.

La seule présence de cette idée dans sa vie – le bien et le mal – lui redonnait confiance, l'affûtait. Mais il était enclin à des rechutes : c'était comme de marcher sur une poutre, il ne parvenait à y rester qu'un certain temps, il finissait par perdre l'équilibre et il était obligé de remonter. C'est pourquoi il avait été enfermé une nuit à la prison de Stockbridge pour s'être battu dans le parking d'un bar où il n'était encore jamais venu. Ce genre de chose. Il apprenait. Il était d'un naturel si passionné ; pas facile de se contrôler en toutes circonstances.

Un soir – deux soirs –, il était, semblait-il, devenu si passionné que sa femme avait préféré ne pas rester dans la maison. Il n'avait jamais levé la main sur elle, mais elle ne s'était pas sentie en sécurité. Elle était revenue le matin. Contrit, il lui avait demandé où elle avait passé la nuit, « à la bibliothèque », avait-elle répondu, en se foutant de sa gueule si manifestement que s'il avait eu envie de la frapper il l'aurait fait cette fois-là, mais il ne l'avait pas fait.

Vous croyez peut-être que les gens qui en veulent à votre portefeuille sont les indigents, les miséreux, les défavorisés, pas du tout : ce sont toujours les puissants. Ce sont toujours ceux qui ont plus que vous – et leurs alliés, qu'ils appellent la « loi » ou le « gouvernement » – qui vous prennent ce qui vous appartient.

Il n'allait plus très souvent au Ship, en partie parce qu'il ne voulait plus se faire alpaguer par Gerry Firth. Il n'aimait pas ce type. Plus il avait l'impression qu'ils avaient des choses en commun, moins Barrett l'aimait, bizarre, mais vrai. Peut-être parce qu'il n'avait pas obtenu la reconnaissance qu'il espérait après avoir tagué la maison de Hadi. Comme si Gerry, après l'avoir aiguillonné, ne voulait plus rien savoir de lui. Bon à jeter. Eh bien, c'était peut-être sa vérité. Et dans ce cas, ça pouvait bien avoir un effet libérateur.

Un matin de février, il se rendit en ville parce qu'il n'avait plus de cigarettes. Sa femme, qui ne faisait que quelques remplacements de nuit à l'hôpital, était encore au lit. Le type du kiosque était là depuis toujours ; lui-même semblait coloré à la nicotine. Barrett examinait les unes de la *Gazette* et du *Globe* pendant que le vieux Yankee enregistrait ses achats.

— Content de pouvoir encore acheter ça ici, lança Barrett en agitant son paquet.

— Pourquoi donc ?

Ils n'avaient jamais été présentés, techniquement parlant, mais Barrett savait, comme tout le monde en ville, que le Yankee s'appelait Hank.

— Parce que vous serez bientôt hors la loi. Vous êtes au courant ?

Les traits de Hank se crispèrent, comme s'il était déjà fatigué de la conversation.

— On est encore dans un pays libre.

— Jusqu'à nouvel ordre.

Barrett voulait sortir une cigarette et l'allumer mais il savait que c'était interdit, règle absurde dans un endroit qui vendait du tabac.

— Vous êtes là depuis combien de temps ? Aussi loin que je m'en souvienne. Je venais ici quand j'étais au lycée.

Le vieux semblait un frère d'armes, mais il regardait par la vitrine embuée avec un demi-sourire :

— Peut-être qu'au lieu de discuter, vous devriez aller voir dehors.

Barrett, regardant par la porte vitrée, comprit alors ce dont parlait le vieux : ce fils de pute de policier, vêtu comme Nanouk l'Esquimau, grosses bottes et chapeau à protège-oreilles, debout devant sa voiture, le pied sur le pare-chocs, en train d'écrire dans son petit carnet de contraventions. Barrett se précipita dans la rue en faisant sonner la cloche fixée à la porte.

— Je m'en vais, d'accord, je m'en vais tout de suite, dit-il en ouvrant la portière côté conducteur.

— D'accord, approuva Sergent.

— D'accord. Alors pourquoi vous continuez à écrire ?

Sergent ne répondit pas ; il finit de dresser la contravention, la détacha et la glissa sous l'essuie-glace.

— Ça va pas ? Vous avez un problème ?

— Aucun problème. Vous êtes mal garé. Vous avez trente jours pour payer l'amende ou la contester. Si vous ne faites ni l'un ni l'autre, elle sera multipliée par deux.

— Mais vous avez vu que je m'en allais ?

— Ça ne compte pas. Et de toute façon, vous n'êtes pas encore parti, non ?

Ses bottes écrasèrent la couche de glace laissée par la déneigeuse, il remonta sur le trottoir et reprit sa tournée. Il était ridicule, son boulot était ridicule, son pouvoir était ridicule. Barrett était un citoyen, un contribuable. Il était le patron de Sergent. Combien de fois avait-il été viré pour l'avoir ouvert devant un patron tout comme Sergent venait de le faire ? Il mit en marche ses essuie-glaces pour envoyer valser la contravention dans la neige, mais elle s'enroula autour de la lame et resta collée là. Pour finir, il les arrêta, baissa sa vitre et tira sur le bout de papier. Putain, cent dix dollars.

Barrett ne paierait jamais, c'était clair, mais il ne pouvait pas se résoudre à tirer un trait sur l'incident. Ce petit nazi. Il se prenait pour une autorité – il se prenait pour la loi – mais il n'était qu'un sous-fifre, et puis quelle « loi » s'occupait des voitures en stationnement ? L'arbitraire, la mesquinerie de tout ça faisaient ressortir sa propre mesquinerie, par exemple l'heure qu'il passa à chercher sur Internet l'adresse personnelle de Sergent pour pouvoir se garer juste devant. Ou sur sa pelouse. Il essaya d'intéresser Stevie au sujet, mais elle dit : « Attention, scoop ! Les flics sont des connards » et s'arrêta là. Personne ne voulait faire quoi que ce soit.

Alors il eut une idée. Lui aussi pouvait jouer au jeu de surveillance. Il possédait une petite caméra portative, d'assez bonne qualité, achetée d'occasion quelques années auparavant parce qu'il avait envisagé un genre particulier de sextape, mais Stevie n'avait pas du tout été pour. Elle disposait d'un port USB, il pouvait donc télécharger une vidéo sur son ordinateur ; pour l'étape suivante, faire en sorte qu'on puisse la voir sur son site, il connaissait quelqu'un qui serait en mesure de l'aider.

Il descendit en ville, commanda une tasse de café et attendit de voir passer Sergent sur le trottoir. Il paya, sortit, et l'ayant rattrapé, il fit tourner la caméra à environ six mètres de distance. Il ne chercha pas à dissimuler ce qu'il faisait, mais Sergent ne le remarqua – le manège durait depuis au moins cinq minutes – qu'au moment où il dressa sa première contravention.

— Mais qu'est-ce que vous faites ? demanda-t-il.

Barrett, sans un mot, continua de filmer.

Le visage rougi par le froid, Sergent plaça la contravention sous l'essuie-glace du véhicule en infraction, un peu plus posément que d'habitude, et reprit sa tournée. Il s'arrêta devant un camion, mal garé, Barrett dut le reconnaître, à près de deux mètres du trottoir. Sergent le contempla un long moment, dos à la caméra. Pour finir, il reprit son carnet et se mit à écrire.

— Pourquoi lui dressez-vous un procès-verbal ? questionna Barrett.

Sergent fit la sourde oreille

— Quelle infraction a-t-il commise, monsieur l'agent ?

Sergent signa la contravention et l'accrocha au pare-brise du camion.

— Vous avez vengé Howland des méfaits de ce type ! railla Barrett. Merci, monsieur l'agent !

Ça allait être formidable, se dit-il. Il n'avait pas pensé ajouter ses commentaires aux images, mais depuis que l'idée lui était venue, il comprenait l'impact qu'elle aurait sur son projet. On voyait, à l'expression du flic, que Barrett commençait à l'irriter. Sergent remonta Main Street jusqu'au bout et attendit que le feu passe au rouge avant de traverser et de redescendre sur l'autre trottoir. Même de dos, même avec sa parka, on le sentait tendu comme un ressort. Barrett le suivit, s'efforçant de trouver des choses spirituelles à dire. Il décida de venir en ville et de faire ça tous les jours. De rendre la vie impossible à ce petit officier de police insignifiant. Sergent s'arrêta et se mit à dresser un procès-verbal à une voiture qui semblait en stationnement régulier. Elle était garée sous un panneau indiquant STATIONNEMENT INTERDIT MAR-JEU 10 H – 18 H. Barrett consulta sa montre.

— Hé, que faites-vous ?

Sergent continua sans lever les yeux.

— Il est 9 h 58.

Sergent posa le pied sur le pare-chocs et écrivit en s'appuyant sur un genou.

— Il n'est pas encore dix heures !

Barrett commença à réduire la distance qui le séparait du policier.

— Là, regardez, j'ai l'heure sur mon objectif, dit-il en lui montrant la caméra, ce qui bousillait sa vidéo.

— Il est dix heures, s'obstina Sergent.

— Non !

— Si je le dis, déclara Sergent, et maintenant je vous arrête pour entrave à agent dans l'exercice...

— Mon cul ! rugit Barrett en replaçant la caméra devant son œil.

— Arrêtez tout de suite ce que vous êtes en train de faire. C'est un ordre.

— Je suis en train de faire quoi ? Dites-moi, que suis-je censé faire ?

— Dernier avertissement.

Sergent ne montrait plus aucun signe d'exaspération ; on devinait qu'il passait mentalement une liste en revue.

— Je vais montrer au monde ce que vous faites, prévint Barrett. Je vais montrer à tous qui vous êtes. Vous ne pourrez plus agir en secret. Vous n'êtes pas au-dessus des lois. Vous êtes un fonctionnaire...

Sergent saisit Barrett au poignet, comme il s'était entraîné à le faire pour le retourner et l'immobiliser, mais avec son manteau épais il fut un peu trop lent et Barrett s'échappa d'un bond en arrière, sur la voie. Une voiture klaxonna et fit une embardée pour l'éviter. La caméra gisait maintenant au sol.

Il y avait quelques témoins sur le trottoir, devant le rideau baissé d'Artistes en Herbe. Lentement, l'intérêt de la situation apparut à Barrett : il avait un auditoire, et les spectateurs avaient tout vu. « *Sic semper tyrannis !* » cria-t-il, en pensant que la caméra tournait peut-être encore, et les bras en l'air comme s'il allait s'envoler, il bondit sur Sergent à l'instant où celui-ci dégainait son arme.

5

Nul ne regretta de voir cette année s'achever, et puis, sans crier gare, une autre année s'acheva encore. Howland plongea dans une sorte d'hibernation. Les gens s'habituèrent à l'austérité, à tous les niveaux ; ils l'intériorisèrent. Sans vraiment y travailler, ils atteignirent ensemble un équilibre froid, et pendant une longue période il y eut peu de changement, sinon au sein de certaines familles, mais les événements restaient cantonnés à leur place réservée, où personne ne se serait risqué à mettre son nez.

Dans un sursaut de culpabilité, le père de Haley lui avait offert la vieille Escort, en se disant qu'il n'en aurait obtenu que deux cents dollars de toute façon et que, pour ses seize ans, Haley méritait un cadeau d'une certaine ampleur. Elle avait eu une année difficile. Son expression sérieuse, les matins où elle était avec lui, quand elle prenait le volant pour aller à l'école, comptait beaucoup plus dans sa vie présente que quelques centaines de dollars, voire un millier.

Elle entra dans le parking devant le lycée régional de Howland – celui où il avait appris à sa fille à conduire, au cours de l'été, quand il était désert et qu'elle ne pouvait rien heurter hormis quelques poteaux – et trouva une place pas trop étroite et intimidante. Sa mère ne la jugeait pas apte à conduire seule. Un autre champ de bataille pour ses parents. Et donc l'Escort restait chez Papa, même les semaines où Haley n'y dormait pas. Quand elle était avec sa mère, elle montait sur le siège passager et cela lui allait aussi bien. Ils ne pensaient qu'à ça, ses habitudes, ne pas chambouler ses habitudes, mais ce qu'ils ne semblaient pas comprendre, c'est qu'on pouvait avoir des habitudes différentes et que ça allait très bien.

La vie n'était pas si méconnaissable, en fin de compte, du moins après les premiers bouleversements. Elle avait toujours eu des relations distinctes avec ses deux parents. Elle n'avait jamais eu la même approche. Cette différence était désormais plus structurée. Plus le temps passait – plus chacun d'eux se permettait d'être totalement soi-même sans que l'autre soit là pour le censurer ou le provoquer – plus Haley s'étonnait que deux personnes aussi opposées aient pu se rencontrer. Elle leur avait même posé la question, et ils avaient semblé ne pas pouvoir donner d'explications, du moins dont ils aient envie de discuter. Ce qui lui manquait le plus, c'était l'ancienne maison, sa chambre en particulier, la seule qu'elle ait jamais connue. Mais le sujet restait encore trop sensible pour risquer d'inquiéter ses parents en leur confiant que c'était ce changement précis qui lui faisait ressentir plus durement la perte.

Bien plus que le changement d'école. Quelque chose dans cette transition s'était révélé, au bout d'un certain temps, tonique, éclairant. Les manques les plus douloureux au cours de ce premier mois de septembre loin de Mullins avaient cessé d'exister dès le mois d'octobre, les amitiés nouées là-bas se révélant trop peu solides pour résister à l'épreuve de n'être plus entretenues tous les jours. Elle gardait certains contacts grâce aux réseaux sociaux, mais il s'agissait de bonnes intentions plutôt que d'amitié. C'était dans l'ordre des choses, d'une certaine façon. Elle traversait les années d'instabilité, les années où ce qui vous définissait demeurait mouvant, parfois arbitraire, et il semblait adéquat de cultiver un certain détachement, envers ses camarades, sa famille, sa ville : une certaine hauteur.

À cet égard, le lycée régional de Howland facilitait les choses. Les classes étaient plus nombreuses – trop pour permettre de vraies relations, en particulier avec les professeurs – et le travail si facile qu'il exigeait rarement de vous un engagement complet. Elle s'était fait quelques nouveaux amis, mais certains se montraient plus lointains depuis qu'elle avait clairement fait comprendre qu'elle ne leur servirait pas de chauffeur. Elle grimpa les marches usées et arriva pile à 8 h 50 pour son cours renforcé d'histoire américaine.

Le professeur, M. McMenamin – Mac pour ses étudiants quand il n'était pas à portée de voix, ou sinon M. Mac –, disserta quarante-cinq minutes sur le mouvement des droits civiques et acheva cinq minutes avant la fin, ce qui ne laissait pas d'inquiéter. Il était célèbre pour finir ses cours sur une grosse vanne affûtée pile au moment de la sonnerie. Haley l'aimait bien, il savait parler, il aimait parler, et même si votre attention avait connu des flottements, vous pouviez plus tard vous étonner d'avoir retenu autant de choses. Le bruit courait qu'il avait été viré de son poste précédent pour avoir couché avec une terminale, mais il s'agissait sans doute d'un dégât collatéral dû au fait que tout le monde le trouvait séduisant, ne fût-ce que parce que c'était le seul homme non obèse en poste dans ce lycée. Au cours de la seconde, il s'était laissé pousser la barbe, ce qui, aux yeux de Haley, ne plaidait pas en sa faveur.

— Le truc de fin d'année, annonça M. Mac. Je sais, ça paraît loin, mais ce n'est pas loin. Cette année, en plus de l'examen...

Grognements de protestation chez les élèves.

— Oui, en plus, il y aura également un mémoire. Douze à quinze pages, à remettre la veille de l'examen.

— C'est injuste, dit une fille près du premier rang.

— Hé, dit M. Mac avec un sourire taquin, on est en cours renforcé. Vous êtes le haut du panier. Bon, c'est une nouvelle directive, elle concerne tout le district, alors inutile de gémir. Sans oublier que je pense que c'est une excellente idée. Écoutez, je vais vous suggérer quelque chose qui pourrait peut-être vous rendre le travail plus amusant.

Il regarda l'horloge, une horloge que les élèves ne pouvaient voir qu'en se retournant, et se percha sur le devant de son bureau.

— Toute l'année nous avons essayé de nous représenter le passé de l'Amérique. Ce n'est pas l'Antiquité, ni rien, mais je le sais, des événements même aussi récents que le Mouvement pour les droits civiques sont assez abstraits pour vous. Je le vois dans vos travaux écrits. Il m'arrive de le voir dans votre regard. Mais, vous savez, il y a une sacrée dose d'histoire ici même, sous vos pieds, dans le Berkshire. Howland est devenue une ville bien avant que l'Amérique soit une nation. Votre travail consistera donc à effectuer une recherche sur un fragment d'histoire locale. Pas Howland nécessairement, n'importe où dans le sud-ouest du Massachusetts, dans des limites raisonnables. On a livré des batailles au cours de la guerre d'Indépendance tout près d'ici, bon sang ! Mais vous n'êtes pas obligés de remonter jusque-là. Il y a aussi de l'histoire plus récente.

— Des bavures policières, dit un garçon, avec un sourire narquois.

— Euh, non. Non, vous n'avez pas le droit de traiter ce sujet, et non, ce n'est pas drôle. Le Massachusetts, les enfants ! Le creuset où s'est élaborée l'Amérique ! Nous en avons parlé, encore et encore. Maintenant, allez voir. Choisissez un sujet et soumettez-le à mon approbation le 15 au plus tard. Dans deux semaines, pour ceux qui ne sont pas au cours renforcé de maths.

La cloche retentit. M. Mac sourit.

Elle n'avait pas l'habitude de parler de ses devoirs, ou de rien de ce qui avait trait à l'école, avec ses parents, mais dans ce cas, leur aide pourrait être bienvenue. Son père suggéra les usines de papier sur la Housatonic, dont certains bâtiments, désaffectés, tenaient encore debout, transformés en magasins ou galeries. Mais ils avaient eu un cours sur les usines, plusieurs mois auparavant, quand ils étudiaient le mouvement ouvrier et elle pensait qu'ils avaient épuisé le sujet. Son père ne sembla pas se vexer quand elle rejeta sa première idée, mais il n'en suggéra pas une deuxième. Un grand changement s'était opéré en lui, après le divorce, après la faillite, il se blessait plus facilement. Tout l'hiver, le radiateur de la chambre qu'elle occupait chez lui l'avait réveillée la nuit, mais elle ne lui en avait jamais parlé parce que se plaindre de la maison qu'il louait – surtout si la plainte était justifiée – jetait un froid.

La mère de Haley se montra plus utile, mais pas tout de suite ; Haley fut d'abord contrainte d'écouter ses plaintes habituelles concernant l'école :

— Ton M. Mcmachinchose voudrait faire croire que c'est son idée, mais ça vient tout droit du conseil pédagogique. Un truc nouveau qui s'appelle Projet d'Études Patriotiques, ou ce genre de foutaises. Le conseil est plein de ces cinglés maintenant. Ils pètent les plombs si vous êtes pris à enseigner quoi que ce soit sur l'Amérique qui ne cherche pas à peindre le pays comme le paradis sur terre. Il y a deux ans, l'ancien professeur d'histoire avait demandé à ses élèves de débattre de la décision de bombarder Hiroshima, et pour faire court, c'est la raison pour laquelle ton M. Mac a le poste maintenant.

Après quoi elle dit quelque chose de pratique :

— Ça me paraît évident. Prends Caldwell House. Le manoir a une longue histoire, bien documentée, et en plus tu bénéficies d'un accès privilégié. Affaire conclue. Fait et bien fait, comme disait ma mère.

Ce n'était pas une mauvaise idée – en partie (mais elle ne l'aurait pas confié à sa mère) parce qu'elle avait toujours soupçonné quelque chose de louche. Pas dans son fonctionnement actuel, mais dans son histoire. Il y avait ce parfum sentimental, raffiné (du pareil au même), qui lui faisait lever les yeux au ciel. Sa mère, avec les années, avait fini par gober le tout. Elle avait bénéficié d'une promotion et d'une augmentation, et c'était leur bouée de sauvetage, non plus un salaire d'appoint ou un filet de sécurité, mais tout ce qu'il y avait. Il lui fallait croire à la légende Caldwell comme à la Fée Clochette. Si on commençait à douter, toute la structure à laquelle elle donnait vie risquait de s'écrouler.

La bibliothèque et son excellente connexion Internet ayant disparu, elle googla Winston Caldwell dans sa chambre, chez sa mère, et ouvrit la boîte de Pandore. La réalité dépassait à ce point la fiction qu'elle commença par s'en amuser. Avec deux camarades de lycée, Caldwell avait fondé une usine de coke – le coke était destiné à la fabrication de l'acier : ils l'avaient étudié en début d'année et elle s'en souvenait surtout parce que les garçons n'avaient pas cessé de ricaner. En l'espace d'un an, il avait tranquillement anéanti la mise de fonds de ses deux amis. Il avait vendu l'entreprise à une entreprise plus grande contrôlée par Andrew Carnegie et dépensé l'argent en pots-de-vin pour se faire attribuer par des élus de Pennsylvanie des contrats de construction et de gestion de diverses lignes de trolley, pour lesquelles il n'avait aucune compétence. Il savait économiser l'argent, cependant, rogner sur les coûts. Il fut menacé d'arrestation à la suite d'un déraillement provoqué par un matériel de voie défectueux. Heureusement, le trolley était vide à ce moment-là, et seuls deux ouvriers furent tués.

Katarina Herzfeld était la fille du propriétaire d'une société avec laquelle Caldwell souhaitait fusionner. Elle était souffreteuse et les prétendants ne se pressaient pas ; Caldwell demanda sa main à son père et le marché fut conclu. La société de son nouveau beau-père, qui construisait des wagons de chemin de fer, était en conflit avec les syndicats. Caldwell promit de s'en débarrasser et il tint parole. Il plaça des espions dans les baraquements. Il renvoya tous ceux qui refusaient de signer un serment de loyauté. Il recommanda notoirement, lors d'une réunion avec d'autres industriels, d'interdire l'embauche d'ouvriers de « races foncées » tels que les Italiens et certains Irlandais. Et lorsqu'en 1902, malgré ses efforts, il ne put empêcher une grève contre la compagnie des wagons de chemin de fer, il fit intervenir les Pinkerton, qui abattirent quatre grévistes, invoquant la légitime défense. La grève fut brisée, et la renommée de Caldwell grandit au cours des décennies sans autre obstacle que quelques procès antitrust.

L'histoire elle-même de son arrivée à Howland se révéla une mystification. Il acheta le terrain sans même l'avoir vu, sur les conseils d'un membre du Century Club de New York qui avait besoin d'argent. Caldwell cherchait une maison qui plairait assez à sa femme pour qu'elle accepte d'y passer seule de longues périodes, de sorte qu'il puisse mener en ville le genre de vie nocturne que méritait un homme de sa stature. Mais quand il l'y installa, elle jugea la maison et la propriété trop petites ; elle convoitait le terrain mitoyen qui appartenait à un résident de Howland de longue date, propriétaire d'une société de louage. Caldwell invita le Premier Élu à dîner, offrit à la ville une somme d'argent que le Premier Élu pouvait dépenser à sa guise et lui demanda d'user de toute son influence sur la négociation (il n'y avait rien de tel) préalable à l'achat de la propriété du loueur. Celui-ci demeura inflexible et refusa. Deux mois plus tard, ses écuries brûlèrent du sol au plafond. Caldwell House fut érigée sur ses fondations.

Haley n'eut pas besoin de se lancer dans une enquête pour apprendre la moindre chose. Tout était là. Elle n'eut même jamais besoin de quitter son bureau. L'histoire était sur Wikipédia. C'était l'histoire de la ville et en même temps non, parce que les gens ne voulaient pas qu'il en soit ainsi.

Elle remit son mémoire à M. Mac ; il le lui rendit avec le commentaire suivant : « Waouh ! Super travail ! » et un A – parce qu'elle n'avait pas utilisé autant de documents de première main qu'elle aurait pu. Elle ne lui dit pas qu'elle avait épluché la totalité des « archives » Caldwell, avec la permission de sa mère. Elles se résumaient aux journaux de Katarina, tellement expurgés qu'ils ne servaient à rien. Elle montra son travail à sa mère, et cela ne se passa pas très bien. Karen ne dit pas grand-chose, mais de toute évidence, elle interprétait les conclusions de Haley comme une attaque personnelle, destinée à la blesser en dénigrant quelque chose dont leur survie dépendait, et qui définissait le rôle qu'elle jouait dans cette ville. « Je ne sais pas pourquoi tu dois être si négative. Certes, tu es une adolescente et tout, mais quand même. »

Connaître la vérité ne changea rien pour Haley. L'été, elle débarrassa les tables dans ce restaurant chichiteux de Todd Van Dyke qui avait remplacé le Benihana. Deux cents dollars le couvert pour dîner et il était plein tous les soirs. Elle ne reconnaissait jamais personne. Elle avait envie de parler aux clients, de leur demander qui ils étaient et pourquoi ils étaient venus ici mais, dès le premier jour, ceux qui débarrassaient les tables avaient explicitement reçu l'ordre de ne jamais leur parler sauf pour répondre à une question.

La formation qu'ils avaient reçue était délirante. Littéralement, sa seule tâche consistait à faire disparaître les assiettes sales – ce qui était bien assez, compte tenu que chaque repas consistait ordinairement en seize plats, parfois plus – mais on considérait nécessaire qu'elle et les autres membres du petit personnel passent une journée à arpenter une ferme biologique locale, à écouter des cours sur les sols et l'origine des légumes. Ils se prenaient tellement au sérieux. À croire que leur travail consistait à nourrir les pauvres plutôt que les riches qui pouvaient très bien se débrouiller tout seuls. Pour ne rien arranger, Haley découvrit au cours de cette excursion qu'une ancienne amie de Mullins, Allegra Durning, avait aussi décroché un job d'été au restaurant. Elle sentit un degré d'hostilité, cet hybride d'hostilité et de condescendance, qui lui rappelait l'école. Difficile de grandir dans une petite ville, parce que inévitablement on s'éloignait de certains amis, mais les amis eux-mêmes demeuraient bien là, blessés et rancuniers. Haley pensait déjà à la liberté qu'elle gagnerait en quittant Howland, si elle le pouvait, pour aller ailleurs, là où personne ne la jugerait sur la base d'une version périmée d'elle-même.

Quelque chose chez elle – en elle – était en train de changer. Elle avait moins de patience. Elle avait l'impression de voir la réalité plus clairement que les autres, de voir les autres plus clairement qu'ils ne se voyaient eux-mêmes. Elle s'efforçait de garder ces vérités pour elle, mais sans toujours y parvenir. Un soir, au restaurant, le maître d'hôtel installa dans son rang de tables une famille de cinq : le père, la mère, deux filles et un garçon, le plus vieux âgé de neuf ou dix ans. Pendant une heure et demie, Haley débarrassa une succession d'assiettes servies aux enfants et restées intactes. Ils ne se plaignaient pas, ils ne semblaient pas accablés ; ils supportaient en silence, pendant que leurs parents, visiblement très heureux – grisés, dirait-elle –, se parlaient entre eux et seulement à propos de ce qu'ils mangeaient. Haley hésitait entre un sentiment de solidarité avec ces étranges enfants, de toute évidence conduits ici contre leur volonté par des parents horribles auxquels ils finiraient un jour par ressembler, ou l'envie de les gifler parce qu'ils refusaient de manger un navet ou une carotte, parce que le gaspillage et l'argent ne signifiaient rien pour eux. Le plat numéro treize était une petite assiette de pommes de terre nouvelles en sauce au cerfeuil ; Haley observa les enfants, impassibles, fixer leur assiette pendant cinq minutes puis se décida à enlever leur couvert une fois encore.

— Oh, une seconde, intervint la mère. Les enfants, vous avez terminé ?

Haley avait conscience de lutter pour ne pas ouvrir des yeux tout ronds. Depuis une heure, aucun des enfants n'avait même goûté ce qu'on leur avait servi. Ils regardèrent leur mère d'un air mauvais, sans dire un mot.

— Très bien, dit-elle en s'adressant à Haley, avant de reprendre sa conversation avec son mari.

Mais Haley avait dû attendre juste un peu trop longtemps avant de commencer à débarrasser, car la mère – qui avait les cheveux noirs, qui portait de longues boucles d'oreilles peut-être en diamants et une robe sans manches pour exhiber des bras aux muscles fuselés – se tourna de nouveau vers elle, l'espace d'une seconde :

— Je sais, ajouta-t-elle. Quel affreux gâchis. Je suis sûre qu'ils préféreraient aller au Taco Bell devant lequel nous sommes passés, mais nous voulons leur apprendre à apprécier les bonnes choses plutôt que de se laisser noyer dans un océan de cochonneries. J'ai bien raison ?

— Ah oui ? dit Haley.

Maintenant, elle avait aussi l'attention du père. La mère essaya encore :

— Ils ont toujours été excessivement difficiles, dit-elle en souriant. Ils veulent toujours savoir d'où vient la moindre chose.

— Je me demandais si c'était votre cas, répliqua Haley.

Elle fut renvoyée. Ses deux parents ne cachèrent pas leur colère, chacun à sa manière ; son père lui fit la leçon sur le manque de respect et sur cette manie consistant à détester les riches, et sa mère souligna qu'il serait difficile d'empêcher les responsables des admissions de l'université de remarquer l'anomalie représentée par le terme anticipé de ce qui était censé être un job d'été. On était déjà au mois d'août, trop tard pour trouver autre chose. Pas question de récompenser Haley pour sa mauvaise conduite en la laissant traîner à la maison le mois entier devant la télévision. Elle l'obligea à venir travailler avec elle à Caldwell House, à faire un peu de classement, des photocopies et à répondre au téléphone. Le travail n'était pas déclaré, mais Karen promit de lui payer quelque chose si elle se montrait utile et parvenait à ne pas l'ouvrir pour critiquer des inconnus.

C'était la première fois qu'elle revenait depuis la rédaction de son mémoire. Bizarrement, avant d'avoir eu vent de l'avidité et de la vénalité de ceux qui l'avaient construite, qui y avaient habité et qui y étaient morts, elle n'avait jamais vu cette maison sous l'angle d'un foyer. Plutôt comme une maquette, un musée, avec des lits à l'intérieur. À présent, elle voyait partout des traces des Caldwell, même des pauvres enfants morts. La stérilité de la maison était leur stérilité. Elle se sentait comme une intruse. Mais dans le bon sens. Elle tapa quelques lettres écrites par la patronne de sa mère et s'assura que les petites brochures sur papier glacé, racontant l'histoire tragique et totalement fictive des Caldwell, remplissaient les boîtes placées dans le foyer et à l'entrée des jardins.

— Tu sais, dit Haley en serrant une pile de brochures, les familles des grévistes que la milice de Caldwell a tués ont été expulsées de leurs logements le jour même. Les enfants aussi.

— C'était il y a un siècle, fit Karen, et d'une façon ou d'une autre tous ces gens sont morts aujourd'hui. Mais tu sais ce qui survit ? Cette maison. Cette beauté. Qui nous permet par ailleurs d'avoir un toit au-dessus de nos têtes. Si on essayait plutôt de considérer cet aspect ?

Un après-midi Haley répondit au téléphone – « Caldwell House, que puis-je pour vous ? » – et une femme lui demanda si les chambres du premier étage étaient rouvertes aux visites.

— Les travaux de restauration sont toujours en cours, l'informa Haley, ainsi que sa mère lui avait appris à répondre si on lui posait la question.

Elle dit au revoir, resta assise et réfléchit un moment. Sa mère se trouvait devant la remise où elle parlait avec Richie, le chef jardinier. Elle quitta son bureau et monta dans la chambre principale. Il ne semblait pas y avoir la moindre trace de travaux. Sur le lit, énorme et tout en moulures, reposait un matelas dans son enveloppe en plastique, sans draps ni oreillers. Il n'avait l'air ni spécialement attirant, ni confortable, mais tout de même, Haley ne comprenait pas pourquoi les gens ne pourraient pas le voir.

Et d'ailleurs qu'est-ce qui était une maison, qu'est-ce qui ne l'était pas ? Sa tante s'était fait renvoyer et quasiment chasser du Berkshire (elle ne serait pas restée, de toute manière) pas tant pour avoir offert un abri que pour avoir offert le mauvais abri, un abri non autorisé. L'espace qu'elle considérait comme le sien, ainsi qu'on le lui avait sèchement rappelé, n'était pas le sien et il ne lui appartenait pas d'en déterminer l'usage. Et voilà que Haley se trouvait dans ces lieux qui méprisaient jusqu'à la notion d'usage. Petite fille, elle n'avait jamais imaginé que sa chambre avait été occupée par une autre avant elle, mais bien sûr, elle se résumait à cela : un espace, un lieu de passage pour vous et d'autres, au fil du temps. Une maison passait de main en main et son histoire, ou le souvenir de son histoire, s'effaçait chaque fois. Elle pouvait comprendre qu'on veuille soustraire Caldwell House à cette succession de cycles, pour ainsi dire, s'il s'agissait d'immortaliser le crime que représentait sa construction. Mais ce n'était pas du tout le cas. Les citoyens de Howland l'avaient préservée, protégée, ils en avaient tiré une fierté, alors qu'ils auraient dû s'unir pour la réduire en cendres.

Un vendredi après-midi vers la fin du mois d'août, sa mère avait un rendez-vous médical. Le vendredi, selon les termes de la garde, était le jour où Haley changeait de maison ; Karen lui demanda de demander à son père s'il voulait bien venir la chercher au travail. « Ne te donne pas la peine de fermer, Richie pourra s'en charger. » Haley dit que c'était bon. À quinze heures, sa mère l'embrassa, lui rappela qu'elle la verrait lundi matin et sortit. Haley resta assise dans le bureau vide. Après quoi, elle alla s'asseoir dans la salle à manger vide et, dans la pénombre fraîche, observa les mères et les enfants sur la pelouse impeccable. Elle se rappela le « dîner progressif », auquel elle ne pensait plus depuis des années ; le sentiment qu'elle avait eu par la suite d'avoir en quelque sorte bravé l'autorité, mais de manière secrète, symbolique et sans conséquence. Elle revoyait de temps en temps ce Walker, dans les couloirs du lycée, mais ils n'avaient pas les mêmes cours. Elle regagna le bureau derrière la cuisine et appela son père.

— Papa, désolée de te prévenir à la dernière minute, mais une de mes amies du restaurant m'invite pour le week-end à Cape Cod chez ses parents. Ça te va si j'y vais ?

— Oui, bien sûr, chérie, pourquoi pas. Ils te prennent en voiture ?

— Oui. Ils viennent me chercher directement ici. Au travail.

— Ta mère est d'accord ?

— Oh, oui, et puis techniquement c'est ta semaine, alors.

— Tu as besoin que je t'apporte des affaires ?

— Non, répondit-elle en se rappelant aussitôt qu'elle n'avait pas d'autres vêtements à se mettre en dehors de ceux qu'elle portait. Ils veulent rentrer tôt lundi matin pour éviter les embouteillages, ils n'auront qu'à me déposer directement ici, d'accord ?

— D'accord, dit-il de ce ton calme qui le caractérisait quand il éprouvait une petite déception et qu'elle adorait chez lui. Je te vois quand, lundi matin alors ?

— Oui, merci. Je t'embrasse.

Vers seize heures quarante-cinq, Haley éteignit toutes les lampes du bureau et monta sans bruit dans la chambre principale de Caldwell House. Environ une heure plus tard, elle entendit la porte s'ouvrir. Les pas de Richie résonnèrent dans le rez-de-chaussée tandis qu'il éteignait le salon, la salle à manger, la salle de bal, le grand hall. Il ressortit, Haley entendit les petites pressions sur le pavé numérique de l'alarme puis il verrouilla la maison et s'en alla pour le week-end.

Il restait quelques heures avant la fin du jour, elle ne se retrouvait donc pas seule dans l'obscurité totale, mais elle devait s'éloigner des fenêtres. Non qu'il y eût un risque qu'on l'aperçoive – une fois le jardin fermé du moins ; la maison était trop éloignée de la route pour que ses fenêtres soient visibles à travers les arbres. Elle fut pourtant soulagée quand la nuit tomba. Dès que la fatigue se fit sentir, elle ôta ses chaussures et grimpa dans le lit des Caldwell. Le matelas était excellent, bien qu'il n'y eût pas un seul drap. Elle croyait avoir vu, un jour, où on rangeait le linge de maison, mais il faisait trop sombre, elle chercherait le lendemain matin.

Ayant agi sur un coup de tête, elle n'avait même pas pensé à la nourriture. Elle se souvenait que sa mère avait laissé un yaourt dans le réfrigérateur du bureau, mais le samedi matin il n'y était pas. La solution, se dit-elle, n'était pas compliquée ; elle connaissait le code de désactivation du système d'alarme (sa mère ne le lui avait pas vraiment donné, mais Haley l'avait regardé faire assez souvent), elle tapa donc les chiffres et quitta la maison pour aller en ville. Il y avait un peu plus d'un kilomètre à parcourir pour aller au Price Chopper, qui était ouvert mais désert à cette heure ; elle acheta des choses à grignoter et à boire, des barres protéinées, ce genre de choses – rien qu'il aurait fallu faire cuire –, et dans le parking elle vida le contenu du sac en plastique du Price Chopper dans son sac à dos. En remontant l'allée qui conduisait à la maison elle se sentit gagnée par l'inquiétude, et elle se rappela qu'elle n'avait pas fermé en partant. Comme si elle s'appropriait les lieux, comme s'ils lui appartenaient et qu'elle les avait laissés sans protection. Si vite. Une fois à l'intérieur, elle verrouilla la porte et remit l'alarme.

Le week-end, la maison était fermée aux visiteurs, mais les jardins restaient ouverts. Haley tira un lourd fauteuil en bois devant la fenêtre, puis le recula un peu et s'assit pour observer les inconnus sur la pelouse au pied de la demeure, se divertissant par procuration, telle une infirme, tout en mordant pensivement dans une barre protéinée. Elle s'imaginait un enfant levant la tête et essayant de convaincre sa mère excédée qu'il avait vu un fantôme.

Elle développa pour elle-même diverses théories censées donner un sens à ce qu'elle faisait là. Action politique. Maladie mentale. Léger frisson de transgression. Fugue. Performance artistique. On pouvait tailler toutes ces explications sur mesure, elles n'étaient guère convaincantes. La vérité, c'était qu'elle ne pouvait formuler aucune hypothèse capable de l'éclairer sur ce qu'elle faisait. Elle le faisait précisément pour y parvenir.

Tout ce temps solitaire, en silence, sans stimuli, sans distraction, invitait à la réflexion, et elle passa le week-end à réfléchir ; mais si, le dimanche soir, on lui avait demandé, comme elle se le demanda elle-même, à quoi elle avait réfléchi, elle aurait été bien en peine de répondre. Lundi matin, elle veilla à effacer toute trace de son séjour – ramasser les emballages, replacer le fauteuil ; pas grand-chose d'autre, vraiment – et elle attendit sa mère avec appréhension. Elle entendait les tondeuses à gazon gronder dehors. Elle se rendit compte qu'elle ne pourrait pas justifier sa présence à l'intérieur – sa mère ne savait pas qu'elle connaissait le code –, elle alla donc désactiver l'alarme, sortit, la réactiva et s'assit sur le perron. Dix minutes plus tard, la voiture de Karen entra dans le parking. Elle ouvrit la porte et balaya l'intérieur du regard avant de poser les yeux sur sa fille vêtue des mêmes habits qu'elle portait vendredi au bureau.

— Bon sang, il ne te dit même pas de te brosser les cheveux ?

Des visites guidées étaient organisées un mercredi sur deux, autrement on pouvait, en possession d'un pass, explorer les lieux en toute liberté. Entendre, ou seulement imaginer les gens – des inconnus, le public – entrer et sortir de la maison, monter et descendre les escaliers, se pencher au-dessus des panneaux FERMÉ POUR RESTAURATION installés sur le seuil des chambres, hérissait Haley. À seize heures trente, son père se gara dans le parking et l'attendit – il n'entrait jamais à l'intérieur – pour la conduire chez lui. Chez son père, ce n'était pas si terrible que ça. Un peu déprimant, mais plutôt parce qu'elle sentait combien ça le déprimait, lui. Et le caractère précaire de l'appartement. Impossible de se l'approprier. Elle embrassa sa mère, alla dans le parking, embrassa son père et ils partirent.

Avant le dîner, elle prit une longue douche. Son père tenait à lui préparer à manger ; ce soir, il avait concocté sa version d'un plat que faisait sa mère, un gratin de macaronis à la saucisse et aux brocolis. Il ne mangea que les brocolis.

— C'était comment, Cape Cod ? s'enquit-il.

— Extraordinaire ! Je ne savais pas que ces gens étaient aussi riches. La maison était gigantesque. De quoi loger trois familles. Et ils n'y vont que quatre ou cinq fois par an. Le reste du temps il n'y a personne.

Elle sentit, tout à coup, monter des larmes brûlantes, mais elle parvint à les ravaler.

— C'est barré, non ?

— Oui, dit son père avec un sourire imperceptible. Enfin, il y a beaucoup de maisons comme ça ici aussi. Des résidences. Pas un foyer, mais un lieu où on peut se sentir chez soi. Et on peut posséder plus d'une maison où on se sent chez soi, comme tu le sais. Il y a un truc bizarre avec les maisons. Rien à voir avec le besoin, le vrai besoin, bien sûr.

— Ni avec la justice. C'est du business.

— Je ne sais pas si c'est une question de justice, vraiment, dit Mark.

Elle alla se coucher épuisée et s'endormit aussitôt mais elle se réveilla au milieu de la nuit, comme aux prises avec le décalage horaire. Cela faisait près d'un an qu'elle dormait dans cette chambre – pas tout de suite après la vente de l'ancienne maison, il y avait eu une location de courte durée entre les deux. Elle ne se souvenait presque plus de celle-ci désormais. Tout le contenu de cette chambre lui appartenait. En pleine nuit, elle se mit à ramasser divers objets, dans le noir, pour se rappeler où elle était.

Le lendemain, elle prit le volant pour aller travailler et pour rentrer l'après-midi. Il lui vint à l'esprit – en observant Caldwell House depuis le parking, en attendant que l'Escort démarre et en s'efforçant, comme on le lui avait appris, de ne pas noyer le moteur – qu'elle était très probablement la première personne à avoir passé la nuit sous ce toit depuis cinquante ou soixante ans, peut-être plus. Elle n'en tirait aucune fierté ni sentiment de rébellion. Elle en éprouvait de l'indignation. Pour quelle raison la maison la plus majestueuse, sûrement la plus vaste, de toute la ville, bâtie par des envahisseurs sans pitié, devait-elle se contenter de se dresser là ? En quoi était-ce beau ? Elle appartenait à tout le monde ou à personne. Au lieu de quoi on en avait fait un fétiche, et les gens se répétaient que ce fétiche représentait leur histoire. Ce qui était le cas, mais pas de la manière dont ils le croyaient.

Ce soir-là, après avoir dit bonne nuit à son père et fermé la porte de sa chambre, elle remplit un sac de sport et un sac à dos de tous les vêtements et les objets de toilette qu'elle put faire rentrer dedans. Impossible de se réveiller plus tôt que lui, mais le lendemain matin, elle attendit dans sa chambre que le bruit dans les tuyauteries lui confirme qu'il prenait sa douche, et elle traîna ses sacs à travers la maison pour les déposer sur le siège arrière de l'Escort. Elle était très calme. Elle ouvrit les placards à la recherche de nourriture non périssable, mais elle trouva peu de chose : des noix, des vitamines.

— Déjà prête ? s'étonna-t-il en entrant dans la cuisine.

Mouillés, ses cheveux paraissaient moins épais. Il avait l'air vaincu et triste. Elle remarquait ces changements chez lui ce matin, comme si elle ne l'avait pas vu depuis des années.

— À ce soir, dit-il en la pressant contre lui.

Haley survécut à cette journée, en accomplissant les tâches subalternes qui assuraient le fonctionnement de la maison vide, et puis, à seize heures quinze, sa mère se tourna vers elle avec un sourire :

— Tu veux partir plus tôt ?

— Non.

Le sourire de Karen se crispa :

— Je dois fermer, mais tu peux partir si tu veux.

— J'ai décidé de ne pas m'en aller.

— Qu'est-ce que tu veux dire ?

— Je vais rester ici, dans cette maison, un certain temps.

Sa mère, naturellement, se méprit :

— Quelque chose ne va pas entre ton père et toi ? Tu dois me dire ce qui se passe. Bien sûr, tu peux dormir chez moi, mais il faudra que je lui parle...

— Non, dit Haley, je ne veux pas dormir chez toi non plus.

Karen la regarda fixement :

— Et où veux-tu aller ? demanda-t-elle lentement.

— Nulle part. Je veux rester ici. Il y a plein de place.

Haley se sentait calme mais la réaction étrangement prudente de sa mère indiquait qu'elle ne devait pas en avoir l'air.

— Ici, dans cette maison ?

— Oui.

— Pourquoi ?

— C'est difficile à expliquer. Je veux juste...

— Combien de temps ?

— Je ne sais pas.

— Tu veux dire, dormir ?

— Oui. J'ai des affaires dans la voiture.

Dans le petit bureau, elles étaient si proches qu'elles pouvaient, en se penchant, se toucher les genoux, mais n'en faisaient rien.

— Mais de quoi tu parles ?

— Maman, cet endroit, c'est vraiment n'importe quoi. C'est la plus belle maison de la ville et personne n'a le droit d'y habiter. Elle n'appartient à personne, mais il faut payer pour entrer. Les gens qui l'ont construite étaient des monstres, mais tout le monde continue à leur lécher le cul même s'ils sont morts. C'est tellement débile que je ne peux même pas croire à quel point c'est débile. Elle reste là, inhabitée, c'est presque criminel. Une autre famille habite dans notre ancienne maison. Où est la différence ? Ils n'ont pas à décider que plus personne ne peut y dormir après leur mort. Ils n'ont pas à décider ça ! Ça me rend folle d'y penser, tout à coup. Alors je me suis dit que j'allais dormir là un certain temps, juste pour prouver quelque chose. Peut-être jusqu'à la rentrée dans deux semaines. Peut-être plus longtemps. Qu'est-ce que ça peut faire à qui que ce soit ?

— C'est une action politique ? questionna sa mère avec dédain. Un genre d'occupation ?

— Ça se peut, oui.

— Pour obtenir quoi ? Pour demander quoi ?

Haley n'avait pas de réponse toute prête. Sa mère semblait en plein désarroi :

— Eh bien, de toute évidence, il n'en est pas question. C'est illégal, pour commencer. Et ensuite, je me ferais renvoyer. C'est peut-être ce que tu veux ?

— Non.

Elles se dévisageaient. Haley sentait la tension monter, mais pas de façon abstraite, et elle sut une seconde à l'avance que sa mère allait essayer de l'attraper par le poignet comme si elle était une petite fille.

— Lève-toi. Lève-toi ! Arrête ça tout de suite ! Sors d'ici !

— Tu ne peux pas m'y obliger, tu le sais très bien, raisonna Haley. Sûrement pas de cette manière.

Une vraie panique se lisait maintenant dans le regard de sa mère. Elle se leva et quitta le petit bureau. Haley entendit l'écho de ses pas dans la grande salle puis elle l'entendit parler au téléphone.

— C'est moi. Non, tout ne va pas bien. C'est toi qui as mis ça dans la tête de ta fille ? As-tu seulement la moindre idée de ce qui se passe ? Elle a perdu la tête, voilà ce qui se passe. Il faut que tu viennes tout de suite. Oui, à Caldwell House, merde ! Je m'en fous que tu sois sur un chantier. C'est une urgence.

Elle cessa de parler, mais ne regagna pas la pièce où se trouvait Haley ; elle l'entendait aller et venir dans la cuisine. Vingt minutes plus tard, la porte s'ouvrit et les voix assourdies et familières de ses parents en colère lui parvinrent.

Elle alla les rejoindre ; elle voulait éviter qu'ils ne se retrouvent à trois dans le petit bureau de sa mère. Il lui semblait qu'une telle proximité ne pouvait conduire qu'à des violences physiques. Mieux valait aller là-bas, où il y avait un peu d'espace. Étrange, et pas si étrange, de les revoir ensemble, mal à l'aise, en train de jouer à faire front, dans l'entrée majestueuse d'une maison immense où ils n'étaient pas à leur place.

— Haley, tu peux m'expliquer ce que ça signifie ? interrogea son père. Tu ne veux pas venir à la maison ?

Elle hésita – il avait l'air blessé alors que sa mère avait simplement exprimé sa fureur – mais, pour le moment, elle s'efforçait d'agir selon son instinct.

— Je veux juste dormir ici et je ne vois pas pourquoi je ne pourrais pas.

— Pourquoi veux-tu dormir ici ? C'est glauque. Et il n'y a probablement pas de wifi, tu y as pensé ?

— Il y a le wifi, dit Haley un peu vexée, alors qu'en fait elle y avait pensé.

— D'accord, il y a le wifi.

Il tâchait de sourire, mais son visage changea.

— Haley, chérie, je te demande pardon. Je regrette tellement que nous n'ayons plus de foyer. Ça m'a brisé le cœur de vendre la maison, parce que je voulais qu'elle reste toujours ton foyer, même quand nous ne serions plus là. Mais je n'ai pas eu le choix. C'est ma faute. Pas celle de ta mère ni de personne. Je sais, tu ne dois pas beaucoup aimer l'appartement où nous vivons en ce moment. Tu dois trouver ça injuste.

— Ça n'a rien à voir, assura Haley en s'essuyant les yeux. Ça n'a aucun rapport avec toi, ou avec l'un de vous deux, je vous le jure.

— Alors de quoi s'agit-il ?

— De cette maison. Rien que... le fait qu'elle existe. Je suis désolée, je ne peux pas l'expliquer mieux que ça. Peut-être faut-il que je le fasse pour savoir pourquoi je veux le faire.

Il balaya du regard l'entrée qui s'assombrissait et leva les yeux au ciel :

— Je ne vois pas ce qu'on peut aimer dans cette maison.

— Je ne l'aime pas. Au contraire, je la déteste.

Mark eut un petit rire. Un silence s'ensuivit au cours duquel rien ne perturba le trio familial.

— C'est tout ? siffla Karen, s'adressant à Mark.

— Tout quoi ?

— C'est tout ce que tu vas faire ?

— Eh bien, veux-tu que je l'en empêche physiquement ?

— Oui ! C'est ta fille !

— Je n'ai pas l'intention de faire ça.

Haley sentit une excitation la parcourir en comprenant que la vieille dynamique venait à son secours ; il allait trouver une logique pour ne pas faire ce que Karen lui demandait, uniquement à cause de la manière dont elle s'y prenait pour le lui demander.

— Elle a besoin d'évacuer quelque chose, laisse-la faire, d'accord ? Elle a raison, elle ne fait de mal à personne. Et à qui doit-elle rendre des comptes ? C'est toi qui diriges la maison.

— Papa, intervint Haley, j'ai un sac et mon sac à dos dans ma voiture. Tu veux bien me les apporter ?

Elle savait parfaitement que, si elle allait elle-même jusqu'au parking, sa mère fermerait la maison pour l'empêcher d'y rester.

Mark secoua la tête, étonné, sortit et se dirigea vers la voiture. Haley et sa mère se regardèrent.

— Quelqu'un d'autre à part nous est-il au courant de ce que tu fais ? interrogea Karen.

— Non. Juré.

— Une seule nuit. Ne touche rien. De toute façon, je crois que toi et moi avons bien besoin de passer une nuit l'une sans l'autre. Peut-être en profiterai-je pour comprendre pourquoi tu me détestes autant.

Elle s'en alla, sans verrouiller la maison comme elle l'aurait fait normalement ; quelques minutes plus tard, le père de Haley vint déposer ses sacs sans le hall et s'en alla à son tour. Aucun des deux n'avait porté la main sur elle ; ils avaient eu peur, lui semblait-il. Haley monta ses affaires dans la chambre. Elle voulut les ranger dans la commode de Katarina, mais les tiroirs, déformés, restèrent bloqués.

Elle fit quelques essais avec le wifi en emportant son ordinateur d'une pièce à l'autre et s'aperçut qu'il n'y avait pas de réseau à certains endroits, comme les anciens logements des domestiques, mais que le signal était assez puissant partout ailleurs. Et si l'éclairage ne fonctionnait nulle part, excepté dans la petite suite de bureaux derrière la cuisine, il y avait des prises de courant en haut et en bas, sans doute destinées au personnel d'entretien. Haley put donc rester le plus clair de son temps à l'étage. Elle s'y sentait plus confortable, mieux protégée peut-être, même s'il fallait du temps pour atteindre le bureau quand elle avait besoin des toilettes ou d'eau pour une raison ou une autre.

Était-ce mal d'aimer disposer d'autant d'espace, d'en jouir toute seule ? Si elle faisait ce qu'on appelait une occupation, elle aurait peut-être dû inviter d'autres personnes. Même des inconnus partageant ses idéaux. Le scénario pouvait paraître séduisant, mais elle n'en parla pas sur les réseaux sociaux, ni ailleurs – elle ne communiqua avec personne excepté son père qui avait envoyé un SMS pour savoir si tout allait bien, si elle avait assez chaud, si elle avait besoin de quoi que ce soit, puis pour lui souhaiter bonne nuit, comme il l'aurait fait si Haley dormait dans sa chambre chez sa mère. La cellule des dîners progressifs – c'étaient des vandales, pas dans le mauvais sens du terme, mais ils étaient confus, un peu barbares, et si elle les invitait à se joindre à elle, cette action ou ce qu'on voudrait l'appeler se métamorphoserait en quelque chose de différent. Avec des inconnus, c'eût été pire. Il suffisait, se dit-elle, que quelqu'un habite ici maintenant. Ce n'était pas une question de chiffres. Une seule personne représentait le même défi que dix ou vingt.

Mais quand même, elle avait envie de parler à quelqu'un et, avant qu'il soit trop tard, elle appela Tante Candace. Elles ne s'étaient pas parlé depuis un moment ; Candace ne savait même pas que Haley s'était fait renvoyer du restaurant. Elle commença donc par lui raconter toute l'histoire. Entendre un adulte en rire permit à Haley de la trouver un peu drôle à son tour. Candace habitait maintenant à Copake, dans un autre État, pas si loin que ça, mais elles ne s'étaient pas vues depuis longtemps.

— Alors, que se passe-t-il ? demanda Candace, et Haley lui dit d'où elle appelait.

— Ah, fit Candace sans rien ajouter d'autre.

— Dis quelque chose. Tu penses que je suis folle ?

— Bien sûr que tu es folle, confirma Candace, d'un ton tendre et taquin. Que disent tes parents ?

— Ils croient que c'est à cause du divorce. Ils croient que c'est leur faute.

— Normal qu'ils pensent ça. Alors, de quoi s'agit-il ?

— Tout le monde me pose la question. Je devrais avoir une réponse à ce stade. Tu connais l'histoire des Caldwell, ceux qui ont construit la maison ? C'étaient des monstres. Et alors quoi, parce que tu as de l'argent, tu peux me dire où j'ai le droit d'aller même après ta mort ? Tu sais ce que je fais ici ? Je dors. C'est tout. C'est ma façon de protester. Je dors. Les gens n'ont qu'à s'y faire.

— Du calme.

— Désolée. J'ai parlé fort ? Je suis désolée.

Haley regarda le jardin, dehors, éclairé par la lune.

— Chérie, dit sa tante, je peux faire quelque chose pour toi ?

Haley sourit :

— Tu veux venir et dormir dans le pire lit qui soit ?

— Oui, c'est tentant, mais non. Ils risquent de me tirer dessus à vue si je reviens à Howland. Mais voilà ce que je te propose, je vais appeler ton père. Le calmer un peu. Lui dire que tu n'es pas folle.

— D'accord.

— Et s'il te plaît ne laisse pas la situation déraper, d'accord ? Appelle-moi si tu crois que la situation dérape.

— Que veux-tu dire ?

— Je ne sais pas, répondit Candace.

Le matin, sa mère arriva au bureau à l'heure habituelle. Haley la vit depuis la porte de la chambre, mais si Karen jeta un coup d'œil vers l'étage, il échappa à Haley. Elle se changea, se brossa les cheveux, descendit et alla s'asseoir à son poste dans le petit bureau.

— Tout va bien ? s'enquit Karen d'un ton neutre.

— Très bien. Qu'est-ce que je dois faire ?

Sa mère la fixa du regard :

— Il faut commander des brochures. Tu veux t'en occuper pour moi ?

— Oui.

Après cet échange l'atmosphère devint plutôt détendue ; mais peu à peu Haley comprit que sa mère considérait sa présence au bureau comme une façon passive de s'excuser ou un alibi pour se faire pardonner, et que Karen l'avait tacitement accepté. Et en effet, à la fin de la journée, Karen se tourna vers Haley en poussant un soupir et lança joyeusement :

— Tu es prête, on y va ?

— Non. Je ne suis pas prête à y aller.

Le visage de Karen se décomposa et lentement ses traits se durcirent :

— Mais qu'est-ce que tu fabriques, tu peux me le dire ?

— Je ne sais pas.

— Comment tout cela va-t-il finir, exactement ?

— Je ne sais pas.

Sa mère hocha la tête et baissa les yeux sur ses genoux :

— Monte chercher tes affaires, tout de suite. Trop, c'est trop. C'est un ordre.

— Non.

— Van Aswegen vient sans prévenir une fois ou deux par semaine, figure-toi. Veux-tu que je perde mon travail ? Comment crois-tu que nous allons nous en sortir si cela se produit ?

Haley, pourtant un peu ébranlée par ces paroles, ne dit rien.

— Bon, tu sais quoi ? Le divorce a un bon côté. On est jeudi et c'est encore la semaine avec ton père, alors à lui de gérer cette folie.

Elle s'empara de son sac et sortit. Haley entendit l'écho de la lourde porte qui se refermait derrière elle.

Mais un peu plus tard, quand on ferma les jardins, Haley regarda par la fenêtre du quartier des domestiques, d'où on apercevait la presque totalité du parking : la voiture de sa mère s'y trouvait toujours. Elle ne voyait pas assez distinctement pour dire s'il y avait quelqu'un à l'intérieur. Le lendemain matin, au réveil de Haley, la voiture n'avait pas changé de place. Rien ne permettait cependant d'écarter l'hypothèse que sa mère était partie puis revenue.

Le vendredi, Karen plaça un panneau à l'extérieur, devant la porte d'entrée, indiquant que la maison était fermée pour cause d'entretien. Le samedi se déroula sans incident – il pleuvait, les jardins étaient vides – jusqu'à environ quinze heures. Haley entendit alors le bruit électronique du système d'alarme que quelqu'un désactivait pour entrer. Elle jeta un coup d'œil du haut de la balustrade et vit une femme d'âge moyen chargée d'un aspirateur-balai. Quelques minutes plus tard, en provenance de la salle à manger, monta un rugissement, sonore sur les parquets, étouffé sur les tapis.

Elle était foutue. Elle pouvait tenter de courir jusqu'à la porte, mais impossible de réunir toutes ses affaires et de les descendre dans l'escalier sans être vue. Elle écouta l'aspirateur – le léger changement de régime selon qu'il allait ou venait, les intermèdes silencieux quand il fallait changer de prise – et le bourdonnement finit par la bercer à tel point que lorsqu'elle entendit la femme monter en traînant l'aspirateur dans le grand escalier, sa respiration s'accéléra à peine. La femme apparut sur le seuil de la chambre principale et trouva Haley assise sur le lit en posture de yoga.

— Bonjour, fit Haley.

La femme poussa un cri. Elle croit peut-être aux fantômes, pensa Haley en écoutant les pas lourds et précipités dans l'escalier et en direction de la porte. Abandonné sur le seuil de la chambre, l'aspirateur se dressait à la verticale.

Il fallut moins de vingt minutes au véhicule de police pour parvenir dans le parking. Haley recula et, saisie de frayeur, s'assit sur le lit. Qu'est-ce que je fais ? pensa-t-elle. Elle entendit un coup violent contre la porte. « C'est ouvert », essaya-t-elle de crier, mais elle avait la bouche trop sèche. Et puis, contre toute attente, les bruits du pavé numérique. Des voix étouffées montèrent dans l'escalier et elle comprit ce qui se passait. Au bout de quelques secondes, la silhouette imposante de l'officier de police se dessina dans l'embrasure ; derrière lui, apparut le visage de la mère de Haley.

— Puis-je savoir ce que vous faites ici ? questionna le policier, très doucement.

À la taille, il portait un ceinturon avec un revolver dans son étui et nombre d'outils et d'accessoires divers que Haley ne pouvait identifier. Trop effrayée, elle était incapable de parler. La plaque sur la poche de chemise du policier indiquait Pratt.

— Elle dort ici, expliqua rapidement Karen. Elle travaille ici, avec moi, je suis sa mère. Je dirige cette fondation et j'ai donné mon accord.

— Vous dirigez cette fondation ? s'enquit Pratt d'un ton sceptique, sans même se retourner.

— Dans le sens où je suis en charge de sa gestion au quotidien, alors elle a l'autorisation, j'ai donné l'autorisation.

— Pourquoi n'est-elle pas chez vous ?

Les regards de la mère et de la fille se croisèrent au-dessus de l'épaule de l'officier, comme si elles se concertaient mutuellement pour pouvoir répondre.

— Je le répète, insista Karen. Elle travaille ici. Elle a ma permission.

— C'est très bien, mais vous n'êtes pas en position de donner votre permission du simple fait que vous aussi vous travaillez là. Ce sont vos vêtements ? demanda-t-il à Haley. Avez-vous passé la nuit ici ?

— Bien sûr, ce sont ses vêtements, rétorqua Karen, à qui d'autre ? Écoutez, vous pouvez me confier sa garde, c'est bien ce qu'on dit ? Haley, tu accepteras d'être placée sous ma responsabilité ?

Haley hocha vigoureusement la tête.

— Vous savez, déclara le policier en se décidant enfin à faire un pas dans la chambre, garde, permission, vous me semblez avoir une idée très vague de ce que ces mots signifient. Mademoiselle, voulez-vous vous lever et vous retourner ?

— Quoi ! s'écria Karen. Non !

Elle contourna aussitôt la grande silhouette du policier et s'interposa entre lui et le lit où Haley était assise, les mains autour de ses genoux, en larmes.

— Madame, ne m'obligez pas à vous arrêter toutes les deux.

— Vous n'êtes obligé d'arrêter personne ! Ne la touchez pas. Je vous préviens !

— Vous me prévenez ?

Le policier éclata de rire, mais il changea d'attitude.

— Madame, quel est votre nom déjà ?

— Karen Firth.

— Si vous me barrez le chemin, et surtout si vous me faites physiquement obstruction, les choses risquent de prendre un tour beaucoup plus sérieux, d'accord ?

— Maman ! cria Haley en direction du dos rigide de sa mère.

— Si vous essayez de la toucher, il faudra d'abord me passer dessus !

— *Maman !*

— Vous savez ce qui est arrivé à celui qui était l'officier de police avant vous, n'est-ce pas ? dit Karen, les bras en croix.

L'officier se raidit. Il tenta d'établir un contact visuel avec Haley derrière le corps de sa mère.

— De toute façon, ce n'est pas un crime, c'est une occupation, expliqua Karen, la voix tremblante. Une action politique. Liberté d'expression.

— Une occupation, répéta l'officier Pratt, sceptique. Vous protestez contre quoi ?

Ils se tournèrent tous les deux vers Haley.

— Mademoiselle ? Quelles sont vos revendications ?

— Quoi ?

— Revendications. Conditions. Si ce que vous faites est une occupation ou que sais-je, vous refusez de quitter les lieux jusqu'à l'obtention de ceci ou de cela. Alors vous réclamez quoi ? Parce que je peux transmettre ces demandes à qui de droit.

Il se retourna de nouveau vers Karen :

— Et nous pouvons négocier, ce qui nous fait gagner du temps.

— Je n'ai aucune revendication, répondit Haley.

— Vous *quoi* ?

— Je n'ai jamais rien réclamé. Ce serait stupide. Je ne suis pas en position de réclamer quoi que ce soit à personne.

— D'accord, intervint Karen, nous sommes des gens raisonnables, nous parlons de façon raisonnable, essayons encore une fois. Monsieur l'agent, je vous demande humblement, je vous supplie, de nous laisser ramasser les affaires de ma fille, ensuite nous partirons d'ici et nous ne reviendrons plus. Enfin, je reviendrai, parce qu'il le faut. Mais elle ne reviendra jamais.

Pratt fixa un point au-dessus de sa tête sans rien dire.

— Si vous nous arrêtez, il y a un casier, la chose s'ébruite et ça ne jouera en faveur de personne, ajouta Karen. Vous pouvez décider tout de suite de mettre fin à tout ça, de faire comme si rien ne s'était jamais passé.

— Et comment saurais-je qu'elle ne va pas l'ébruiter ? Ou qu'elle ne l'a pas déjà ébruité. Sinon, à quoi bon ? À quoi sert ce genre d'action si personne n'en entend parler ?

En assistant à ce face-à-face entre sa mère et le policier, à cette confrontation entre deux autorités qui se résolvait en collaboration, Haley commença à entrevoir l'explication qu'elle espérait depuis le départ.

— Elle ne le fera pas, assura Karen. Vous avez notre parole. Je veux dire, elle ne l'a pas encore fait, n'est-ce pas ? Haley, est-ce que quelqu'un est au courant ?

— Juste Papa.

— Vous voyez ? Rien de politique. Juste une adolescente qui se rebelle.

Pratt parut irrité plutôt que soulagé.

— Si vous mentez et que ça ne s'arrête pas là, ce genre de débat n'aura pas lieu la prochaine fois. Compris ?

Karen hocha la tête sans broncher.

— Je descends. Je vous accorde cinq minutes pour ramasser vos affaires et effacer toute trace de votre présence dans les lieux. Sachez également qu'il est dans les prérogatives du propriétaire, quel qu'il soit, de déposer une plainte contre vous, s'il l'apprend, et dans ce cas, cela ne dépend plus de moi. Compris ?

— Oui, dit Karen. Merci, monsieur l'agent. Haley, dis merci à monsieur l'agent.

— Merci, murmura Haley.

Il quitta la chambre. En silence, elles rangèrent les vêtements dans les sacs et ensemble descendirent le grand escalier pour regagner la porte. Pratt attendait dans son véhicule de patrouille. Une fois dehors, Karen tapa le code. Pratt les suivit jusqu'à la route, puis il tourna à gauche et Karen tourna à droite.

— Ma voiture est restée au parking, dit Haley.

— Elle sera en sécurité jusqu'à ce qu'on aille la rechercher. Où veux-tu aller maintenant ? Tu as sans doute envie de rentrer prendre une douche, mais tu as peut-être faim ?

Un Denny's venait d'ouvrir sur la Route 7. Elles y allèrent, en partie parce qu'elles ne risquaient pas de tomber sur quelqu'un qu'elles connaissaient. Haley dévora sa nourriture, en s'efforçant, sans trop savoir pourquoi, de ravaler ses larmes. Aurait-elle dû résister ? Mais quelle résistance aurait-elle pu opposer ? Elle leva les yeux sur sa mère qui avait payé de sa personne. Karen mangea un peu, puis se perdit dans un long échange de SMS.

— Ton père veut te voir, dit-elle doucement.

Elles prirent la direction de sa maison, en silence, du moins pendant un certain temps, longeant en route les espaces verts préservés par la fondation, ces espaces également vénérés, et pour l'éternité gouvernés par les morts.

— Haley, je suis désolée, déclara soudain Karen. Je suis désolée que tu sois si malheureuse. Sincèrement. Je suis sans doute restée dans le déni parce que, d'un certain point de vue, je sais que c'est ma faute. J'ai essayé, j'ai vraiment essayé, mais prendre la bonne décision est tellement difficile, même si c'est la seule chose qu'on désire. Mais j'essaierai encore. Peut-être devrions-nous te faire suivre un genre de thérapie. Nous trouverons bien un moyen d'y parvenir, ton père et moi.

— D'accord.

Elle n'était pas malheureuse, elle n'avait pas l'intention de se soumettre à une quelconque thérapie, mais en ce moment précis, ce qu'elle voulait, c'était mettre un terme à cette conversation, dire ou faire ce qui empêcherait sa mère de se laisser submerger par l'angoisse. Elles s'arrêtèrent le long du trottoir devant l'appartement de Mark, la moitié gauche d'une construction de style pavillonnaire qui partageait un mur avec l'autre moitié. Le visage de son père s'encadra dans la fenêtre. Ayant serré sa mère dans ses bras, elle accrocha son sac à dos, prit le sac de sport et remonta le chemin. Il n'y avait pas même dix mètres à parcourir jusqu'à la porte d'entrée, mais elle s'abandonna à l'étrange sentiment de victoire qu'elle ressentit sur le moment parce que aucun de ses parents n'avait cherché à l'aider, qu'ils restaient confinés alors qu'elle marchait dehors, en ce mois d'août chaud et lourd, toute seule dans l'espace qui les séparait.

Était-elle une militante politique ? Sans doute pas ; les militants politiques agissaient avec plus de détermination qu'elle, se laissaient moins distraire par les mouvements de leur cœur. Pourtant, elle avait eu raison de ne présenter aucune revendication, même si l'occasion lui en avait été fournie. Et, puis, qu'aurait-elle pu revendiquer ? Présenter une requête, si dérisoire ou légitime fût-elle, revenait à commettre une erreur tactique. À rendre la seule arme dont on disposait : ôter à ceux qui détiennent le pouvoir celui de dire non.

Cet ouvrage a été achevé d'imprimer en décembre 2017
dans les ateliers de Normandie Roto Impression s.a.s.
61250 Lonrai
N° d'impression : 1705242

Imprimé en France